David Drake

DAS REICH DER INSELN
2

Der Thron von Malkar

Ins Deutsche übertragen von
Regina Winter

Knaur

Die amerikanische Originalausgabe erschien 1997
unter dem Titel »Lord of the Isles, Book 4–6«
bei Tor Books, New York

Deutsche Erstveröffentlichung 2/99

Umschlagkonzept: Melissa Andersson
Umschlaggestaltung: Agentur Zero, München
Umschlagillustration: Romas Kukalis, »Destiny of the Sword«
Agentur Thomas Schlück, Garbsen
Lektorat: Ralf Reiter
Satz: Ventura Publisher im Verlag
Druck und Bindung: Clausen & Bosse, Leck
Printed in Germany
ISBN 3-426-70101-4

2 4 5 3

BUCH EINS

1

Aus dem grauen Nichts trat Ilna os-Kenset in den Schatten einer Gasse, die so schmal war, daß man selbst mit einem Esel nicht durchgekommen wäre. Holzbalkone ragten aus den Mauern über ihr; von einem davon hing ein Knotenseil, mit dessen Hilfe ein gewandter Bewohner kommen und gehen konnte.

Ein Ende der Gasse war mit einer glatten Mauer verschlossen. Trübes Licht fiel um die Ecke in der anderen Richtung, wo eines der Häuser zur Rechten noch mit einem Vorbau versehen war, der Ilna zwang, sich seitlich daran vorbeizudrücken.

Sie trat auf die Straße hinaus, in die die Gasse mündete. Es war später Nachmittag – von der Gasse aus hatte Ilna das nicht genau einschätzen können. Es gab einiges an Verkehr, sowohl Fußgänger als auch Wagen. Und es mußte vor kurzem geregnet haben, denn das Pflaster war noch feucht und glatt, und wo Steine fehlten, hatten sich kleine Pfützen gebildet.

Ilna hatte diese Straße noch nie zuvor gesehen. Sie glaubte nicht, daß sie in Carcosa war; der Stil der Häuser, die mit Ziegeln gepflasterte Straße, die Kleidung der Menschen – all das ließ auf eine ganz andere Stadt schließen. Sie sprach eine Frau an, die einen Korb mit Gemüse und eine Seite gesalzenen Fleischs trug.

»Entschuldigt, meine Dame«, sagte Ilna. Die Frau wandte sich ab und marschierte mit grimmiger Miene an ihr vorbei.

Ilnas Blick wurde härter. Das hier war eine Stadt, kein Dorf, in dem die Menschen höflich waren, weil jeder den anderen kannte und man wußte, daß man bis ans Ende seines Lebens dieselben Gesichter sehen würde.

Sie sah sich um und ging los. Ein Laden mit Töpferwaren. Eine Taverne; das Pflaster davor war dunkel gefärbt vom Bodensatz der Bierkübel, die die Kinder dort ausleerten, wenn sie frisches Bier für ihre Eltern holten. Eine Molkerei hatte das Bild eines Butterklumpens als Ladenschild aufgehängt. Im Hinterhof blökte ein Schaf und rührte an einen Teil Ilnas, von dem sie wußte, daß er in dieser Welt kein Zuhause hatte.

Die Gebäude waren zwei- oder dreistöckig, ein paar sogar noch höher. In den Fenstern der oberen Stockwerke klemmten Karten; da sich die Buchstaben stets wiederholten, nahm Ilna an, daß hier Zimmer zur Vermietung angeboten wurden.

Sie hatte sich immer schon gefragt, wie es wohl wäre, lesen zu können. Jetzt brauchte sie das nicht mehr. Andere würden für sie lesen. Sie würden alles tun, was Ilna ihnen befahl.

Sie kam zu einem Lebensmittelhändler. Auf einer Seite des Eingangs stand eine Kiste mit Rüben und blockierte den Bürgersteig. Auf der anderen Seite stand ein Tablett mit Orangen, die man mit einem Stück Sackleinen zugedeckt hatte, um sie vor der direkten Sonneneinstrahlung zu schützen. Der Besitzer saß im Eingang in der Sonne, von wo aus er auch ein Auge auf die Ware haben konnte.

Ilna hob das Sackleinen hoch und begann die losen Fäden von der Seite des Lappens zu zupfen. Ihre Finger vermittelten ihr das Bild trockenen Bodens und dichter Blätter, die wie Schwertklingen geformt waren.

Der Ladenbesitzer zählte Eier in den Korb einer Kundin. Er nahm die Kupfermünzen der Frau entgegen, ohne ihr

Gewicht zu prüfen, und folgte ihr nach draußen. »He, du da!« sagte er zu Ilna.

Ilna ignorierte ihn. Sie hatte ein Dutzend Fäden weggezupft; jetzt begann sie, diese zu flechten.

Der Ladenbesitzer tippte ihr auf die Schulter. Passanten warfen ihnen neugierige Blicke zu, aber keiner blieb stehen, um sich einzumischen. »Du!« rief der Mann. »Bist du vielleicht blöd? Geh von meiner Ware weg, oder ich …«

Ilna hatte das Muster beendet. Sie hob die Fäden hoch, damit der Ladenbesitzer ihr Werk sehen konnte. Der Mann erstarrte, die Drohung noch auf den Lippen, aber er sagte kein Wort mehr.

Hinten im Laden rührte sich eine Frau. »Arrek?« rief sie.

»In welcher Stadt bin ich hier?« fragte Ilna mit einer Stimme so kalt wie die einer Schlange. Starr hielt sie ihm weiter ihr Gewebe vor Augen.

»Erdin auf Sandrakkan«, erwiderte der Ladenbesitzer. Seine Worte waren nur Geräusch, es lag kein Leben in ihnen.

Ilna nickte, ein Reflex, den der Mann nicht einmal sehen konnte. »Wo ist der nächste Textilienladen?« fragte sie. Die Frau kam jetzt auf die Tür zu und wischte sich die Hände an der Schürze ab.

»Eine Straße weiter ist Beltar or-Holmans Laden«, sagte der Mann im Tonfall eines Toten. »Dort, wo die Straße in die Sackgasse mündet.«

»Arrek?« sagte die Frau im Laden. Sie packte den Mann an der Schulter. »Arrek!«

»Zeig mir die Richtung«, befahl Ilna und ignorierte die Frau ebenso, wie der Mann es tat. Er streckte den rechten Arm aus.

Sie warf die geflochtenen Fäden hin und ging weiter. Ilna wußte nicht, was eine Sackgasse war, aber mit diesen

Angaben würde sie den Laden schon finden. Die Frau redete hinter ihr aufgeregt auf den Ladenbesitzer ein. Er schnappte nach Luft wie ein blasender Wal und stieß gegen die Kiste mit den Rüben.

Die Läden in Erdin waren nicht nach Straßen verteilt wie in Carcosa. Ilna kam an einem Schuster, einem Salzhändler und einer Garküche vorbei, die Fischeintopf verkaufte. Das Pflaster vor der Tür glitzerte von Fischsuppen in allen Farben des Regenbogens.

In der Luft hing der Geruch brackigen Grundwassers und des vor kurzem niedergegangenen Regens. Es war ein heißer Tag, und es stank aus allen Gossen.

Der Tuchladen war auf der anderen Straßenseite; danach hatte sie nicht gefragt. Der Lebensmittelhändler hatte nicht den Willen gehabt, diese Information freiwillig zu geben, selbst wenn er den Wunsch verspürt hätte. Die Sackgasse erwies sich als eine Gasse, die zu einer Mauer führte wie jene, durch die sie Erdin betreten hatte.

Ilna überquerte die Straße trotz des Verkehrs, aber keiner der Fußgänger oder der Wagen, die über das Ziegelpflaster klapperten, behelligten sie. Sie hatte Muster schon immer gut einschätzen können; jetzt wußte sie genau, wie alles, was sich hier bewegte, mit jedem anderen Gegenstand in Verbindung stand.

Sie betrat den Laden unter dem karierten Lappen, der als Schild diente. Die braunen und blauen Farben waren vom Schmutz der Stadt so dunkel geworden, daß man das Muster beinahe kennen mußte, um es identifizieren zu können.

Der Laden hatte sich auf Muster spezialisiert, auf dünne Streifen und Karos. Ilna waren ähnliche Stoffe an den besser gekleideten Leuten in der Stadt bereits aufgefallen, obwohl die Muster für ihren Geschmack zu lebhaft waren. Aber das war gleich.

Die Verkäuferin, ein Mädchen mit schmalem Gesicht und strohblondem Haar, zeigte gerade einer Matrone einen Ballen Stoff, der auf einem Regal auf der anderen Seite des Verkaufsraums gelegen hatte. Ilna sah sich die Ballen an, die bereits auf der Theke lagen und nur noch ein paar Fuß davon freiließen. Von allen Ballen hingen lose Fäden herab.

Ilna fand, was sie suchte: einen Ballen roten Tuchs, der ganz unten lag, wo man seine Breite nicht so leicht mit der von anderen vergleichen konnte. Sie zog ihn ein paar Zoll weit heraus. Die Verkäuferin warf ihr einen Blick zu, kümmerte sich aber weiter um ihre Kundin.

Eine Schere lag auf der Theke; der Griff war mit eingelegten Messinglilien verziert. Ilna ignorierte sie und holte ihr Messer aus dem Etui.

»Augenblick!« rief die Verkäuferin. »Ich komme sofort und …«

Ilna schnitt die Fäden vom Ende des Ballens und hielt sie dabei gespannt, damit der Stahl sie besser durchtrennen konnte.

»Meister Beltar!« rief die Verkäuferin. Die Matrone starrte Ilna an und wich gegen ein Regal zurück. »Meister Beltar!«

Ein Mann in mittleren Jahren mit einem breiten Gesicht und rötlichem Bart kam aus dem Hinterzimmer. Er hatte eine Feder in der Hand und Tintenflecke auf den Fingern. »Ja?« fragte er scharf und folgte dem Blick seiner Verkäuferin zu Ilna.

Sie legte die Handvoll loser Fäden auf den leeren Teil der Theke und begann sie miteinander zu verweben. Die Fenster an den beiden Außenwänden lieferten zu dieser Tageszeit genügend Licht, aber sie hätte es auch im Dunkeln tun können. Die Matrone nutzte die Gelegenheit, sich an Ilna vorbei auf die Straße hinaus zu flüchten.

»Was macht Ihr da?« sagte Beltar, als er den Ballen sah, den Ilna herausgezogen und von dem sie die Fäden abgeschnitten hatte. »Sarhad, hol die Wache!«

»Laß das, Mädchen«, sagte Ilna. Sie schaute Beltar an und fuhr fort: »Dieser Ballen war kürzer als die anderen. Ihr könnt Eure gesamten Waren verlieren, wenn Ihr schmaleres Tuch verkauft, ohne das gesondert anzugeben.«

Das Mädchen hatte bereits die Tür erreicht. »Sarhad, bleib hier!« rief Beltar. »Ich werde mich selbst um diese Sache kümmern. Äh, fang schon mal an, das Hinterzimmer und die Treppe zu fegen.«

Die Verkäuferin sah ihren Arbeitgeber und die fremde Frau mit weit aufgerissenen Augen an, dann verschwand sie hinter dem Vorhang zum Hinterzimmer. Ilna kehrte zu ihrer Weberei zurück. Die rote Färbung war matt, der Stoff in jeder Hinsicht schäbig, und er gehörte gewiß nicht in einen Laden, der sich so vornehm gab wie der von Beltar.

»Kommt Ihr aus dem Büro des Kanzlers?« fragte Beltar, als Ilna weiterhin schwieg. »Ich versichere Euch, wenn sich wirklich zufällig eine Stoffbahn in meinem Laden finden sollte, die nicht breit genug ist, dann werde ich diesen Irrtum selbstverständlich sofort beseitigen ...«

Ilna lächelte kühl. Er bot ihr eine Bestechung an. Sie kannte nur die Regeln in Valles, weil dort die meisten ihrer Arbeiten verkauft wurden, aber offensichtlich ging es in Erdin ebenso streng zu.

»Ich komme nicht vom Büro des Kanzlers«, sagte sie. »Ich bin hier, um Euch über alle Maßen zu bereichern. Fürs erste brauche ich ein Zimmer über Eurem Laden. Ich brauche einen Webstuhl und Garn.«

Beltar starrte sie verwirrt an. »Ich kaufe Tuch – ich stelle keine Weber ein. Wenn Ihr Tuch habt, das Ihr mir verkaufen wollt, dann werde ich mir das gerne ansehen, aber Ihr müßt Euch schon selbst Unterkunft und Material suchen.«

»Nein«, sagte Ilna und wandte sich ihm zu. »Seht Euch das an.«

Sie zeigte ihm das Muster auf der Theke. Beltar beugte sich vor, um es besser sehen zu können. Er kniff die Augen ein wenig zusammen, dann wich er zurück, als er das Bild genauer sah. Er rieb sich die Augen und versuchte zu begreifen, was er gesehen hatte oder glaubte zu sehen.

»Das ist Eure wahre Zukunft«, sagte Ilna kalt. »Das und noch erheblich mehr.«

Der Tuchhändler sah sie mit wachsendem Staunen an. »Wer seid Ihr?« flüsterte er.

Zwei Frauen kamen von der Straße herein. »Raus mit euch!« fauchte Ilna, ohne sich umzusehen.

»Ja, der Laden ist geschlossen«, sagte Beltar. »Ihr müßt gehen.«

Unter empörtem Gemurmel verließen die Frauen den Laden wieder. Ilna wartete, bis sie wieder mit dem Besitzer allein war, dann wiederholte sie: »Ich bin die Frau, die Euch reich machen wird. Mehr braucht Euch nicht zu interessieren.«

Der Tuchhändler rieb sich noch einmal die Augen. Langsam gewann sein Gesicht die normale rötliche Färbung zurück, aber er hatte Schweißperlen auf der Stirn. »Also gut«, sagte er.

»Niari, der das Haus gegenüber gehört, hat ein Zimmer frei. Das werde ich für Euch mieten. Ich werde Euch nicht in mein Haus nehmen, aber Ihr sollt Euer Zimmer bekommen.«

Ilna kämmte die roten Fäden in zwei Haufen und zerstörte das Muster, als hätte es niemals existiert. »Also gut«, sagte sie. »Gehen wir. Ich habe viel zu tun.«

Sie lächelte. Beltar sah aus, als würde er nie wieder lächeln können, aber dennoch war seine Miene wärmer als die ihre.

2

In diesem Hafen gibt es Aale, die dicker sind als ein Männerbein«, sagte Sidras or-Morr finster. »Oh, sie werden keinen angreifen, der noch lebt. Aber werft eine Leiche ins Wasser, und *scht!* ist sie weg. Man würde uns nie wiedersehen.«

»Nicht so dick wie dein Bein, Cashel«, meinte Mellie vergnügt. »Und es gäbe auch nicht so viele von ihnen, wenn die Leute hier nicht ihren Müll ins Wasser werfen würden.«

Cashel bewegte die Ruder dicht über dem Wasser, so daß die Tropfen, die von den Ruderblättern rieselten, nicht soviel Lärm machten. Er ruderte mit sanfter Anmut. Es hing genug Nebel über dem Hafenbecken, um ein kleines Boot zu verbergen, aber Geräusche waren weithin zu hören.

»Ihr kommt selbst von der Küste, das sehe ich«, sagte der Makler. »Und das ist das einzig Gute an der ganzen Geschichte. Hört nur!«

Der Lärm des Mobs in der Hafenstraße erfüllte die Nacht, wie es die Geräusche eines Sturms tun. Drunten auf dem Wasser konnte man vor allem die tieferen Geräusche hören, aber hin und wieder schrillte auch ein Wutschrei über die nebelverhüllten Kais und Docks.

»Jetzt meinen sie es wirklich ernst«, sagte Mellie. »Ich fürchte, es wird nicht mehr lange dauern.« Dann fügte sie hinzu: »Ich mag ihn.«

»Ich bin ein Schafhirte, Herr«, sagte Cashel und ruderte weiter. »Ich habe hin und wieder beim Fischen geholfen, sicher, und wenn man ein beladenes Fischerboot in den

Hafen gerudert hat, wenn sich ein Sturm aufbaut, dann ist das hier keine große Abwechslung.«

»Das da ist der *Goldene Drache* oder sein Zwilling«, murmelte Sidras. »Nichts auf dem Meer ähnelt einem serianischen Frachtschiff, aber so seltsam sie auch aussehen mögen, sie schwimmen wie die Enten.«

»Du solltest dich lieber zu erkennen geben, Cashel«, warnte Mellie. »Sonst schießt der Hochländer auf dem Mast noch auf dich. Sie sind keine sehr guten Schützen, aber ...« Sie lachte. »Du bist ein ziemlich großes Ziel.«

Cashel blickte über die Schulter und rief: »Jen! Frasa? Hier ist Cashel. Nicht schießen.«

Stimmen erklangen im Nebel. Entweder waren die Worte verzerrt, oder sie wurden in einer fremden Sprache geäußert. Irgendwo schlugen Ruder heftig aufs Wasser. Cashel konnte im Nebel die Entfernung schlecht einschätzen. Niemand, der in dieser Nacht draußen war, zählte zu ihren Freunden, und nicht wenige waren Feinde.

Sidras erhob sich im Heck, ohne das Schiff aus dem Gleichgewicht zu bringen. Er war ein Mann mittleren Alters und nicht einmal mittelgroß; aus seinen Bewegungen schloß Cashel, daß ein größerer Teil seines Gewichts aus Muskeln bestand, aber es gab auch Fett. Sidras sprach laut, zunächst in einer Sprache, die Cashel für Serianisch hielt, dann in klickenden und gutturalen Lauten, die wohl zur Sprache der Hochländer gehörten.

Cashels Stab lag längs im Schiff. Cashel wußte nicht, wie gut er für einen Kampf zwischen kleinen Booten sein würde, aber er nahm an, er würde genügen. So war es bisher jedenfalls immer gewesen.

Jemand redete hektisch von Bord des *Goldenen Drachen* auf sie ein. Sidras setzte sich wieder. »Bring uns zum Kai,

Junge«, sagte er. »Ich sorge immer dafür, daß ich einen Spiegel und ein paar Glasperlen für diese Hochlandkannibalen dabeihabe, wenn ich ins Lagerhaus komme. Sie haben mich so gern, sie würden mir sogar ein Stück von der Leber ihrer Großmutter abgeben.«

Cashel ruderte das Boot das kurze Stück bis zur Leiter am Heck des Schiffes. Der Kai zog sich parallel zum Ufer und reichte weit genug in den Hafen, daß selbst ein Schiff von dieser Größe nicht auf Grund lief. Der *Goldene Drache* war längsseits festgemacht, mit dem rechteckigen Bug zum Hafenausgang, wo die Signalfeuer die Passage kennzeichneten.

Er dachte daran, Mellie zu fragen, ob die Hochländer tatsächlich ihre eigenen Großmütter aßen. Aber dann war er doch der Ansicht, daß er dieses Thema nicht weiter verfolgen wollte.

Diener kamen mit großen Laternen aus gelbem Papier auf den Kai hinaus. Einer der Brüder – Cashel hätte nicht sagen können, welcher, als er das Tau an der Leiter festmachte – war ebenfalls bei ihnen. Er hörte Hochländer reden, aber er konnte keinen der kleinen Männer entdecken.

»Meister Cashel, wir haben schon darum gebetet, daß Ihr nicht versuchen würdet, heute nacht zurückzukehren!« sagte Frasa. Cashel konnte die Serianer eher an ihren Stimmen als an ihren Gesichtern unterscheiden. »Wir machten uns Sorgen, daß man uns vom Wasser aus angreifen könnte. Ist es dort sicher?«

»Es ist *nicht* sicher, Meister Frasa«, sagte Sidras und schwang sich hinter Cashel auf den Kai. »Ihr solltet lieber nicht daran denken, Eure Waren mit Booten zu entladen. Mein Kollege Themo hat offenbar die Hafenarbeiter gegen

Euch aufgehetzt. Das muß ihn eine ziemlich große Summe gekostet haben.«

»Mein Bruder ist im Büro«, sagte Frasa. »Würdet Ihr so freundlich sein mitzukommen?«

»Ich bin nicht hier, um die Aussicht auf den Hafen zu genießen«, meinte Sidras und ging mit der Lässigkeit eines vertrauten Gastes auf das Lagerhaus zu. »Und falls Ihr Euch wundern solltet, wie es uns gelungen ist, ein Boot zu mieten – Meister Cashel hier hat eine sehr überzeugende Art an sich.«

»Sie hätten mich nicht anspucken sollen«, murmelte Cashel verlegen. »Ich bin kein Hund, nach dem man treten und spucken kann.«

»So haben die Männer ein Bad im Hafen genommen, mit dem sie nicht gerechnet hatten«, erklärte Sidras schmunzelnd, als er an den Warenballen vorüberging, die im Hof gelagert waren. »Und sie haben uns auch nicht verfolgt, weil er mit diesem Rammbock, den er als Stock benutzt, jeweils eine Planke aus ihren anderen Booten geschlagen hat. Ein ziemlich beeindruckender junger Mann.«

Die Fracht des *Drachen* war überwiegend in Kisten verpackt, nicht in Fässern oder Körben, wie Cashel es gewohnt war. In ganz Barcas Weiler gab es nur wenige Gebäude, die so stabil waren wie diese serianischen Frachtkisten.

»Ich werde bei Tageslicht zurückkehren und ihnen den Schaden ersetzen«, meinte Cashel jetzt. »Als mich dieser Bursche angespuckt hat, habe ich die Nerven verloren, und danach hatten wir keine große Wahl mehr.«

Die Diener mit den Laternen blieben vor dem Gebäude stehen. Drinnen hingen Öllampen an Haken an den Wänden und leuchteten heller, als Cashel es je bei künstlichem Licht gesehen hatte.

»Oh, das kann ich schon erledigen, Junge«, meinte der Makler und ging die Treppe hinauf. Er bewegte sich schwerfällig, weil er unter seinem Hemd einen schweren Geldgürtel trug – Cashel hatte gesehen, wie er ihn anlegte. »Ich kenne sie alle drei; sie arbeiten oft für mich. Was sie nicht davon abgehalten hätte, mir über den Schädel zu schlagen, solange sie voll von Themos Wein und diesem Unsinn über Teufelsanbeter waren.«

Jen wartete am Ende der Treppe und führte Sidras unter Verbeugungen ins Büro. Der Makler verbeugte sich ebenfalls. Er blieb stehen, bis Frasa den Sessel hinter ihm zurechtgerückt hatte. Cashel lehnte sich an die Wand und lächelte dem Sekretär zu, der steif neben ihm stand.

Der Lärm der Leute auf der Hafenstraße ließ die Wände des Lagerhauses erbeben. Cashel hatte gewußt, daß es keine Möglichkeit ab, auf dem Landweg hierher zurückzukehren, und selbst die Idee des Maklers, ein Boot zu nehmen, hatte sich als gefährlich erwiesen.

»Ihr Jungs habt Themo gereizt wie eine Pferdebremse«, meinte Sidras nachdenklich.

»Meister Sidras«, sagte Frasa, »mein Bruder und ich versuchten, Themo dazu zu bewegen, unsere Fracht zu kaufen. Er wurde wütend, als seine Unehrlichkeit ans Licht kam. Ich möchte mich dafür entschuldigen.«

Sidras zuckte die Achseln. »Ich war immer der Ansicht, daß Themo direkt aus dem Hafenschlick stammt«, sagte er, »aber das hilft uns nicht weiter. Wir müssen mit dieser Situation zurechtkommen, und das ist das Problem.«

Die Brüder setzten sich und falteten die Hände. Man konnte hören, wie Steine gegen die Außenmauer des Lagerhauses geworfen wurden; es klang wie Hagel auf dem schrägen Dach der Mühle.

Der Makler zog, ohne auf Schicklichkeit zu achten, sein Hemd hoch und begann, die drei Schnallen seines Gürtels mit den vielen Taschen zu lösen. Er trug einen Lendenschurz wie ein Bauer, wenn auch aus Leinen und nicht aus Wolle. Seine Oberschenkel waren unter der dünnen blonden Behaarung verblüffend weiß.

»Ich habe mir Eure Inventarliste angesehen«, sagte er. »Es ist gute Ware, und ich wünschte, ich könnte sie hier verkaufen. »Aber das wird, so wie die Dinge im Augenblick in Carcosa liegen, nicht möglich sein. Sie würden mein Lagerhaus anstecken, dafür würde Themo schon sorgen, und selbst das nur, wenn ich die Waren hier herausschaffen könnte – was unmöglich ist.«

Er zwirbelte seinen kurzen rötlichen Bart und wies zur Hafenstraße hin.

»Also müßt Ihr die Sachen nach Erdin schaffen«, fuhr Sidras fort. »Sandrakkan hat seine eigenen Probleme, aber immerhin rotten sie sich dort nicht gegen Serianer zusammen – noch nicht.«

»Wir haben keinen Makler in Erdin«, wandte Jen mit einer Spur von Ärger ein.

»Aber ich«, meinte Sidras. »Sogar einen Serianer: Meister Latias. Sein Anwesen ist direkt neben der Gemeinschaftshalle am Hafen.«

»Ihr schlagt also vor, uns ein Empfehlungsschreiben an Meister Latias mitzugeben?« fragte Frasa in demselben distanzierten Ton wie sein Bruder. »Er mag von unserem Volk sein, aber er ist uns nicht persönlich bekannt.«

Sidras legte seinen Gürtel auf den Tisch, und ein Geräusch wie das Klingeln gedämpfter Glocken erklang. »Ich schlage vor, Euch hier und jetzt mein Gold zu geben«, sagte er. »Dieses Gold hier. Ich sage Euch ganz offen, daß es nur sechzig Prozent von dem ist, was ich unter normalen Umständen für die Waren zahlen würde, aber die Umstände sind eben nicht normal. Ich kann Euch das Gold herbringen, aber ich kann keine Waren durch die Straßen transportieren – ich kann weder Eure Ladung wegbringen noch Euch neue Fracht verschaffen.«

»Ihr nehmt das Risiko des Transports nach Erdin auf Euch«, sagte Jen und berührte den Gürtel mit zwei Fingern, ohne ihn zu öffnen. Seine Aussage war keine Frage gewesen.

»Ja, aber Ihr leistet die Arbeit«, sagte Sidras. Er verzog das Gesicht, dann sagte er: »Ich nehme an, nach Themo seid Ihr nicht sonderlich bereit, Maklern aus Carcosa zu trauen.« Er schlug mit der flachen Hand auf den Tisch und brachte die Münzen abermals zum Klirren. »Aber hier habt Ihr etwas in der Hand.«

»Wir trauen Euch, nicht dem Gold«, sagte Frasa und stand auf. Er gab dem Sekretär eine Anweisung in seiner eigenen Sprache. Der Mann ging nach draußen und wiederholte die Anweisung mit schriller Stimme.

»Wir lassen den *Goldenen Drachen* wieder beladen«, erklärte Jen, als er sich ebenfalls erhob. »Die Situation draußen scheint immer ernster zu werden.«

»Das ist Themos Werk«, meinte Sidras, stand auf und zog sich das Hemd wieder herunter. »Ich weiß nicht, ob er vorhat, das Haus zu plündern oder einfach nur aus reiner Bosheit alles niederzubrennen. Ein unangenehmer Mensch, das dachte ich schon immer, aber wahrscheinlich hat auch er seine Freunde und Verbündeten.«

Er nickte zu dem Geldgürtel hin. »Die Münzen sind ziemlich gemischt. Die meisten stammen von Haft, aber ich habe genommen, was ich hatte, um den Wert zu erreichen. In der ersten Tasche ist eine Liste, falls Ihr nachrechnen wollt.«

»Ich glaube nicht, daß das notwendig sein wird«, meinte Frasa. »Wenn die Göttin uns zu überleben gestattet, Meister Sidras, werdet Ihr für Euer Vertrauen belohnt werden.«

Der Sekretär kam ins Büro zurück; jedesmal, wenn die Tür aufging, war der Lärm des Mobs lauter zu hören. Jen griff nach dem Gürtel und reichte ihn dem Diener mit ein paar leisen Worten.

»Dann werde ich mich auf den Heimweg machen«, sagte der Makler und ging auf die Tür zu.

»Soll ich …?« sagte Cashel, eine Frage sowohl an Sidras als auch an die Serianer.

Sidras grinste ihn an. »Ich bin auf dem Wasser aufgewachsen, Junge«, sagte er. »Ich habe nichts dagegen, einem jungen Mann die Arbeit zu überlassen, wenn ich die Möglichkeit habe, aber glaubt nicht, daß ich vergessen habe, wie sich Ruder anfühlen.«

Er zeigte auf das Schiff. Aufgeregt vor sich hin schwatzende Seeleute, die scheinbar ungeordnet durcheinanderliefen, packten Frachtkisten und schleppten sie auf die Laufplanke zu. »Ihr werdet hier gebraucht, um meine Waren an Bord zu schaffen – und wie ich die Laune der Leute da draußen einschätze, noch für andere Dinge. Vergeßt nicht, was ich Euch über die Aale gesagt habe.«

Sidras verließ das Zimmer. Cashel war kurz hinter ihm und blieb lange genug zurück, um seinen Stab zu kippen, damit er nicht gegen die Oberkante der Türöffnung stieß.

Frasa und Jen blieben, wo sie waren, und begannen ein leises Gespräch.

»Herr?« sagte Cashel leise, als er dem Makler die Treppe hinab folgte. Die Eingangshalle war leer bis auf die vier Hochländer, die ein dickflüssiges Gebräu aus Holzbechern tranken und nicht auf den Krach und das Hämmern am Tor achteten.

»Junge?« fragte Sidras über die Schulter.

»Warum tut Ihr das?« fragte Cashel. »Wir hatten über Geld und ein Schreiben an Latias gesprochen, nicht über die volle Summe in Gold.«

»Ja, so war es«, stimmte Sidras zu, als er rasch das Gewühl im Hinterhof des Lagerhauses durchschritt. Stoffe und Gewürze waren zusätzlich mit Planen abgedeckt, obwohl Cashel angenommen hätte, daß die Kisten genügend Schutz selbst gegen den schlimmsten Sturm bieten würden, den er je erlebt hatte. »Und Jen und Frasa hätten sich darauf eingelassen. Sie stehen unter Druck, und nachdem sie nicht zugelassen hatten, daß Themo sie ausgeraubt hat, waren sie in meiner Hand. Aber wißt Ihr …«

Er zeigte auf die Göttin der Gnade und ihre Schutzdämonen. »Es ist nicht so, daß ich etwas mit Teufelsanbetung im Sinn hätte, aber ich habe schon seit zwanzig Jahren mit diesen beiden Geschäfte gemacht, und zuvor mit ihrem Vater. In all dieser Zeit gab es nie eine Kiste, die weniger enthalten hätte als angegeben, oder Waren von geringerer Qualität, die unter einer Lage besserer verborgen waren. Ich nehme an, wenn sie sterben, wird die Schwester sie in die Unterwelt zerren, aber das ist ihre Sache. Und *meine* Sache ist es, Leute so zu behandeln, wie sie mich behandelt haben.«

Die beiden Bürger von Haft gingen nebeneinander her in

das von Laternen beleuchtete Chaos auf dem Kai hinaus. »Und außerdem«, fügte Sidras hinzu, »wenn ich diesem Wurm Themo eins auf die Nase geben und dabei noch einen fetten Profit einstreichen kann, wäre jeder einzelne Teil schon das Risiko wert, das ich eingehe.«

Der Makler und die Fee auf Cashels Schulter lachten in vollkommenem Einklang.

3

Nonnus richtete das Segel mit derselben präzisen Sorgfalt aus, die Sharina beobachtet hatte, wenn er eine Wunde reinigte, bevor er sie vernähte. Der Wind war unruhig und wechselhaft und paßte somit hervorragend zum grauen Himmel über ihnen.

Der Eremit ließ die Segel gehen und hockte sich wieder neben das Ruder. Sharina lächelte ihn an – sie hoffte, daß dieses Lächeln nicht zu verzweifelt wirkte.

»Es ist möglich«, meinte Nonnus, »daß dieser Wind uns in eine Richtung führt, in die ich auch freiwillig gehen würde. Aber ich würde nicht mein Leben darauf verwetten.«

Er verzog unwillig das Gesicht. »Sagen wir lieber, ich würde meine Seele nicht darauf verwetten. Unser aller Leben habe ich bereits aufs Spiel gesetzt.«

»Du hast uns nicht mit dem Messer in der Hand gezwungen, an Bord zu gehen«, sagte Sharina. Sie versuchte nicht, ihren Freund aufzuheitern; es war einfach die Wahrheit. »Und wir mußten von Tegma wegkommen.«

»Das ist uns ja auch gelungen«, meinte Nonnus und spähte in den Himmel. Sharina wußte, die Winde, die die hohen Wolken trieben, waren nicht dieselben, die hier an der Wasseroberfläche die Segel blähten, aber es mochte Verbindungen zwischen beiden geben.

Natürlich gab es auch Leute, die glaubten, es gäbe eine Verbindung zwischen den Sternen und dem Leben der Menschen. Das war nicht unwahrscheinlich: Es war alles derselbe Kosmos. Aber es schien ein ziemlich komplizierter Kosmos zu sein, und es war zweifellos einem einzelnen menschlichen Geist nicht gegeben, all diese Komplikationen zu verstehen.

Asera und Meder hockten im Bug und schauten so bedrückt und zornig drein wie Katzen, die der Regen erwischt hat. Nachdem die Schildkröte verschwunden war und sich alles wieder ein wenig beruhigt hatte, hatte Meder den Versuch unternommen, Sharina zu erklären, wieso es ein Fehler gewesen war, seine Truhe mit den magischen Dingen wegzuwerfen.

Die Erinnerung an dieses Gespräch ließ Sharina noch einmal zu dem Zauberer hinsehen. Sie hatte es nicht für nötig befunden, ihre Stimme zu senken, damit er sie nicht hören konnte.

Niemandem gefiel es, ein Narr und Lügner genannt zu werden, wenn alle Anwesenden zuhören. Seitdem hatte Meder nicht mehr mit ihr gesprochen.

»Nördlich der Inseln, auf denen die Seehunde leben, gibt es Felsen«, sagte Nonnus und richtete seine Aufmerksamkeit wieder auf den leeren Horizont. »Wenn wir auf einem davon landen können, ist es durchaus möglich, daß wir ein paar Jägern aus Pewle begegnen. Obwohl es im Augenblick nicht die rechte Jahreszeit dafür ist.«

»Wir haben Fisch, und selbst wenn es nicht regnen sollte, wird unser Wasser …«, begann Sharina.

Nonnus sprang auf und ging mit drei langen Schritten zum Mast. Er riß eine Leine von dem Bolzen los, an dem sie befestigt war; einen Augenblick lang glaubte Sharina, er werde sie sogar durchschneiden, statt die kurze Zeit zu verschwenden, die es brauchte, sie loszubinden.

Aber statt das Segel zu reffen, sackte er wieder zusammen und begann die Leine wieder zu befestigen. »Zu spät«, sagte er. »Sie haben uns schon entdeckt.«

»Land!« rief die Prokuratorin. Mit den ungelenken Bewegungen einer alten Frau erhob sie sich und zeigte über den Backbordbug. »Seht! Dort ist Land am Horizont!«

»Das ist kein Land«, meinte Nonnus, als auch Meder unsicher auf die Beine kam. Sharina fragte sich, ob einer der Adligen gut genug schwimmen konnte, um sich retten zu können, wenn sie über Bord gingen. »Es ist eine Kolonie des treibenden Volks.«

Sharina sah einen verschwommenen bräunlichen Fleck, der für sie wie Land aussah; es war sicher zu groß für ein Schiff. Dann sonderten sich kleine Stücke von der Hauptmasse ab und kamen auf den Einbaum zu.

Nonnus seufzte. »Fangboote«, sagte er. »Nun ja, sie mußten uns ja sehen.«

Er kehrte zum Ruder zurück, mit einer kalten Anspannung, die sich sehr von der hektischen Aktivität unterschied, die er noch einen Augenblick zuvor an den Tag gelegt hatte. »Aber vielleicht ist das ganz gut so. Wir sind weiter im Äußeren Meer, als ich je in einem treibenden Baumstamm sein wollte.«

Die Adligen kamen zum Heck, mit einer Vorsicht, die durch ihre Ungeschicklichkeit nur zu gerechtfertigt war. »Sind das Eure eigenen Leute, guter Mann?« wollte Asera wissen. »Oder Freunde von Euch?«

Nonnus hob den Kopf ein wenig. »Die Leute auf Fewle und das treibende Volk kennen einander«, sagte er. »Wir sind vermutlich die einzigen, die sie kennen, denn hier in diesem Meer gibt es nichts, was andere anlocken würde. Aber Freunde sind wir nicht. Das Volk hat keine Freunde, es sei denn unter anderen seiner Art.«

Er verzog den Mund zu einem spöttischen Grinsen. »Und meist nicht einmal unter denen.«

Er reffte das Segel jetzt ordentlich, statt es herunterzureißen, wie er es ursprünglich vorgehabt hatte. »Sie sollen lieber nicht glauben, daß wir uns davonmachen wollen«, erklärte er. »Das könnten wir ohnehin nicht. Nicht so, wie der Wind jetzt steht.«

Die beiden Boote, die sich dem Einbaum näherten, hatten keinen Mast und keine Segel; sie wurden jeweils von einem Dutzend Männer gerudert. Die Boote lagen viel höher auf dem Wasser als alle Seefahrzeuge dieser Größe, die Sharina je gesehen hatte, und sie schienen sich zu winden wie Wasserschlangen.

»Wenn sie uns erreichen ...«, sagte Nonnus. Er hatte den Blick auf die Boote gerichtet; seine drei Gefährten sahen ihn mit einem Unbehagen an, von dem Sharina hoffte, daß sie es besser verbergen konnte als die Adligen das ihre. »Dann überlaßt bitte mir das Reden.«

»Ja«, sagte die Prokuratorin. »Ja, selbstverständlich.«

»Wenn ich meine ...«, murmelte Meder. Er hielt inne, als sein Blick auf Sharina fiel, und er erkannte, daß sie beinahe zornig genug war, ihn ins Meer zu werfen.

»Sie kommen niemals an Land«, erklärte Nonnus leise. »Oh, sie errichten ihre Jagdlager am Eiskap, und sie durchkämmen die Felsen hinter den Inseln nach Treibholz, aber davon einmal abgesehen, verbringen sie ihr gesamtes Leben in ihren Booten.«

»In solchen Booten?« fragte Meder, als sich diese näher wanden. Die Boote waren aus Häuten gemacht; wenn das Sonnenlicht schräg hineinfiel, konnte Sharina die Schatten der Rippen und der knienden Mannschaft sehen.

»Das da sind Fangboote«, sagte Nonnus und beobachtete die sich nähernden Boote voller Ruhe. »Sie benutzen sie zur

Jagd. Die Hausboote sind viel größer, und sie binden sie aneinander.«

Er hielt inne, und es stahl sich beinahe so etwas wie ein Lächeln auf seine Lippen. »Obwohl ich nicht glaube, daß Ihr diese Hausboote bequem finden würdet.«

Die Fangboote waren nahe genug herangekommen, so daß Sharina erkennen konnte, daß einige der Ruderer Frauen waren: Sie waren allesamt nackt bis zur Taille. Sie hatten rotes Haar und sehr weiße Haut, die vor Fett glänzte. Lederbänder, Knochenschmuck und entweder Tätowierungen oder Farbe schmückten ihre nackten Oberkörper.

»Es sind zwischen fünfzig und hundert Hausboote in einem Stamm«, sagte Nonnus. Er hatte seinen Speer vor sich gelegt; die rechte Hand ruhte auf dem Schaft, als wollte er die Waffe nur davor bewahren wegzurollen. »Das ist es, was wir dort am Horizont sehen. In diesen Breitengraden läßt sich das Volk mit der Strömung und den Winden in einem Kreis zwischen den Inseln und dem Eiskap hin und her treiben; sie gehen niemals an Land, es sei denn, ein Sturm treibt ein Fangboot ans Ufer.«

»Du sprichst von Jagd«, meinte Sharina und versuchte ebenso gleichmütig zu klingen wie der Eremit, während sie die sich Nähernden gespannt beobachtete. »Was jagen sie?«

»Meist Wale«, erklärte Nonnus. »Sie bauen ihre Hausboote aus der Haut und den Knochen der Wale. Andere Seetiere. Treibholz. Und Seeleute von Wracks, wenn sie glauben, daß sie sicher davonkommen können.«

Asera wurde bleich; Meder sah unruhig zwischen Nonnus und den Fangbooten hin und her. Der Eremit schaute die Adligen nicht direkt an, aber Sharina sah, wie die Spur eines Lächelns seine Lippen umspielte. »Ich glaube nicht, daß uns etwas passieren wird«, sagte er. »Sie werden sich mit einem

Mann von Pewle nicht auf Spielchen einlassen. Aber überlaßt mir das Reden.«

Die Boote gingen längsseits, zu beiden Seiten des Einbaums. Sie waren erstaunlich beweglich, aber Sharina bemerkte, daß sie beinahe so leicht wie der Schaum von ihren Ruderblättern dahintrieben: weil die Seiten der Boote so hoch und der Tiefgang so gering war, wäre es so gut wie unmöglich gewesen, in einem solchen Fahrzeug gegen schweren Wind anzupaddeln. Die Ruderer hielten sich an den Auslegern fest, um die drei Boote zusammenzuhalten.

Die Leute in den Booten hatten sich mit Knochen und Lederbändern geschmückt. Der Gedanke an Kleidung um der Schicklichkeit willen gehörte offenbar nicht zu den Konzepten ihrer Kultur.

Sowohl die Boote als auch die Besatzung rochen wie ein Leichenhaus. Meder röchelte, und die Prokuratorin zog sich eine Falte ihres Umhangs über die Nase. Selbst Sharina fand den Gestank beinahe betäubend, obwohl ihre eigenen hygienischen Maßstäbe gesunken waren, seit sie an Bord der Trireme gegangen war.

Die Leute vom Volk schützten sich mit Tran gegen die Kälte, und dieser Tran wurde rasch ranzig. Walknochen waren frisch zu den Rahmen der Fangboote zusammengefügt worden: Das verfaulende Mark trug zu dem Gestank bei, ebenso wie die halbgegerbten Häute.

»He, Schlafzuviel!« rief einer von der Besatzung des einen Bootes einem älteren Mann im Heck des anderen zu. Er sprach mit ausgeprägtem Akzent, war aber verständlich. »In diesem Stamm sitzen Holzläuse!«

»Damit kommen wir schon zurecht«, meinte ein wurmhaft aussehender Junge im Bug von Schlafzuviels Boot. Er holte mit der Harpune aus; an der rechten Hand fehlten ihm die letzten beiden Finger. Die Besatzungen waren zu Scherzen aufgelegt, aber es war die freudige Stimmung einer Katze, die weiß, daß ihre Beute nicht mehr ausweichen kann.

Nonnus erhob sich. Er sah Schlafzuviel an und legte den Speer entschlossen auf die Schulter, wobei die Spitze in die Luft hinter ihm wies. »Ich beanspruche das Recht, von Euch aufgenommen zu werden, Schlafzuviel«, sagte er. »Für mich selbst, meine Frauen und meinen Sohn!«

»Einer aus Pewle!« fauchte eine Frau. »Was bringt einen kotzenden Pewlemann dazu, das Meer in einem Baumstamm zu befahren?«

Sharina hatte den Blick auf das andere Boot gerichtet und nicht auf Nonnus und den Anführer der Fremden. Sie wußte, daß der Eremit trotz aller gespielten Lässigkeit jederzeit jeden aufspießen konnte, der von vorn kam, aber selbst er hatte hinten keine Augen.

Eine Frau, deren Brüste bis zur Taille hingen, obwohl sie kaum älter als Sharina war, rückte verstohlen ihre Harpune zurecht. Sharina drehte ihr Beil so, daß das Sonnenlicht von der Klinge in die Augen der Frau fiel. Die Möchtegern-Angreiferin knurrte tief in der Kehle, aber sie ließ die Finger von der Harpune.

»Ich beanspruche das Recht, Mitglied Eurer Gemeinschaft zu werden!« wiederholte Nonnus. »Ich bringe Euch Holz für den Preis von sechs Männern: Wir sind nur vier. Bringt mich zu Eurem König, Schlafzuviel, oder kämpfe gegen mich, wenn du mein Geschenk ablehnst, wie es dem Gesetz entspricht.«

Sharina riskierte einen Blick über die Schulter. Der Eremit hatte sich kaum von Fleck gerührt, nur eine leichte Veränderung an der Art, wie er seine Knie beugte – dennoch war er jetzt in einer Position, von der aus er ins Heck des anderen Boots springen konnte.

Schlafzuviel wand sich sichtlich. »Pah!« sagte er abfällig. »Dreifinger, Möwenfraß, bindet Leinen an diesen Stamm.«

»Wir werden uns das Rückgrat brechen, wenn wir es nach Hause ziehen«, murmelte Dreifinger.

Schlafzuviel ignorierte ihn. »Also gut, Pewlemann«, meinte er boshaft. »Das Gesetz sagt, daß du dich dem Stamm anschließen kannst, das stimmt. Aber du wirst ihn nie wieder verlassen!«

4

König Carus lehnte sich auf die Brüstung der Galerie, die Finger verschränkt und einen ungewöhnlich ernsten Ausdruck im Gesicht, als er die Ereignisse zusammen mit Garrics Traum-Selbst von diesem Aussichtspunkt aus verfolgte. Sechs Frauen in gefältelten Gewändern und mit Kopfputzen unterschiedlicher Höhe und Kompliziertheit standen einem jüngeren Carus gegenüber, der auf dem Thron saß. Inmitten des Glitzerns und Plüschs bei Hofe wirkten diese Frauen wie Dolche aus Eis.

»Die Äbtissin der Verleugneten Töchter der Herrin«, sagte Carus und zeigte auf die ältliche Anführerin der Delegation. Zwei jüngere Frauen hatten die Äbtissin gestützt, als sie vorgetreten war; jetzt warteten sie an ihrer Seite, um sie aufzufangen, falls sie schwanken sollte. »Land, das den Tempeln übereignet wurde, wurde nicht besteuert. Meine Berater waren der Ansicht, ich sollte diesen Brauch ändern – es war nicht gesetzlich festgehalten. Es schien mir keine große Sache zu sein.«

Die Äbtissin begann zu sprechen. Es war verblüffend, daß einem solch zerbrechlichen Körper eine Stimme und ein Geist von solch eiserner Kraft innewohnen konnte. Garric hätte sich lieber auspeitschen lassen, als sich die Mißbilligung dieser Frau zuzuziehen. Er warf seinem Traumbegleiter einen Blick zu.

Carus lächelte bedauernd und schüttelte den Kopf. »Es gibt so vieles, was einem einfach erscheint, bis man es in Ruhe durchdenkt, Junge«, sagte er. »Wenn die Tempel besteuert würden, würde sich dann der Staat um die Kranken kümmern, wie es die Verleugneten Töchter getan hatten?«

Er begegnete Garrics Blick. Garric kam es so vor, als sähe er sein eigenes Bild zwischen den Blättern eines Teichs im Wald – verzerrt, aber deutlich zu erkennen. »Kämpfen fällt mir leicht«, sagte Carus. »Das konnte ich gut, und die Männer folgten mir, wohin ich sie führte. Regieren war etwas anderes.«

Die Gestalt auf dem Thron war nervös geworden. Männer in pelzbesetzten Gewändern flüsterten von beiden Seiten auf sie ein. Einer von ihnen hielt ein Pergament so, als wolle er den Blick des jungen Königs von der Bittstellerin fernhalten. Die Äbtissin sprach weiter, und ihre Worte waren wie eine Steinsäge.

»Ich entschied, mit dem Herzog von Yole auf die Art umzugehen, die ich kannte«, sagte die Gestalt auf dem Balkon leise. »Ich beschloß, ihn wie ein Insekt zu zertreten.«

»Vielleicht gab es ja keine andere Wahl«, meinte der Traumgarric.

Sein Begleiter nickte. »Vielleicht«, stimmte er zu. »Aber ich habe nicht einmal darüber nachgedacht. Ich habe den leichtesten Weg genommen, und er brachte mich direkt auf den Meeresboden.«

Der Mann auf dem Thron erhob sich mit verwirrter Miene. Die Äbtissin streckte den knochigen Arm aus; einer der Berater zupfte am Ärmel des königlichen Wamses. Der König schrie etwas Zorniges und stapfte durch eine Tür hinter dem Thron aus dem Saal hinaus.

»Vielleicht schaffen wir es diesmal, die Inseln besser zu regieren, Junge«, sagte Garrics Begleiter. »Und ich *werde* den Herzog von Yole wie ein Insekt zertreten.«

Er lachte sein vertrautes, dröhnendes Lachen, als sich der

Thronsaal und die Galerie auflösten und der Traum-Garric wieder eins wurde mit dem schmerzenden Fleisch des jungen Mannes, der in einem Zimmer erwachte, das nahe dem Südhafen Carcosas lag und in welches das Licht eines Westfensters fiel.

Blasser Rauch mit einem durchdringenden Geruch hing in der sonnenhellen Luft. In einem Becken auf einem Bronzedreifuß neben dem Bett brannte Holzkohle; die Beine dieses Dreifußes waren wie jeweils zwei Schlangen geformt, die sich umeinander wanden. Tenoctris ließ Kräuter auf die Kohlen fallen, mit der anderen Hand schwang sie den Buchsbaumzweig in einem komplizierten Muster durch den Rauch. Sie nahm Garrics Erwachen mit einem Nicken zur Kenntnis, fuhr aber mit ihrer Rezitation fort und fuchtelte weiter mit dem Athame herum.

Garric lag auf dem Bauch. Er setzte dazu an, sich auf den linken Ellbogen zu stützen. »Rühr dich nicht!« sagte Liane scharf.

Garric riß den Kopf herum. Man hatte ihn ausgezogen; Liane rieb ihm Salbe in die Wunden auf seinem Rücken und den Oberschenkeln. Die Berührung der Salbe rief eine kribbelnde Wärme hervor, aber sie verdrängte den schärferen Schmerz der Wunden, wie ein Gegenfeuer einen gefährlichen Waldbrand aufhalten kann.

Strasedon hatte ohnehin nicht viel von Garrics Hemd übriggelassen. Daß sie noch die Reste von ihm geschnitten hatten, machte keinen Unterschied mehr, was die Schicklichkeit anging. Garric wandte sich entschlossen dem Fenster zu und versuchte, nicht rot zu werden.

Es klopfte an der Tür. »Herrin?« rief eine Stimme. »Hier ist der Bote von Nuzi, dem Apotheker, mit der Arznei, die Ihr bestellt hattet.«

»Bring sie herein«, befahl Liane und strich weiter Salbe auf Garric. »Ich kann jetzt mein Geld nicht herausholen, also zahlt ihn und setzt es auf meine Rechnung. Ich werde alles zusammen bezahlen.«

Die Wirtin des Hauses Seemannsruh kam mit einem Päckchen herein, das in Ölpapier eingepackt war. Ein pickeliger Junge von etwa zwölf starrte Garric von der Tür aus an, bis die Frau ihn wieder verscheuchte und die Tür hinter sich schloß. Eigentlich hatte Garric nur für eine Unterkunft im Gemeinschaftsraum bezahlt; das hier war eines der Privatzimmer im ersten Stock des Gasthauses. Der Größe und Lage nach zu schließen vermutlich das beste im Haus.

»Ah ...«, sagte er und begegnete abermals Lianes Blick. Wahrscheinlich würde sein Vater Geld schicken, wenn es notwendig war ... »Hast du eine Ahnung, wieviel das hier kosten wird?«

»Es hätte dich beinahe das Leben gekostet!« sagte das Mädchen heftig. »Und jetzt rühr dich nicht!«

Garric blinzelte überrascht, bis ihm auffiel, daß Lianes Zorn sich gegen sie selbst richtete, nicht gegen ihn. Er sagte nichts mehr, aber er hatte die Muskeln angespannt, als sie ihn anfauchte.

»Es tut mir leid«, flüsterte Liane. Tränen liefen ihr über die Wangen. Sie nahm weiterhin Salbe aus einem Tontiegel und begann jetzt, sie richtig einzureiben, statt sie nur auf Garrics Haut auszubreiten. »Herrin, hilf mir, es tut mir so leid. Es war meine Schuld, daß das geschehen konnte. Ich hätte ihn aufhalten sollen ...«

Sie fiel neben dem Bett auf die Knie, als könnten ihre Beine sie nicht mehr tragen. Sie faltete die von Salbe glänzenden Hände. »Aber er war mein Vater! Er sagte, er brauchte meine Hilfe, weil er sonst niemandem vertrauen könne.«

»Jeder andere hätte ebenso gehandelt«, murmelte Garric, verschränkte die Finger und sah wieder aus dem Fenster. »Ich hätte es auch getan, wenn mein Vater mich darum gebeten hätte.«

Nur, daß Reise nicht arrogant war; Lianes Vater war arrogant und noch Schlimmeres gewesen; ein Mann, der seine Tochter ohne zu zögern der Gefahr ausgesetzt hatte, einfach nur, weil sie gerade zur Hand war.

Tenoctris hatte ihre leise Rezitation beendet. Seufzend legte sie den durchbrochenen Deckel wieder auf das Kohlenbecken und setzte sich auf die Fensterbank. Sie hatte Schweiß auf der Stirn. Was immer sie getan hatte, war schwieriger gewesen, als nur mit einem Zweig zu wedeln, obwohl das der einzig sichtbare Aspekt davon gewesen war. Garrics Geist war wach, aber er fühlte sich seltsam abgelöst von seinem Körper: Er war sich körperlicher Schmerzen bewußt, aber er *spürte* sie nicht wirklich.

Er lächelte Tenoctris an. »Ich dachte, du warst der Ansicht, Benlos Athame sei zu gefährlich, um ihn zu benutzen?« sagte er.

Sie erwiderte das Lächeln. »Zu gefährlich, um damit einen Zauber zu bewirken, ja«, meinte sie. »Als Dolch war er sehr nützlich.«

Tenoctris betastete mit den Fingerspitzen der linken Hand die rechte Handfläche – mit der rechten Hand hatte sie auf den Dämon eingestochen. »Ich mache Erfahrungen, von denen ich in meiner eigenen Zeit nicht einmal geträumt hätte.«

Liane füllte einen Zinnbecher mit Wasser aus dem Krug auf dem Waschtisch und fügte Pulver aus einem Päckchen hinzu, die sie in der Apotheke bestellt hatte. Sie stellte die Mischung auf den Deckel des Kohlenbeckens, um sie anzuwärmen.

Sie bemerkte, daß Garric sie beobachtete, und sagte: »Es ist Lattich, eine milde Dosis. Es wird dir helfen zu schlafen.«

Vielleicht weil er nicht reagierte, fügte sie in defensivem Ton hinzu: »Ich bin durchaus kompetent, dich zu behandeln. Die Töchter haben uns in Medizin und Chirurgie ausgebildet.«

Garric lächelte. Lianes Miene erstarrte, weil sie glaubte, daß er sie nicht ernst nahm. Rasch sagte er: »Die Verleugneten Töchter der Herrin, ja, das hast du erwähnt. Weißt du, ob sie dem Grafen von Sandrakkan Steuern zahlen mußten?«

»Wie bitte?« fragte Liane. Sie war so verblüfft, als hätte er sie gefragt, welche Kleidung die Bewohner des Mondes trügen. »Ich habe nicht die geringste Ahnung.«

Sie knetete an dem Lappen herum, mit dem sie sich die Hände abgewischt hatte. Es war ein Stück von Garrics Hemd; er fragte sich, ob es nun möglich wäre, etwas anzuziehen, aber er wollte lieber nichts sagen und damit alle nur darauf aufmerksam machen, daß er nackt war.

»Mein Vater hatte genügend Mittel«, sagte Liane mehr zu dem Lappen als zu Garric. »Mehr als genug für meine Zwecke.«

Dann sah sie Garric wieder an. Sie wirkte jetzt entschlossener, und ihr Ton war schärfer geworden, als sie hinzufügte: »Ich habe dafür gesorgt, daß mein Vater hier einbalsamiert wird. Ich werde ihn nach Erdin zurückbringen; das Grabmal dort gehört immer noch uns, das hat er mir immer wieder gesagt. Ich werde ihn neben meiner Mutter zur letzten Ruhe betten. So hätte er es sich gewünscht.«

Garric nickte und wich dem Blick des Mädchens aus. Sie war dabeigewesen, als ihr Vater getötet wurde; es war schon schlimm gewesen, hinterher die ausgeweidete Leiche des Viehhändlers zu sehen. Er wußte nicht, ob er etwas sagen sollte. Und schon gar nicht, *was*.

»Ich werde die Herde mitnehmen, wie es der Auftrag meines Vaters war«, sagte Liane. Und kalt fügte sie hinzu: »Ich werde herausfinden, wer meinen Vater hergeschickt hat. Und wieso er gestorben ist.«

Tenoctris beobachtete das Mädchen. Das Gesicht der alten Frau war niemals verschlossen, aber ihr winziges Lächeln gab auch keinen Aufschluß über die Gefühle, die dahinterlagen.

»Die Wachen sind gegangen«, sagte Liane. »Das kann ich ihnen nicht einmal übelnehmen, und es ist ihr gutes Recht. Ich würde dich gerne einstellen, damit du mich begleitest, Garric. Du kannst deinen Lohn selbst bestimmen.«

Wieder liefen ihr Tränen über die Wangen. Sie ignorierte sie einen Augenblick lang und stand so reglos wie eine Marmorstatue, dann wischte sie sich mit einer übertriebenen Bewegung mit dem Unterarm die Augen.

»Liane …«, sagte Garric.

»Ich brauche dir nicht zu sagen, wie gefährlich es sein kann, in meiner Nähe zu bleiben«, sagte Liane barsch. Wieder setzte sie dazu an, sich die Augen zu wischen. Statt dessen schlug sie beide Hände vors Gesicht und begann zu schluchzen.

»Weiß Ilna, was geschehen ist?« fragte Garric Tenoctris leise. Ein Teil von ihm hätte Liane gern geholfen, aber er war schon so weit von zu Hause weg, und der Gedanke daran, was Ilna wohl sagen würde, wenn er einfach verschwand, machte ihn nervös.

Die beiden Frauen wechselten einen Blick, den Garric nicht deuten konnte. »Ilna ist uns in das Grabmal gefolgt, Garric«, sagte Tenoctris schließlich. »Seitdem – seit der vergangenen Nacht – hat sie niemand mehr gesehen. Ich habe überall Nachforschungen angestellt, nicht allzu ausführlich, weil ich mit deinen Verletzungen beschäftigt war, aber ausführlich genug.«

»Es tut mir sehr leid, Garric«, sagte Liane. Sie hatte die Finger fest verschränkt. »Es kann sein, daß deine Freundin tot ist.«

Garrics Geist versuchte, sich um den Gedanken herumzuwinden. Es war, als hätte man ihm gesagt, das Gasthaus und seine Eltern seien ins Meer gefallen. Er schwieg.

Tenoctris reichte ihm den Becher, der auf dem Kohlenbecken gestanden hatte. Mechanisch trank er das bittere Gebräu, dann stellte er das leere Gefäß neben sich auf den Boden.

Alles veränderte sich.

»Ich glaube, ich möchte gern eine Weile allein sein«, sagte Garric, ohne sich umzusehen. Die Frauen verließen schweigend das Zimmer. Er hörte sie murmeln, nachdem sich die Tür hinter ihnen geschlossen hatte.

Garric begann zu weinen.

5

Vornübergebeugt taumelten die serianischen Seeleute unter ihren Lasten die Laufplanke zum Bug des *Goldenen Drachen* hinauf. Jeder trug auf seinem Rücken eine Kiste, die Cashel für eine Last für zwei Männer gehalten hätte. Die Seeleute sahen nicht annähernd so kräftig und gut genährt wie Frasa oder Jen aus, und selbst die serianischen Adligen waren nach den Maßstäben von Barcas Weiler eher hager.

»Zähe kleine Burschen«, murmelte Cashel Mellie zu, als er selbst die Laufplanke hinaufstapfte. Die Planken bogen sich deutlich unter seinem Gewicht und dem der beiden Frachtkisten, die er auf beide Schultern geladen hatte. »Kaum zu glauben, wie kräftig sie sind – sie sehen aus, als könnte ein guter Windstoß sie umpusten.«

Mellie lachte. Sie hockte in seinem Haar und fühlte sich an, als wäre sie eine Locke, die der Wind durcheinandergewirbelt hatte. »Ja, sehr kräftig«, meinte sie, aber es klang für Cashel, als wollte sie ihn verspotten.

Der *Goldene Drache* hatte mehrere Frachträume, die jeweils vollständig voneinander getrennt waren. Das machte es schwer, die Fracht auf See neu auszubalancieren, aber es machte das Schiff auch stabiler und seetüchtiger. Ein Leck unterhalb der Wasserlinie konnte immer nur einen dieser Räume fluten.

Der Kapitän des Schiffes war nur mit einem Lendenschurz bekleidet und mit einer roten Schärpe, die seinen Rang anzeigte. Der Seemann vor Cashel begann, seine Last in eine offene Luke zu reichen. Der Kapitän schrie ihn wütend an und fuchtelte mit einem Stab herum, der aus der Wirbelsäule eines großen Stachelrochens gemacht war. Er schob den Mann auf die letzte Luke am Heck zu.

Dann wandte er seine Aufmerksamkeit dem nächsten Träger zu: Cashel. Der Tonfall des Serianers änderte sich mitten im Satz, obwohl Cashel kein Wort von dem verstand, was er sagte. Der Kapitän verbeugte sich und wies den jungen Mann zur nächsten Luke.

Zwei Seeleute klappten die Luke zum nächsten Frachtraum auf. Ein dritter folgte und band die Luke mit Tauen fest, die offenbar aus der Rinde einer faserigen Pflanze hergestellt waren.

Cashel kniete sich nieder. Seeleute im Frachtraum packten beide Kisten und schwangen sie nach unten, wo sie zwischen den anderen verstaut wurden. Sie lächelten ihn freundlich an, aber das rasche Rattern ihrer Sprache gab ihm – fälschlicherweise, das wußte er – das Gefühl, sie seien ihm feindlich gesinnt.

Papierlaternen in der Takelage warfen verdrehte Schatten, als Cashel sich wieder aufrichtete und tief Luft holte. Zwei Kisten waren eine schwere Last, obwohl er das niemals laut zugegeben hätte. Er kletterte die sechs schmalen Stufen zum Achterdeck hinauf, von dem aus ein Laufsteg aus Seilen das Schiff mit dem Teil des Kais verband, der vom Ufer vorragte.

Der gesamte Rumpf des *Goldenen Drachen* war der Fracht vorbehalten. Die drei kleinen Kabinen befanden sich am Heck, ihre Dächer bildeten das Achterdeck, wo Jen und Frasa nun standen und das Verladen beobachteten, aber nicht lenkten. Von einer Plattform am Heck hing ein kleines Boot.

Die Brüder hatten die Göttin der Gnade und ihre Gefährten in drei vorsichtigen Transporten an Bord und in die mittlere Kabine gebracht. Danach nahmen die beiden nicht mehr am Verladen teil. Sie nickten Cashel zu, als er an ihnen vorbeikam. Er nahm an, daß die einfachen Seeleute an Deck schliefen, wenn der *Goldene Drache* sich auf See befand, und es würde ihn nicht überraschen, wenn es sich mit den Schiffsoffizieren ebenso verhielt.

Die Hochländer waren fasziniert von dem, was um sie herum vorging, aber sie beteiligten sich nicht mehr daran als Jen und Frasa. Pfund um Pfund gerechnet, waren die kleinen Männer sicher ebenso kräftig wie jeder hier, Cashel eingerechnet. Sie schubsten einander an und lachten, als Cashel vorbeikam und Mellie wieder auf ihrem üblichen Platz hockte.

»Könnten sie nicht auch helfen?« fragte er sie leise. Er wußte, daß mehrere Hochländer das Tor des Lagerhauses bewachten, aber der Rest gab sich vergnügt der Faulheit hin, während alle um sie herum arbeiteten.

»Wieso sollten sie?« fragte Mellie. »Warum arbeitest du so hart?«

»Wie bitte?« sagte er. Der Gedanke überraschte ihn. »Leute arbeiten eben, Mellie«, meinte er.

»Ich arbeite nicht«, erklärte die Fee. »Und die da auch nicht.«

Sie steckte die Daumen in die Ohren und winkte mit den Fingern einem Hochländer zu, der einen Hartholzstab von sechs Zoll durch seine Oberlippe gesteckt hatte. Auf die weiße Haut einer seiner Wangen war ein Hakenkreuz tätowiert, die andere schmückte eine Sonne. Der kleine Mann mußte derart lachen, daß er beinahe umgefallen wäre.

Cashel wartete, bis drei beladene Seeleute durch das Hoftor gekommen waren. Der Hof war jetzt beinahe leer.

Cashel wollte sich der Kisten im Lagerhaus selbst annehmen, aber der Sekretär kam ihm in der Tür entgegen und winkte. Der Serianer sprach in seiner eigenen Sprache – oder doch zumindest nicht in der von Haft –, aber seine Gesten und ein Blick an ihm vorbei überzeugten Cashel, daß das Gebäude bereits geleert war.

Er drehte sich um und lud sich die letzte Kiste auf, die im Hof stand. Serianer huschten umher, auf eine Weise, die Cashel hoffnungslos chaotisch erschien. Vielleicht war das wirklich so, aber es gelang ihnen trotzdem, ihre Arbeit zu erledigen. Es würde ihn vermutlich in den Wahnsinn treiben, solche geschwätzigen Erntehelfer zu haben, aber Cashel nahm an, sie würden das Heu schon einbringen.

»Cashel«, sagte Mellie in dem trockenen Tonfall, den sie verwendete, wenn sie keine Witze machte. »Es ist Zeit zu gehen. Sie kommen.«

»Häh?« sagte Cashel.

Holz barst an der Vorderfront des Lagerhauses. Der Sekretär rannte laut schreiend auf den Kai hinaus. Ein weiterer Stoß der Belagerer ließ die Reste des Tors gegen die Innenwände fliegen. Der Mob hatte sich anscheinend eine echte Ramme besorgt, weil es keine zögernden ersten Vorstöße gegeben hatte; sie waren mit zwei Stößen im Lagerhaus gewesen.

Cashel hatte seinen Stab gegen die rückwärtige Hofmauer gelehnt gehabt, nahe dem Tor. Er suchte ihn mit dem Blick, dann packte er die verbliebene Frachtkiste mit beiden Händen: die rechte am hinteren Griff, die linke unter dem festen Holz, ein wenig vor der Mitte. Er nahm an, daß diese Kiste Töpferwaren enthielt, aber das machte keinen großen Unterschied.

Die verbliebenen Seeleute folgten dem flüchtenden Sekretär auf dem Fuße. Aus dem Gebäude erklangen triumphierende Schreie, dann das Schnappen von Bogensehnen und schrille Schreie.

»Cashel!« rief die Fee. Seltsam, daß er sie in all diesem Lärm so deutlich hören konnte.

Drei Hochländer kamen krummbeinig aus dem Gebäude gerannt. Der letzte der Gruppe war mehrere Schritte zurückgeblieben. Er blutete aus einer Wunde im Oberschenkel und hielt ein ebenso blutiges Menschenohr in der Hand. Cashel setzte den linken Fuß vor und warf.

Männer kamen auf den Hof gestürzt, Burschen wie die, gegen die Cashel gekämpft hatte, als er Jen und Frasa kennenlernte. Mehrere von Themos Wachen waren dicht hinter dem Mob, schwerfällig durch ihre Rüstungen. Cashel warf die Kiste wie einen Stein bei den Erntefeiern.

Er wußte nicht, wieviel das Geschoß wog: Es waren wohl so um die zweihundert Pfund – genug, um ihn herumzuwirbeln, so daß er jetzt dem Tor gegenüberstand.

Die Hartholzkiste traf die Männer etwa auf Kopfhöhe. Menschen zerbrechen, aber die Kiste war immer noch in einem Stück, als sie hinter um sich schlagenden Gliedern verschwand, weit hinten, wo sich die Leute für sicher gehalten hatten. Diejenigen, die in ihrem Weg gestanden hatten, waren nicht in annähernd so guter Verfassung wie die Kiste.

Cashel griff nach seinem Stab, als er zur Laufplanke am Bug rannte. Er war nicht schnell, aber er bewegte sich rasch genug, wenn er erst einmal in Fahrt war. Der Kai wurde von Laternen beleuchtet, die an Pfählen hingen. Alle serianischen Seeleute waren schon an Bord des *Goldenen Drachen*, aber ein paar Hochländer warteten noch am Kai.

Als Cashel über die Laufplanke rannte, schossen die

Hochländer ihre Pfeile in den Hof hinter ihm. Er hörte, wie einer der Pfeile in den Schild von einem von Themos Männern einschlug, aber die Schreie ungeschützter Angreifer machten deutlich, daß andere Geschosse weichere Ziele gefunden hatten.

»Duck dich!« rief Mellie. Cashel rannte vornübergebeugt weiter. Ein Pfeil zischte dicht genug vorbei, um sein kurzgeschnittenes Haar zu streifen. Der Schütze war ein Hochländer, der ganz oben auf dem Mast des Schiffes hockte. Mellie hatte ja gesagt, daß sie keine guten Schützen waren …

Normalerweise würde ein Schiff den Hafen mit Hilfe von geruderten Schleppkähnen verlassen, aber das würde heute nacht unmöglich sein. Seeleute stakten den *Goldenen Drachen* vom Kai weg, um Platz zu haben, das Schiff zu wenden. Die Laufplanke vom Ufer zum Bug des Schiffes war immer noch befestigt. Die Hochländer rannten darauf zu.

Cashel drehte sich am Fuß der Planke um. »Mellie, Liebes, du solltest dich besser verstecken«, sagte er, obwohl er nicht annahm, daß sie auf ihn hören würde. Laternen wackelten am Kai und warfen ein feenweiches Pastellicht auf die Szenerie.

Auf der Hafenstraße hatten sich vielleicht tausend Unruhestifter versammelt, aber relativ wenige waren direkt durch das Lagerhaus und in den Hinterhof gelaufen. Cashel hörte, wie sie drinnen im Haus Gegenstände zertrümmerten, Möbel und die Fensterläden, nahm er an. Alle Fracht war wieder aufgeladen worden, mit Ausnahme der Kiste, die er als Wurfgeschoß verwendet hatte.

Die ersten Männer, die durch das Tor zum Kai stürmten, waren zwei von Themos Wachen, und selbst sie bewegten sich vorsichtig. Ihre Schilde schützten sie gegen die leichten Bogen der Hochländer, aber diejenigen, die Cashel mit der Kiste getroffen hatte, hatten jetzt sicher gebrochene Rippen, wenn nicht Schlimmeres.

»Hier entlang!« rief einer von ihnen über die Schulter. »Hier ist die Ware, und hier verstecken sich die Teufelsanbeter!«

Sie drangen weiter vor, geschützt durch ihre Schilde. Ein weiterer Wachmann und ein Dutzend Zivilisten, einer von ihnen voller Blut, das sicher nicht sein eigenes war. Flammen flackerten hinter den Fenstern des ersten Stockwerks auf. Die Plünderer hatten das Büro in Brand gesteckt

Ein paar Pfeile zischten auf die Angreifer zu, aber die Hochländer waren eher Jäger als Soldaten. Ihre Köcher waren schmale Bambusrohre mit nur drei oder vier Pfeilen in jedem.

Cashel wartete schweigend ab, nahm nur noch Bewegungen wahr. Gesichter waren nicht mehr wichtig. Mehr Plünderer kamen auf den Hof hinausgerannt.

Die Wachen zogen ihre Schwerter. »Schnappen wir ihn uns!« rief einer und stürzte auf Cashel zu. Ein weiterer trat vor, den Schild hoch erhoben, um seinen Kopf zu schützen. Cashel schwang den Stab in einem niedrigen Bogen, der dem Mann den Fußknöchel zertrümmerte und ihn von den Beinen schlug.

Schreiend fiel der Wachmann zu Boden. Sein Helm fiel herunter, sein Schild landete ebenfalls am Boden. Der dritte hatte einen Augenblick später angegriffen. Er stolperte über die Beine seines Kameraden und schlug ebenfalls lang hin. Cashel schlug ihm mit dem Ende des Stabs auf den Hinterkopf, bevor er die Waffe in der Mitte packte.

Er begann seinen Stab zu drehen und kreuzte die Handgelenke bei jeder Drehung. Hinter dem wirbelnden Holz her beobachtete er den Mob schweigend.

Ein weiterer gepanzerter Wachmann hatte sich zu demjenigen gesellt, der noch stand, aber dieser Mann hinkte und legte keine Anzeichen an den Tag, sich noch einmal mit dem Gegner anlegen zu wollen, der die Frachtkiste geworfen hatte. Jetzt waren bereits mehrere Zivilisten auf dem Kai, darunter auch Frauen, und es drängten immer mehr nach, weil das Gebäude hinter ihnen inzwischen lichterloh brannte.

Einer warf einen Stein; Cashel schlug ihn mit dem Stab weg, aber er hätte ihn ohnehin nicht getroffen. Die meisten Plünderer trugen Keulen oder Metallstangen, aber einige hatten auch Schwerter. Sie hatten eigene Wurfgeschosse mit ins Lagerhaus gebracht, und der Hof war nicht gepflastert und lieferte ihnen keine.

Cashel riskierte einen Blick über die Schulter. Das Schiff war schwer beladen, also fiel es den Seeleuten schwer, es vom Kai wegzudrücken. Einige aus dem Mob versuchten, aufs Schiff zu springen, und störten die Versuche, es vom Kai wegzubewegen. Jemand warf eine Laterne. Der Papierschirm ging in Flammen auf, und das Öl ergoß sich über das Holz und entzündete sich sofort.

Cashel wirbelte seinen Stab. Alles andere hatte er aus seinem Geist ausgeschlossen. Blaue Feuer tanzten auf den Beschlägen, so kalt wie der Rauhreif, der im Winter Zweige überzieht.

Der Stab wirbelte immer schneller. Cashels Arme kamen kaum mehr nach, und dennoch … Ein Wind kam auf, fauchte, röhrte.

Der *Goldene Drache* löste sich vom Kai. Die Laufplanke hinter Cashel fiel mit lautem Platschen ins Hafenbecken.

Cashel stand immer noch da, und der Stab wirbelte. Die Eisenspitzen erzeugten einen blauen Kreis, hinter dem die Angreifer entsetzt aufschrien.

»Spring!« rief Mellie.

Cashel sprang nach hinten, in den Bug des *Goldenen Drachen.* Auf dem Deck brach er zusammen. Das Schiff bebte unter ihm, glitt immer noch vom Ufer weg. Cashel lag flach auf dem Bauch. Er war so müde, daß er spüren konnte, wie sehr es die Muskeln seiner Brust anstrengte, wenn er auch nur atmete.

Serianische Seeleute ruderten in langgestreckten Zügen, und der Kapitän schlug mit seinem Rochenstab auf sie ein. Die Menge auf dem Kai hatte sich ins Hoftor gedrängt, zu verängstigt, um sich darum zu sorgen, daß das Gebäude inzwischen vollständig brannte und wahrscheinlich glühende Trümmer in alle Richtungen verteilt würden, wenn es zusammenbrach.

»Du bist so *stark*, Cashel!« gurrte Mellie und streichelte sein Ohr.

Man hörte Schreie, als würde ein Schwein geschlachtet. Einer der Plünderer befand sich immer noch an Deck des *Goldenen Drachen.* Mehrere lachende Hochländer hatten ihn aufs Deck gedrückt, und einer sägte mit einem Knochenmesser an seiner Kehle.

Cashel packte seinen Stab, holte tief Luft und ergab sich der Dunkelheit, in der hin und wieder bläuliches Feuer zuckte.

6

Solange Sharina den Atem anhielt, war das Erstaunlichste am Dorf des treibenden Volks der Eisberg in dessen Mitte. Das Eis glitzerte im Sonnenlicht wie ein gewaltiger Edelstein in einer Fassung aus Booten, und die gewaltige Größe des Bergs ließ die Hausboote des Volks, die nach anderen Maßstäben recht beeindruckend gewesen wären, wie Spielzeug aussehen.

Wenn Sharina atmen mußte, war es immer noch der Gestank, der den größten Eindruck machte.

»Ich nehme an, ich werde mich daran gewöhnen«, murmelte sie. Und das war der erschreckendste Gedanke von allen.

Sie saßen alle vier in Schlafzuviels Boot. Nonnus und Sharina hockten nebeneinander, den Blick nach vorn gerichtet. Die Adligen waren direkt vor ihnen mit dem Rücken zum Bug; so nahe, daß Aseras Knie beinahe an Sharinas stießen.

Sobald die Fangboote das Dorf erreicht hatten, hatte Schlafzuviels Besatzung den Einbaum an ihrem eigenen Hausboot befestigt – einem von sechzig oder achtzig ähnlichen Schiffen, die mit Hilfe langer Taue zu einem Kreis rund um den Eisberg verbunden waren. Dann waren Fangboote mit allen gesunden Erwachsenen der Familie zu den beiden Hausbooten aufgebrochen, die eine Viertelmeile den Kreis entlang wie ein Katamaran zusammengebunden waren.

»Wohin bringen sie uns?« fragte Meder, und er fügte nicht mehr »guter Mann« hinzu, wenn er mit Nonnus sprach;

obwohl Sharina nicht sicher war, ob er endlich die Fähigkeit des Eremiten anerkannte oder einfach nur Angst hatte.

»Das ist die königliche Residenz«, sagte Nonnus mit Blick auf das Doppelschiff. »Dort wohnt der König mit seiner Familie und den Wachen. Zwischen den Schiffen gibt es ein Deck, wo sich die Bürger zu Beratungen versammeln.«

»Bürger?« fragte Sharina.

»Wenn man zur Besatzung eines Fangbootes taugt«, erklärte Nonnus, »dann ist man ein Bürger. Ansonsten bist du der Besitz von jedem, der dich durchfüttert. Und wenn niemand diese Verantwortung übernehmen will – nun ja, das Meer dort draußen ist weit.«

Die vier waren in Schlafzuviels Boot umgestiegen, als die Besatzung den Einbaum am Hausboot befestigt hatte. Sharina hatte einen Blick auf die restliche Familie erhascht: eine Gruppe von Kindern und sechs alte Erwachsene – fünf von ihnen Frauen –, die die Neulinge mit einer Mischung aus Ehrfurcht und Haß anstarrten. Die Kinder hatten sich vor dem direkten Blick der Fremden verborgen.

Ein kleiner Junge hing draußen am Boot. Er duckte sich jedesmal, wenn Sharina in seine Richtung sah, und streckte den Kopf wieder übers Dollbord, wenn ihr Blick weiterwanderte. Seine Zehen hingen vermutlich im Wasser, aber das Meer schien hier niemanden zu stören.

Dreifinger stand im Bug von Schlafzuviels Boot: Er war offensichtlich Schlafzuviels Sohn; aber Sharina nahm an, daß die Verwandtschaftsverhältnisse des treibenden Volks ziemlich kompliziert waren.

In bestimmten Intervallen, etwa alle zwanzig Ruderschläge, blies Dreifinger auf einer gewundenen Ammonitenschale; ausgerollt hätte sie ein acht Fuß langes Horn ergeben. Die Schale reflektierte das Sonnenlicht in sanften

Farben, die schön hätten sein können. Sharina fühlte sich zu ihrem Erstaunen davon ebenso unangenehm berührt wie von dem Gestank des Dorfes.

Auch Nonnus sah dieses Horn an. »Man sagt, das Volk betet die Großen aus der Tiefe an«, sagte er kaum lauter als im Flüsterton. »Aber es sind eine Menge solcher Geschichten im Umlauf, auch über die Leute auf Pewle.«

Er lächelte betrübt, offenbar angesichts seiner Erinnerungen. »Ich war immer der Ansicht, daß die Wahrheit gerade schlimm genug ist.«

Meder hörte dem Eremiten zu und betrachtete dabei seine neue Umgebung mit lebhaftem Interesse. Die Prokuratorin hingegen war in Schweigen verfallen und fühlte sich offenbar zu elend, um auch nur den Kopf zu heben. Sharina stellte schockiert fest, wieviel dünner Asera geworden war, seit sie in Barcas Weiler von Bord gegangen war. Die Veränderung fiel ihr erst jetzt auf, als sie Asera zum erstenmal seit langer Zeit wieder unter vielen anderen Menschen sah.

Der Eisberg war eine unglaubliche Masse, die das treibende Dorf beherrschte. Abhängig davon, wie das Licht aufs Eis fiel, glitzerten seine Facetten in Blau, Weiß oder Grün.

Nonnus hatte Sharinas Blick zum Eisberg bemerkt. »Essen ist kein Problem auf See«, sagte er. »Aber frisches Wasser schon. Man kann sich nicht darauf verlassen, daß es regnet, und außerdem ist Regenwasser schwierig aufzubewahren.«

Er zeigte zum Eis hin. »Gletscher am Eiskap kalben jedes Frühjahr. Die Eisberge folgen denselben Mustern von Wind und Strömung wie das Volk. Ein Dorf umkreist einen Berg für ein Jahr oder mehr, bis er geschmolzen oder aufgebraucht ist, dann suchen sie sich einen anderen.«

»Bestehen Eisberge aus Trinkwasser?« fragte Sharina.

»Ja, wahrscheinlich, wenn sie vom Land kommen.«

»Es kommt selten vor, daß ein Stamm länger als eine halbe Meile unterwegs sein muß«, meinte Nonnus, »aber manchmal sieht man ein ganzes Dorf, das übers offene Meer paddelt, weil sie zu lange damit gewartet haben, sich einen neuen Eisberg zu suchen. Das ist vielleicht ein Anblick!«

Hörner erklangen vom königlichen Katamaran. Leute verließen die anderen Hausboote, um sich in Fangbooten und seltsamen Personen-Pontons auf den Weg zur Residenz zu machen – Hautblasen mit einem Walknochen-Ausleger auf einer Seite, der Benutzer hockte auf der Blase wie auf einem Pferd und bewegte sich mit Hilfe eines doppelseitigen Paddels. Es wimmelte von Seefahrzeugen, die sich auf Haft niemand hätte träumen lassen.

»Sie werden ein Palaver abhalten«, sagte Nonnus. Er sprach leise, aber er strich mit der rechten Hand sanft über den Schaft seines Speers. Das zeigte jemandem, der ihn so gut kannte wie Sharina, wie angespannt er war. »Sie werden sich wegen uns streiten, aber nicht sonderlich. Und sie werden sich darüber streiten, wie sie den Einbaum zerteilen wollen – das könnte allerdings die ganze Nacht dauern.«

Das Fangboot bewegte sich, als wäre es ein schlechtgelauntes lebendes Wesen. Der Rahmen bestand aus Walknochen, die mit Sehnen zusammengebunden waren. Die Haut des Rumpfs bestand aus Walhaut, die innen mit stehenden Säumen vernäht war; nie hatte eine Nadel die Haut völlig durchstochen. Dennoch waren die Nähte dick mit Fett bestrichen, vermutlich mit Waltran.

Sharina fand es seltsam, in einem Schiff zu sitzen, das von Paddlern vorwärtsbewegt wurde, die nach vorn blickten, und nicht von Ruderern, die zum Heck schauten. Die hohen Seiten gaben ihr eher das Gefühl, in der Falle zu sitzen, als das von Schutz, und die Art, wie das Boot sich bog, gefiel ihr überhaupt nicht. Aber am wenigsten behagte ihr, wie es roch.

Sie verstand allerdings, daß diese Seefahrzeuge einen Sturm überstehen würden, der ein Boot aus Planken zerstören würde: Sie schwammen wie Öl auf dem Wasser. Das mußten sie auch, wenn sie den Winter in diesen Breitengraden überstehen sollten.

Schlafzuviels Boot ging an der Residenz längsseits und blieb mit einem raschen Wirbel sämtlicher Paddel stehen. Sharina hatte auf dem Weg zum Katamaran keine Befehle gehört, und Dreifingers Hornsignale galten dem Dorf, nicht der Besatzung seines eigenen Boots. Die Paddler blieben im Rhythmus, ohne daß jemand das beabsichtigte.

Sharina mußte an Fisch- oder Vogelschwärme denken, Gruppen von bis zu tausend Tieren, die ohne sichtbare Signale gleich agierten. Und die Herrin wußte, daß alles, was sie bisher vom treibenden Volk gesehen hatte, in vielerlei Hinsicht an Tiere erinnerte.

Leute standen am Dollbord des Katamarans. Schlafzuviels Familie sprang an Land, die Harpunen in der Hand, wurde von Leuten aus dem Haushalt des Königs herumgeschubst und schubste zurück. Eine Frau fiel ins Wasser, tauchte wieder auf und zog sich mit einer Bewegung auf den Katamaran, die Sharina an den Sprung eines Delphins erinnerte.

»He!« rief Schlafzuviel. »Macht das Boot fest! Jemand soll das Boot festmachen!«

Die Besatzung ignorierte ihn. Schlafzuviel, schwerer als die jüngeren Leute, stapfte zum Dollbord des Katamarans. Nonnus grinste. Er ging zum Bug und zog die Trosse im Boot um eine der nach oben ragenden Rippen des Hausbootsrumpfs.

Die Trossen waren aus einem einzigen rechteckigen Stück Haut geschnitten und nicht aus mehreren Strängen geflochten. Nur halbgegerbt, war das Leder steif und dick genug, daß der Eremit seine Muskeln anstrengen mußte, um den Knoten zu schlingen.

»Was würden sie tun, wenn ihr Boot abtriebe?« fragte Sharina.

»Hinterherschwimmen«, meinte Nonnus achselzuckend. »Im Wasser sind sie zu allem imstande. An Land, na ja, ich nehme an, da geben sie ebenso guten Dung ab wie die gleiche Menge Seehundinnereien.«

Er zog eine Grimasse, als er darüber nachdachte, was er gerade gesagt hatte. »Entschuldige, Kind«, murmelte er. »Ich bin wieder an dem Punkt angelangt, an dem ich als junger Mann war, und ich klinge auch, als wäre ich wieder jung und dumm.«

Obwohl Schlafzuviels Besatzung die vier – die sie ja nun schon genügend bestaunt hatten – ohne einen weiteren Blick zurückgelassen hatte, drängten sich die Mitglieder des königlichen Haushalts dicht heran, um sich die Fremden anzusehen.

Die Männer äußerten lautstark ihr Interesse an Sharina. Sie erstarrte. Sie hatte im Gasthaus auch während des Schafsmarkts gearbeitet, wenn viele Fremde im Dorf waren, aber Reise hielt ein achtbares Haus. Wenn ein Viehhändler zuviel trank, um daran zu denken, dann war immer Garric dagewesen, um ihn daran zu erinnern.

Hier hatte sie Nonnus.

Der Eremit sprang mit einer einzigen Bewegung aufs Hausboot. »Platz für meine Frauen!« brüllte er und wirbelte den Speer mit Daumen, Zeige- und Mittelfinger seiner linken Hand über dem Kopf. »Platz für meinen Sohn.«

Es gab eine rasche, verärgerte Erwiderung aus dem Volk. Nonnus trat mit den rechten Fuß zu, dann mit dem linken, dann wieder mit dem rechten. Von hinten sah es aus, als vollführte er einen seltsamen Tanz. Und in gewisser Weise tat der Eremit das auch: Jedesmal, wenn sein Fuß ausschwang, traf die schwielige Ferse einen vom Volk an der Stirn und schleuderte ihn vom Geländer zurück.

»Kommt schon!« fauchte Sharina Asera und Meder zu. Sie ließ das Beil zurück in die Schlaufe am Gürtel sinken und half der Prokuratorin aus dem Fangboot. »Nonnus, wir kommen!«

Die Brise war schwach, und das Fangboot befand sich auf der Leeseite der Residenz. Sharina schob Asera auf das Dollbord des Hausboots; Nonnus beugte sich vor, hob sie an der anderen Seite wieder herunter und setzte sie auf dem größeren Schiff ab. Das Manöver hätte nicht besser ablaufen können, wenn er und Sharina es geprobt hätten.

Meder kletterte selbst hinauf und rollte sich über die Reling. Er war ungelenk, aber er ersparte sich zumindest die Demütigung, wie ein Sack Getreide herumgehoben zu werden.

Sharina wußte, daß sie nicht das Gleichgewichtsgefühl des Eremiten hatte, aber sie war jung, stolz und aufgeregt. Sie sprang neben Nonnus auf die Reling, hielt einen Augenblick inne und landete ohne Stolpern auf dem Hausboot. Grinsend stieg Nonnus den Rahmen herunter, als wären es steile Stufen, statt zu springen, wie sie es getan hatte.

Um die vierzig Personen sammelten sich um die Neuankömmlinge. Wenn sie saßen oder in ihren Booten knieten, hatten die Leute vom treibenden Volk den Körperbau von Göttern. Sie hatten eine breite Brust, und feste Muskeln überzogen ihre Hälse und Arme.

Wenn sie standen, ließen ihre krummen Beine sie mißgebildet aussehen, wie Wesen aus einem Alptraum. Sie gingen schlurfend wie Affen, die gerade von den Bäumen geklettert waren. Weiter, als ein Hausboot lang war, hatte sich noch keiner von ihnen mit Hilfe seiner Beine bewegt.

»Bringt sie hier rüber!« rief ein Mann auf der Plattform, die die beiden Schiffe verband. »Und laßt sie in Frieden! Sie unterstehen mir!«

»Ihr habt den König gehört«, sagte Nonnus mit grimmigem Lächeln zu der Menge. Er schwang den Speer vor sich her, um ihnen den Weg zu bahnen. »Bleibt dicht hinter mir«, flüsterte er seinen Begleitern zu, als er auf die Plattform zuging.

Die Hausboote hatten stumpfe Enden wie Wannen und waren etwa hundert Fuß lang und vierzig Fuß breit. Bug und Heck waren mit Walhäuten auf einem Gestell aus Walknochen überzogen, dieselbe Konstruktion, aus der auch der Rumpf des Schiffes bestand. Die überdachten Bereiche waren faulig stinkende Höhlen; schmutzig selbst nach den Maßstäben des treibenden Volks.

Der offene Teil – die Mitte des Schiffs – war nicht viel besser. Es gab keine Abdeckung der Bilgen, und sie konnten auch nicht ausgepumpt werden. Ungeziefer krabbelte über den Schmutz. Nonnus und die anderen überquerten sie auf den Rahmen, aber die Leute vom Volk platschten einfach hindurch.

»Das ist Wahnsinn«, murmelte Asera.

»Es ist das, was uns die Magie eingebracht hat«, fauchte Sharina zurück. Nonnus schwieg, als er vor den anderen herging und den Speer quer vor sich hielt, aber er lächelte dünn.

Der Rahmen des Hausbootes war ein Gewirr von Dreiecken, das sich selbst in dieser ruhigen See heftig bewegte, aber genau aus diesem Grund würde es auch dem heftigsten Sturm standhalten können. Die Walhaut, die diesen Rahmen überzog, war fest, und die Nähte aus Sehnen würden ebenso fest bleiben, ohne zu brechen oder zu lecken.

Eine Plattform, die etwa vierzig Fuß im Quadrat maß und von oben und unten mit Walhaut bezogen war, verband die beiden Hausboote. Die Hausboote ragten nur etwa fünf Fuß über die Wasserlinie, also schlugen selbst an ruhigen Tagen wie diesem Wellen von unten gegen die Plattform oder sogar darüber, wenn die Rümpfe sich hoben und senkten. Die Angehörigen des Volks, die bereits hier standen oder knieten, ignorierten das Wasser.

Nonnus ließ seine Leute vor sich die wackelnde Plattform betreten, dann folgte er ihnen mit einer Bewegung, die halb ein Sprung, halb eine Drehung seines Unterkörpers war. Sharina wußte, daß der Eremit beinahe so alt war wie die Prokuratorin, aber niemand hätte das seinen Bewegungen ansehen können.

Der Mann auf dem Thron aus Walroßelfenbein und Perlmutt war schwer, ohne fett zu sein, und älter als die meisten hier. Sechs junge Männer standen neben dem Thron. Sie trugen Mützen aus Seewolfhaut und hatten lange, schmale Schilde aus demselben Material in der Hand; einer von ihnen hatte außer der Harpune, die hier das Kennzeichen eines Bürgers zu sein schien, auch noch ein Entermesser.

»Man nennt die Wachen die Söhne des Königs«, murmelte Nonnus Sharina ins Ohr. »Sie sind tatsächlich Verwandte, wie die meisten, aber sie müssen nicht unbedingt wirklich seine Söhne sein.«

Die alte Frau, die neben dem Thron kniete, spähte den

Fremden forschend entgegen. Zunächst sah es so aus, als trüge sie ein blaues Gewand, aber dann sah Sharina, daß ihr ganzer Körper mit blauen Wirbeln tätowiert war. Sie schlurfte zur Kante der Plattform und lehnte sich dabei auf einen Stab aus einem Narwalzahn.

Schlafzuviel stand vor dem König, so dicht, daß einer der Wachen die Harpune senkte und ihn zurückstieß, als er rief: »König Langzeh, diese Insulaner trieben im Meer neben dem Treibholz, das ich gefunden habe. Ich beanspruche das Treibholz und die Fremden als meine Sklaven.«

Sharina legte die Hand auf ihr Beil. Nonnus stieß von hinten das Ende des Speerschafts zwischen Schlafzuviels Füße und hebelte den Mann um. Eine der Wachen rollte ihn mit einem Tritt auf den Rücken. Die Umstehenden lachten und schlugen mit den Handflächen auf die Plattform, daß es wie Donnergrollen klang.

»König Langzeh«, sagte der Eremit, »ich bin Nonnus, Sohn des Bran, Sohn der Insel Pewle. Ich biete Euch das folgende Holz als Bezahlung dafür, daß meine Familie sich dem Stamm anschließen darf: fünf Pfähle von diesem Durchmesser …«

Er bog die Finger der linken Hand zu einem Halbkreis vom Durchmesser eines Ruderschafts, aus dem die vier Stützen und die Hauptspiere bestanden; mit der Speerspitze kratzte er einen vollständigen Kreis auf die Walhaut.

»… und so lang.« Nonnus entfernte sich zwanzig Fuß vom Thron. Die Menge teilte sich, weil er seinen Speer vor sich trug. »Drei so dicke Stücke …« Die Ausleger und der Mast, die aus den Spieren der Trireme gemacht waren. Er ging vier Fuß weiter. »… und so lang. Und einen Stamm von diesem Durchmesser …«

Nonnus bog beide Arme zu einem breiten Halbkreis.

»… und so lang, aber ausgehöhlt um etwa ein Drittel. Auf meine Ehre als Pewlemann.«

Die Menge johlte staunend. Das Volk konnte vieles mit Walknochen tun, aber die Seltenheit verlieh Holz einen hohen Wert. Stämme von der Größe des Einbaums trieben sicher nicht oft in die Gewässer, in denen das treibende Volk lebte.

»Und was soll die Ehre eines Pewlemanns wert sein?« fragte einer aus Schlafzuviels Familie.

»Deine Zähne als Schmuck und dein Herz als Mittagessen, wenn es auch nur eine Spanne weniger Holz gibt, als ich sage«, meinte Nonnus. »Sollen wir diesen Handel abschließen, Dreifinger?«

Dreifinger zog sich einen halben Schritt hinter seinen Vater zurück. Nonnus trat wieder vor den König, den Speer an der Schulter ruhend. »Den Preis für sechs Bürger«, sagte er zu Langzeh. »Für mich, meine zwei Frauen und meinen Sohn, für den ich sorgen muß. Er ist kränklich und kann nicht jagen, aber ich habe meinen Göttern geschworen, daß ich mich dennoch um ihn kümmern werde.«

»Also, Pewlemann«, sagte Langzeh. Es war das erste Mal, daß Sharina ihn hatte sprechen hören, seit er gefordert hatte, daß man sie zu ihm brachte. Seine Stimme war rauh und durchdringend. »Wenn du dich dem Stamm anschließt, zu welcher Familie willst du gehören? Zu der von Schlafzuviel?«

Die Menge wurde immer größer, als mehr Leute aus abgelegeneren Hausbooten die Plattform erreichten. Bei dem Vorschlag des Königs erklang allgemeines Kichern. Es war ziemlich deutlich, daß dies einen baldigen Tod bedeuten würde – den von Schlafzuviel, da war sich zumindest Sharina sicher.

»Ich habe meine eigene Familie!« sagte Nonnus. »Ich werde hier in der Residenz bleiben, König, bis ich mein eigenes Hausboot habe.«

Die tätowierte Frau war in der Menge verschwunden. Jetzt tauchte sie unerwartet neben Meder auf und sagte leise etwas. Meder zuckte zusammen; Sharina zog das Beil aus der Schlaufe, dessen Griff sie umklammert hatte, seit sie an Bord der Residenz gegangen waren.

»Nein, Pewlemann, das glaube ich nicht«, meinte Langzeh schleppend. Er wandte langsam den Kopf und sah die Menge an. »Mutterliebchen, du wirst den Pewlemann und seine Sklaven bei dir aufnehmen. Ich denke nicht, daß das zusätzliche Gewicht das Boot zum Sinken bringt, aber ...«

Er lächelte; am Oberkiefer fehlten ihm die Schneidezähne.

»... wenn die Götter zornig werden, will ich kein besseres Boot verlieren. Oder?«

Alle lachten, bis auf einen hochgewachsenen, kahlen Mann und die Leute in seiner Nähe. »Mein Boot ist nicht so schlecht«, murmelte er.

Meder und die tätowierte Frau unterhielten sich angeregt, hatten die Köpfe dicht zusammengesteckt. Selbst Asera betrachtete die Szene etwas teilnahmslos. Sharina entspannte sich, aber sie fand diese Entwicklung nicht erfreulich.

»Ich gehorche deinem Befehl, mein König«, Nonnus verbeugte sich, »und dem Gesetz.«

Er trat zurück. Sofort begannen die Auseinandersetzungen wieder zwischen Schlafzuviel, Mutterliebchen und einem halben Dutzend anderer älterer Männer, die alle Ansprüche auf einen Anteil am Holz erhoben.

»Hier entlang«, murmelte Nonnus. »Wir werden in Mutterliebchens Fangboot fahren, und ich will bereit sein, wenn er ablegt. Ich war nie ein sonderlich guter Schwimmer.«

»Ich werde hierbleiben, guter Mann«, verkündete Meder unerwartet. »Führdiesterne und ich wollen uns noch länger unterhalten. Sie sagt, sie wird dafür sorgen, daß ich vor Einbruch der Dunkelheit zurückkehre.«

»Ach ja?« erwiderte Nonnus ausdruckslos. »Wie Ihr wünscht, Meister Meder. Wohin immer Ihr gehen wollt.«

Er wandte sich abrupt ab und sagte zu Sharina und Asera: »Kommt!« Sharina war nicht sicher, ob die Prokuratorin ihnen folgen würde, aber Asera leistete keinen Widerstand. Sie hatte sich merklich aufgerichtet, seit Meder und die alte Frau angefangen hatten, miteinander zu sprechen.

Sharina konnte sich nicht vorstellen, wie Nonnus es geschafft hatte, Mutterliebchens Boot unter all denen herauszufinden, die zur Residenz gekommen waren, aber ihr wäre auch nicht eingefallen, an seiner Äußerung zu zweifeln. Das Schiff, festgemacht an dem anderen Rumpf des Katamarans, kam ihr kein bißchen anders vor als das der Schlafzuviel-Familie.

»Besteht wirklich die Gefahr, daß das Hausboot sinken wird?« fragte Sharina leise.

Nonnus zuckte die Achseln. »Dinge beginnen zu zerfallen, sobald sie fertig gebaut sind«, sagte er, »aber die Hausboote des Volks sind besser als das meiste, was man an Land finden würde. Wenn Flickarbeiten notwendig sind, dann werden wir wenigstens etwas zu tun haben, bis wir herausfinden, wie wir hier wieder wegkommen.«

Eine Gruppe junger Männer entfernte sich von der Beratung und kam auf Harpunenlänge zu der kleinen Gruppe heran. Sie waren nicht unbedingt feindselig, aber sie wußten offensichtlich, daß sie hier nicht willkommen waren.

Dreifinger war einer von ihnen. »Hör zu, Pewlemann«, sagte er. »Du bist ein alter Mann. Du kannst einer jungen Frau nichts mehr nützen. Wir denken, du solltest sie jetzt aufgeben, weil sie sich ohnehin bald zu uns schleichen wird.«

Sharina zog das Beil vom Gürtel.

Das Lachen des Eremiten war eine Herausforderung direkt aus einem Alptraum. Er stieg die Knochenrahmen des Schiffsrumpfs rückwärts hinauf, ohne dabei den Blick von den jungen Männern zu nehmen.

»Wer will mir meine Frauen abnehmen?« fragte er mit hoher, rauher Stimme und tänzelte auf dem Dollbord hin und her. Er sprang in die Luft und wechselte den Speer unter den Füßen hindurch in die andere Hand, bevor er den Rahmen wieder berührte. »Wer wagt es? Dreifinger, willst du es versuchen?«

Die Männer wichen einen Schritt zurück. Andere vom Volk, vor allem Kinder des königlichen Haushalts, beobachteten die Szene interessiert.

»Wir können nicht gegen dich kämpfen, weil du einen Speer mit einer Eisenspitze hast«, murmelte einer der Paddler aus Schlafzuviels Boot.

Nonnus sprang plötzlicher vom Dollbord, als selbst Sharina, die gewußt hatte, daß etwas geschehen würde, erwartet hätte. Mitten im Sprung warf er den Speer von der rechten Hand in die linke und riß Dreifinger die Harpune fort.

»Oh!« Dreifinger wich zurück und stieß gegen seine Genossen.

Nonnus stieß mit dem stumpfen Ende der Harpune fest gegen die Brust des jungen Mannes, der gesprochen hatte. Rippen krachten; das Opfer stieß heftig den Atem aus, während es nach hinten fiel.

»Fürchtet ihr euch vor meinem Stahl, meine Kleinen?« höhnte Nonnus, als er wieder oben auf dem Dollbord war. »Fürchtet lieber *mich!*«

Die Verblüffung der jungen Leute wich lautem Gelächter, nur Dreifinger und der Bursche, der am Boden lag und immer noch verzweifelt versuchte, Luft zu schnappen, stimmten nicht mit ein. Einer seiner ehemaligen Genossen trat nach dem Verletzten, als der um sich schlug und ihn aus Versehen berührte.

Die Gruppe kehrte zum Thron zurück, immer noch lachend. Der Verletzte schaffte es, sich auf den Bauch zu rollen und davonzukriechen, wobei er leise vor sich hin wimmerte.

Nonnus trat wieder neben Sharina. »Im Augenblick wird es gehen«, meinte er. »Aber wir sollten uns auf keinen Fall trennen.«

Sharina nickte.

Meder und die tätowierte Frau hockten einander an einer Ecke der Plattform gegenüber. Meder hatte etwas in der Hand, das wie ein geschnitzter Walroßzahn aussah. Er gestikulierte, während er sprach. Eine dünne Spirale aus rotem Licht erhob sich vor ihm von der Plattform.

7

Ilna rührte sich nicht von ihrem Platz am Fenster, als sie das Klopfen an der Tür hörte; ein leichtes, zurückhaltendes Klopfen. »Herein«, sagte sie einen Augenblick bevor das Klopfen wiederholt wurde. Sie schaute weiter über die geflieste Fensterbank hinweg zur Straße hinaus.

Lärm aus dem Laden im Erdgeschoß drang ins Zimmer ein und wurde dann wieder leiser, als Beltar die Tür hinter sich schloß. »Ich komme wegen mehr Bändern, falls Ihr noch mehr hergestellt habt«, sagte er unterwürfig. »Die Kundinnen sind sehr aufgeregt. Sie, äh, sind daran gewöhnt, zu bekommen, was sie wollen.«

»Erdins Oberschicht«, sagte Ilna ungerührt. Im selben Tonfall fügte sie hinzu: »Fäden für mein Muster.«

Drei Kutschen und eine Sänfte mit Vorhängen aus rotem Plüsch verstopften die Straße. Die Besitzerinnen befanden sich in Beltars Laden: Es war gar nicht schlecht, daß der Tuchhändler darauf bestanden hatte, daß Ilna ein Quartier im gegenüberliegenden Haus bezog statt in dem seinen. Der Lärm, den die Kundinnen machten, hätte sie vielleicht gestört. Das Muster wob sich immer weiter, selbst wenn sie sich dessen nicht bewußt war.

»Ich habe daran gedacht …«, setzte Beltar an. »Ich frage mich, ob es nicht gut wäre, die Länge an Bändern, die jede Kundin erwerben kann, festzulegen. Was meint Ihr dazu?«

Der Tuchhändler sprach lieber zu Ilnas Rücken, als ihr in die Augen zu sehen, das wußte sie. Es war ihr gleich, wie ihm zumute war. Beltar hatte eine Aufgabe, die er zufriedenstellend ausführte.

»Das ist mir egal«, sagte Ilna. »Ich habe es Euch bereits einmal gesagt: Alle Geschäftsfragen obliegen Eurem Ermessen.« Sie drehte sich um: »Belästigt mich nicht wieder mit solchen Dingen.«

Beltar trat von einem Fuß auf den anderen: »Jawohl, Herrin«, sagte er und begegnete ihrem direkten Blick. Nur ein kurzes Zucken seines Mundes zeigte, wie nervös er war. »Es ist nur, die Leute glauben ...«

Er hielt inne, um noch einmal über seine Worte nachzudenken, befand sie für gut und fuhr fort: »Die Leute glauben, daß Eure Bänder nicht nur die Wirkung haben, die ihnen nachgesagt wird, sondern daß eine größere Länge die Wirkung erhöht.«

Ilna lächelte. »Das entspricht der Wahrheit«, sagte sie. »Die Stoffe, die ich webe, lenken tatsächlich die Aufmerksamkeit von Männern auf die Frauen, die diese Stoffe tragen, und je mehr von diesem Stoff eine Frau trägt, desto größer ist das geweckte Interesse.«

Der Raum nahm die gesamte Vorderfront des ersten Stocks des Gebäudes ein. Die drei Flügelfenster lieferten hervorragendes Licht vom Morgen bis beinahe zur Abenddämmerung, obwohl solche Dinge Ilna nicht mehr interessierten. Sie hätte auch in vollkommener Dunkelheit weben können, und es wäre nie ein Faden am falschen Platz gewesen.

Beltar hatte das Zimmer unmöbliert gemietet. Es war auch unmöbliert geblieben bis auf ein Strohbett, sechs Webrahmen verschiedener Breite und Körbe mit dem feinen Garn, mit dem Ilna arbeitete. Kein Gefangener, kein Asket hätte einfacher leben können als Ilna os-Kenset, aber sie war dabei, die mächtigste Person auf Sandrakkan zu werden.

Beltar war bleich geworden. Ilna lächelte ihn an.

»Ihr armer Narr«, sagte Ilna in amüsierter Verachtung. »Ihr habt geglaubt, es wäre der Trick einer Betrügerin, nicht wahr? Daß ich Gerüchte in Umlauf gebracht habe, daß meine Bänder Liebeszauber seien, und dumme Frauen das tatsächlich glauben würden. Nun, sie mögen dumm sein, aber sie erhalten genau das, wofür sie auch bezahlt haben, Beltar.«

Er schloß die Augen. »Ich kann niemanden sonst mit den Bändern umgehen lassen«, sagte er leise. »Nicht einmal meiner eigenen Frau kann ich damit über den Weg trauen. Es gab Frauen, einige der reichsten in Erdin, die mir das Zehnfache des Preises geboten haben, wenn ich ihnen nur mehr von Eurem Tuch besorgen könnte.«

Ilna strich über das Band, das sie ein paar Minuten vor Beltars Besuch begonnen hatte. Es war nur einen Finger breit. Das Muster war nach zwei Zoll beendet, und normalerweise beendete sie ein Stück nach drei Wiederholungen, aber das war keine feste Regel.

Diese Bänder wob sie in nur zwei Farben, in gebleichtem und ungebleichtem Garn, ohne jede Färbung. Für diesen Zweck zog sie Flachs einem tierischen Produkt wie Wolle oder Seide vor, aber sie hätte im Prinzip jede Faser benutzen können. Ein Stoff ist kein Labyrinth mit nur einem einzigen richtigen Pfad: Tausende von Fäden verbinden sich zu einem Tanz, der so kompliziert ist wie das Leben selbst. Jeder einzelne von ihnen führt einen irgendwann zum Ende des Musters.

»Erhöht Eure Preise, Beltar«, sagte Ilna jetzt. »Schneidet die Bänder in kleinere Stücke, oder hortet meine Arbeiten einen Monat lang und verkauft sie für den Preis von ganz Sandrakkan – das ist Eure Sache.«

Ihre Stimme hatte sich unmerklich verändert. »Aber Ihr werdet mir irgendwie mehr Geld beschaffen müssen, weil ich mir statt dieses Zimmers ein Haus am Palastplatz mieten möchte.«

Sie bedachte ihn mit einem schiefen Lächeln. »Ich steige auf in der Welt, wißt ihr.«

»Aber …«, wollte Beltar einwenden. »Nur Adlige können es sich leisten, dort zu wohnen. Die Miete für ein Haus am Palastplatz wäre hundertmal so hoch wie die für mein eigenes Haus.«

»Dann erhöht Eure Preise!« sagte Ilna kalt. »Ich habe Euch bereits gesagt, die Einzelheiten sind Eure Sache. Ich interessiere mich nur für die Ergebnisse.«

Wieder wandte sie sich dem Fenster zu. Jetzt stand noch eine vierte Kutsche in der Straße. Livrierte Diener stritten laut, Kutscher drohten mit Peitschen, verschleierte Frauen sahen zu. Bald würde es zu einem Aufstand kommen.

Ilna lächelte. All diese Wut war so sinnlos. Beltar hatte keine Ware mehr auf Lager. Die Diener konnten einander anschreien und sich die Köpfe einschlagen, aber an dieser Tatsache würden sie nichts ändern.

»Sie werden zahlen, wißt Ihr«, sagte sie. »Frauen, die ein Vermögen für Kräutersalben ausgeben, die Falten glätten sollen, aber überhaupt nichts nützen – was würden sie für das zahlen, was ich ihnen bieten kann? All die schönen Kleider und der Schmuck, all die Kosmetik, das sind nur Umwege zu etwas, das sie durch meine Bänder direkt erreichen: Männer anzuziehen.«

»Aha«, meinte Beltar. Seinem unglücklichen Unterton nach zu schließen, begann der Tuchhändler tatsächlich zu verstehen. »Ich werde mich in Eurem Auftrag nach Häusern am Palastplatz erkundigen.«

Er schnaubte. »Ich weiß nicht einmal, wo ich einen Makler für so etwas finden soll, aber zweifellos gibt es welche. Und ich werde über Euer Preisschema nachdenken. Zweifellos habt Ihr, was diese Angelegenheit angeht, auch recht.«

Drei der Männer, die die Sänfte getragen hatten, kletterten oben auf eine Kutsche, während deren Fahrer mit der Peitsche nach ihnen schlug. Eine Frau mit einem Spitzenschal, der schief über einem himmelblauen Kleid hing, spornte die eine oder andere Seite begeistert an. Sie fuchtelte mit einer goldenen Haarnadel herum, als wäre es ein Dolch.

»Ja«, meinte Ilna mit einem dünnen Lächeln. »Ich habe recht.«

Die ersten Bänder hatten sie zu bescheidenen Preisen an Prostituierte und Dienerinnen verkauft – sie hatten weniger gekostet, als die Frauen für ein wirkungsloses Amulett bezahlt hätten. Aber die Neuigkeiten hatten sich rasch verbreitet, und steil nach oben.

»Die Oberschicht von Erdin«, wiederholte Ilna flüsternd. Sie haßte sie nicht. Es gab nichts zu hassen. Wie die Leinenfäden waren auch sie nur Material, mit dem sie arbeitete.

Beltar hüstelte gegen seine Heiserkeit an. »Habt ihr angesichts der Nachfrage einmal darüber nachgedacht, Lehrlinge zu nehmen, um Euch die Arbeit zu erleichtern?«

Sie sah ihn an. Er wand sich sichtlich, wrang sein modisch lila gefärbtes Barett in den Händen, während er auf den Wutanfall wartete.

»Ich kann nicht lehren, was ich nicht weiß«, sagte Ilna mit einer seltsamen Sanftheit, die der Tuchhändler noch nie in ihrer Stimme vernommen hatte. »Und selbst wenn ich es könnte, wäre das nichts, was ich einem dummen Mädchen antun würde, das mir niemals etwas getan hat.«

»Ah«, erwiderte Beltar und nickte, um den falschen Eindruck zu erwecken, daß er verstanden hätte. »Ich dachte nur, weil die Nachfrage so groß ist ...«

Seine Stimme verklang. Er schaute zum Fenster hin – von dort, wo er stand, konnte er die Straße nicht sehen –, weil er Ilnas Blick ausweichen wollte, und fuhr fort: »Nun, wenn Ihr ein paar weitere Längen gewoben habt, werde ich sie mit in den Laden nehmen und ...«

»Es wird einen oder zwei Tage nichts mehr geben«, sagte Ilna tonlos. »Ich werde statt dessen an einem anderen Projekt arbeiten. Ihr solltet den Laden lieber schließen und mir das Haus finden, das ich verlange. Wenn Ihr wiedereröffnet, werden sie Euch anflehen, daß Ihr ihnen das Geld abnehmt.«

Sie ging zu dem doppelt breiten Webrahmen, der das halbe Zimmer ausfüllte. Darauf arbeitete sie in Seide. Bisher befand sich nur eine Handbreit Stoff auf dem Rahmen. Er war so dünn, daß Beltar ihn nur als eine Verzerrung im Sonnenlicht sah.

Ilna strich über das Schiffchen. Der Tuchhändler versuchte, sich auf das zarte Muster zu konzentrieren. Es gab nichts zu sehen; er hätte beinahe schwören können, daß Ilna ein Tuch wob, das so klar wie Frühlingswasser war, ein Tuch ohne sichtbare Substanz.

Beinahe. Er verspürte einen Anflug von Begierde, der zu primitiv war, auch nur Lust genannt zu werden: Es war mehr wie jene Kräfte, die im Frühling den Samen zum Sprießen bringen und einen Schößling nach oben zum Sonnenlicht treiben. Er keuchte und wandte den Blick ab, beugte sich unwillkürlich vornüber, als hätte man ihn zwischen die Beine getreten.

»Wie Ihr wünscht, Herrin«, flüsterte er, bereits mit dem Gesicht zur Tür. Er tastete nach dem Knauf. »Ich werde zurückkehren, wenn ich mir die Häuser am Palastplatz angesehen habe.«

Hastig schloß der Tuchhändler die Tür hinter sich. Einige Zeit blieb er im Flur stehen, die Stirn an die Wand gedrückt, und versuchte, wieder zu Atem zu gelangen. Er begann bereits zu verdrängen, was er da empfunden hatte, als er auf den Stoff geblickt hatte, an dem Ilna arbeitete; ebenso, wie es ihm gelungen war, die Wirklichkeit der Vision zu vergessen, die sie ihm am ersten Tag ihrer Zusammenarbeit auf seiner Theke gezeigt hatte.

Aber eine Frage flackerte immer wieder in seinem Geist auf: Wenn die Größe über die Intensität des Zaubers entschied, den die Stoffe ausübten – wie die Gerüchte besagten und Ilna selbst bestätigt hatte –, was würde dann die Wirkung dieses Stoffes sein, für den die Hexe eine Breite von zwei Schritten vorgesehen hatte?

8

Schafe grasten am Hügel zwischen den Begräbnisurnen. Sie waren von der kurzbeinigen Flachlandrasse mit weißem Fell, aber dennoch erfüllte ihr Anblick Garric mit Heimweh.

»O Hirte, sei sanft zu Deinen Kindern«, sprach der Unterpriester. Er war ein junger Mann, wurde aber bereits kahl, und die Nachmittagssonne hatte Schweiß auf seine hohe Stirn treten lassen. »Laß diesen Deinen Sohn Benlo nicht in der Unterwelt den Tod finden.«

Benlos Leiche lag in der Freiluftkapelle. Über ihm lag ein gemietetes Tuch aus roter Seide mit goldenen Bordüren; sein Gesicht, das von den Fachleuten der Kapelle zu einer Miene strenger Würde gezogen worden war, befand sich unter dem offenen Himmel. Während der kurzen Zeit, in der Garric ihn gekannt hatte, war das Gesicht des Viehhändlers immer hinter einer Maske falscher Gutwilligkeit verborgen gewesen; wenn Benlos Leben einen anderen Verlauf genommen hätte, wäre es vielleicht diese ernste Miene gewesen, die er hätte zeigen können.

»Laß nicht zu, daß die schimmernden Edelsteine von Benlos Augen vom Staub der Unterwelt bedeckt werden«, intonierte der Priester. Sein Gewand aus gebleichter Wolle war zu warm für dieses Wetter. Das Kleidungsstück war ein Relikt aus alten Tagen: die förmliche Robe von Würdenträgern des Alten Königreichs. Erinnerungen an König Carus, der über Rechtsstreitigkeiten entschied, zogen durch Garrics Geist; die Würdenträger bei Hofe hatten Gewänder aus gefärbter Wolle getragen, aber Anwälte, Ankläger und Geschworene waren traditionell in Weiß gekleidet gewesen.

Die Begräbniskapelle oben auf dem Hügel über Carcosa war ein niedriges rechteckiges Gebäude mit Arbeits- und Lagerräumen. In einer der Außenmauern befand sich der Eingang, in einer Nische an jeder der anderen Mauern jeweils die Statue einer Gottheit. Gottesdienste wurden draußen abgehalten: Vor jeder Statue befanden sich zu diesem Zweck eine Bahre und ein gepflasterter Platz. Garric überlegte, ob das bedeutete, daß hier mitunter tatsächlich drei Begräbnisse gleichzeitig abgehalten wurden – aber er bezweifelte das.

Liane weinte leise. Vielleicht war dieser edel aussehende Leichnam der Vater, an den sie sich aus Kindertagen erinnerte, der Mann, der für seine Frau und seine Tochter gesungen hatte.

»Laß nicht zu, daß der Marmor von Benlos Zähnen im Ofen des Kalkbrenners endet«, sagte der Priester. Er schien ein anständiger Mensch zu sein. Vor dem Gottesdienst hatte er Liane sein Beileid ausgesprochen, und das hatte offen und ehrlich geklungen, nicht wie das Geschwätz eines Bürokraten, der sich schon auf die größte Summe freute, die er in dieser und den nächsten Wochen kassieren könnte. Dennoch hatte er diese Worte vermutlich schon zu oft gesprochen, als daß es für ihn noch mehr als Worte waren.

Tenoctris stand bei Garric und Liane – sie waren die einzigen Trauergäste. Die alte Frau beobachtete Dinge, die Garric nicht sah, nicht sehen konnte. Sie hatte die Hände gefaltet, und ihre Miene wäre grimmig gewesen, wenn sie das zugelassen hätte.

Garric fragte sich, welche Gottheit hier wohl über die

meisten Beisetzungen wachte. Wo er herkam, hatte niemand bezweifelt, daß die Herrin die Königin des Himmels war, aber ihr Gefährte, der Hirte, hatte dem Alltagsleben der Menschen nähergestanden. Es kam ohnehin öfter vor, daß die Leute Duzi oder einem kleinen Bild an der Wand ihrer Hütte einen Tropfen Milch oder einen Krümel Brot opferten. Die Großen Götter regierten den Himmel von Tempeln aus, die weit entfernt waren, aber die Bauern lebten mit Schafsmist und dem Schmerz des Kindbetts.

»Laß nicht zu, daß das schön gemaserte Holz von Benlos Fleisch zu Feuerholz gebrochen wird«, sagte der Priester und wischte sich in einer unbewußten Geste mit einem Zipfel seines Gewands die Stirn. Garric fragte sich, was sie wohl bei Regenwetter taten.

Vier Arbeiter warteten darauf, die Leiche wegzubringen. Es waren kräftige Männer mittleren Alters; sie langweilten sich offensichtlich, aber sie hielten das höfliche Schweigen ein, das sich für ihre Zunft gehörte.

Wären mehr Trauergäste gekommen, wenn Benlo auf Sandrakkan gestorben wäre? Vielleicht nicht. Was immer der Mann getan hatte, hatte zu seinem völligen Ruin und zu größter Schande geführt. Es brauchte einen besseren Menschen als den Mann aus Lianes Erzählungen, um bei einer solchen Katastrophe seine Freunde zu behalten.

»Liebender Hirte, laß Deinen Sohn Benlo nicht in der Unterwelt den Tod finden!«

Niemand in Barcas Weiler betete zur Schwester. Ihr Name war einfach ein Fluch, und auch zu diesem Zweck wurde er selten benutzt. Die Leute befürchteten, daß man etwas heraufbeschwor, wenn man es beim Namen nannte. Hier gab es an der dritten Mauer der Kapelle eine Statue der Schwester in all ihrer Majestät als Königin der Unterwelt, mit schlangenköpfigem Zepter, einem Rock aus Schenkelknochen und Halsschmuck aus Menschenschädeln.

Die Bahre und der gepflasterte Platz vor dieser Statue sahen ebenso abgenutzt aus wie die vor dem Hirten und der Dame. Garric nahm an, daß es sinnvoll war, bei einem Begräbnis den Segen der Herrin der Toten herbeizuflehen, aber der Gedanke war ihm immer noch unbehaglich. Tod war nichts Böses: Man verringerte die Herde für den Winter, und die Natur verringerte *ihre* Herde, die Menschen eingeschlossen, aus demselben Grund. Dennoch war etwas Perverses daran, den Tod anzubeten.

»Benlo bor-Benliman«, sagte der Priester und stolperte beinahe über den Familiennamen. Bei den Hunderten von Beisetzungszeremonien, die er geleitet hat, war es selten um Adlige gegangen. »Nimm das Wasser des Lebens an, auf daß Du aus der Unterwelt befreit werdest.«

Es war ein heißer Tag; die aromatischen Essenzen, mit denen die Angestellten der Kapelle Benlo einbalsamiert hatten, verbargen den Gestank nach Verwesung nicht vollkommen. Normalerweise schloß dieser Prozeß auch die Entnahme der inneren Organe des Toten ein, so daß man ihn mit Gewürzen vollpacken konnte.

Strasedon hatte den Balsamierern ihre Aufgabe leichtgemacht.

Der Priester tauchte einen goldenen Sprengwedel in eine Schale mit Wasser, die neben der Bahre stand, und schnippte ein paar Tropfen auf das Gesicht der Leiche. Dann legte er den Wedel zurück, griff nach einer Prise Gerstenmehl, das auf einem goldenen Teller neben der Wasserschale lag. »Benlo bor-Benliman, nimm das Brot des Lebens an, auf daß Du erfrischt aus der Unterwelt erstehst.«

Die goldenen Teller und Schalen gehörten zu dem Tuch

aus Seidenbrokat, das man für Beisetzungen höchster Qualität mieten konnte. Leuten der Mittelschicht wurde mit Hilfe von Silber und einem Leichentuch gedacht; wenn es um die Armen ging, benutzten die Priester Steingutschalen. Arme wurden in Gruppen beigesetzt, und wenn es ein Leichentuch geben sollte, mußte die Familie es selbst stellen.

Wenn der Verstorbene reich gewesen war, erwartete man, daß der gesamte Haushalt dem Sarg folgte. Zu einer Beisetzung erster Klasse gehörte ein Chor von sechs professionellen Wehklagern; es konnten auch zusätzliche Trauernde gemietet werden. Liane hatte selbst die sechs nicht gewollt – zur nicht geringen Überraschung des Priesters.

Der Priester hatte das Mehl über Benlos Gesicht gestreut. Die Kuppen seines Daumens und seines Zeigefingers waren schweißnaß; der größte Teil des weißen Puders war daran klebengeblieben, und jetzt wischte er sie sich heimlich am Ärmel seines Gewands ab. Es war ohnehin nur symbolisch.

Der Priester zog das Leichentuch über Benlos Gesicht und verbeugte sich dreimal vor der Statue des Hirten, eines schlanken jungen Mannes, der sich den Stab über die rechte Schulter gelegt hatte. Dann wandte sich der Priester Liane zu und sagte: »Herrin, der Gottesdienst ist beendet. Soll ich …?«

»Bitte«, erwiderte das Mädchen. Sie wischte sich mit einem Taschentuch die Augen, dann faltete sie das Tuch ordentlich zusammen und steckte es in den linken Ärmel zurück.

Der Priester nickte den Arbeitern zu, die mit geübten Bewegungen vortraten; jeder ging zu seiner Ecke der Bahre. Sie hoben den Rahmen, auf dem die Leiche lag, und gingen mit ihm in die Kapelle zurück.

Die eigentliche Bahre blieb stehen. Ihre Seiten waren mit

gemeißelten Lebensbäumen verziert. Garric dachte an die ebenso dekorierten Sarkophage auf dem alten Friedhof nahe dem Roten Ochsen. Wo er herkam, setzte man die Menschen einfacher bei: man gab sie der Erde zurück, die sie während ihres Lebens bearbeitet hatten.

Garric wußte nicht, was das richtige war. Vielleicht zählte es vor allem, daß die Menschen ihren eigenen Traditionen folgten, worin diese auch immer bestehen mochten. Tief in Garrics Hinterkopf lachte König Carus leise und zustimmend.

»Äh«, meinte der Priester jetzt, »ich werde mitgehen und sie beaufsichtigen, wenn Ihr erlaubt.«

»Selbstverständlich«, sagte Liane. Sie war jetzt wieder vollkommen beherrscht. Sie trug das blaue Kleid, das sie bei ihrer Ankunft in Barcas Weiler getragen hatte. Ihre einzige Konzession an den Anlaß bestand darin, daß sie eine Haube in reinem Weiß aufgesetzt hatte – in der Farbe der Trauer.

Mit einem Nicken folgte der Priester den Arbeitern ins Gebäude. Weiter unten am Hügel kniete eine alte Frau neben einer Urne, deren Farbe beinahe vollkommen verwittert war und die jetzt das blasse Rot sonnengebleichter Terrakottaware angenommen hatte. Während Garric zusah, legte sie einen Blumenstrauß auf das Gefäß.

Liane drehte sich um und nahm Garric und Tenoctris bei den Händen. Sie lächelte traurig. »Ihr beide seid alles, was mir geblieben ist, nachdem ich meinen Vater verloren habe«, sagte sie. »Werdet ihr mit mir nach Erdin kommen, um zu erfahren, was ihm passiert ist?«

Tenoctris sah Garric an, dann die jüngere Frau. »Der Weg zur Antwort mag uns weiter führen als bis nach Sandrakkan, Liane«, sagte Tenoctris. »Und es wird ein gefährlicher

Weg sein. Viel gefährlicher, als dir jetzt klar ist. Ich fürchte, es gibt Schlimmeres als den Tod.«

»Ich kann nicht weiterleben, wenn ich nicht versuche, es herauszufinden«, sagte Liane schlicht. »Ich habe meinen Vater schon vor Jahren verloren, aber das habe ich nicht wissen wollen. Ich habe so getan, als hätte ich es nicht bemerkt. Das werde ich nicht noch einmal tun.«

Tenoctris nickte. »Solange du verstehst«, sagte sie. Sie drehte sich um und fuhr fort: »Dann liegt es an dir, Garric. Dein Weg ist auch der meine.«

Sie lächelte strahlend; es ließ sie wie eine andere Frau aussehen, viel jünger und weiblicher. »Das nehme ich jedenfalls an. Wenn ich einfach nur ein Kieselstein bin, der den Hügel hinabrollt, ist eine Richtung so gut wie die andere.«

Der Priester kam vor den Arbeitern aus dem Gebäude. Sie trugen Pfähle, die sie durch die Henkel des Krugs geschoben hatten, in den man Benlos Leiche gelegt hatte. Die einzige Dekoration auf dieser Urne war ein Stern in Weiß. Der heiße Teer, mit dem der Deckel des Krugs versiegelt war, hatte einen harzigen Geruch.

Die beiden Frauen schauten Garric an. »Ja«, sagte er, »ich werde mit dir kommen, Liane.«

König Carus stieß ein welterfüllendes Lachen aus.

9

Hali nahm ihre Kunden nicht oft so weit mit hinaus auf den Friedhof, aber dieser Junge war der Gehilfe eines Metzgers, der mit der Tochter seines Arbeitgebers verlobt war. Mit einer Prostituierten erwischt zu werden würde ihn nicht nur um seine Stelle, sondern auch noch um eine lohnende Heirat bringen.

Hali hatte heute mit den Viehtreibern im Roten Ochsen nicht viel Glück gehabt. Und sie wollte keinen möglichen Kunden verlieren, nur weil dieser ein bißchen ängstlich war.

»Komm schon, Junge«, lockte sie. »Hier, das ist doch ein hübsches Fleckchen, findest du nicht?«

Sie tätschelte die weiße Steinmauer des Grabmals, neben dem sie stand. Der Friedhof war selbst bei Tageslicht schattig und kühl; die Blumen, die an der Tür hingen und vor dem Grabmal verstreut waren, waren immer noch frisch genug, um zu duften. »Und jetzt gib mir das Geld, und wir machen uns eine schöne Zeit.«

Der junge Mann zögerte. Er war ein großer, kräftiger Junge mit zu nahe beieinanderstehenden, zu kleinen Augen, um attraktiv sein zu können, aber er hatte Halis Preis, drei Kupferstücke, in der Tasche. Es war noch früh am Abend, die Sonne war gerade erst untergegangen. Hali hatte seit Mittag nichts mehr getrunken und brauchte wirklich bald einen Schnaps. Sie hatte vor, sich jetzt die drei Kupferstücke zu verdienen und dann mit ihnen in den Roten Ochsen zurückzukehren.

Sie zog ihr Hemd ein wenig hoch, um dem Jungen zu zeigen, was er für sein Geld erwarten durfte. Rund um den

Saum zog sich ein Weinblattmuster, das jetzt ein bißchen abgetragen war, aber es war einmal gute Arbeit gewesen. Hali hatte es vor ein paar Jahren selbst gestickt, als sie noch eine anständige Frau gewesen war, die sich auf anständige Art ihren Lebensunterhalt verdiente; damals, als das Trinken ein Vergnügen gewesen war, kein Bedürfnis. Vor ein paar Jahren – und vor einem ganzen Leben.

Der Junge trug seine lederne Metzgerschürze. Er fingerte an den Bändern herum, um an seine Geldbörse zu kommen, dann hielt er wieder inne. »Hör mal«, meinte er und sah sich mit großäugigem Staunen um. »Hat es hier nicht neulich den Ärger gegeben?«

Die Schwester soll mich holen, er hat recht! dachte Hali. *Und die Schwester soll auch diesen teiggesichtigen Idioten holen, daß er mich so weit hier reingelockt hat, wo es genügt hätte, es direkt hinter der Innenmauer zu machen.*

Der Stallknecht des Roten Ochsen war mit einer Gruppe von Bestattern und Stadtbütteln gegangen, die vor zwei Tagen die Leiche hier abgeholt hatten. Er hatte beschrieben, wo es passiert war: zwei Grabmäler, die einander gegenüberstanden. Das weiße wurde noch von den bor-Rusamans benutzt, einer Reederfamilie; der Mord war in dem schwarzen Gebäude geschehen, dessen Ruf schon lange dazu geführt hatte, daß es leer stand, obwohl es so gut erhalten war.

»Nein, nein«, log Hali. »Das war in einem ganz anderen Teil des Friedhofs, Schatzi. Ich bin hingegangen und hab es mir selbst angesehen, und es war ganz woanders.«

Wieder tätschelte sie die Wand. »Und jetzt gib mir das Geld, Süßer, und wir fangen endlich an, ja?«

Aber nachdem der Junge das Thema aufgebracht hatte, konnte Hali es nicht mehr vergessen. Sie war keine leichtfertige Frau, aber der Stallknecht war zu erschüttert von dem gewesen, was er in dem Grabmal gesehen hatte, als daß er noch so hätte übertreiben können, wie er es vermutlich geplant hatte. Seine Beschreibung des aufgerissenen Leichnams mit wild entsetzter Miene war um so erschreckender zu hören, weil der Anblick den Erzähler offenbar tatsächlich erschreckt hatte.

Der Junge starrte sie an. Dieser Dummkopf hatte nicht mehr Vernunft als die Schafe, die er schlachtete. *Wie schafft er es, daß er nicht selbst einen Hammerschlag abbekommt und ihm einer die Kehle durchschneidet?*

Sie seufzte und trat zu ihm, drehte die aufgebundene Schürze einfach auf seinen Rücken, damit sie nicht im Weg sein würde – und damit sie an die Geldbörse kam, die er am Gürtel hängen hatte.

Er legte die Hände über die Börse. »Sei doch nicht dumm, Jungchen«, flötete Hali. »Du siehst viel zu gut aus, um dir Gedanken zu machen.«

Aus dem Grabmal hinter ihnen ertönte Lärm. Der junge Mann riß sich von Hali los. Sie drehte sich um. Es hatte geklungen wie ein Begräbniskrug, der zerbricht.

»Jetzt mach dir doch keine Gedanken wegen ein paar Ziegeln, die vom Dach fallen!« sagte Hali und hob die Stimme in Verzweiflung darüber, daß ihr Schnaps zusammen mit dem verängstigten Kunden jetzt erheblich ferner war. »Es ist nicht ...«

Blaues Licht flackerte im Grabmal auf und drang durch die Lüftungsschlitze in Form einer Lilie, die in den Giebel geschnitten waren. Der Metallriegel des Tors löste sich mit einem scharfen Klacken.

Der Junge grunzte wie ein erschrockenes Schwein und rannte in die Nacht davon. Hali hörte, wie er über einen

Steinsarg fiel. Einen Augenblick lang hoffte sie erbittert, daß er sich das Genick gebrochen hätte, aber einen Augenblick später war er wieder auf den Beinen und rannte schreiend weiter.

Hali wich gegen die Mauer zurück. Sie brauchte jetzt unbedingt etwas zu trinken, und plötzlich kam ihr nichts, wovor sie hätte wegrennen können, schlimmer vor als das Leben, das sie dadurch hätte retten können.

Die Eisentür öffnete sich quietschend. Ein Mann trat heraus. Langsam stapfte er über den Friedhof, ohne sich umzusehen, und verschwand hinter einer Reihe uralter Zypressen in Richtung Tor. Wenn er sich bewegte, gab es ein leichtes Flackern von blauem Licht.

Hali erkannte ihn in dem trüben Licht: Arame bor-Rusaman. Sie hatte ihn mehrmals gesehen, wenn er mit seiner Kutsche mit dem Wappen darauf durch die Straßen von Carcosa gefahren war. Er war viel zu fein, um einer ihrer Kunden zu sein, aber es gehörte zu Halis Arbeit, Männer abschätzend zu betrachten.

Vor drei Tagen hatte sie Arame zum letztenmal gesehen, als die Begräbnisprozession am Roten Ochsen vorbeigezogen war. Sein Gesicht war überlebensgroß auf die Seiten des Begräbniskruges gemalt gewesen.

10

Sharina rückte das Wasserfaß zurecht – eines, das sie von der Trireme mitgenommen hatten –, während Nonnus den oberen Reif mit einem Hammer zurechtschlug, der aus dem Wirbel und dem Rückgrat eines großen Fischs gemacht war. »Die Nähte halten«, sagte der Eremit, »aber ich werde mir einmal die Behälter ansehen, die das Volk aus Walknochen herstellt. Ich traue diesen Dauben nicht; ich fürchte, sie werden sich zusammenziehen, wenn sie der Sonne zu lange ausgesetzt sind.«

»Ich sehe nicht, was das noch für einen Unterschied machen soll«, meinte Asera erbittert. Sie wirkte, als wäre ihr kalt, trotz der Wärme der hell scheinenden Sonne. »Wir werden niemals von hier gerettet werden. Ihr habt selbst gesagt, daß es unmöglich ist, daß zivilisierte Menschen so weit nach Norden kommen.«

In der Woche, die sie beim treibenden Volk verbracht hatten, hatte die Prokuratorin ihre Furcht davor, auf der Stelle umgebracht zu werden, verloren. Aber sie hatte auch keine weitere Hoffnung geschöpft und nicht mehr die Energie, sich über die Situation auch nur zu ärgern.

Mitglieder von Mutterliebchens weiterer Familie entspannten sich in diesem angenehmen Wetter. Einige waren auf dem Hausboot geblieben, aber die meisten waren im Wasser, entweder auf kleinen Flößen oder einfach schwimmend. Mutterliebchen selbst saß mit dreien seiner Frauen mitten im Boot. Die Frauen zerdrückten Algen in Knochenmörsern, während das Familienoberhaupt aus einem Bronzekelch trank, der Beute aus einem uralten Schiffswrack.

Die zerdrückten Algen fermentierten zu dem mild alkoholischen Getränk, das Mutterliebchen trank. Es war für die Familienoberhäupter und ihre besonderen Favoriten reserviert, aber Sharina hätte das Zeug ohnehin nicht versuchen wollen, selbst wenn man es ihr erlaubt hätte. Die Frauen setzten die Fermentierung in Gang, indem sie auf die zerdrückten Algen spuckten. Das Getränk war grün, faserig und roch für Sharina wie die bräunliche Flüssigkeit, die unten aus nassen Heuhaufen herauslief.

»Das stimmt, ich erwarte nicht, daß andere uns retten«, sagte Nonnus. Er arbeitete sich rund um den Reifen, wobei er nie zweimal auf dieselbe Stelle schlug; Sharina drückte mit dem Daumen von der anderen Seite gegen den Kranz. »Das habe ich nie getan. Wir sind nicht so weit gekommen, um den Rest unseres Lebens am Eiskap zu verbringen. Wenn sich eine Gelegenheit ergibt, werden wir unsere Vorräte bereit haben.«

Etwa zwanzig Mitglieder von Mutterliebchens Haushalt nutzten die freie Zeit, um die Fremden anzustarren. Nonnus hatte sich eine Ecke auf dem vorderen Deck des Hausboots für sich und seine Begleiter angeeignet. Ihre Sachen waren an Verlängerungen gebunden, die der Eremit an den Rippen des Schiffs befestigt hatte: Hausboote hatten keine Reling, selbst an den freiliegenden Stellen nicht.

Die vier schliefen auch dort, zum Teil, um nicht bestohlen zu werden. Die Holzfässer waren wertvoll, und ihre wenigen Metallwerkzeuge noch mehr. Die meisten Eisenwerkzeuge, die Sharina auf dem Hausboot gesehen hatte, waren aus Nägeln gemacht, die das Volk aus Wracks von Schiffen gezogen hatte, die mit Hilfe von Nägeln und nicht von Zapfen gebaut worden waren.

Sie wußte nicht, was sie tun würden, wenn das Wetter

umschlug – sie persönlich wäre lieber über Bord gegangen, als sich in den Schutz einer dieser ekelhaften Höhlen zurückzuziehen –, aber sie verließ sich darauf, daß der Eremit auch in diesem Fall eine Lösung finden würde. Er hatte angekündigt, ein paar Häute erwerben zu wollen, um ihnen einen Unterschlupf zu bauen, falls sie zu Beginn der Herbststürme immer noch hier sein sollten.

Nonnus richtete sich auf und überprüfte den Deckel des Fasses, indem er mit dem Daumen darauf drückte. Der Deckel blieb fest. Er und Sharina hatten das Faß am Tag zuvor mit Eisblöcken gefüllt, die sie vom Berg abgeschlagen hatte. Sharina glaubte, daß sie niemals wirklich mit einem dieser Flöße zurechtkommen könnte, die sie sich zu diesem Zweck geliehen hatten, aber zumindest hatte sie es nicht umgekippt. Der einzelne Ausleger half nicht viel, wenn man das Gewicht auf die falsche Seite verlagerte.

»Nonnus«, sagte sie leise, »Schlafzuviel hat behauptet, man würde uns nicht erlauben, das Dorf zu verlassen. Stimmt das?«

»So lautet das Gesetz«, erklärte Nonnus ruhig. Er untersuchte das Trockengestell, das er aus Fischbein gebaut hatte, um darauf Fisch zu trocknen, und schnippte ein Stück Fisch ins Wasser. »Ich habe das Filet zu dick geschnitten, und es fing an zu verderben.«

Sie hatten nichts übrig, das sie tauschen konnten, also verkaufte Nonnus seine Arbeitskraft – und hin und wieder die von Sharina, die Netze flickte – gegen das Material, das er brauchte. Seine Geschicklichkeit und die Stahlklinge des Pewlemessers erreichten in einer Stunde mehr als ein ganzer Tag zielloser Mühen von einem der Familienmitglieder.

Außerdem sah das treibende Volk lieber zu, wenn andere arbeiteten. Durch das Gesetz waren die vier jetzt Stammesmitglieder, aber in Wahrheit war ein Dorf des Volks eine engere Gemeinschaft als jeder ländliche Weiler auf Haft. Diese Regel galt für solche vom Volk, die wegen einer Fehde aus ihrem eigenen Stamm geflohen waren, obwohl Nonnus erzählt hatte, daß hin und wieder auch Gesetzlose von den Inseln in den treibenden Dörfern eine Art Zuflucht gefunden hatten.

Ein kleiner Hai drehte sich auf den Rücken, um das Stück Fisch in einem Wirbel von Blasen nach unten zu ziehen. Fische schwärmten um das Hausboot und fraßen sich an den Innereien fett, die über die Seite gekippt wurden. Kinder planschten im selben Wasser und kümmerten sich nicht um die Gefahr. Sharina hatte allerdings noch keine Seewölfe oder größere Haie gesehen. Das treibende Volk stellte in diesen Breiten die größten Raubtiere.

»Wenn man dabei erwischt wird, wie man ein Dorf verläßt«, erklärte Nonnus und lächelte Sharina dabei über das Trockengestell hinweg zu, »ist man ein Verräter, und das ganze Dorf ißt einen. Ich möchte mich lieber nicht erwischen lassen. Wir sollten lieber auf einen guten Nordwind warten ...«

Er ließ den Blick zu Meder schweifen.

»Wie ich schon vor einiger Zeit sagte, wenn ich mich recht erinnern kann«, schloß er tonlos.

Der Zauberer saß ein Stück von den anderen entfernt. Seit ihrer Ankunft verbrachte er einen Teil jeden Tages mit Führdiesterne in der königlichen Residenz, wohin er in einem von Langzehs Fangbooten gebracht wurde. Asera unterhielt sich manchmal mit ihm, aber Sharina war aufgefallen, daß Meder alle Anzeichen von Unterwürfigkeit gegenüber der Prokuratorin verloren hatte, seit er der tätowierten Frau begegnet war.

»Ich frage mich, was er der alten Frau für die Dinge bietet, die sie ihm gibt?« murmelte Sharina mit einem Seitenblick zu dem Zauberer. Asera war nahe genug, ihre Worte zu hören, aber sie wandte nichts gegen die Frage ein.

Von jedem Besuch auf dem Katamaran war Meder mit einem neuen Gegenstand zurückgekehrt, um das Werkzeug zu ersetzen, das Sharina ins Meer geworfen hatte. Jetzt besaß er einen Athame aus Walroßelfenbein; die Klinge war ziemlich scharf geschliffen. Der Knauf war zu zwei Dämonen geschnitzt, die jeweils am Bauch des anderen fraßen.

Führdiesterne hatte Meder auch ein Kohlenbecken aus einem Walwirbel und eine Reihe von Täschchen gegeben, die aus den Schwimmblasen größerer Fische gefertigt waren. Darin befanden sich Pulver, deren unterschiedliche Farben durch die durchschimmernde Haut zu erkennen waren. Hin und wieder – so wie jetzt – entzündete Meder ein Feuer aus Waltran und verbrannte eine Prise Pulver darin; aber er rezitierte nie etwas laut.

»Tenoctris sagte, er sei ein sehr mächtiger Zauberer«, erwiderte Nonnus und überprüfte das zweite Wasserfaß.

»Führdiesterne ist froh, ihn getroffen zu haben, nehme ich an. Sie ist vermutlich hier so allein, wie ich in Barcas Weiler war …«

Er hielt inne und grinste Sharina an. »Nur, daß das mein eigener Entschluß war.«

Blauer Qualm erhob sich aus dem Becken, als Meder etwas in die Flamme warf. Der trockene Puder war rot gewesen. »Wir können Meders Weg nicht für ihn wählen«, sagte Nonnus leise, den Blick immer noch auf den Zauberer gerichtet.

Die meisten vom Volk hielten einen gewissen Abstand zu den Fremden ein. Ein Junge von drei oder vier Jahren, rothaarig und mit sommersprossigen Schultern wie alle hier, war die Ausnahme. Meder faszinierte ihn. Er konnte stundenlang daliegen, das Kinn auf die Hände gestützt, und den jungen Zauberer anstarren.

Zunächst hatte Meder den Jungen angeschrien, wenn er auftauchte. Eine der Frauen, die die Algen zerdrückten, war daraufhin auf Meder zugegangen und hatte ihm mit einer Keule aus dem Kieferknochen eines Wals einen Schlag versetzt. Nonnus hatte den blutigen Kopf des Zauberers gesäubert und verbunden, während Meder noch bewußtlos war; danach hatte Meder es vorgezogen, den Jungen zu ignorieren.

»Er sagt, er wird uns von hier wegbringen«, murmelte Asera. »Aber das hat er auch schon zuvor behauptet, und jedesmal sind wir dadurch an einen noch schlimmeren Ort geraten.«

»Ach, ist Euch das ebenfalls aufgefallen?« meinte Sharina sarkastisch. »Ich sollte ihm all dieses Zeug abnehmen und ins Meer werfen, wie ich es mit seiner Truhe getan habe.«

Meder gab eine weitere Zutat in die Flammen. Weißer Rauch erhob sich träge und schien unwillig am Becken zu kleben. Zauberer und Kind sahen zu, als der Rauch sich zu einer vage menschenähnlichen Gestalt formte, die einer Alraune glich, und sich dann mit der Plötzlichkeit von Schnee, der im Wasser schmilzt, auflöste.

»Nein«, sagte Nonnus. »Wir sollten unseren eigenen Weg wählen und anderen den ihren überlassen.«

Und ohne den Tonfall zu ändern, fügte er hinzu: »Schlafzuviels Fangboot ist auf dem Weg von der Residenz hierher.«

Asera reagierte alarmiert auf Nonnus' Worte, obwohl

nichts in seinem Ton auf eine Gefahr hingewiesen hatte. »Was meint Ihr?« sagte sie und beugte sich unsicher vor, um über den Bug zu spähen.

Sharina streckte die Hand aus, um die andere Frau davor zu bewahren, das Gleichgewicht zu verlieren. Sie mochte Asera nicht; die Tage im offenen Einbaum hatten die majestätische Haltung der königlichen Prokuratorin schneller aufgelöst als die Sommersonne einen Fisch an Land. Aber sie hätte sich dennoch verpflichtet gefühlt hinterherzuspringen, wenn Asera am Ertrinken war, also wollte sie dies lieber verhindern.

»Mit Schlafzuviel kommen wir zurecht«, sagte Nonnus ruhig. Er hatte wieder seinen Speer in der Hand. »Ich sagte nicht, daß wir es zulassen, daß andere unseren Weg für uns wählen.«

Mutterliebchens Familie schenkte der Ankunft des Bootes keine allzu große Aufmerksamkeit. Eine der Frauen watschelte zum Bug und zeigte denen im Fangboot die Hinterbacken. Kinder im Wasser platschten um die Paddel; eines griff danach und versuchte erfolglos, es dem Paddler zu entringen. Sharina hätte nicht sagen können, wieviel davon Albernheit war und wieviel auf tatsächliche Feindseligkeit zwischen den Familien hinwies.

Schlafzuviel saß am Heck des Fangboots, Dreifinger im Bug, wie zuvor. Aber Dreifinger hatte keine Signale mit dem Ammonitenhorn gegeben, es lag neben ihm auf dem Rahmen. Die Schale mußte ein beträchtliches Gewicht haben, obwohl man die Innenwände herausgeschlagen hatte, damit sie als Musikinstrument fungieren konnte.

Schlafzuviel dirigierte seine Paddler zum Bug des Hausboots, zehn Fuß von den Fremden entfernt. Dreifinger warf eine Trosse um den Bugspriet und band das Fangboot fest. Sharina fragte sich, wieso die Besatzung jetzt sorgfältiger vorging als an jenem Tag an der königlichen Residenz.

»Was willst du hier, Schlafzuviel?« fragte Mutterliebchen. Er stand mittschiffs und sah zu, wie das Oberhaupt der anderen Familie und ein Dutzend von der Besatzung an Deck kletterten. Mutterliebchen machte sich nicht die Mühe, sich zu bewegen, um Schlafzuviel entgegenzugehen. »Du schuldest mir immer noch Fischbein. Bist du gekommen, um zu zahlen?«

»Ich bin nicht zu dir gekommen, Mutterliebchen«, meinte Schlafzuviel leichthin. »Außerdem hätte Schwarzzahn das als Brautpreis für meine Schwester zahlen sollen. Rede mit ihm, wenn du willst.«

Die Besucher näherten sich in einer Reihe. Schlafzuviel blieb sechs Fuß vor Nonnus stehen und stützte die Hände auf die Hüften. »Also, Pewlemann«, sagte er. »Ich werde morgen auf die Waljagd gehen. Das Gesetz gibt mir das Recht, aus jeder anderen Familie einen Mann für meine Besatzung zu wählen. Ich wähle dich als meinen Harpunier.«

»Das kannst du nicht ablehnen!« rief Dreifinger vom anderen Ende der Reihe aus. »So ist das Gesetz!«

Beinahe alle im Hausboot beobachteten inzwischen die beiden Gruppen; selbst von unter Deck waren Leute hervorgekommen, und viele von denen im Wasser zogen sich an Bord. Asera trat einen Schritt zurück, um das Trockengestell zwischen sich und Schlafzuviels Besatzung zu bringen, die jetzt alle versuchten, Nonnus möglichst drohend anzustarren.

Sharina trat an die Seite des Eremiten und zog das Beil aus der Schlaufe am Gürtel. Nonnus blickte zum Himmel und begann zu lachen. Sein Lachen kam Sharina sehr echt vor.

Schlafzuviel schien verblüfft. Er starrte die Stahlspitze des Speers an, die über der Schulter des Eremiten glitzerte. Sharina wußte, daß dies ein Fehler war: Die Waffe würde gehen, wohin Nonnus sie schickte. Schlafzuviel hätte lieber Nonnus' Augen beobachten sollen.

»Harpunier ist ein gefährlicher Posten«, sagte Dreifinger zornig. Er schüttelte seine eigene Harpune, aber er war bemüht, die Spitze nach unten zu halten, damit Nonnus das nicht als Bedrohung und Grund für eine Herausforderung auffassen konnte. »Wenn man im Bug steht, könnte einen jemand aus Versehen über Bord stoßen.«

Sharina hörte hinter sich Meder mit leiser Stimme rezitieren, aber sie wagte es nicht, sich umzusehen. Sie verstand, daß Schlafzuviel und sein Sohn im Grunde mit Nonnus handelten: Sie wollten dem Eremiten Angst einjagen, damit er ihnen schließlich etwas Wertvolles überließ.

Sharina selbst.

Sie kannten Nonnus nicht. Wenn ihnen klar wurde, daß die Drohung nichts erreichen würde, könnte das geschehen. Die Regeln, die einem Angehörigen des Volks verboten, einen anderen zu erstechen, würden sicher ihre Gültigkeit verlieren, wenn Nonnus ihnen jetzt den Rücken zuwandte.

»Ich fühle mich geehrt, daß du mich für deine Besatzung auswählst, Schlafzuviel«, erklärte Nonnus höflich. In seiner Stimme schwang immer noch das Lachen mit. »Aber ich fürchte, ich werde dieses Angebot leider nicht annehmen können. Weißt du …«

»Du kannst dich nicht weigern!« fauchte Dreifinger. »So ist das Gesetz. Wir können dich einfach mitnehmen.«

»Leider«, sagte Nonnus im Tonfall eines amüsierten

Erwachsenen, der sich mit einem Kind unterhält, »bin ich gerade auf dem Weg zur Residenz, um Langzeh herauszufordern, mit mir um die Königswürde zu kämpfen. Morgen ist die Lage sicher anders. Schließlich ist es der König, der über die Besatzungen für die Jagd entscheidet.«

Schlafzuviel wich einen Schritt zurück, vermutlich unbewußt. »Du wirst alle Söhne des Königs besiegen müssen!« meinte er, aber sein Selbstvertrauen schien erschüttert.

»Ich finde nicht, daß die Söhne des Königs sonderlich beeindruckend aussehen, was denkst du?« meinte Nonnus lässig. Er wirbelte den Speer zwischen Daumen und zwei Fingern, dann wechselte er ihn in die linke Hand und hinter seinen Rücken, wobei er ihn immer weiter wirbelte. »Selbstverständlich …«

Die Frau neben Schlafzuviel drehte sich so, daß der Stern, der auf ihre Schulter tätowiert war, sich gegen Nonnus richtete. Sharina erinnerte sich, daß der Eremit erwähnt hatte, daß das Volk die Ungeheuer der Tiefe anbetete.

»… könnte es auch sein, daß Langzeh entscheidet, dich zum Harpunier in einem Boot zu machen, das ich führe«, sagte Nonnus, grinste Schlafzuviel an und wirbelte den Speer zurück in die rechte Hand. Schlafzuviels Besatzung wich sichtlich zurück; selbst Dreifinger sah seinen Vater an, als begegnete er ihm zum ersten Mal.

»Barbathiathiao brimaiao chermari!« rief Meder und beendete damit seine Anrufung. Das Feuer zischte, dann knackte es so laut wie ein Schlag aufs Ohr.

Schlafzuviels Leute zogen sich zurück. Sharina riskierte einen Blick über die Schulter.

Eine Wolke pulsierenden weißen Rauchs stieg aus dem Becken auf. Er war von menschlicher Form und wuchs schnell über die Größe eines Mannes heraus. Das Kind sprang auf die Beine, um das Spektakel mit weit aufgerissenen Augen anzustarren.

Meder packte den Jungen bei seinem langen Haar.

Nonnus trat zur Seite, so daß er den Zauberer ansehen konnte, ohne Schlafzuviel den Rücken zuzuwenden, obwohl dieser und seine Leute nicht mehr die Bedrohung darstellten, die sie noch vor kurzer Zeit gewesen waren. »Meder!« sagte der Eremit. »Setzt den Jungen ab! Ich habe die Situation unter Kontrolle!«

Das Kind schrie und trat um sich. Meder schlug ihn mit dem Knauf des Athame, dann hielt er die Klinge an seinen Hals.

Meder hatte die Augen vor Angst und Erwartung weit aufgerissen. »Ihr werdet uns euer Boot geben und uns gehen lassen!« rief er Schlafzuviel zu. Das Rauchbild wirbelte, als ob die Gestalt über dem Feuer tanzte. Sie war etwa sieben Fuß hoch, gewaltig, gesichtslos und mit viel längeren Armen als Beinen.

Dreifinger und Schlafzuviel wechselten einen Blick. Der jüngere Mann lachte und trat vor, wobei er sorgfältig darauf achtete, Nonnus nicht zu nahe zu kommen. »Wenn du glaubst, daß deine Spielchen …«

Meder wurde rot. Er stieß die Elfenbeinklinge in die Kehle des Kindes. Die Schreie des Kleinen brachen zu einem Gurgeln ab, aber Sharina schrie an seiner Stelle weiter.

Dunkles Blut aus der Halsschlagader spritzte ins Feuer. Aus dem Becken flackerten rote Flammen auf, als hätte das Blut das Feuer genährt, statt es zu löschen. Flüssige Funken sprangen in alle Richtungen; einige verbrannten die Walhaut des Decks, während andere zischend ins Wasser fielen.

Meder stand reglos inmitten der Flammen, obwohl das

Haar des toten Kindes zu brennen begonnen hatte. Das Bild aus weißem Rauch löste sich auf.

Die See tobte. Aus flammendrotem Wasser bildete sich eine menschenähnliche Gestalt. Sie packte den Dollbord des Hausboots mit einer Hand und zog sich an Deck. Das Wesen bewegte sich, als hätte es keine Knochen.

Schlafzuviel schrie und stach dem Geschöpf die Harpune in die Brust. Die Waffe blieb stecken wie in warmem Teer. Das Ungeheuer brüllte. Es packte Schlafzuviel am Kopf und an einer Schulter und riß ihm den Kopf ab.

Meder lachte wie ein Dämon. Er warf die Leiche des Kindes weg. Das Feuer war verschwunden. Das Becken bestand nur noch aus Resten schwärzlichen Knochens, zerstört von der Macht, die aus ihm hervorgerufen worden war.

Dreifinger warf der Kreatur die Harpune in den Rücken und sprang so anmutig wie eine Seeschwalbe über Bord. Schlafzuviels Besatzung rannte zum Bug, einige von ihnen sprangen ins Wasser, andere versuchten, ins Boot zu gelangen. Das Ungeheuer erwischte zwei von ihnen und zerquetschte sie in seinen Armen.

Dann ließ es die Leichen fallen, griff nach der Trosse und zog den Bug des Fangboots aus dem Wasser. Die drei Männer an Bord fielen heraus. Sie schwammen auf ihr eigenes Hausboot zu, Hunderte von Armeslängen entfernt, statt wieder auf Mutterliebchens Boot zu klettern. Auch viele von Mutterliebchens Familie waren im Wasser oder bereit zum Sprung.

Das Geschöpf ließ die Trosse fallen und wandte sich Nonnus zu. Der Eremit hob den Speer. Sharina trat vor ihn und starrte das Geschöpf an.

Meder schrie etwas, das aber im Donner unterging. Das

Geschöpf sackte zusammen wie Wachs in einem Feuer. Die Farbe verblich. Die Gestalt wurde zu Wasser, rußigem Wasser, das über das Deck und die Seite des Hausboots spritzte.

Sharina ließ das Beil sinken. Schluchzend drehte sie sich um und warf sich in Nonnus' Arme. Sie hatte immer noch das Gesicht des Jungen vor Augen, als seine Schreie in seinem eigenen Blut erstickten.

»Die Vergangenheit ist vergangen, Kind«, flüsterte der Eremit. Die Rippen unter seinem groben Hemd waren so fest und eingekerbt wie die Borke einer Eiche. »Für das Kind, für dich und für mich. Die Vergangenheit ist vergangen.«

Er bewegte sich leicht zur Seite und drehte den Kopf, aber Sharina war immer noch blind vor Tränen und Erinnerung. »Und was Meder angeht, nun, wir alle haben unsere Gespenster. Aber ich werde für seine Seele ebenso beten wie für die meine.«

»Ich mußte es tun«, sagte Meder mit schriller Stimme. »Asera, du hast gesehen, daß ich keine Wahl hatte. Du hast es gesehen!«

»Hilf mir, die Vorräte auf unser Boot zu laden, Kind«, sagte Nonnus leise in Sharinas Ohr. »Ich glaube nicht, daß sie uns verfolgen werden.«

Er seufzte. »Diese Fangboote segeln nicht besser gegen den Wind als ein Einbaum, aber wir kommen schon zurecht. Mit der Hilfe der Herrin werden wir es schaffen.«

11

Ilna hörte die Stimmen aus der Eingangshalle. Sie trat vom Webstuhl zurück, bevor das leise, furchtsame Klopfen an der Tür ertönte.

»Herrin?« rief das Hausmädchen. In die Tür war ein Eberkopf geschnitzt, das Wappen eines früheren Besitzers. »Da ist ein Mann, der Euch unbedingt sprechen will.«

Das Zimmer war als Wintergarten gedacht. Licht kam durch ein breites Erkerfenster herein, das zum Garten hinausging. Ilna benutzte es als Arbeitszimmer: Ihre Webstühle standen so, daß die Sonne ihr immer über die Schulter schien.

Sie hatte den Garten vernachlässigt, seit Beltar ihr das Haus gemietet hatte, aber trotzdem blühten die Blumen üppig. Gelbe und rosa Stockrosen erhoben sich vor den Ziegelmauern; rote und weiße Rosen überzogen die Mauern zu den umliegenden Grundstücken und zu Erdins Hauptkanal, der hinter dem Gelände vorbeiführte.

Die Schönheit der Blüten interessierte Ilna nicht. Sie sah nie nach draußen, wenn sie arbeitete, bemerkte niemals das Spiel des Lichts auf den Blütenblättern während des Tages oder das ruhige Summen der Insekten, die sie anzogen. Sie gehörten einfach zu ihrem Muster.

Das Mädchen, das die Tür öffnete, war klein, dunkelhaarig, jung und verängstigt. Man hatte ihr gesagt, Ilna dürfe auf keinen Fall bei der Arbeit unterbrochen werden. Das mindeste, was sie für ihren Verstoß gegen diesen Befehl erwartete, war der Verlust dieser gutbezahlten Stellung, von der viel für sie abhing. Gerüchte über ihre Arbeitgeberin ließen aber noch schreckenerregendere Möglichkeiten offen.

Ilna nickte. »Bring ihn herein«, sagte sie.

Das Mädchen hätte sich keine Gedanken machen müssen; Ilna wußte, daß sie sich ihren Befehlen widersetzt hatte, weil man sie dazu gezwungen hatte. Ilna wußte, was Zwang bedeutete. Es fehlte ihr an Mitgefühl für jene, die von anderen gezwungen wurden, ebenso wie es ihr im allgemeinen an Mitgefühl fehlte, aber niemals hätte sie jemanden grundlos bestraft.

Das Mädchen knickste. »Voder or-Tettigan, Herrin«, sage sie mit einem erleichterten Laut, der beinahe einem Schluchzen gleichkam. »Aus dem Büro des Kanzlers.«

Der Mann, den sie hereinwinkte, bevor sie die Tür wieder schloß, war untersetzt, recht gut gekleidet und etwa Ende Dreißig. Er hatte einen kleinen Bauch und einen ausreichend hohen Rang, daß der Hickorystab, den er trug, nur dazu diente, ihn als Angehörigen der Stadtwache zu kennzeichnen.

Er hatte diesen Rang nicht immer besessen. Das Holz hatte seinen Anteil an harten Schlägen abbekommen, ebenso wie der Mann, der es trug.

»Herrin«, sagte er jetzt und verbeugte sich tiefer, als Höflichkeit es verlangt hätte. Er hatte sie ebenso abschätzend betrachtet wie sie ihn.

»Ich gebe regelmäßig eine Spende an den Bezirkshauptmann«, sagte Ilna kalt. »Wenn Ihr ein Problem mit der Verteilung der Einkünfte habt, schlage ich vor, mit ihm darüber zu sprechen. Guten Tag!«

Voder schüttelte den Kopf. »Ich komme aus dem Hauptbüro«, sagte er. »Ich bin nicht hier, um Euch Geld abzuverlangen. Ich bin hier, um Euer Unternehmen zu schließen.«

Seine Stimme war tief, leise und ein wenig schleppend. Sein Körperbau und seine Haltung erinnerten sie an Cashel; Voder war zwar nicht so groß wie Ilnas Bruder, aber von derselben felsenartigen Solidität und Entschlossenheit, die so sicher war wie Ilnas eigene.

»Verstößt es gegen das Gesetz, wenn eine Frau in ihrem eigenen Heim webt?« fragte Ilna. Jedem anderen gegenüber hätte sie Verachtung in ihren Tonfall gelegt, aber an diesem Mann war nichts Verachtenswertes. »Ich führe hier in diesem Gebäude keine Geschäfte. Ich führe überhaupt keine Geschäfte, Meister Voder. Wenn der Kanzler Fragen wegen der Qualität meiner Arbeit hat, soll er sich an Beltar or-Holman in seinem Laden in der Glasstraße wenden.«

Wieder schüttelte Voder den Kopf. »Es tut mir leid, Herrin«, sagte er und klang so, als meinte er es ehrlich. »Es hat wegen Eurer Bänder schon ein Dutzend Morde gegeben. Männer bringen ihre Frauen um, Frauen die Freundinnen ihrer Männer ... Menschen ertränken sich, weil jemand sie verlassen hat, und letzte Nacht hat sich ein armer Teufel aufgehängt, weil er seine Frau so schlecht behandelt hat. Er hat sie wirklich geliebt, denke ich. Es gibt solche Leute.«

Er hatte sich im Zimmer umgesehen, während er sprach: die Webstühle, der Arbeitstisch, die eisenbeschlagene Truhe, die an den Boden geschraubt war, der Mangel an Bequemlichkeiten. Wieder begegnete er Ilnas Blick, lächelte schief und sagte. »Das muß aufhören. Es muß einfach.«

Ilna schnaubte, als sie quer durchs Zimmer zur Truhe ging. »Also gut«, sagte sie geringschätzig, obwohl sie wußte, daß es diesmal nicht gutgehen würde. »Wieviel verlangt Ihr?«

»Ich wünschte, es wäre so einfach«, sagte Voder, und wieder klang das durchaus ehrlich. »Ich werde Euch nichts vormachen: Ich habe eine Familie, und auch ich habe getan, was ich konnte, damit sie keinen Hunger leiden. Aber aus diesem Grund bin ich nicht hier. Ihr richtet Unheil an, Herrin. Ihr wißt es, ich weiß es. Wenn Ihr einfach nur das Gesetz brechen würdet, könnte ich vielleicht ein Auge zudrücken, aber das hier muß aufhören.«

Sie sah ihn an. »Ihr habt gesagt, was Ihr sagen wolltet«, meinte sie mit eisiger Stimme. »Nun geht.«

»Herrin«, sagte Voder, »ich stamme von ganz unten und ich nehme an, Euch geht es ähnlich, also werdet Ihr verstehen, was ich jetzt sage: Entweder Ihr sorgt dafür, daß das aufhört, oder ich werde es tun. Es tut mir ehrlich leid, aber ich meine es ernst.«

Sie sahen einander direkt in die Augen: ihre braun, seine grau und so hart wie Mühlsteine.

»Ich habe mein ganzes Leben hier in Erdin verbracht«, sagte Voder. Angewidert schüttelte er den Kopf. »Ich fürchte, ich liebe diese Stadt, dumm wie ich bin. Ich werde nicht zulassen, daß das weitergeht.«

»Guten Tag, Meister Voder«, wiederholte Ilna tonlos.

Voder nickte. »Es tut mir leid«, sagte er abermals. Er öffnete die Tür und schloß sie fest, aber leise hinter sich.

Ilna ging zu dem Webrahmen, an dem sie ein Porträt webte. Sie sah sich einen Augenblick lang das Bild auf dem schimmernden Stoff an, dann kehrte sie zur Tür zurück und öffnete sie. Das Mädchen wartete in der Halle, so starr, als erwartete es die Todesstrafe.

Ilna lächelte verächtlich. »Schick einen Kurier zu Beltar or-Holman in seinen Laden«, sagte sie. »Ich will ihn sofort sehen.«

»Meister Beltar wartet schon im Empfangsraum, bis Ihr Eure Arbeit beendet habt«, sagte das Mädchen. »Soll ich …«

Ilna brachte sie mit einer knappen Geste zum Schweigen. Es machte sie ärgerlich, wenn man sie wie ein launisches Ungeheuer behandelte. Sie hatte niemals jemandem ohne Grund weh getan … und der Kosmos gab ihr Grund für erheblich Schlimmeres, als sie tun würde.

Beltar kam den Flur entlang und setzte ein gezwungenes Lächeln auf, als er Ilnas ansichtig wurde. Sie winkte ihn ins Arbeitszimmer. Der Tuchhändler kleidete sich jetzt erheblich teurer, allerdings nur in konservativen Farben: sein Hemd hatte Streifen in Braun und Olivgrün, und die Spitzen seiner schwarzen Lederschuhe waren nach oben gebogen.

Er hatte abgenommen, und sein Gesicht war so grau wie ein Bild in einem Zinkspiegel.

»Es hat sich ein Problem ergeben«, sagte Ilna, nachdem sie die Tür geschlossen hatte. Sie ging zwischen zwei Webstühlen hindurch. Der größte, der doppelt breite, war mit einem Tuch bedeckt, um zu verbergen, woran sie gerade arbeitete. »Kommt her. Ihr kennt diese Leah os-Wenzel? Die Mätresse des Kanzlers?«

»Ich habe von ihr gehört«, erklärte Beltar vorsichtig. Er hatte nie Gelegenheit erhalten, die Webstühle von vorn zu sehen, wo die Muster deutlich zu erkennen waren. »Sie nennt sich jetzt Leah bos-Zelliman. Sie hat schon bei mir gekauft.«

Mehrere Bandwebstühle standen ebenfalls in diesem Raum. Die Muster der angefangenen Arbeiten wiesen leichte Abweichungen voneinander auf; nichts, was Beltar tatsächlich sehen konnte, aber er konnte die unterschiedlichen Wirkungen spüren, die sie auf ihn hatten.

»Als ob ein Name zählte!« schnaubte Ilna und verzog verächtlich den Mund. »Als ob adlige Geburt etwas bedeuten würde!«

Noch nie hatte der Tuchhändler solche Gefühlsäußerungen bei ihr erlebt; er blinzelte erstaunt.

Ilna verzog ob ihres Ausbruchs das Gesicht und trat an den Webstuhl, auf dem sie einen Stoff von einem Schritt Breite webte – es hätte ein Schal sein können –, der jetzt etwa acht Zoll lang war. Das Garn war eine Mischung aus Wolle und Ziegenhaar, beides in Schwarz, so daß sich das Muster vor allem in der Struktur und nicht in der Farbe zeigte.

Beltar warf einen Blick darauf, keuchte und wandte sich ab. Ilna lächelte kalt und schnitt das Stück aus dem Rahmen.

»Ich möchte, daß Ihr dies zu Leah bringt«, sagte sie und trug den Stoff zu ihrem Arbeitstisch. »Sagt ihr, es sei ein Geschenk von mir.«

Ilna legte den Stoff flach auf den Tisch, strich ihn glatt und griff nach ihrem Messer – eine andere Weberin hätte eine Schere benutzt. Sie drückte die linke obere Ecke des Stoffs mit der freien Hand auf den Tisch.

»Sagt der Dame«, fuhr sie fort, als sie den Stahl diagonal durch den Stoff zog und ihn zu zwei gleichen Dreiecken zerschnitt, »daß sie die andere Hälfte bekommen wird, wenn ein Polizist aus dem Hauptbüro, ein gewisser Voder or-Tettigan, verhaftet wird.«

Sie sah Beltar an. Er zuckte zurück, als er ihre Miene sah. »Es dürfte genügen, ihn wegen Bestechlichkeit anzuklagen«, sagte sie. »Ich kann mir nicht vorstellen, daß es in Erdin einen Polizisten gibt, auf den diese Anklage nicht zuträfe.«

Sie lächelte. Das Herz eines Gletschers strahlte mehr Wärme aus. »Nicht, daß die Anklage unbedingt der Wahrheit entsprechen müßte«, sagte sie.

Ilna legte eines der Dreiecke auf einen Streifen des

Wollstoffs, den sie zum Einpacken benutzte. Sie rollte den groben Stoff so, daß er ihr eigenes Werk verbarg.

Beltar räusperte sich. »Äh – gibt es da etwas, das ich wissen sollte, Herrin?« fragte er.

»Ihr solltet es besser wissen, als mir im Weg zu stehen«, fauchte Ilna. Wieder verzog sie das Gesicht, voller Verachtung für den Tuchhändler, ebenso wie für ihre eigene Unbeherrschtheit.

»Aber das wißt Ihr ja bereits«, fügte sie sanfter hinzu. »Ihr würdet es nicht wagen, mir zu widersprechen.«

Beltars Adamsapfel ruckte auf und ab, aber er sagte nichts. Ilna sah ihn scharf an, als ihr ein weiterer Gedanke kam. »Warum wolltet Ihr mich überhaupt sehen?« wollte sie wissen. »Ihr wolltet mir sagen, daß Ihr nicht mehr für mich arbeiten wollt, nicht wahr?«

Der Tuchhändler schwankte, als hätte sie ihm einen Dolch ins Herz gestoßen; sein Gesicht war schweißnaß und fleckig vor Angst. Ilna lachte, wie eine Erwachsene über die fehlgeleiteten Versuche eines Kindes lacht.

»Ich wollte nicht …«, flüsterte Beltar heiser. »Ich habe nie gesagt …«

»Nun, das ist auch gleich«, meinte Ilna mit gutmütigem Spott. »Ihr werdet nicht kündigen, weil ich noch Verwendung für Euch habe.«

Sie hielt ihm die Tuchrolle hin. »Bringt das sofort zu der Dame«, befahl sie. »Sie wird mit dem Ergebnis sehr zufrieden sein; der Kanzler hat sie in letzter Zeit nicht mehr so häufig aufgesucht wie früher. Wenn er Leah fallenläßt, wird sie wieder im Theater Orangen an die Zuschauer verkaufen müssen, nicht wahr?«

Beltar nahm das Päckchen entgegen. Das verbleibende Dreieck lag noch auf dem Tisch. Es anzusehen war, als hörte man den Atem eines Tiers in tiefschwarzer Nacht: Es war nichts Erschreckendes zu sehen, aber man wußte, daß etwas ungeheuer Mächtiges dort lauerte.

»Das könnte sehr wohl sein«, sagte Beltar bedrückt. Sie hatte seine Rebellion erstickt, bevor er den Mut aufgebracht hatte, sie auch nur zu äußern. Er wußte – wie er es von Anfang an gewußt hatte –, daß er Ilnas Werkzeug war und daß sie ihn benutzen würde, bis er brach. »Voder or-Tettigan soll sofort wegen Bestechlichkeit verhaftet werden.«

Beltars Blick fiel auf die Arbeit auf dem anderen Webstuhl. Es war ein lebensgroßes Bild der Herrin, in Seide und Fäden aus kostbaren Metallen.

Es war das Schönste, was er in seinem ganzen Leben gesehen hatte.

»Herrin!« sagte Beltar voller Ehrfurcht und Staunen und fiel auf die Knie. Das Bild war etwa zu drei Vierteln vollendet. Ein Schaf und ein Widder hatten sich auf die Hinterbeine erhoben, um die Hände der Herrin zu küssen; die Nebel des Himmels umgaben sie in übernatürlichem Glanz. »Es ist so schön!«

Ilna betrachtete den Stoff kritisch. »Ja, nicht wahr?« sagte sie. Sie griff nach dem obersten Teil des Stoffs, zog an den Kettfäden und drehte den Stoff. Der Stoff war dünn, aber aus Seide und daher fest; Ilnas Miene war kalt und schrecklich, als sie ihn dennoch zerriß.

Beltar stieß einen Schrei aus. Er sprang auf und wollte sie aufhalten, aber es war bereits zu spät. Ilna warf die Stoffetzen beiseite; sie hingen vom Webstuhl wie die Flügel von Schmetterlingen in einem Spinnennetz.

»Kümmert Euch um das, was ich Euch aufgetragen habe, Beltar«, sagte sie heiser. »Und seid dankbar, daß Ihr nicht Manns genug seid, Euch mir entgegenzustellen.«

Ilna nahm den Tuchhändler bei der Hand und führte ihn zur Tür, die er schluchzend und tränenblind nicht allein gefunden hätte. Sie schob ihn nach draußen und schloß die Tür hinter ihm. Dann ging sie zurück zu den Webstühlen.

Die Mätresse des Kanzlers würde sich dieser Angelegenheit annehmen, daran hatte Ilna keine Zweifel. Wenn der Kanzler selbst zögerte, ihrem Willen zu entsprechen, würde Leah seinen Untergebenen in seinem Namen Anordnungen geben. Niemand würde Fragen stellen, bis es zu spät war, und dann – nun, alle Beteiligten wären zu verlegen, um etwas zu unternehmen. Voder wäre unschädlich gemacht, ehe er das Muster, das Ilna wob, beschädigen konnte.

Ilna begann wieder, an dem Band zu arbeiten, an dem sie vor Voders Ankunft gesessen hatte; ein einfaches Ding – für Finger, die keine Fehler machten, die Arbeit von nur einer Stunde. Nach einem Augenblick hielt sie inne und begann den Teil des zerschnittenen Tuchs zu falten, der noch auf ihrem Tisch lag.

Ilna legte das halbgefaltete Dreieck hin. Sie streckte die Hände nach dem Stoff aus, den sie gerade zerrissen hatte, und streichelte die glitzernde Oberfläche mit den Fingerspitzen. Sie hatte dieses Bild gewoben, um sich selbst zu beweisen, daß ihre Begabung einfach nur das war: eine Begabung, nicht eine Manifestation des Bösen.

Ilna kniete vor dem Webstuhl. Sie hielt den zerstörten Stoff in ihren Händen und weinte.

12

Mit zwei serianischen Seeleuten an jedem der langen Ruder und Cashel allein am vierten gelang es, den *Goldenen Drachen* langsam an den Strand zu bringen. Die Sonne warf den Schatten des Schiffs weit über die Landschaft aus Sand und Tamarisken.

»Hurra!« rief Mellie auf Cashels Schulter, sprang von den Füßen in einen Handstand und wieder zurück. »Oh! Es tut gut, wieder an Land zu sein, findest du nicht?«

Cashel grinste, als er das Ruder einzog und dabei darauf achtete, den Seeleuten nicht in die Quere zu kommen, die auf der anderen Seite dasselbe taten. Strenggenommen stand Mellie auf seiner Schulter, und er stand an Deck des *Goldenen Drachen*. Es war ihm ziemlich gleich, ob der flache Kiel des Schiffes auf Sand saß oder durch niedriges Wasser glitt.

»Ich bin nämlich keine Wasserfee!« stellte Mellie spitz fest, als hätte sie Cashels Gedanken gelesen. »Ach, komm schon, Cashel!«

Sie kletterte von seiner Schulter zu seiner Taille, hielt sich mit einer Hand an seinem Ledergürtel fest und fuhr dann wie eine Brise sein Bein entlang auf dem Weg zum Boden.

»He, warte auf mich!« rief Cashel. Manchmal vergaß er, daß andere die Fee nicht sehen konnten, aber es war vermutlich gleich. Die Serianer behandelten ihn ohnehin, als gehörte er einer anderen Art an. Die Tatsache, daß er mit sich selbst oder der Luft sprach, ließ ihn nicht noch wesentlich seltsamer erscheinen.

Die Hochländer konnten Mellie sehen, und sie benahmen

sich, als wäre Cashel nur eine größere Version der Fee. Wenn er genauer darüber nachdachte, fand Cashel das noch viel verstörender.

Die Hochländer hatten alle das Schiff verlassen; viele von ihnen bereits, als der Bug noch die Brandung durchschnitten hatte. Die kleinen Männer hatten vor Begeisterung Purzelbäume geschlagen; Mellie war nicht das einzige Wesen an Bord des *Goldenen Drachen*, das sich freute, wieder festen Boden unter den Füßen zu haben. Einer der Hochländer stieß einen Ruf aus, und das gesamte Dutzend verschwand auf einer der Anhöhen im Gebüsch.

Die Hochländer waren der Grund, wieso der *Goldene Drache* hier angelegt hatte, auf einer von Hunderten unbewohnter Inselchen im Inneren Meer. Weil das serianische Schiff so unvermutet in Carcosa wieder abgelegt hatte, hatten sie nicht viel frisches Gemüse und Fleisch an Bord gehabt, und das war nun einmal die einzige Nahrung, die die Hochländer akzeptierten. Die serianischen Seeleute kamen mit Dreiviertelrationen von Haferbrot und Zwiebeln zurecht, hin und wieder ergänzt durch Fisch, und sie hätten das ausgehalten, bis der *Goldene Drache* einen richtigen Hafen erreicht hätte, aber die Hochländer wären verhungert, wenn nicht bald etwas geschehen wäre.

Auf einer so langen Reise war die Ernährung immer ein Problem, selbst wenn es nicht um Leben und Tod ging. Segelschiffe konnten über einen Monat in einer Flaute liegen, nur langsam von der Besatzung mit Rudern vorwärts bewegt, die eigentlich nur zum Manövrieren im Hafen gedacht waren. Im Lauf der Jahrhunderte hatten vorsorgliche Kapitäne auf den meisten Inseln, auf denen es ein Minimum an Vegetation und Teiche für Regenwasser gab, Ziegen ausgesetzt. Die zähen kleinen Tiere wurden hin und wieder Beute von Seewölfen, aber meist dienten sie als Nahrungsergänzung für Seeleute, die willig waren, sie zu jagen.

»Willig« umschrieb die Haltung der Hochländer nur unzureichend. Cashel bezweifelte, daß sie sich die Mühe machen würden, die ersten paar Ziegen, die sie erwischten, auch nur zu kochen.

Die Langruder konnten in Halterungen entlang der Reling eingehängt werden. Cashel legte das seine zurück und überließ es den Seeleuten an den anderen Rudern, sie so zu befestigen, wie sie es für richtig hielten. Knoten waren in unterschiedlichen Kulturen so verschieden wie Frisuren; Cashel wußte, die Serianer würden seine Arbeit ohnehin still und leise noch einmal ausführen, sobald er ihnen den Rücken gekehrt hätte.

Er bückte sich und hob Mellie vom Rist seines linken Fußes und setzte sie trotz ihres Protestgeschreis wieder auf die Schulter. »Ihr Herren?« rief er zu Jen und Frasa hinüber. »Darf ich ebenfalls an Land gehen?«

Einer der Brüder – Cashel konnte sie auf eine solche Entfernung immer noch nicht voneinander unterscheiden – wandte sich von einem Gespräch mit dem Kapitän ab und verbeugte sich tief. »Selbstverständlich, Meister Cashel«, erwiderte er.

»Man sollte glauben, du wärst derjenige, der die letzten tausend Jahre damit verbracht hat, auf dieser Ebene am Leben zu bleiben«, beschwerte sich Mellie, als Cashel nach seinem Stab griff und auf den Bug zuging.

»Es gibt hier sehr wahrscheinlich Ratten«, sagte er und ließ sich nicht aus der Ruhe bringen. »Und wir wissen mit Sicherheit, daß es hier jetzt Hochländer gibt. Ich werde nicht zulassen, daß dir etwas passiert, solange du unter meinem Schutz stehst.«

Seeleute sprangen über die Reling und wateten an Land. Sie hatten sich nachts Hütten gebaut und ihr Haferbrot geröstet, aber anders als Mellie oder die Hochländer war es ihnen gleich, ob sie sich an Land oder auf See befanden. Die Serianer – und das galt für Frasa und Jen ebenso wie für die einfachen Seeleute – führten ein genügsames Leben. Es schien keinen großen Unterschied für sie zu bedeuten, ob sie vom Rumpf eines Schiffes oder von den Mauern eines Lagerhauses umschlossen waren.

Vier Seeleute stolperten gebeugt unter dem Gewicht des Hauptankers den Strand hinauf, während andere die Trosse hinter ihnen abrollten. Sie setzten den Anker vierzig Fuß landwärts ab, um zu verhindern, daß der *Goldene Drache* in der Nacht abtrieb. Weitere Seeleute senkten den zweiten Anker vom Heck, damit keine unerwarteten Böen das Schiff zu fest auf Grund schieben würden, um die nächste Flut zum Auslaufen nutzen zu können.

Jen und Frasa waren überzeugt, daß sie hier gefahrlos an Land gehen konnten, aber Cashel erinnerte sich immer noch an den Sturm, der Barcas Weiler überfallen und die Trireme zu ihnen gebracht hatte. Nun, man hatte ihn nicht nach seiner Ansicht gefragt, und die Hochländer brauchten ihr Fleisch tatsächlich.

Mellie beugte sich von Cashels Schulter vor und schnupperte. »Keine Ratten«, sagte sie, »das würde ich riechen. Und die Hochländer werden sich nicht an mir vergreifen, denn sie wissen, daß ich dein Haustier bin.«

Sie drehte sich um und streckte ihm die Zunge heraus. »Genau das denkst du vermutlich auch.«

Cashel schob ein Ende seines Stabs in den Sand; die von der Brandung umspülten oberen paar Zoll des Untergrundes gaben nach, aber die Kalkschicht darunter war fest. Statt hinunterzuspringen wie die Hochländer und die Seeleute, ließ er sich langsam hinab, gestützt auf den Stab und die Bugreling. Ein Mann von Cashels Gewicht und Kraft lernte schnell, sich nicht hastig zu bewegen, und er war ohnehin kein hektischer Mensch.

Cashel hatte nichts gegen das Leben an Bord gehabt, aber er empfand es überraschend angenehm, wieder zwischen Grünpflanzen zu sein, selbst wenn es die winzigen, bitter schmeckenden Blätter der Tamarisken waren. Er fragte sich, wie die Ziegen bei diesem Futter überlebten und wie ihr Fleisch schmecken mochte. Aber die Hochländer waren keine heiklen Esser.

Mellie sprang herunter, sobald Cashel die Wasserlinie hinter sich gelassen hatte. Sie kletterte auf einen Busch und pflückte eine der winzigen rosa Blüten ab, um sie sich hinters Ohr zu stecken: An der Fee sah sie aus wie eine Poinsettia-Blüte.

»Oh!« rief sie und sprang wieder vom Busch herunter. »Wie *gut* sich das anfühlt!«

Die Rinne war weniger ein Wasserlauf als ein Graben, den der Wind geschaffen hatte, obwohl bei Regenstürmen hier vermutlich das Wasser ablief. Büsche standen auf Podesten von Korallensand, an den sich ihre Wurzeln geklammert hatten, aber zwischen diesen Miniaturplateaus hatte der Wind gewundene Gänge erzeugt.

Cashel blieb am Anfang der Rinne stehen, um nach Spuren von Ziegen Ausschau zu halten – oder, was ihn mehr beunruhigte, von Ratten. Mellie mochte vielleicht glauben, daß sie Ratten riechen konnte, aber er war schließlich derjenige, der …

Er blickte gerade noch rechtzeitig auf, um die Fee die Rinne entlang verschwinden zu sehen, wobei sie alle paar Schritte ein Rad schlug. Ihr Lachen war hinter der Biegung zwanzig Fuß entfernt zu hören, dann verklang es.

»Mellie!« rief Cashel. Er hielt den Stab senkrecht, damit er sich bewegen konnte, ohne in den Zweigen hängenzubleiben, und trabte los. Er hoffte, die Fee direkt hinter der Biegung wiederzufinden, wo sie ihm vermutlich höhnisch die Zunge herausstrecken würde.

Er kam um die Ecke. Mellie war nicht zu sehen. Zu Cashels Überraschung fand sich allerdings eine Hütte aus großen versteinerten Knochen direkt vor ihm, wo die Rinne etwas breiter wurde. Ein alter Mann, der nur einen Lendenschurz trug, hockte an einem Feuer aus Tamariskenstämmchen, das er vor der Hütte entfacht hatte; er erhitzte eine dunkle Flüssigkeit in einer angeschlagenen Steingutschale.

»Oh!« sagte Cashel und kam schlitternd zum Stehen. Er hatte nicht einmal erwartet, hier auch nur auf eine Ziege zu stoßen. Ein Mensch mit einer dauerhaften, wenn auch primitiven Behausung war mehr als überraschend.

»Guten Tag!« sagte der alte Mann. Er erhob sich gelenkig. »Sehr angenehm, Euch zu sehen! *Sehr!* Würdet Ihr einen Tee mit mir trinken?«

»Ich …«, sagte Cashel. Er legte den Stab ab, verlegen, weil er vermutlich den Eindruck machte, mit dieser Waffe irgend etwas zerschlagen zu wollen. »Äh, nein, ich bin auf der Suche nach einer …«

Er hielt inne, weil ihm klar wurde, daß der alte Mann vielleicht die Hochländer gesehen hatte, Mellie aber unsichtbar für ihn geblieben war.

»Eine Freundin«, schloß er lahm. Er trat näher an die Hütte, dorthin, wo sie sich dicht an den Rand der Rinne drängte – ein Engpaß für einen Menschen, aber für eine Fee mehr als genug Platz.

»Das kleine rothaarige Mädchen?« fragte der alte Mann. Er deutete mit Daumen und Zeigefinger Mellies ungefähre Größe an. »Ja, sie ist hier vorbeigekommen. Ich hoffte, sie würde einen Augenblick bleiben, aber sie ist in die Büsche dort gerannt.«

Er zeigte irgendwo zur Seite. Die Wand der Rinne, überzogen von einem Netz dünner Wurzeln, war etwa vier Fuß hoch; die Tamarisken reichten weitere acht oder zehn Fuß in die Luft. Cashel betrachtete das Gebüsch stirnrunzelnd.

»Ich bin sicher, sie wird bald wiederkommen, lieber Herr«, sagte der alte Mann höflich. »Warum wartet Ihr nicht mit mir, und wir trinken einen Tee und unterhalten uns?«

Cashel betrachtete immer noch stirnrunzelnd das Dikkicht, das so gesichtslos war wie das Meer selbst. Er hätte sich einen Weg durch die Tamarisken bahnen können, wenn er das unbedingt gewollt hätte, aber er hätte die Fee niemals finden können, wenn sie versteckt bleiben wollte. Hatte sie sich geärgert, weil er versucht hatte, sie in seiner Nähe zu behalten?

»Mellie?« rief er. »Es tut mir leid, Mellie. Komm zurück und hör auf, mir Angst einzujagen!«

Schweigen.

Cashel drehte sich um und hatte das Gefühl, als ob der klare Himmel ihn zu Boden drückte. Er wußte nicht, was er tun sollte.

»Armer Junge«, meinte der alte Mann. »Aber sie wird bald wiederkommen, davon bin ich überzeugt. Kommt, setzt Euch zu mir, bitte.«

Mit einem Lächeln, das ebenso traurig wie verzweifelt

war, fügte er hinzu: »Ich habe schon sehr lange mit niemandem mehr gesprochen. Ich bin hergekommen, um allein zu sein, aber ich fürchte, das ist mir besser gelungen, als ich es beabsichtigt hatte.«

»Ich ...« setzte Cashel an. Er fragte sich, wie es wohl sein mochte, jahrelang auf dieser unfruchtbaren Insel zu leben, ohne Gesellschaft, wenn man von den Jagdgesellschaften von Seeleuten absah, die hin und wieder hier vorbeikamen. Der alte Knabe sah wie ein gebildeter Mann aus.

»Nun, ich kann mich einen Augenblick zu Euch setzen«, sagte er. »Aber ich möchte nichts trinken, vielen Dank. Ich warte nur, bis meine Freundin zurückkommt.«

»Später vielleicht«, sagte der alte Mann und hob die Schale an ihrem verdickten Rand vom Feuer. Er schien angespannt, obwohl er so freundlich war wie ein Welpe. Er zeigte mit der freien Hand auf die Hütte und fügte hinzu: »Wollt Ihr mein Zuhause besichtigen?«

Die Hütte war anders als alles, was Cashel je gesehen hatte. Die Wände bestanden aus versteinerten Schenkelknochen, von denen jeder den Durchmesser eines Obstbaums hatte. Rippen von ähnlich gewaltiger Größe bildeten das Dach. Die Ritzen waren mit Seetang verstopft, aber Cashel konnte sich nicht vorstellen, daß es hier bei schlechtem Wetter sonderlich trocken oder bequem war. Er hatte schon in Schäferhütten aus Naturstein geschlafen, aber er hatte immer die Schafe gehabt, die ihn warm hielten.

»Ich bin ein Eremit, wißt Ihr, obwohl das vielleicht angeberisch klingt«, erklärte der alte Mann. Als Cashel zögerte, huschte er selbst ins Haus, als wollte er damit beweisen, daß an seinem Haus nichts Unheimliches war. »Ich habe mich entschieden, mir eine unfruchtbare Insel wie diese hier zu suchen, um zu studieren, zu meditieren und mich in absoluter Einsamkeit zu reinigen.«

Er schüttelte den Kopf und gab ein gackerndes Geräusch von sich, das ebenso von Wahnsinn wie von Humor zeugte. »O ja, und ich war sehr erfolgreich. Absolute Einsamkeit! O ja!«

Cashel bückte sich, um in die Hütte zu spähen, ohne sich dabei im Licht zu stehen. Er fühlte sich unbehaglich, vielleicht war es nur die Sorge um Mellie, weil er spüren konnte, daß der Eremit wirklich freundlich war. Er war ein seltsamer alter Mann, das stimmte, aber er unterschied sich wohl nicht allzusehr von Tenoctris.

Außerdem war der Eremit vollkommen harmlos. Cashel hätte ihn mit einer Hand mitten durchbrechen können – nicht, daß er sich eine Situation vorstellen konnte, in der er das tun wollte.

Der Eremit hatte sich an einer Mauer ein Bett aus Algen und Tamarisken gebaut. Ein schmiedeeiserner Kochtopf, ein wenig größer als das Tongefäß, das gerade auf dem Feuer stand, lag umgekehrt an der anderen Wand. Daneben stand eine Holzkiste von etwa einem halben Scheffel Inhalt, deren Deckel leicht offenstand. Cashel konnte sehen, daß die Kiste in kleine Fächer eingeteilt war, von denen jedes eine Pergamentrolle enthielt, die so abgenutzt war, daß viel von dem Firnis am Rand abgegriffen war. Aber dennoch wurden die Bücher offenbar liebevoll aufbewahrt.

Von den beiden Töpfen und der Büchertruhe abgesehen, gab es keine von Menschen erzeugten Gegenstände in der Hütte: kein Messer, keine Lampe, nicht einmal ein Stück Tuch. Der Lendenschurz des Eremiten war aus faseriger Tamariskenrinde grob gewebt, offenbar von dem alten Mann selbst.

Cashel lehnte den Stab gegen die Vorderseite der Hütte. Er betrachtete den Eingang, dann kniete er nieder und drehte sich seitlich, um hindurchzupassen. Die Öffnung war hoch genug, aber sehr eng.

Er schaute sich noch einmal um, überzeugt, daß es hier mehr geben mußte, als er sah. »Ihr lebt von den Ziegen?« fragte er. Obwohl es auch keine Anzeichen gab, daß hier Tiere geschlachtet worden waren; es roch nicht danach, und diesen Geruch konnte man nicht verbergen.

»Ich bin Vegetarier«, sagte der alte Mann. »Ich – und ich will nicht predigen, lieber Herr, bitte betrachtet meine Worte nicht als Mißbilligung, welcher Philosophie Ihr auch immer anhängen mögt. Aber für mich wäre es nicht recht, mein Leben zu erhalten, indem ich das Leben eines anderen Wesens nehme.«

Er lächelte verlegen. »Auch das war Teil der Läuterung, versteht Ihr. Ich lebe von dem, was das Meer mir bringt: Die Strömungen bringen vielerlei Pflanzen an den Strand. So regelmäßig, wie die Sonne aufgeht. Ich denke oft, daß die Natur selbst jenen hilft, die im Einklang mit ihr leben.«

»Ah«, sagte Cashel staunend. Wieder sah er sich in der Hütte um und fragte sich, wie es dem alten Mann gelungen war, etwas so Schweres wie diese versteinerten Knochen von der Stelle zu bewegen. »Ich könnte nicht ... Ich meine, ich bin selbst nicht daran gewöhnt, von goldenen Tellern zu speisen, aber das hier ...«

Der Eremit lächelte schüchtern. »Mir fehlt es an nichts«, sagte er. »Ich vermisse gutes Essen nicht, und ebensowenig die ›Bequemlichkeiten‹, wie Leute das nennen würden. Ich habe meine Bücher.«

Er schaute zu der Kiste, neben der Cashel hockte. »Ich habe viel von dem erreicht, um dessentwillen ich hergekommen bin«, fuhr er fort. »Aber ich muß zugeben, daß ich manchmal einsam bin. Sehr einsam.«

Cashel hörte die Verzweiflung in der Stimme des armen Mannes. »Wie lange seid Ihr schon hier?« fragte er.

Sie hatten sich einander nicht vorgestellt. Cashel war nicht sicher, wie er reagieren würde, wenn der alte Mann ihn nach seinem Namen fragen würde; vielleicht hatte dieser das verstanden und deshalb nicht gefragt. Es lag eine Macht darin, etwas oder jemanden beim richtigen Namen rufen zu können.

Wenn doch nur Mellie hier wäre! Sie fehlte Cashel mehr, als er erwartet hätte; aber besonders fehlte ihm jetzt ihr Rat, was er in einer solchen Situation tun sollte. Mellie hätte verstanden, was Cashel bedrückte.

»Lange Zeit«, erwiderte der Eremit. Seine leise Stimme zitterte; er zwang sich zu einem Lächeln. »Länger, als ich sicher sagen könnte. Zuerst hat mich die Zeit nicht interessiert, und nach einer Weile … ich fürchte, ich kann es Euch gar nicht sagen.«

Cashel hatte gehört, wie eine Witwe über dem Grab ihres einzigen Kindes weinte. Die Worte des alten Mannes waren noch trauriger, noch einsamer.

»Wißt Ihr …«, begann Cashel. Klang er mißtrauisch? »Meine Freundin, nach der ich suche – die meisten Menschen können sie nicht einmal sehen.«

Der Eremit lächelte über die angedeutete Frage. »Ihr habt das auch herausgefunden?« sagte er. »Wirklich, lieber Herr, es ist eigentlich erstaunlicher, daß Ihr sie sehen könnt, als es bei mir der Fall ist. Ich habe diese Dinge ein Leben lang studiert, während Ihr …?«

Er ließ seine Stimme verklingen.

Cashel zwang sich zu einem Lächeln. »Ich habe Schafe

studiert«, gab er zu. »Und Holz und ein paar andere Dinge. Aber nein, ich kann nicht einmal lesen – obwohl ich einen Freund habe, der das kann.«

Er wurde rot, weil er bemerkte, daß es vollkommen albern war, gegenüber diesem Mann damit zu prahlen, daß Garric lesen konnte. »Ich weiß nicht, wieso ich Mellie sehen kann«, sagte er. »Es ist einfach so.«

Er schaute den alten Mann direkt an. »Ich kenne eine Dame, die eine Zauberin ist«, sagte er. »Ich nehme an, Ihr seid auch ein Zauberer.«

Der alte Mann lächelte. »Eher ein Philosoph, würde ich sagen«, erwiderte er. »Aber ich muß zugeben, daß es einen Punkt gibt, an dem alles Wissen eins wird.«

Cashel spürte, wie der Druck größer wurde. Die dicken Mauern kamen ihm seltsam durchscheinend vor, aber die Welt hinter dem Eingang – der Sand, die raschelnden Tamarisken – bedrängte ihn. Die Luft schien dicker zu werden, das Licht veränderte sich.

»Ich muß Mellie finden«, sagte er heiser. Er fühlte sich, als hätte man ihn in nassem Sand begraben. Er konnte sich bewegen, aber es fiel ihm ungeheuer schwer.

»Trinkt einen Tee mit mir, bitte, und Ihr werdet Eure Freundin sicher bald wiederfinden«, sagte der Eremit und beugte sich mit der Schale in der Hand zu Cashel. Die Flüssigkeit war vermutlich der Sud von Algen; ganz sicher war es kein Tee, aber es hatte einen angenehmen Geruch.

»Bitte, lieber Herr«, sagte der Eremit. »Ich war so lange allein. Trinkt mit mir.«

Der alte Mann hob die Schale an die Lippen, trank die dunkle Flüssigkeit und schluckte. Er ließ den Blick dabei nicht von Cashel. Cashel strengte sich an aufzustehen, kämpfte gegen ein Gewicht an, so gewaltig wie die ganze Welt.

»Bitte ...«, flehte der alte Mann.

Blaues Licht. Eine kleine Gestalt aus blauem Licht, ein heller Schatten *unter dem umgekippten schmiedeeisernen Topf.*

Mellie!

Cashel riß den Topf hoch und warf ihn gegen die Steinrippen des Dachs. Mellie sprang ihm auf die Hand und tanzte seinen Arm hinauf, vor Freude über die neugewonnene Freiheit singend.

Die Tonschale lag umgestürzt auf dem Boden; der Eremit wich zurück. Cashel stand auf, drückte sich gegen Dach und Mauer.

»Bitte ...«

Cashel brüllte und hob die Arme. Ein blauer Schein umgab ihn. Die Steine waren gewichtslos wie Distelflaum, wie Spinnweben. Er stieß die Hände nach beiden Seiten und riß die Wände der Welt, die ihn gefangenhielt, auseinander. Sonnenlicht und Wind und die grünen Blätter der Tamarisken waren wieder klar zu sehen, so klar, wie Cashels Triumphschrei erklang.

Worte verklangen ebenso wie das blaue Licht, sanken in den schwarzen Frieden der Bewußtlosigkeit ... *so einsam ....*

Es war dunkel, als er erwachte, aber ein paar Sterne standen am purpurnen Himmel. Cashel hörte das vergnügte Schwatzen der Hochländer, als sie durch die Rinne auf ihn zukamen. Er hob den Kopf.

»Soll ich sie bitten, dir zu helfen?« bot Mellie an. »Du mußt schrecklich müde sein, Cashel. Sogar du.«

Drei Hochländer kamen um eine Biegung; sie bewegten sich schwungvoll, obwohl jeder der kleinen Männer auf der Schulter eine Ziege hatte, die mindestens halb soviel wog wie er selbst.

Sie blieben überrascht stehen, als sie Cashel am Boden liegen sahen. Das Tempo ihres zirpenden Schwatzens wurde schneller, wie das von Jungvögeln, wenn die Mutter am Nest auftaucht.

»Nein, es geht schon …«, sagte Cashel und drehte sich um, damit er sich mit den Händen am Boden abstützen konnte. Seine Lebensgeister flatterten wie Tuch im Wind. In seinem ganzen Leben hatte er sich nicht so schwach gefühlt. »Was ist mit ihm passiert?«

»Cashel, bitte …«, sagte die Fee.

»Es geht schon«, grunzte Cashel. Alles in ihm konzentrierte sich auf das Gefühl des Sands unter seinen Handflächen. Wenn er nicht mehr aufstehen konnte, wollte er nicht weiterleben. Er würde nicht liegenbleiben wie ein lahmes Pferd.

»Es geht!« Und er schob den Oberkörper hoch, kam auf die Knie, lehnte sich zurück und stand mit derselben Bewegung auf. Er ragte schwankend vor den verblüfften Hochländern auf.

Die Welt war wieder fest, und Cashel stand mit beiden Füßen sicher da. Er lachte erleichtert. Die Hochländer umzwitscherten ihn wie ein Vogelschwarm, Mellie lachte glücklich und streichelte sein Ohr.

»Oh!« sagte sie. »Du bist so stark, Cashel. Dieser Topf war aus Eisen!«

Es war keine Spur von der Hütte mehr zu sehen. Cashel wurde schnell nüchtern. Er drehte sich um, weil er glaubte, sie müsse hinter ihm ein.

Keine Hütte. Wenn er sich vorbeugte, konnte er trotz des Zwielichts seine Fußabdrücke sehen, aber die riesigen Knochen und der feuergeschwärzte Boden konnten doch nicht so einfach verschwunden sein …

Sie waren verschwunden.

»Habe ich das nur geträumt?« sagte er, ebenso zu sich selbst wie zu der Fee auf seiner Schulter. »Es war ein alter Mann hier, ein Philosoph …«

Die Hochländer kamen näher, berührten ihn freundlich und zogen ihn sanft zum Schiff hin. Die langhaarigen Ziegen, die sie trugen, waren noch warm.

Cashel breitete die Arme aus. Die Muskeln schmerzten, bewegten sich aber normal. Er ging mit den kleinen Männern und war froh über ihre und Mellies Gesellschaft.

»Ich habe geträumt, ich hätte diese Hütte zerstört«, murmelte Cashel. Feuer leuchtete am Strand; der westliche Horizont war wie ein flammendrotes Tuch, vor dem sich der *Goldene Drache* als Silhouette abzeichnete. »Das hätte ich nicht tun sollen.«

»Wenn du etwas gegessen oder getrunken hättest, Cashel«, sagte Mellie, »dann hätten wir die Hütte niemals wieder verlassen können.«

Die Hochländer liefen auf eine Gruppe ihrer Landsleute zu, die bereits begonnen hatten, die Beute zu braten – ohne sie vorher zu häuten. Das verbrennende Fell stank, aber die Köche schienen das nicht zu bemerken. Frasa und Jen erhoben sich zum Gruß von einem Feuer, das sie an einer Stelle errichtet hatten, wo die Kochdünste der Hochländer nicht vom Wind herübergetragen wurden.

»Er war nur ein einsamer alter Mann«, sagte Cashel.

Er warf Mellie einen Blick zu. Die Fee starrte voller Staunen zurück.

13

Wir werden unseren Hafenzoll in Erdin zahlen!« bellte Aran, der Kapitän des zweimastigen Handelsschiffs. Seine Stimme war lauter, als Garric es ohne ein Sprachrohr für möglich gehalten hätte. »Verschwindet und spielt mit denen Kriegsmarine, die Zeit zu verschwenden haben!«

»Sie haben einen Zauberer an Bord«, sagte Tenoctris zu Garric und Liane, die neben ihr auf der Leeseite des Handelsschiffs standen. Sie grinste und fügte hinzu: »Er hält sich jedenfalls dafür.«

Der Offizier im Bug des Kriegsschiffs benutzte tatsächlich ein Sprachrohr. »Dreht bei«, donnerte er, »oder wir versenken euch, und ihr könnt mit den Fischen Witze reißen.«

»Ein königliches Schiff aus Ornifal«, sagte Liane leise. Sie hatte die Hände auf die Reling gelegt, die Finger gespreizt. »Seht ihr den Adler auf der Flagge? Wenn sie von Sandrakkan kämen, wäre es ein Pferdekopf.«

»Pah!« fauchte Aran. »Zum ersten Mal in diesem Jahr haben wir guten Wind, der uns die Mündung des Erd hinauf trägt, ohne daß wir Schleppkähne brauchen, und schon versucht dieser Speichellecker irgendeines Adligen, uns aufzuhalten. Wahrscheinlich so lange, bis die Ebbe einsetzt.«

Er warf der wartenden Besatzung einen Blick zu und sagte: »Also gut, refft die Segel. Dieser Idiot mit dem Kessel auf dem Kopf besteht darauf.«

Garric beobachtete das Kriegsschiff, das jetzt fünfzig Fuß entfernt mit dem Handelsschiff auf Parallelkurs war. Die fünfundzwanzig Ruder an jeder Seite bewegten sich wie die

Beine eines Hundertfüßlers. Die Ruderbewegungen sahen langsam aus, weil Garric an die kleinere, leichtere Ausrüstung eines Fischerboots gewöhnt war, aber er bezweifelte nicht, daß sie den bronzenen Rammsporn ohne Schwierigkeiten durch den Rumpf des Handelsschiffs treiben konnten.

»Was macht ein königliches Schiff hier?« fragte Garric. »Ist der Graf von Sandrakkan nicht ein Feind des Königs?«

»Es herrscht kein offener Krieg«, erwiderte Liane, »aber der Graf von Sandrakkan ist so ziemlich der schlimmste Feind, den der König hat. Wenn man einmal von der Königin absieht.«

Garric drehte sich zu ihr um, um zu sehen, ob sie einen Witz gemacht hatte. Aber in der Miene des Mädchens lag nichts als höfliches Interesse, obwohl ihre Züge so unbewegt wie Marmor schienen.

Das Hauptsegel kam herunter. Seeleute packten das Tuch, refften es und fluchten über den Wind. Er war günstig, was ihr Ziel, Erdin, anging, und stark genug, daß er das Segel gut gebläht hatte. Seeleute von Sandrakkan glaubten, daß ein sich blähendes Segel den Wind wie ein Eimer hielt, während die Fischer auf Haft auf brettgerades Segeltuch schworen.

»Da sie einen Zauberer an Bord haben«, meinte Tenoctris so gleichmütig wie immer, »können wir wohl annehmen, daß sie nach uns suchen. Zumindest nach deinem Vater, Liane.«

Zwei Seemänner holten jetzt das Focksegel ein. Sie konnten die Arbeit nicht von der Schwerkraft tun lassen, weil der Mast schräg wie ein Bugspriet gehalten war. Das war eine notwendige, aber ungelenke Anpassung an die Tatsache, daß sich das Hauptsegel so sehr blähte, obwohl

Garric zugeben mußte, daß die Neigung des Focksegels half, das bauchige Handelsschiff überraschend schnell zu manövrieren.

»Der *König* sucht nach uns?« fragte Liane.

»Wenn das tatsächlich ein königliches Schiff ist«, meinte Tenoctris, »dann ist das wohl der Fall.«

Liane sah aus, als hätte sie auf etwas Saures gebissen. »Ich frage mich, ob mein Vater vielleicht für die Königin gearbeitet hat«, sagte sie.

Tenoctris zuckte die Achseln. »Es sind mehr als zwei Parteien beteiligt«, sagte sie. »Obwohl ich annehme, wenn man die meisten dieser Fäden weiterverfolgt, wird man feststellen, daß sich an ihrem Ende dasselbe befindet.«

»Der Verhüllte?« fragte Garric, den Blick immer noch auf das sich nähernde Kriegsschiff gerichtet. Nur ein paar Männer an Bug und Heck ruderten noch.

»Nein«, sagte Tenoctris, »obwohl er gerne so tun würde, als wäre das anders. Ich spreche von Malkar.«

Die Ruderer saßen auf zwei Bänken, die von einem Mittelgang getrennt wurden, der so schmal war, daß die Seeleute sich zur Seite drehen mußten, um aneinander vorbeizukommen. Es gab mittschiffs die Möglichkeit, einen Mast zu befestigen, aber diesmal hatte die Besatzung ihn gar nicht an Bord, hatte ihn vermutlich an Land abgelegt, damit er nicht im Weg war, solange das Schiff seine Patrouillen mit Ruderantrieb durchführte. Ein kleines Segel flatterte am Klüverbaum über dem Rammsporn.

Ein einziger Rudergänger am schmalen Heck bediente die beiden Steuerruder. Zwei Offiziere mit auffälligen Gürteln, einer am Bug und der andere nahe dem Rudergänger – er saß und hatte sich eine Trommel zwischen die Beine geklemmt –, stellten die einzige Decksbesatzung dar. Wahrscheinlich griffen ein paar der Ruderer zu, wenn es notwendig war, Segel zu setzen.

Das Handelsschiff wurde langsamer und trieb in der Dünung. Da sein Rumpf kurz und das Heck höher als der Bug war, begann sich das Schiff langsam entgegen dem Uhrzeigersinn zu drehen. Das machte es für den Kapitän des Kriegsschiffes nicht einfach, längsseits zu gehen.

»Werft uns ein Tau zu«, rief er. Als Kapitän Aran ihn ignorierte, fügte er hinzu: »Werft ein Tau rüber, oder die Schwester soll mich holen, wenn ich eure Reling nicht mit Enterhaken abreiße.«

»Kriegsmarine!« höhnte Aran, aber er trat neben Garric an die Reling und griff nach einer Rolle von einem Zoll dicken Tau. Er warf sie mit einer Bewegung, die die Rolle in der Luft abwickelte. Der Kapitän des Kriegsschiffs fing das Tauende ebenso geschickt auf und band es um ein Betingholz, während die Ruderer das Kriegsschiff noch ein Stück näher heranbrachten.

Die Schafe im Frachtraum des Handelsschiffs blökten. Sie waren auf der Reise ziemlich ruhig gewesen, aber die derzeitigen nervösen Bewegungen des Schiffs hätten sogar einen alten Seemann magenkrank gemacht. Garric überlegte, ob er zu ihnen gehen sollte, aber es gab nicht viel, was er für sie tun konnte. Selbst bei offener Luke war das Licht im Frachtraum schlecht, und die Schafe waren dichter zusammengedrängt als die Ruderer des Kriegsschiffs. Es gab keinen ausreichenden Grund, sich einer solchen Situation auszusetzen.

Zusätzlich zu den Ruderern trug das Kriegsschiff drei Männer. Der Offizier, der das Handelsschiff angewiesen hatte beizudrehen, trug einen Messinghelm und einen Küraß, der zu den Muskeln eines Halbgotts geschmiedet war. Er – oder eher sein Diener – polierte das Metall vermutlich jeden Morgen, damit es in der salzigen Luft so glänzend blieb.

Der zweite Soldat trug einen Eisenhelm und ein Kettenhemd. Er schaute finster drein, und dazu hatte er auch alles Recht. In der Sonne mußte dieses Kettenhemd ausgesprochen unbequem sein. Außerdem war dem Mann vermutlich ebenso klar wie Garric, daß ihn das Gewicht des Metalls sofort auf den Meeresboden ziehen würde, falls er ins Wasser fallen sollte.

Beide Männer trugen Schwerter, und der Soldat hatte darüber hinaus noch einen Speer. Die Waffen waren allerdings nur zum Vorzeigen gedacht: Arans acht Mann starke Besatzung hätte die beiden leicht über Bord werfen und weiter ihrer Wege ziehen können, wenn sie die einzige Bedrohung dargestellt hätten. Es war der Rammsporn, der dem Kriegsschiff seine wahre Autorität verlieh.

Die Schiffe stießen gegeneinander, die Steuerbordseite des Handelsschiffs an die Backbordseite des Kriegsschiffs. Selbst am Bug war das Handelsschiff drei Fuß höher als das andere. Der Offizier schaute mißmutig drein, aber er und sein Kamerad kletterten hinauf, ohne Hilfe von den Seeleuten zu erbitten, die sich ihrerseits auch nicht beeilten, sie ihnen anzubieten. Sie mußten in der letzten Zeit entsprechende Erfahrungen gesammelt haben.

Garrics Blick ruhte auf dem dritten Mitglied der Gruppe, einem hageren alten Mann in einem betont ungewöhnlichen Kostüm. Er trug keinen Helm, dafür aber einen seltsamen Umhang, der aus den Bälgen Dutzender Vögel und Pelztiere hergestellt war. In der Hand hielt er einen kompliziert geschnitzten Stock aus einem Holz, das beinahe schwarz schien.

Sobald der Alte über die Reling des Handelsschiffs gekrabbelt war, begann er auf einem Fuß herumzuhüpfen, dabei zu fauchen und zum Himmel zu weisen. Sein Stab hatte an einem Ende eine Spitze, am anderen einen Knauf.

»Angeber«, murmelte Tenoctris abfällig. »In diesen Zeiten hat er mehr Macht, als er sich jemals hätte träumen lassen. Leider ist er immer noch ein Buschzauberer, der nicht mehr Ahnung hat als früher, als er noch in einem kleinen Dorf an einem Kreuzweg nach verlorenen Schmuckstücken suchte und Liebestränke braute.«

Garric hatte seine Waffen hervorgeholt, als das Kriegsschiff auf sie zugesteuert war, aber er hatte den Bogen nicht gespannt, und das Schwert lag immer noch in dem Öltuch, in das er es für die Seereise verpackt hatte. Er war angespannt. Er wußte, er hätte einfach die Hand an den Schwertgriff legen und König Carus die Sache überlassen können, aber das wäre hier die falsche Reaktion gewesen. Außerdem würde Garric or-Reise niemals ganz verloren sein, solange Schafe in seiner Nähe blökten.

»Nasdir«, fauchte der Offizier den Zauberer an. »Hör auf, so herumzuhüpfen, und fang mit der Arbeit an.«

Der Zauberer reckte das Kinn und versuchte arrogant dreinzuschauen. Sein schlaff herabhängender Schnurrbart war weiß, obwohl sein dünnes Haupthaar noch schwarz war. »Du verstehst meine Kunst nicht«, sagte er.

»Ich weiß nur, je schneller wir diesen Benlo finden, desto schneller können wir auch von diesem elenden Felsen verschwinden, der in der Sonne brät, wenn es nicht gerade regnet«, sagte der Offizier. »Also mach schon.«

»*Und* wir werden endlich aufhören können, uns zu fragen, ob hinter dem Horizont nur ein Sturm lauert oder ein paar hundert Soldaten aus Sandrakkan, die uns die Kehlen durchschneiden wollen«, sagte der Soldat. Er warf Nasdir einen Blick zu, als suchte er nur nach dem geringsten Grund, den Zauberer mit seinem Speer aufzuspießen. Die Basis des Kriegsschiffes vor der Küste von Sandrakkan war vielleicht nicht ganz so schlimm, wie die Männer andeuteten, aber offensichtlich übel genug, daß sie im Lauf dieser Suchaktion ans Ende ihrer Geduld gekommen waren.

»Ihr seid keine Zollinspektoren des Grafen?« fragte Kapitän Aran. Er rasierte sich sein schwarzes Haar kurz, aber er hatte einen buschigen Bart, der sich zu sträuben schien, als er über die Situation nachdachte. »Wer seid ihr denn sonst, ihr Schoßratten der Schwester?«

»Wir sind die Vertreter Eures Königs«, verkündete der Offizier. »Wir suchen nach einem Mann, Benlo bor-Benliman, und ich sage Euch gleich, wenn er sich hier auf dem Schiff befindet, werdet Ihr Euch viel Ärger ersparen, wenn Ihr ihn uns gleich übergebt.«

Liane richtete sich ein wenig gerader auf; sie verzog abfällig die Lippen. Garric konnte sich nicht vorstellen, daß irgend jemand, der das Mädchen sah, nicht merkte, daß sie von adliger Abstammung war. Aber die meisten sahen ohnehin nicht genau hin. Sie sahen und hörten, was sie erwarteten, und niemand erwartete, daß eine junge Adlige auf einem Handelsschiff voller Schafe von Carcosa nach Erdin reiste.

Aran grunzte. »Ihr seht alle, die an Bord sind, vor Euch«, sagte er. »Soviel ich weiß, heißt keiner von uns Benlo, aber wenn Ihr ihn erkennt, tut Euch keinen Zwang an und nehmt ihn mit. Und Euch selbst ebenfalls, so daß ehrliche Leute weiter ihren Angelegenheiten nachgehen können!«

»Zeigt Eure Handflächen!« sagte der Offizier und tippte mit Zeige- und Mittelfinger auf Arans rechten Handrücken.

»Und eure auch«, rief er den beiden Seeleuten – Männern in mittleren Jahren – zu, die das Focksegel eingeholt hatten. Weder sie noch ihr Kapitän sahen Benlo im geringsten ähnlich, aber sie hatten das richtige Alter. Die anderen waren zu jung, bis auf den Steuermann, der braune Haut, Stachelhaare und keine Zunge hatte.

Der Offizier starrte die Handflächen der drei Männer an. Taue und Ruder verleihen Seeleuten Schwielen, wie es kein anderer Beruf schafft; ein Adliger wie Benlo wäre auf keinen Fall als Seemann durchgegangen, wenn jemand seine Hände inspiziert hätte.

»Und«, fragte Aran, »soll ich Euch auch noch meinen Hintern zeigen, oder kann ich jetzt vielleicht die Segel wieder setzen lassen und hoffen, daß wir den günstigen Wind noch ausnutzen können?«

»Nicht so schnell«, fauchte der Offizier. Er sah sich nach dem Zauberer um; Nasdir hockte auf der anderen Seite des Hauptmasts, wo mehrere Seeleute ihn mißmutig anstarrten. Er hatte mit der Spitze seines Hartholzstabs einen sechszackigen Stern auf die Decksplanken gezeichnet.

Der Kapitän des Kriegsschiffs gab ein wenig Tau nach, so daß die Schiffe nicht mehr direkt aneinanderhingen. Vier Ruderer arbeiteten bedächtig, um die Position des Schiffs zu halten.

Der Offizier starrte Garric kritisch an. »Und was hast du da, mein Junge?« fragte er und zeigte auf das Öltuchpäckchen. »Sieht mir nach einem Schwert aus.«

»Es ist ein Schwert«, sagte Garric und benutzte bewußt den Akzent der hinterwäldlerischsten seiner ländlichen Nachbarn. »Und dazu ein Bogen, falls Ihr ebenso blind wie dumm sein solltet und nicht selbst sehen könnt. Und drunten sind noch fünfzig Schafe, die Fracht, die ich für Meister Hakar or-Mulin nach Sandrakkan bringe.«

Er drehte sich um und spuckte über die Reling. Dank des günstigen Windes traf die Spucke beinahe die Ruderblätter des Kriegsschiffs. Mürrischer Ungehorsam war die natürliche Reaktion eines Bauern auf offizielle Autorität, und er war außerdem gut geeignet, Garrics Angst zu verbergen.

»Ich glaube nicht, daß eins von den Schafen Benlo heißt«, fuhr er fort, »aber Ihr solltet sie lieber fragen.«

Kapitän Aran lachte und schlug Garric auf die Schultern. »Ja, mach das, Soldat!« meinte er. »Vielleicht findest du dabei ja ein paar neue Rekruten. Mäh, mäh!«

Der Offizier lief rot an, war aber nicht dumm genug, einen Streit anzufangen, den er zweifellos verlieren würde, selbst wenn die Besatzung des Handelsschiffs ebenfalls keine große Chance hatte. Sein Untergebener grinste, was sich aber sofort wieder änderte, als sein Vorgesetzter ihn ansah.

Der Zauberer erhob sich; er begann mit einem schlurfenden Tanz um sein Hexagramm. Garric trat zurück, damit er einen besseren Ausblick hatte. Alle anderen an Bord beobachteten Nasdir ebenfalls.

»Salbathbal authgerotabal basuthateo!« rief Nasdir. Bei jedem Wort stieß er den Stab einmal aufs Deck. Garric fiel auf, daß der Zauberer die Worte nicht rund um das Hexagramm geschrieben, sondern nur zwischen jeweils zwei Zacken eine Markierung hinterlassen hatte. Er fragte sich, ob Nasdir die Alte Schrift lesen konnte. Konnte er überhaupt lesen?

»Aleo sambethor amuekarptir!« rief Nasdir, und sein

seltsamer Umhang flatterte hinter ihm her, als er um den Stern stolzierte. Darunter war er nackt.

Tenoctris starrte die Spitze des Fockmasts mit der Intensität eines Richters an, der eine Strafe verhängt. Ihre Miene war verschlossen. Störte sie sich nur an Nasdirs Technik, oder steckte mehr hinter ihrer Konzentration?

»Benlo bor-Benliman *erchonsoi razaabua!*« sagte Nasdir und stieß den Stab in die Mitte des Hexagramms. Die beiden Seeleute, die ihm am nächsten standen, keuchten und wichen zurück, wobei sie die Daumen in den Fäusten versteckten, um das Böse abzuwenden.

Ein Schimmern wie das Licht auf Staubpartikeln erhob sich wirbelnd aus dem Hexagramm. Die Farbe veränderte sich immer wieder zwischen Rot und Blau, wie das Schimmern eines Katzenauges.

Das Schimmern wurde zu einem bleichen Abbild Benlos. Es hob langsam den rechten Arm und zeigte auf die beiden Passagierkabinen auf dem Deck.

»Wir haben ihn!« rief der Offizier. Er zog sein Schwert. »Bei der Herrin, wir haben ihn endlich erwischt!«

Die Besatzung des Kriegsschiffs konnte die Rufe hören, aber die Ruderer saßen zu niedrig, um zu sehen, was auf dem Handelsschiff geschah. Der Trommler stützte sich auf die Heckreling und sprang nach oben, um besser sehen zu können. Das Schiff wippte beängstigend; der Kapitän drehte sich um und schrie ihn an.

Liane war so ruhig wie ein Wintersonnenaufgang. Tenoctris hatte dem schimmernden Abbild den Rücken zugewandt, bewegte aber die Lippen. Garric glaubte, die Spur eines Lächelns auf ihrem Gesicht zu erkennen.

Die beiden Türen der Kabinen öffneten sich zum Bug hin. Der Geist zeigte auf die rechte von ihnen, hinter der Garric schlief. Der Soldat ging vorsichtig darauf zu. Er hielt den Speer in Taillenhöhe, ein wenig zurückgenommen, um zuzustoßen, falls jemand aus der Tür gerannt käme.

Er riß die Tür auf. Rote und blaue Funken wirbelten in der kleinen Kabine, eine Mischung, die Garric anzeigte, daß Nasdir nicht zwischen den Kräften unterscheiden konnte, die er in Bewegung gesetzt hatte.

»Benlo bor-Benliman!« wiederholte der Zauberer. *»Erchonsoi razaabua!«*

Ein lautes Krachen ertönte. Der Deckel des Begräbniskruges, der in Garrics Kabine stand, hob sich. Ein Teil des Randes platzte ab und hob sich mit, gehalten von dem Pechsiegel.

Benlos nackte Leiche erhob sich langsam. Die Wunde am Rumpf war mit groben Stichen vernäht. Der Geruch nach aromatischen Kräutern konnte den Gestank faulenden Fleisches nicht ganz verdecken.

Der Soldat schrie auf, drehte sich um und rannte direkt gegen den Hauptmast. Klirrend prallte er zurück. Sein Speer fiel auf eine Seite des Masts, der Helm fiel ebenfalls und landete hinter dem Mann. Der Soldat raffte sich wieder auf und taumelte davon, immer noch blind vor Angst.

Nasdir schrie wie ein Schwein, das kastriert wird, und verkreuzte die Arme vor dem Gesicht, immer noch den schwarzen Stab in der Hand. Der Offizier wich zurück und stieß mit ihm zusammen; beide stürzten in einem Gewirr aus Armen, Beinen und Angstschreien.

Der Soldat wollte sich über die Reling werfen. Liane faßte seine linke Hand mit beiden Händen und zerrte ihn zur Seite, so daß sein Ellbogen über das Tau rutschte, das beide Schiffe miteinander verband. Der Kapitän des Kriegsschiffs schrie Fragen herauf, und die Ruderer, einen Augenblick zuvor noch entspannt, rückten an ihre Plätze zurück und griffen nach den Riemen.

Blaue und rote Funken stoben aus der offenen Tür wie das letzte Aufflackern eines sterbenden Feuers, dann verschwanden sie im Sonnenlicht. Benlos Leiche sank wieder in den Krug zurück; ein Arm hing immer noch über den zerbrochenen Rand.

Nasdir und der Offizier krochen auf allen vieren zur Reling. Die Aussicht, ins Wasser zu fallen, hatte den Soldaten doch wieder zu einigem Leben erweckt: Er hing an der Trosse und kletterte nun zum Kriegsschiff hinüber.

Der Offizier packte die Trosse, schob den Zauberer beiseite und bemerkte in diesem Augenblick, daß er immer noch das Schwert in der Hand hielt. Er ließ es ins Wasser fallen, damit es nicht mehr im Weg war. Der Elfenbeingriff und die Einlegearbeit aus Gold schimmerten noch einen Augenblick, als die Waffe im klaren Wasser versank.

Nasdir erhob sich kreischend und mit dem Stab fuchtelnd. Liane duckte sich unter einem Schlag, der ihr sonst etwas gebrochen hätte.

Garric empfand denselben Ekel wie damals, als er eine Ratte gesehen hatte, die das Blut einer Taube leckte, der sie die Kehle aufgerissen hatte. Er trat vor.

»Achtung …«, rief Liane.

Garric hatte die rechte Hand erhoben. Der Stab pfiff mit einem Klatschen in seine bereitgehaltene Handfläche. Das geschnitzte Hartholz fühlte sich irgendwie fettig an. Seine Handfläche brannte, aber er hatte Schwielen von seiner schweren Arbeit, und Schmerz war ihm nichts Neues. Er warf den Stab über die Reling, und seine rechte Hand schloß sich um die Kehle des Zauberers.

Nasdir stieß ein Blöken aus. Garric hob ihn hoch, ergriff eines seiner Beine – ein dürres Bein mit weniger Muskeln als an den Armen eines ehrlichen Mannes – und warf den Zauberer so weit, daß er schließlich auf den Rudern des Kriegsschiffes landete.

Es gelang ihm, sich so lange an ein Ruder zu klammern, bis einer der Seeleute ihn an Bord gezogen hatte. Garric war froh darüber, aber er hatte nicht lange nachgedacht, bevor er Nasdir über Bord geworfen hatte. Er stützte sich auf die Reling und beugte sich schwer atmend darüber.

Die meisten von der Besatzung des Handelsschiffs waren in den Bug zurückgewichen, aber der Rudergänger starrte seine Kameraden in schweigendem Staunen an. Von seiner Position auf dem Dach der Deckskabine aus hatte er nur die schimmernden Funken sehen können. Der darauffolgende allgemeine Schrecken hatte ihn erstaunt.

Der Kapitän des Kriegsschiffs und der triefende Offizier schrien einander an. Tenoctris hatte sich bisher nicht von der Stelle gerührt, jetzt streckte sie ihre rechte Hand zu dem Kriegsschiff hin aus. Blaues Feuer, so dicht und rein wie das Herz eines Saphirs, ging von ihrem Zeigefinger aus.

Der Offizier warf sich flach in den Mittelgang zwischen den Ruderbänken. Der Kapitän schrie heiser einen Befehl. Die Ruderer legten sich in die Riemen, ein wenig ungleichmäßig, bis der Trommler zu schlagen begann und sie den Rhythmus aufnahmen.

Das Schiff entfernte sich beinahe mit der Geschwindigkeit eines laufenden Mannes. Tenoctris senkte den Arm. Sie sah müde aus, aber sie lächelte.

»Die Schwester soll euch alle holen!« sagte Kapitän Aran zu ihr, mit der Stimme eines verwundeten Bären.

Er zeigte auf die Kabine. »Dieses Ding da geht sofort über

Bord«, fügte er hinzu, »und ihr könnt froh sein, wenn ich nicht beschließe, mit euch dasselbe zu machen!«

»Nein!« rief Liane. »Er ist mein Vater!«

Aran ging auf die Kabine zu. Vier Männer folgten ihm.

»Nein!« rief nun auch Garric. Er wußte, was geschehen würde, wenn er sein Schwert aus dem Öltuch holte. Stattdessen griff er nach dem Speer, den der Soldat verloren hatte, als er mit dem Mast zusammenstieß. »Nein, Ihr werdet uns und unser Eigentum in Erdin an Land setzen, wie Ihr versprochen habt, was bedeutet, daß wir in ein paar Stunden nie wieder etwas voneinander sehen müssen.«

Aran winkte den Männern an seiner Seite. Er zog einen Sicherungsbolzen aus Hartholz aus der Backbordreling.

Garric hob den Speer und wirbelte ihn herum. Der Speer war fest, aber schlanker als Cashels Stab. Garric war auch nicht so geschickt wie Cashel, aber er konnte diese leichtere Waffe zum Tanzen bringen.

»Setzt die Segel, Kapitän«, rief er. »Oder soll ich meinen Freund aus der Kabine holen, damit er Euch hilft?«

Tenoctris vollführte eine winzige Geste. Garric wußte nicht genau, was hinter ihm geschah, aber Aran ließ den Bolzen fallen, als hätte er sich daran die Finger verbrannt. Die Seeleute wichen zurück.

»Setzt die Segel«, wiederholte Garric, und diesmal äußerte er eher eine Bitte als eine Herausforderung. Er wirbelte den Speer über dem Kopf; wenn es unbedingt sein mußte, würde er sich damit wehren können, aber er hatte keine Ahnung, wie er die gesamte Besatzung damit bekämpfen sollte.

Aran gab nicht vollends nach. Er zeigte an Garric vorbei. »Ihr verschließt diese Tür«, sagte er. »Und dann segeln wir weiter. Und beim Hirten, Ihr werdet nie wieder einen Fuß auf dieses Deck setzen, wenn Ihr es erst einmal verlassen habt!«

»Ja«, sagte Liane, als sie in die Kabine ging, die die Leiche ihres Vaters beherbergte. »Wie Ihr wünscht.«

Sie schlug die Tür hinter sich zu. Seeleute begannen, das Hauptsegel zu setzen, noch ehe Aran den Befehl dazu gegeben hatte. Sie hatten akzeptiert, daß sie Benlo nur dann loswerden konnten, wenn sie ihn in Erdin an Land brachten.

Garric setzte den Speer ab und stützte sich darauf. Er war vollkommen erschöpft. Ein Schaf blökte kläglich.

Garric fühlte sich nicht viel besser.

14

Blitze zuckten, gefolgt von einem ungeheuerlichen Dreifachdonner, als Sharina das Hauptsegel löste. Das klatschnasse Ledersegel sackte trotz des heftigen Windes nach unten. Sharinas rechter Arm schmerzte, und sie hatte die letzten drei Tage leichtes Fieber gehabt, seit sie die giftigen Tentakel einer Qualle berührt hatte, die mit einem Wasserschwall über die Seite des Boots gespült worden war. Ihr war zwar schwindlig, aber weder sie noch der Eremit dachten daran, Asera oder Meder mit irgend etwas zu trauen, das mit dem Boot zu tun hatte.

Die Brandung tobte und zeigte Zähne aus weißem Schaum, der im Licht der Blitze gespenstisch leuchtete. Der Sturm versuchte, das Boot aus Walhaut herumzuschwingen, aber Nonnus hielt das Ruder fest. Obwohl das Boot sich hin und her wand, landete es doch schließlich sicher auf dem Nordstrand Sandrakkans. Ohne die Fähigkeiten des Eremiten wären sie wahrscheinlich gekentert und von ihrem Boot aus Walknochen und -haut zermalmt worden.

Die Welle zog sich zurück. Das Boot kippte langsam nach Steuerbord. Da das treibende Volk nie an Land ging, waren ihre Boote auch nicht dafür ausgerüstet, aber der Sandstrand stellte keine direkte Bedrohung für den Rumpf dar.

Sharina ließ sich auf den Boden sinken. Sie hockte auf allen vieren da und grub die Finger in den Sand. Sie hätte darum gebetet, nie wieder trockenes Land verlassen zu müssen, aber selbst nach den Prüfungen der vergangenen Wochen war ihr klar, daß sie nicht den Rest ihres Lebens auf Sandrakkan verbringen wollte …

Und außerdem hatte sie es sich in Nonnus' Gegenwart abgewöhnt, die Götter leichtfertig anzurufen.

Der Eremit war schon aus dem Boot gesprungen, als die Wellen sie noch umschäumten. Er hatte das Bugseil gepackt – ein Hanfseil, das er von der Trireme mitgebracht hatte, nicht den starren Lederstreifen, den das Volk benutzt hatte, bevor sich die vier dieses Boots bemächtigt hatten – und trottete zu einer Reihe von Pfählen weiter oben am Strand. Ein paar aus Planken gebaute Fischerboote waren bereits an Land gezogen und umgekippt worden, damit sich das Regenwasser nicht darin sammelte.

Blitze zuckten hinter den Wolkenbänken und beleuchteten Meer und Land. Sharina stand auf. Sie wollte Nonnus helfen, aber im Augenblick brachte sie es mit Mühe fertig, aufrecht zu stehen.

»Oh, das ist ja Gonalia«, sagte Meder begeistert. »Die Bucht von Gonalia! Ich erkenne die Burg dort oben wieder.«

Er hielt inne, als Donner grollte und den Boden unter ihren Füßen zum Beben brachte. In sehr verändertem Tonfall sagte er: »Im Schloß ist Licht zu sehen. Wer sollte sich dort aufhalten? Es ist kein Ort, den man zur Nachtzeit aufsuchen würde.«

»Was meint Ihr damit?« wollte Asera wissen. Sie war wieder ganz die Prokuratorin, mit befehlsgewohnter Stimme und Haltung. Sie schüttelte ihr Gewand aus. Sie hätte es lieber wringen sollen. Der Stoff war so naß, daß er weitertropfte, obwohl der Regen nachgelassen hatte.

Nonnus kam zurück. Meder beobachtete den Eremiten und senkte die Stimme, als er sagte: »Ein Zauberer hat die Burg vor tausend Jahren gebaut. Er hat keine Berichte über seine Aktivitäten hinterlassen, aber andere haben das getan, und diese Geschichten waren nicht von der Art, die andere dazu veranlaßt hätte hierherzukommen. Nach seinem Tod blieb das gesamte Umland lange Jahre unbewohnt.«

»Zauberer!« sagte Asera – eine gezischte Erinnerung an den letzten Blitzschlag.

Der Eremit trat zu ihnen. Er legte drei Fingerspitzen an Sharinas Stirn. Seine Berührung war kalt; sie wußte, daß sie Fieber hatte, hätte aber nicht angenommen, daß es so schlimm war.

»Du mußt nach drinnen gehen«, sagte er. »Kannst du laufen?«

»Wir gehen alle hinein«, erklärte die Prokuratorin spitz. Selbst die Tatsache, daß der Regen an Intensität wieder zunahm, tat ihrem wiedergefundenen Sinn für Autorität keinen Abbruch. »Wenn das hier Gonalia ist …«

»Ja«, sagte Nonnus.

Asera runzelte ob der Unterbrechung die Stirn. »Dann wird es eine Kutsche nach Süden geben, nach Erdin. Dort können wir eine Überfahrt auf einem Schiff buchen.«

Sie sah alle nacheinander an, dann blieb ihr Blick an Nonnus hängen. Entfernte Blitze ließen ihre Augen wie blaue Glasmurmeln aussehen.

»Und haltet euch zurück!« befahl sie. »Ich reise als eine Adlige aus Ornifal mit ihren Dienstboten, und wir sind Schiffbrüchige. Ich habe genug Geld, um uns zunächst durchzubringen, und in Erdin kann ich mir einen Kredit verschaffen. Wenn jemand erfährt, daß ich eine Botschafterin des Königs bin, geht es uns allen an den Kragen. Habt ihr das verstanden?«

Sharina hätte sie am liebsten geohrfeigt. Der Gedanke, daß sich alle in Barcas Weiler von der Gegenwart der Prokuratorin geehrt gefühlt hatten, drehte ihr jetzt den Magen um.

Nonnus lächelte schwach. »Jawohl, Herrin«, sagte er. »Ich verstehe, daß es um Leben und Tod geht.«

Er wies mit seinem Speer auf die Holzhäuser weiter oben am Strand; Licht schimmerte durch geschlossene Fensterläden, aber bei diesem Wetter wagte sich niemand nach draußen. »Geht zum Gasthaus. Ich werde euch später folgen.«

Die Prokuratorin runzelte die Stirn, dann nahm sie die kleine Tasche mit ihrem Eigentum aus dem Boot. Sharina nahm an, daß sie dem Eremiten gerade hatte sagen wollen, er solle ihr Gepäck tragen, aber so dumm war Asera dann doch nicht.

Meder hatte seine Tasche bereits in der Hand. Er trug den Athame aus Elfenbein im Gürtel, als wäre er eine Waffe. Sharina sah ihn an, dann Nonnus. »Ich bleibe bei dir.«

»Nein, Kind, das wirst du nicht«, erwiderte er und berührte ihre Wange mit den Fingerspitzen. »Du bist zu krank. Aber ich werde der Herrin auch in deinem Namen danken.«

Asera ging auf die Holztreppe zu, die zu den Häusern führte. Meder warf Sharina einen Blick zu, dann schloß er den Mund, ohne etwas gesagt zu haben, und ging hinter der Prokuratorin her.

Sharina drückte Nonnus' Hand und folgte ihnen, ihr eigenes Bündel unter dem Arm. Der Regen war noch heftiger geworden. Das kalte Wasser ließ ihre Seele erzittern, ohne ihre Haut abzukühlen.

Meder murmelte der Prokuratorin oben auf den Stufen etwas zu; sie blieben stehen und warteten auf Sharina. Blitze brachten das nasse Holz und die Gesichter der Adligen zum Aufleuchten.

»Der Pewlemann hat uns gut gedient, das muß man ihm lassen«, sagte Asera zu Sharina, als sie die letzten Stufen nahmen. »Aber er sollte sich lieber wieder an seine Stellung erinnern, nachdem wir jetzt in die Zivilisation zurückgekehrt sind. Wenn Ihr seine Freundin seid, dann sorgt dafür, daß er sich danach richtet.«

»Er hat nichts um euretwillen getan«, sagte Sharina. Das Gasthaus lag auf der anderen Seite der Straße. Sie ging weiter, während sie sprach, denn sie wußte nicht, ob sie noch einmal imstande sein würde, sich in Bewegung zu setzen, wenn sie nach der Treppe stehenblieb. »Und falls ihm etwas zustoßen sollte, werdet Ihr erfahren, wie gut befreundet wir sind.«

Wahrscheinlich hätte sie das nicht gesagt, wenn das Fieber nicht gewesen wäre. Aber es war in Ordnung. Es entsprach der Wahrheit, und es war wichtig, daß die anderen es wußten.

Die Straße war mit Kopfsteinen gepflastert und glatt und hart und unvertraut unter Sharinas Füßen. Ihre Schwielen halfen nicht gegen den Schreck. Den Adligen schien es nichts auszumachen; Meder trug Stiefel, aber die Schuhe der Prokuratorin mit den dünnen Sohlen konnten eigentlich auch keine große Hilfe sein.

Das Leben im Palast würde in jeder Hinsicht so sein. Sharina war vielleicht die Tochter von Graf Niard und von königlichem Blut – sie hatte sich kaum gestattet, daran zu denken –, aber sie wußte nichts darüber, welche Art von Leben sie in Valles erwarten würde. Nur, daß sie jeder einzelne Aspekt davon herumstoßen und verletzen würde, genau wie diese zivilisierten Pflastersteine es mit ihren Füßen machten …

Asera kämpfte einen Augenblick lang mit der Tür zum Gasthaus; sie hatte die Klinke leicht bedienen können, aber das Gewicht des Holzes war offenbar eine Überraschung für sie. Vermutlich hatte sie sonst Dienstboten, die die Türen für sie öffneten.

Meder schob Sharina vor sich in die Gaststube. Er hätte ihr auch das Bündel getragen, wenn sie das zugelassen hätte. Beide Adlige hatten sich als Ergebnis ihrer Rückkehr zur Zivilisation verändert. Asera war wieder dazu übergegangen, Befehle auszugeben, und der Zauberer hatte sich von einem mürrischen jungen Mann zu einem höflichen Herrn verwandelt, der sich um eine Dame bemüht.

Sharina hätte im nachhinein den mürrischen Jungen vorgezogen. In dieser Stimmung hatte Meder sich jedenfalls so gut wie möglich von ihr ferngehalten.

Die Luft in der Gaststube war naßkalt und muffig. Der Wirt erhob sich von seinem Platz auf einer Seite des Kamins; der einzige Gast, der ihm gegenübergesessen hatte, wandte nur den Kopf und warf den Neuankömmlingen einen mißgelaunten Blick zu. Das Feuer war winzig und sah in dem massigen Kalksteinkamin noch winziger aus.

»Seid Ihr der Wirt?« fragte Asera. »Nun, dann fangt an, Euch wie einer zu benehmen! Ich will etwas zu essen und außerdem ein heißes Bad. Könnt Ihr Wein heiß machen?«

Der Wirt sah sie verblüfft an. Die Tür wurde vom Wind aufgerissen; Meder hatte sie nicht richtig geschlossen. Sharina sah nach, ob Nonnus ihnen nicht doch bereits gefolgt war, dann warf sie sie selbst zu.

»Nun, ich …«, sagte der Wirt. Drei Gäste, die bei diesem Wetter eintrafen, waren so überraschend wie ein Blitzschlag. »Ich denke schon.«

Er sah zur Treppe hin. »Enzi! Komm runter! Pao! Pao! Wo steckt denn dieser Junge?«

Der Wirt schob einen Schürhaken ins Feuer, warf einen

Blick auf Aseras Miene und legte schnell noch drei Scheite nach.

Sharina ließ sich auf eine der Bänke fallen, die aus den Mauern des Gastzimmers vorragten. Sie nahm alles wie durch einen Nebel wahr. Ihr rechter Arm schmerzte nicht mehr, aber jetzt glaubte sie, ihn summen zu hören. Sie öffnete und schloß die Faust; ihre Finger bewegten sich wie gewohnt.

Eine Frau, die sich die Zöpfe um den Kopf gesteckt hatte, spähte über das Treppengeländer, bemerkte die aristokratische Haltung der Gäste und kam heruntergeeilt, ohne ihren Mann anzufauchen, wie sie es offenbar vorgehabt hatte. Ein schlaksiger Junge kam durch die Hintertür herein.

Asera setzte sich auf die Ofenbank, auf der zuvor der Wirt gesessen hatte. Sie beugte sich vor und wärmte sich die Hände über dem größer werdenden Feuer.

Meder warf dem Mann gegenüber einen Blick zu, als dächte er darüber nach, ihm den Befehl zu erteilen, er solle aufstehen. Sharina nahm an, die Frage sei nur, ob der Bursche einfach sitzenbleiben oder dem Zauberer eins mit dem kräftigen Stock verpassen würde, den er zwischen den Knien hielt. Meder war offenbar zu demselben Schluß gekommen und setzte sich statt dessen neben Sharina.

Der Wirt ging mit dem Jungen zur Tür und redete dabei leise auf ihn ein. Der Junge riß erstaunt die Augen auf. Der Wirt schob ihn hinaus und warf die Tür hinter ihm wieder ins Schloß.

»Hol Wein, Frau!« sagte er dann zu seiner Frau. »Unsere Gäste wollen Glühwein, um sich aufzuwärmen.«

Sie huschte zur Theke und stellte einen Kupferkübel unter ein kleines Faß, das auf einem Regal stand. Mit öliger Miene legte der Wirt nun die Fingerspitzen aneinander und wandte sich Asera zu. »Herrin?« sagte er. »Darf ich fragen, wie lange Ihr bleiben werdet?«

»Nicht länger, als bis die erste Kutsche nach Erdin fährt«, sagte Asera. »Wann wird das sein?«

»Ah«, meinte der Wirt. Statt ihr zu antworten, nahm er seiner Frau den Kübel mit Wein ab und trug ihn zur Feuerstelle. »Darf ich fragen, auf welchem Weg Ihr hierhergekommen seid?«

»Ihr dürft mit einer Auspeitschung rechnen, wenn Ihr Euch nicht um Eure eigenen Angelegenheiten kümmert«, erwiderte Asera. »Macht Ihr Euch Sorgen um Euer Geld? Keine Angst.«

Sie nahm eine Münze aus ihrem Beutel und schlug damit auf den Kaminsims; das Gold klirrte melodisch. »Außer Plätzen in der Kutsche für mich und meine Dienerschaft brauche ich noch ein paar Kleider – ich habe mein Gepäck verloren, als ich Schiffbruch erlitt. Und, wann fährt die nächste Kutsche?«

»Der Junge sollte bald mit den entsprechenden Informationen zurück sein«, sagte der Wirt. »Ich werde mich jetzt um Euren Wein kümmern.«

Er nahm den Feuerhaken aus dem Feuer, schlug die Asche vom glühenden Metall und steckte ihn in den Kübel. Der Geruch nach heißem Wein und Gewürzen erfüllte den Raum und erinnerte Sharina an Winterabende zu Hause.

Sie mußte an die Vergangenheit denken. Zum ersten Mal wurde ihr wirklich klar, daß sie nicht wieder nach Hause zurückkehren konnte – zumindest nicht in das Heim, das sie in vergangenen Jahren gekannt hatte. Sie war in den Händen von Fremden, die sie niemals mehr in Ruhe lassen würden und die sie aufhalten würden, wenn sie versuchen sollte zurückzukehren.

Sharina schloß die Augen. Sie spürte Tränen auf ihren Wangen, aber das war ihr gleich. Stimmen wirbelten um sie herum; der Wirt redete über das Wetter und kümmerte sich um die Betten. Jemand bot Sharina Wein an; sie nahm den Steingutbecher und hielt ihn zwischen den Handflächen: Sie wollte nichts trinken, aber die Wärme fühlte sich in ihren Händen gut an.

Vor der Tür hörte man Hufe klappern. Die beschlagenen Hufe ratterten unangenehm auf dem Pflaster. Reiter, keine Kutsche – es waren keine Radgeräusche zu hören.

Die Tür wurde aufgerissen. Sharina öffnete die Augen. Sechs Soldaten stürzten mit gezogenen Schwertern herein. Über ihren Kettenhemden trugen sie weiße Wappenröcke mit einem schwarzen Pferdekopf über der rechten Brust.

Meder sprang auf. Ein Soldat stieß ihn zurück auf die Bank; ein anderer setzte ihm sein Schwert an die Kehle und rief: »Rühr dich nicht, oder wir werden das Sägemehl sehen, mit dem du ausgestopft bist.«

Asera schrie in wortlosem Zorn auf. Sharina konnte sie wegen der dichtgedrängten Männer nicht mehr sehen.

Sie hob den Becher an die Lippen und trank ihren Wein. Ein Soldat sah sie an; er runzelte die Stirn, sagte aber nichts.

Die Wirtin hatte zuviel Muskat und nicht genug Zimt verwendet; aber der Wein selbst war ein guter Jahrgang. Sharina trank nicht oft Wein, aber ihr Vater hatte dafür gesorgt, daß sie und Garric etwas davon verstanden.

Was sie sah und hörte, war für sie so klar und deutlich wie die Luft an einem kalten Wintermorgen. Das Fieber hatte alles Überflüssige aus ihrem Kopf gebrannt, und nun waren ihre Sinne schärfer als je zuvor.

Ein Offizier kam herein, er trug einen Harnisch, der Muskeln nachbildete, und einen Bronzehelm mit einem Helmbusch aus Roßhaar statt des Kettenhemds und des eisernen Helms der einfachen Soldaten. Er hatte keinen Wappenrock, aber ein Leinenband, das an Haken des Harnischs befestigt war; auch dieses zierte ein schwarzer Pferdekopf auf Schulterhöhe.

Zwei Soldaten richteten sich auf, hielten Asera aber weiterhin fest. Ein weiterer Soldat hatte das Schwert halb erhoben, um den Mann, der neben dem Kamin saß, in Schach zu halten, aber die Keule des Gastes ließ das im Augenblick unentschieden aussehen.

»Callin!« rief Asera. »Was tut Ihr hier in den Farben von Sandrakkan? Ist die Königin jetzt der Ansicht, daß Ihr selbst für ihre Verhältnisse zu schleimig seid?«

Callin lachte. Er nahm den Helm ab und verbeugte sich vor der Prokuratorin.

»Asera«, sagte er, »Ich kann kaum sagen, wie erfreut ich bin, daß der König Euch zu seiner Botschafterin gemacht hat und daß ich zur Stelle war, um Euch begrüßen zu können. Ich habe Eure Einmischung in der Sache der Frau des Oberkämmerers nicht vergessen.«

Callin war ein hochgewachsener, gutaussehender Mann mit blondem Haar, das er so lang trug wie Sharina. Seine Augen waren blau und glitzerten wie die einer Schlange. Er ließ den Blick über den Gastraum schweifen, bevor er zu dem Mann neben dem Kamin zurückkehrte.

»Nicht ihn, Herr«, sagte der Wirt rasch. »Meister Eskal verwaltet den hiesigen Besitz des Grafen und den im Westen. Ich kenne ihn gut.«

Callin nickte und winkte den Soldaten von Meister Eskal weg. Er wandte seine Aufmerksamkeit Sharina und Meder zu. Er wirkte elegant, war von einer lackierten Vollkommenheit, obwohl er im Regen hierhergeritten sein mußte.

Sharina nippte weiter an ihrem Glühwein. Sie dachte an das Beil in ihrem Gürtel und daran, daß Nonnus immer noch draußen war, und sie wartete.

»Weiß der Graf, daß Ihr Euch auf seinem Land herumtreibt?« sagte Asera zu Callins Rücken. »Was, glaubt Ihr, wird er mit diesem Gasthaus und allen Leuten in Gonalia tun, wenn er erfährt, daß sie Euch geholfen haben?«

Callin lachte. Er strich über den Pferdekopf an seinem Ärmel. »Oh, der Graf und meine Herrin sind gute Freunde, Asera«, sagte er. »Ich bin in ihrer beider Namen hier, und diese Männer …«

Er tätschelte dem Soldaten neben ihm die Wange; der Mann sah aus, als hätte er etwas sehr Unangenehmes schlucken müssen.

»… sind Soldaten des Grafen, nicht wahr, Jungs?«

Die Soldaten grunzten. Sharina hatte Giftschlangen gesehen, die ihr lieber gewesen waren als Callin, aber ebenso wie diese Schlangen war der Offizier der Königin von glitzernder Schönheit.

Er schaute nun Meder an, und alle Anzeichen guter Laune wichen aus seiner Miene. »Ja«, sagte er. »Ich kenne Euch ebenfalls, nicht wahr, Meder bor-Mederman?«

Er nahm dem Zauberer den Athame aus Walroßzahn aus dem Gürtel, sah ihn angewidert an und warf ihn mitten ins Feuer, nach nur einem kurzen Seitenblick, um Entfernung und Winkel abzuschätzen. Dann lächelte er wieder.

»Meister Meder«, sagte er. »Meine Anweisungen von der Königin lauten, Euch alle lebendig mitzunehmen, wenn es möglich sein sollte. Man glaubt, daß Ihr über wertvolle Informationen verfügt. Solltet Ihr jedoch einen Laut von Euch geben, den ich für einen Zauberspruch oder einen Fluch halten könnte, werde ich Euch die Zunge herausschneiden lassen.«

Sein Lächeln wurde breiter. »Nein, das stimmt nicht«, berichtigte er sich. »Ich werde sie Euch höchstpersönlich herausreißen.«

Der Soldat drängte Meder immer noch gegen die Mauer. Callin griff mit zwei Fingern unter Meders Kinn.

»Zauberer sind ganz in Ordnung, wenn sie wissen, wo ihr Platz ist«, sagte er zu niemandem im besonderen. »Es stand zweifellos Zauberei hinter der Entscheidung, mich an diesen gottverlassenen Ort zu schicken, um die Botschafter des Königs zu erwarten. Aber wenn eine kleine Kröte von Magier versucht, sich mir in den Weg zu stellen, wird er den Platz nicht mögen, den ich ihm zuweise.«

Callin stand jetzt vor Sharina und legte die Hände um ihre Taille. »Und wen haben wir hier?«

Der Becher war leer. Sharina stellte ihn neben sich auf die Bank. »Ich bin Sharina or-Reise aus Barcas Weiler auf Haft«, sagte sie und blickte zu dem hochgewachsenen, lächelnden Mann auf. »Herrin Asera hat mich als Zofe eingestellt.«

»Oh, ich glaube, daß Ihr mehr seid als das, meine Liebe«, sagte Callin. »Und sogar mehr als das hübscheste Mädchen, das ich je auf Sandrakkan gesehen habe, würde ich sagen.«

Er zog das Beil aus der Schlaufe an ihrem Gürtel und betrachtete es kritisch. Die Klinge war ein wenig rostig, da sie sie nicht mehr abgewischt hatte, seit sie aus dem Regen und der Gischt hereingekommen waren, aber sie war zu einer glatten Schneide ohne Kerben und matte Stellen geschliffen.

»Wir haben Schiffbruch erlitten«, sagte Sharina einfach.

Callins Lächeln wurde anerkennend. »Nun, wir werden dafür sorgen, daß euch das nicht noch einmal geschieht«, sagte er. Er sah sich um und schlug das Beil in den Balken über der Theke. Die Klinge bohrte sich einen Finger tief ins Holz. Die Wirtin stieß einen leisen Schrei aus, dann steckte sie sich mit beiden Händen den Saum ihrer Schürze in den Mund.

»Gehen wir«, sagte Callin barsch zu seinen Männern. »Ich werde mich um die junge Dame hier kümmern. Zwei von euch binden die Hände der anderen an die Schwänze eurer Pferde.«

Er grinste die Prokuratorin an. »Wenn mir nach Freundlichkeit zumute ist, Asera, werde ich Euch in gemäßigtem Tempo zur Burg zurückbringen. Aber ich warne Euch, selbst das gemäßigte Tempo meines Pferdes ist nicht eben langsam.«

Callin setzte dazu an, Sharina seinen Arm zu bieten. Die Tür ging auf. Die Soldaten fuhren herum. Callin zog sein Schwert so schnell, daß die Klinge singend über den Bronzerand der Scheide fuhr. Der Stahl schimmerte in einem Muster, das den Wellen auf einem Fluß glich.

Nonnus kam ins Gastzimmer. Er trug seinen Speer über der rechten Schulter, die Spitze nach vorn, das Bündel ans andere Ende gehängt.

Ein Soldat versuchte, ihn an der Kehle zu packen. Nonnus trat dem Mann zwischen die Beine und schob ihn beiseite. Einen Augenblick lang rührte sich niemand.

»Und wer seid Ihr, guter Mann?« fragte Callin. Sharina

griff nach dem Becher. Er war schwer genug, um von Nutzen zu sein …

»Ich bin Nonnus, Sohn des Bran, Sohn von Pewle«, sagte der Eremit mit tiefer, kehliger Stimme. »Und wer seid Ihr, mein Junge – ein Mann, der bald seine Eingeweide auf dem Boden sehen wird, wenn er das Schwert nicht einsteckt?«

»Nein!« rief Callin einem seiner Soldaten zu. Sharina hatte nicht gesehen, daß der Mann sich hatte bewegen wollen, aber Nonnus nickte dem Offizier mit einem wolfshaften Grinsen zu.

»Was macht Ihr hier, Meister Nonnus?« fragte Callin. Er steckte sein Schwert nicht weg, aber die Situation hing nicht länger am Rand eines blutigen Abgrunds.

»Ich suche nach dem Händler Waley«, sagte Nonnus. Er sah sich mit kaltem, zornigem Blick in der Gaststube um. »Weiß einer hier, wo er wohnt?«

Callin wandte sich dem Wirt zu und zog die Brauen hoch. »Waley ist schon seit zehn Jahren tot«, sagte der Wirt nervös. »Sein Stiefsohn Arduk kümmert sich jetzt um den Handel mit Seehundfellen. Sein Haus ist das dritte auf dieser Seite der Straße.«

»Also gut«, sagte Nonnus und nickte. »Dann überlasse ich euch eurem Vergnügen.«

Er warf Callin einen Blick zu. Callin entspannte sich ein wenig und nickte Nonnus zu.

Der Eremit warf die Tür hinter sich zu. Callin steckte sein Schwert ein, und Sharina setzte den Becher wieder ab.

»Gehen wir«, wiederholte Callin, und auf seiner Miene zeichnete sich immer noch die Anspannung der letzten Augenblicke ab. Was immer der junge Höfling bisher getan hatte – er mußte schon öfter Pewlemännern begegnet sein.

»Herrin …«, er bot Sharina seinen Arm, »… Ihr werdet in meinem Sattel vor mir reiten. Ich bedaure, kein Pferd für Euch mitgebracht zu haben.«

Sharina ignorierte den Arm, als sie sich erhob und zur Tür ging. Jedes Geräusch, jeder Anblick waren glasklar und sie bewegte sich durch kristallene Messer, die sie von allen Seiten umgaben.

15

Der Kapitän fächelte sich mit seiner Mütze zu, und das war auch schon alles an Wind, was man auf dem offenen Frachtkahn an diesem Tag gespürt hatte. Er spuckte über die Heckreling, ein althergebrachter Brauch, um eine Brise heraufzubeschwören. Seine Lippen und die seiner vier Mann Besatzung waren schon geschwollen vom vielen Spucken, und das hatte alles nichts genutzt.

»Wenn wir bis zum Morgen keinen Wind haben«, sagte der Kapitän, »müssen die Ruder ran. Da hilft nichts.«

»Es ist mächtig heiß«, meinte der ergraute Maat und spähte zum Nordosthorizont. Dort lag Erdin, einen guten Segeltag entfernt. Eine Ewigkeit entfernt, wenn kein Wind ging.

Der Kahn war mit Orangen von der Insel Shengy im Südbogen beladen. Zitrusfrüchte brachten in Erdin einen guten Preis. Der Kapitän hatte riskiert, hier im Inneren Meer in eine Flaute zu geraten, und nicht den langsamen, aber sicheren Weg um den westlichen Rand genommen – Shengy, Cordin, Haft und schließlich Sandrakkan. Sie hatten auf der ganzen Fahrt stetigen Südwind gehabt, bis jetzt, wo sie doch nur noch den Endspurt zum Hafen vor sich hatten.

Der Kapitän versuchte, noch einmal zu spucken. Sein Mund war zu trocken. Die drei gewöhnlichen Seeleute beobachteten ihn finster. »Morgen rudert ihr«, krächzte er. »Es sei denn, es kommt Wind auf.«

Der Maat stand auf, dann kletterte er wie ein Affe – dem er nicht unähnlich sah – den kurzen, schräg stehenden Mast hinauf. Er wickelte die Beine um den Mast und starrte nach

Norden, wobei er sich mit der Hand die Augen abschirmte. »Am Horizont!« rief er. »Da bewegt sich was!«

Der Kapitän sprang auf die Reling und ging darauf entlang, bis er am schlaffen Dreieck des Segels vorbeisehen konnte. Tatsächlich, dort bewegte sich etwas.

»Ein Mann auf einem Floß«, sagte der Maat. »Die Schwester soll mich in die Tiefe ziehen, aber es sieht tatsächlich aus wie ein Mann auf einem Floß!«

»Wie kommt er denn voran?« fragte der Steuermann und stand ebenfalls auf. Der Kahn bewegte sich, weil die gesamte Besatzung das Gewicht verlagerte.

Das Ding, was immer es gewesen sein mochte, verschwand; entweder hinter dem nördlichen Horizont oder unter der glatten Meeresoberfläche. Der Kahn war wieder allein bis auf ein paar Möwen, die am Himmel ihre Kreise zogen.

»Nein«, sagte der Kapitän. Er schauderte, als er von der Reling herunterkam. »Es war ein Wal, der geblasen hat. Deshalb hat es wie ein Mensch ausgesehen.«

Der Maat warf ihm einen Blick zu, dann ließ er sich mit raschen Bewegungen wieder aufs Deck hinunter. Er schwieg.

»Ich spüre Wind aufkommen«, sagte der Kapitän – es war mehr ein Gebet als eine Ankündigung an die Besatzung. Er wandte leicht den Kopf; die langen Haare, die hinter seinem Ohr wuchsen, bewegten sich leicht.

»Ich spüre Wind aufkommen!« wiederholte er, diesmal erfreuter und sicherer. »Von Steuerbord. Zieht den Mast herum, und wir werden mittags in Erdin sein.«

Er griff selbst nach einer der Leinen und war froh, daß der Wind ihn vergessen ließ, was er glaubte, gesehen zu haben. Er hatte bessere Augen als die meisten Männer, die er kannte, aber die Entfernung war zu groß gewesen, um sicher sein zu können.

Es hatte allerdings tatsächlich nach einem dicken Mann in einem Leichenhemd ausgesehen, der auf einem einfachen Floß saß. Ein blauer Schein hatte das Ding umgeben, und es hatte sich bewegt. Keine Frage, es hatte sich bewegt.

Und keine Frage, daß der Kapitän hoffte, dieses Ding niemals wiedersehen zu müssen.

16

Garric hatte noch nie so flaches Land gesehen wie in Erdin. Das Meer war an einem ruhigen Tag hügeliger als diese Stadt, wo der Boden sich innerhalb eines Straßenblocks höchstens um drei Fuß hob oder senkte.

Selbst die Gebäude waren auf zwei oder drei Stockwerke beschränkt – ganz anders als in Carcosa, wo sich die Mietskasernen bis zu fünf oder sechs baufälligen Stockwerken erhoben. Garric nahm an, daß der Boden hier in Erdin nicht fest genug war, um höhere Gebäude tragen zu können.

Tenoctris sah sich interessiert um, während sie zusammen mit Garric und Ilna dem von zwei Männern gezogenen Lastkarren die Straße entlang folgten. Erdin war eine im Wachsen begriffene Stadt, kein Provinznest. In Carcosa hatte es mehr Vergangenheit als Gegenwart gegeben und wenig Hoffnung auf die Zukunft.

»Zu meiner Zeit …«, sagte Tenoctris. Sie lächelte über den Kontrast zwischen dem Jahrtausend, das sie meinte, und den Jahrzehnten, von denen die meisten alten Frauen sprechen würden. »Zu meiner Zeit regierte der Graf von Sandrakkan ein Gebiet, das nicht viel größer war als eine Schußweite von seiner Burg in Richtung der Ostspitze der Insel. Er war eher ein Räuberhauptmann als ein richtiger Herrscher. Und von einem Ort namens Erdin habe ich nie gehört.«

»Stancon der Vierte hat die Stadt gegründet, um den alten Hafen von Zabir zehn Meilen die Küste hinauf zu entlasten«, erklärte Liane spitz. In vielerlei Hinsicht waren alle Adligen auf den Inseln sich gleich, ganz egal, wo sie geboren worden waren, aber ein Mädchen aus Sandrakkan hatte in der Schule in Ornifal vielleicht mehr Abschätziges über ihre Heimatinsel gehört. »Das war vor dreihundert Jahren.«

Garric – Garrics Geist, nicht Garric als Person – erinnerte sich an sumpfige Wiesen, die sich beiderseits des Flusses Erd erstreckten, dessen Wasser braun gefärbt war von den Ablagerungen, die er aus dem Hinterland mitbrachte. Die einzige Ähnlichkeit zwischen dieser Landschaft und der soliden, geschäftigen Stadt hier bestand darin, daß der Boden flach war.

»Hat, äh, Stancon die Stadt hier gegründet, weil es einfacher war, Marschland zu verteidigen?« fragte Garric. Er sah Liane an, unsicher, ob ihm diese Frage auch ohne seinen Traumgast Carus eingefallen wäre.

Liane wollte aufbegehren, dann lachte sie verlegen. »Ja, ich glaube schon«, sagte sie. »Piraten aus Ornifal überfielen die Südküste in jedem Frühjahr. Er hat eine neue Stadt gebaut, die man nur vom Fluß aus erreichen konnte, und den konnte er mit einer Kette absichern. Ich weiß, ich sollte nicht immer versuchen, die Insel zu verteidigen.«

»Ich kann über den Grafen meiner Zeit nur sagen«, meinte Tenoctris, »daß seine Bibliothek nicht gut genug war, als daß es mich interessiert hätte, seine Burg zu besuchen. Yole hingegen verfügte über eine gute Bibliothek, die jetzt seit tausend Jahren auf dem Meeresgrund ruht. Wenn man das in Betracht zieht, war der Graf von Sandrakkan der Klügere.«

Die beiden Arbeiter stapften weiter, einer schob und einer zog den Karren mit Benlos Leiche. Garric hatte den Deckel des Begräbniskruges wieder mit heißem Pech versiegelt. Der Riß befand sich oberhalb der Griffe, also konnte man diese immer noch benutzen. Der Verkehr hier war immer noch dicht, obwohl sie den Handelsbezirk nahe dem Hafen längst verlassen hatten. Mietshäuser waren Einfamilienhäusern gewichen. Es waren Reihenhäuser, aber jedes hatte einen ummauerten Teich oder Garten zwischen dem Haus und der Straße.

Garric staunte, solch schwere Wagen von nur einem Paar Pferden oder Ochsen gezogen zu sehen. Erdin war flach, und das Ziegelpflaster verhinderte, daß die Räder auf der Straße einsanken. Zwei Pferde konnten hier Lasten bewegen, für die es zu Hause sechs oder acht Ochsen gebraucht hätte.

Auf dem Weg vom Hafen hierher hatten sie drei Kanäle überquert. Flache Kähne waren dort von Männern gezogen worden, die traurige Lieder sangen, um ihre Schritte einander anzupassen. Die Kähne waren größer als jedes Schiff, das vor der Trireme in Barcas Weiler vor Anker gegangen war.

»Meinem Vater war es immer gleich, was die Leute von Erdin oder Sandrakkan dachten«, sagte Liane erklärend, beinahe entschuldigend. »Ich weiß nicht, wieso es mich kümmert.«

»Benlo hielt sich für einen Bürger aller Inseln?« fragte Garric. Es war seine Frage, nicht die von König Carus, aber ohne die Besuche des letzten Herrschers der vereinigten Inseln wäre sie ihm wohl nicht eingefallen. Es war in Ordnung, aus Barcas Weiler, aus Haft oder sonstwoher zu stammen und stolz auf sein Zuhause zu sein; aber wenn das dazu führte, daß man jedem den Schädel einschlagen wollte, der aus dem nächsten Bezirk oder dem nächsten Dorf kam …

Das war falsch. Das führte zu Königen, die mit dem Schwert in der Hand regierten, die sich so oft dem Schwert zuwandten, weil sie so oft festgestellt hatten, daß es keine andere Antwort gab.

Liane betrachtete Garric mit gewissem Staunen. Ihm wurde deutlich, daß einige seiner Fragen nicht die eines Bauern von Haft gewesen waren, auch nicht die eines sehr belesenen Bauern. Garric or-Reise war einfach kein Bauer von Haft mehr, obwohl er auch das war. Er würde immer *auch* ein Bauer sein.

»Nein«, sagte sie, »so war es nicht. Mein Vater hielt sich nicht für ein Teil von was auch immer. Er ist überall auf den Inseln gewesen, und ich nehme an, auch noch in anderen Ländern, aber das war ihm nicht wichtiger als das Meer einem Fisch.«

Sie schaute zu dem Begräbniskrug hin. Das Steingut war außen mit einer Wachsschicht überzogen, damit es kein Regenwasser aufnahm und beim ersten Frost zerbrach – ein unschöner, grob gearbeiteter Behälter, selbst bevor Garric ihn mit Teer repariert hatte.

Liane sah den Krug nicht, nicht einmal den Mann, der gestorben war. Sie hatte den Vater vor Augen, der ihr von fremden Ländern vorgesungen hatte, als sie noch ein Kind gewesen war. Eine Träne lief ihr aus dem Augenwinkel; sie wischte sie ohne jede Verlegenheit weg.

»Ich glaube nicht, daß irgend etwas ihm je nahegekommen ist, außer meiner Mutter«, sagte sie. »Er war immer gut zu mir, aber ich denke, das war, weil er Mutter in mir sah.«

Garric hüstelte. Er wußte nicht, was er sagen sollte.

Die Straßen wurden immer breiter, die nach links und rechts abzweigenden Straßen waren unterteilt von einer Reihe Zwergzypressen, zwischen denen kleine Zierteiche angelegt waren. Garric versuchte sich vorzustellen, was es kosten würde, so etwas anzulegen und instand zu halten. Zum ersten Mal bekam er eine Einschätzung von der Welt des Wohlstands und der Macht, in der Liane aufgewachsen war.

»Selbst die Straßen sind luxuriös«, sagte er laut.

Tenoctris blickte zu ihm auf. »Diese Stadt hat drei Jahrhunderte gebraucht, sich aus dem Sumpf zu erheben«, sagte sie. »Wenn die Dunkelheit zurückkehrt, wird alles innerhalb von drei Jahren wieder Sumpf sein.«

Garric legte die Hand auf das Medaillon unter seinem Hemd. Er nickte.

Eine Sänfte wurde vorbeigetragen. Die Träger trugen dick besohlte Ledersandalen und grunzten »Ho!«, wenn sie mit dem rechten Fuß auftraten. Die Frau, die aufrecht unter einem Baldachin aus purpurfarbenem Samt saß, war so vollkommen wie eine Elfenbeinstatue der Dame, aber das Abbild hätte mehr Wärme ausgestrahlt.

Die Häuser hier waren sehr schön. Jedes hatte seinen eigenen Garten hinter einer Mauer oder einem schmiedeeisernen Zaun. Liane kehrte mit einem überraschten Blick in die Gegenwart zurück und rief: »Männer? Biegt hier ab – in diese Gasse.«

Der Mann, der den Karren schob, blickte über die Schulter. Er und sein Kollege wurden langsamer, gingen aber weiter auf die Kreuzung des Boulevards mit einer nur zwölf Fuß breiten Gasse zu – die damit immer noch breiter war als die meisten Straßen, die Garric in den neueren Vierteln Carcosas gesehen hatte.

»Nein, meine Dame«, sagte der Mann. »Der Eingang für Dienstboten und Händler ist auf der anderen Seite. Wir haben hier schon öfter Dinge angeliefert.«

»Das hier ist keine Lieferung«, erklärte Liane mit einer

Spur von Zornesröte auf ihren hohen Wangenknochen. »Biegt hier ab, wenn ihr bezahlt werden wollt.«

Mit einem Achselzucken blieben die Männer stehen, dann wechselten sie die Positionen und brachten den Karren wieder zu der Straße, an der sie gerade vorbeigekommen waren. Offenbar war einer immer der Anführer, und der andere folgte.

»Sie wird es schon einsehen«, sagte der Mann vorn, ohne sich umzusehen. Wieder einmal sah Liane aus wie eine Statue.

Ein hoher, spitzer Zaun umgab das Gelände, aber durch die Gitter konnte Garric das Haus sehen, dessen Ziegelwände zu einem rostigen Braun verwittert waren. Die Fenster waren schmal und mit kleinen rautenförmigen Scheiben verglast, ein weiteres Zeichen dafür, daß das Haus in einem vergangenen Jahrhundert gebaut worden war, bevor die Glashersteller es gelernt hatten, größere Scheiben anzufertigen.

Er sah Liane an. »War das hier …«, fragte er und nickte zu dem Haus, um die Frage zu vollenden.

»Ja«, sagte sie tonlos. »Dort wurde ich geboren, und dort habe ich gewohnt, bis meine Mutter starb.«

Sie drehte sich um und rief den Männern zu. »Bleibt hier stehen.«

»Das hier ist kein …«, begann einer der beiden. »Nein, das ist ein Grabmal! Was tragen wir hier eigentlich mit uns herum?«

Bis zu dieser verärgerten Frage war Garric nicht klar gewesen, daß die Träger nicht wußten, daß sie eine Leiche transportierten. Aber die Begräbniskrüge aus Carcosa waren den Bürgern von Erdin ebensowenig vertraut, wie sie es ihm selbst gewesen waren.

»Ihr tragt die Last, für die man euch bezahlt hat«, sagte Liane und nahm einen kunstvoll gearbeiteten Schlüssel aus der Schärpe um ihre Taille. »Und weil ihr sie ohne abergläubisches Gemurmel bis hierher gebracht habt, werde ich eure Bezahlung verdoppeln, sobald ihr sie hereingetragen habt.«

Die Träger wechselten einen Blick. Der Mann vor der Karre zuckte die Achseln. »Wie Ihr wollt, meine Dame«, sagte er respektvoll.

Garric hatte angenommen, daß alle Städter denselben Gewohnheiten folgten. Das war so albern wie davon auszugehen, daß alle auf Haft Schafe züchteten. Wenigstens hatte er sich nicht öffentlich blamiert, indem er etwas gesagt hatte.

Irgendwo außerhalb der Zeit lachte König Carus Ein Mann konnte schlimmere Fehler machen als falsche Annahmen, und mit schlimmeren Ergebnissen als Verlegenheit.

Das Grabmal war ein niedriges Ziegelgebäude an der Ecke des Besitzes und durch einen eigenen Zaun von diesem abgetrennt. Garric nahm an, daß man Leichen nicht begraben konnte, wo der Grundwasserspiegel so hoch war wie hier in Erdin. Der Efeu, der am Zaun und am Gebäude wuchs, war lange nicht mehr beschnitten worden. Wurzeln hatten sich in den Mörtel gebohrt und einige der Ziegel gelockert. In der Vorderfront des Gebäudes gab es kein Fenster und hinten nur eines, das klein und rund war.

Liane schloß das Tor im äußeren Zaun auf. Vor dem Grabmal befand sich ein kleiner gepflasterter Hof, und neben der Tür stand eine Steinbank. Die rostigen Scharniere widersetzten sich; Garric trat zu ihr und schob, was das Tor schließlich quietschend öffnete.

Tenoctris spähte durch eine Lücke im Efeu zum Haus hin. Der überwachsene Zaun verbarg das Grabmal beinahe vollständig vor dem Hauptgebäude, was vermutlich ganz im Sinn der neuen Bewohner lag. Was wußten sie von dem Mann, der vor ihnen dieses Haus bewohnt hatte?

Garric stand bereit, um Liane auch beim Öffnen der Tür zum Grabmal seine Kraft zu leihen, aber diese Scharniere waren aus Bronze und außerdem durch den überstehenden Giebel vor Regen geschützt. Die Tür schwang problemlos auf. Liane trat zur Seite und sagte zu den Trägern: »Stellt den Krug so dicht wie möglich an die Bahre vor der Rückwand, bitte.«

Zur Ermutigung für die Männer zupfte sie an den Bändern ihres Geldbeutels. Also hoben die beiden den Krug vom Karren und trugen ihn ohne weitere Einwände hinein.

Das Wappen, das in den marmornen Schlußstein des Torbogens gemeißelt war, zeigte Trauben oberhalb einer schrägen Linie – eines *Schrägbalkens*, wie eine weitere Erinnerung Garric zuflüsterte – und einen Menschenschädel unterhalb. Liane folgte Garrics Blick und sagte: »Unsere Ländereien im Westen der Insel waren berühmt für ihren Wein. Ich weiß nicht, wieso mein Vorfahr den Schädel gewählt hat.«

Sie lachte mit einem Hauch Bitterkeit. »Ich nehme an, die Ländereien sind immer noch berühmt für ihre Weine. Sie gehören uns nur nicht mehr. Nichts mehr gehört uns, wenn man von diesem Grabmal absieht.«

Die Träger hatten den Krug abgesetzt, wie man ihnen gesagt hatte. Jetzt verließen sie die Grabkammer rasch wieder und mußten beide vom Staub niesen. Liane nahm eine Münze aus dem Geldbeutel – Silber, wie sie versprochen hatte. Nachdem die Männer nicht mehr den schmalen Eingang blockierten, war Garric zum ersten Mal imstande, das Innere des Gebäudes zu sehen.

Auf beiden Seiten der Kammer befanden sich zwei Reihen von Ziegelregalen. Jedes konnte vier Holzsärge aufnehmen. Die meisten Plätze waren besetzt; Reste auf dem Boden wiesen darauf hin, daß hier in den vergangenen Jahren noch mehr Särge mitsamt ihrem Inhalt verrottet waren. Garric dachte an den Staub und hielt den Atem an.

An der Rückwand war eine einzige, breitere Bank angebracht. Fünfarmige Leuchter standen an Kopf und Fuß des Bronzesargs, der dort ruhte. Die Kerzen waren vor so langer Zeit schon zu Wachsstalaktiten verbrannt, daß selbst von ihrem Geruch nichts mehr übriggeblieben war; die Leuchter, wenn auch angelaufen, bestanden zweifellos aus Silber.

»Meine Mutter«, sagte Liane schlicht. Sie konnten hören, wie die Karrenräder rumpelten, als die Männer sich wieder auf den Weg zu ihrem Stand nahe dem Hafen machten. »Er würde sicher in ihrer Nähe sein wollen. Ich wünschte …«

Sie brach ab. Dann begann sie in einem hölzernen Tonfall wieder: »Ich wünschte, Mutter wäre nicht gestorben. Ich wünschte, mein Vater wäre mit ihr gestorben. Und manchmal wünschte ich, ich wäre nie geboren, Garric.«

Er legte dem Mädchen den Arm um die Schultern und zog sie an sich; er selbst starrte weiter in die Grabkammer hinein, während sie schluchzte. Nach einiger Zeit richtete sie sich wieder auf und putzte sich die Nase. Garric ließ sie los, schaute aber weiter in das Gebäude hinein.

»Dort hinten sind keine Fenster«, sagte er. »Es muß einen weiteren Raum hinter diesem geben.«

»Der Geräteschuppen des Gärtners ist ans andere Ende angebaut«, sagte Liane mit mehr oder weniger normaler Stimme. »Es ist eigentlich ein Gebäude für sich.«

Sie räusperte sich und fügte hinzu: »Danke, Garric. Ich

glaube, wir können jetzt abschließen und gehen. Ich denke nicht, daß ich je wieder hierherkommen werde.«

Garric sah sie an. Sie zeigte auf die Särge. »Das da sind nicht meine Mutter und mein Vater«, sagte sie. »Es ist schlimm, daß mein Vater das niemals begriffen hat. Er wäre vielleicht immer noch am Leben, wenn er verstanden hätte, daß Staub nichts mit einem wirklichen Menschen zu tun hat.«

Garric trat zurück, so daß Liane die Tür schließen konnte. Tenoctris sage: »Dein Vater muß viele Jahre hier gearbeitet haben. Er hat die Ziegel und selbst den Boden mit seiner Macht getränkt. Ich habe so etwas bisher nur in uralten Tempeln gesehen.«

Liane schloß die Tür fest und verschloß sie wieder. Sie trat auf die Straße hinaus und wartete, während Garric das Tor im Zaun zuzog.

»Jetzt suchen wir Polew, den Bankier, den Kontaktmann meines Vaters«, sagte sie. »Von ihm werden wir erfahren, für wen mein Vater gearbeitet hat. Und dann …«

Und dann, dachte Garric, *was dann*? Für diese Frage gab es keine Antwort, nicht einmal in Lianes Vorstellungsvermögen.

Sie kehrten ins Hafenviertel zurück, um Polews Büro zu suchen. Der Tag neigte sich dem Ende zu.

»Dein Vater war ein sehr mächtiger Zauberer, Liane«, sagte Tenoctris nachdenklich. »Ich frage mich, was er alles hätte bewirken können, wenn der Tod deiner Mutter ihn nicht so verstört hätte. Und selbstverständlich, wenn er nicht selbst umgekommen wäre.«

17

Eine Ratte, vom Licht der Fackeln aufgeschreckt, rannte über Sharinas Fuß. Sie hörte, wie das Äußere Meer in den Abflußgräben unterhalb der Kerker seufzte und gurgelte, obwohl sie angenommen hätte, daß sie sich bereits unter dem Meeresspiegel befanden.

»Nicht die bequemsten Unterkünfte für unsere Gäste, wie, Jungs?« rief Callin fröhlich vom Ende der Reihe. »Aber diese Leute sind nicht dumm, also werden sie sich schon zurechtfinden.«

Vielleicht waren sie ja tatsächlich unterhalb des Meeresspiegels. Wie die Mühle in Barcas Weiler, so war auch diese Burg noch zu Zeiten des Alten Königreichs gebaut worden: riesige Steine, die ohne Mörtel zusammenhielten. Aber sie war auch das Werk eines Zauberers, und vielleicht konnte ein Zauberer bewirken, daß Wasser nach oben abfloß.

»Wenn ich mich nicht selbst um Euch kümmern werde, Callin«, sagte die Prokuratorin, »dann bleibt mir zumindest die Befriedigung zu wissen, daß die Königin das für mich erledigen wird. Sie ist der einzige Mensch, den ich sogar für noch verräterischer halte als Euch!«

Aseras Tonfall war herrisch wie eh und je. Das Meer und die Stürme hatten sie niedergedrückt, aber kein menschlicher Feind würde das erreichen können.

Meder zitterte so heftig, daß zwei der Soldaten ihn die Wendeltreppe und den Flur aus schwarzen Steinen halb herunterzerren, halb tragen mußten. Callin glaubte, daß Meder sie nur täuschte. Sharina war überzeugt, daß das nicht der Fall war. Der junge Zauberer war erschöpft gewesen, als die Soldaten ihn von dem Pferd losgeschnitten hatten, an das er gebunden war, aber erst nachdem Meder die Burg betreten hatte, hatte er begonnen, zu taumeln und zu beben.

Sharina mochte Meder nicht, aber sie hatte zu viele Beweise gesehen, um daran zu zweifeln, daß er ein mächtiger Zauberer war. Die Seele des Mannes, der vor tausend Jahren diese Burg gebaut hatte, mußte sich den Steinen eingeprägt haben, und auf Meders empfänglichen Geist wirkte sich das nun so aus, als wäre er in einer Trommel gefangen, während sie geschlagen wird.

»Jetzt verstehe ich!« schrie Meder. Er begann zu lachen. »Ich verstehe es wirklich!«

Der Soldat, der den linken Arm des Zauberers gepackt hatte, fauchte angewidert und erzürnt. Er versetzte Meder einen Schlag an die Schläfe, einen ungeschickten, aber festen Schlag.

Meder wurde einen Augenblick lang schlaff. Der Soldat rechts von dem Zauberer sagte zu seinem Kameraden: »Warum hast du das getan? Willst du ihn etwa tragen?«

Meder fing wieder an zu gehen, aber er hatte die Augen geschlossen, und die Knie wären unter ihm eingeknickt, wenn die Soldaten ihn losgelassen hätten. Hin und wieder kicherte er.

Es tropfte von der niedrigen Decke, und Kondenswasser perlte von den gewundenen Säulen inmitten des Flurs. Die beiden Soldaten, die der Prozession vorangingen, hielten ihre Fackeln in Taillenhöhe; aber dennoch zischten und dampften sie von der Feuchtigkeit, die ihre Flammen von den Steinen leckten.

Neben Callin ging ein weiterer Fackelträger. In den Wohnräumen oben im Schloß gab es Kerzen und Laternen;

aus dem kurzen Blick, den Sharina dort hineingeworfen hatte, als man sie nach unten führte, schloß sie, daß Callin genügend Dinge mit nach Gonalia gebracht hatte, um aus dieser Unterkunft das zu machen, was er für eine zivilisierte Umgebung hielt. Seine Männer benutzten hier unten nur deshalb Fackeln, weil er wußte, daß das flackernde Licht die Kerker nur noch erschreckender aussehen ließ.

Als ob sie nicht schon schlimm genug gewesen wären. Sharina fragte sich, was die Ratten sonst fraßen; zweifellos fanden sie etwas, mit dem sie sich am Leben erhielten. Die größte von ihnen mußte mehrere Pfund wiegen.

»Ziemlich ausgedehnt, dieser Kerker, nicht wahr?« sagte Callin. »Der ursprüngliche Besitzer der Burg muß ein interessanter Mensch gewesen sein.«

Er lachte. Wie die Fackeln zielten auch diese Worte darauf ab, den Geist seiner Gefangenen zu brechen. Bei Meder würde das nicht funktionieren, weil die Aura der Burg ihn hatte wahnsinnig werden lassen. Bei Asera würde es nicht funktionieren, weil der Stolz der Prokuratorin und ihr Haß auf Callin zu groß waren.

Sharina war entschlossen, sich ebenfalls nicht brechen zu lassen, aber von diesen tropfenden schwarzen Steinen umgeben zu sein war, als hätte man sie lebendig begraben. Wenn die Soldaten gingen, würden sie alles Licht mitnehmen …

Die Fackelträger an der Spitze blieben stehen. Sie hatten das Ende des Flurs erreicht. Auf allen drei Seiten des Vorplatzes lagen Zellen.

»Bringt den Jungen hierher«, sagte Callin und trat gegen das Gitter einer Zelle zur Rechten. Wie alles, was Callin tat, war die Bezeichnung ›Junge‹ dazu gedacht, seine Gefangenen zu entmutigen; aber es lag auch eine gewisse Wahrheit in dem Wort. Obwohl Callin selbst kaum dreißig sein konnte, verfügte er über eine weltgewandte Ausstrahlung, die Meder nie besitzen würde.

Die Zellentür war geschlossen. Einer der Fackelträger öffnete sie mit einem eisernen Schlüssel. Die Scharniere kreischten. Der Fackelträger stieß die Fackel hinein, damit die drei Gefangenen einen Blick auf ihre Umgebung werfen konnten.

Boden und Rückwand der Zelle waren nahtlos, Teil des Felsens, auf dem die Burg ruhte. Die Seitenmauern bestanden aus achtzehn Zoll dickem Mauerwerk, aus denselben schwarzen Basaltsteinen wie der Rest der Burg.

Die langen Knochen eines menschlichen Unterarms hingen in einer Handschelle, die an die Wand geschmiedet war; darunter, in dem schleimigen Dreck am Boden, waren noch ein paar Zähne zu sehen, aber der Rest des Skeletts war verschwunden. Sharina mußte an Ratten denken, die an Knochen nagten. Sie fragte sich, ob die Tiere warteten, bis die Gefangenen gestorben waren, um mit ihrem Mahl zu beginnen.

Meder sah Asera mit einem schiefen Grinsen an. »Ich hätte viel eher herkommen sollen«, sagte er und kicherte wieder. »Es ist alles so einfach, wenn man …«

Einer der Soldaten, der den Zauberer festhielt, fluchte angewidert. Sie warfen ihn in die Zelle und schlossen die Tür hinter ihm.

»Bringt Asera in die Zelle gegenüber«, sagte Callin. Seine schleppende Stimme war demonstrativ lässig. »So können sie und der Zauberer einander ansehen.«

Er lachte und fuhr fort: »Aber nein! Ich habe vergessen, daß es kein Licht geben wird, in dem sie sich sehen können! Wie schade.«

Sharina bemerkte, wie einer der Soldaten seinem Kameraden einen Blick zuwarf, während ein dritter die Zelle aufschloß. Diese Männer mochten den Kommandanten nicht, der ihnen aus Valles geschickt worden war, obwohl sie das nicht davon abhielt, seine Befehle auszuführen.

Asera ging hocherhobenen Hauptes und mit verächtlicher Miene in die Zelle. Wasser stand in einer ovalen Spur, die die Füße eines Menschen in den Stein schliffen, wenn jemand jahrzehntelang in dieser Zelle im Kreis ging. Augen glitzerten in dem flachen Tümpel und verschwanden dann in einem Wirbel kleiner Wellen.

Die Soldaten schlossen die Tür hinter ihr. Die Scharniere waren nur schwer zu bewegen. Während das Mauerwerk zweifellos noch aus der Zeit des Alten Königreichs stammte, wäre Eisen nach so langer Zeit in dieser feuchten Umgebung längst verrostet. Knochen zerfielen noch schneller. Jemand hatte die Burg vor kürzerer Zeit benutzt, als Meder glaubte, obwohl das nicht unbedingt in diesem Jahrhundert gewesen sein mußte.

Ein Soldat schloß die Zelle auf, die am Ende des langen Flurs lag. Sie maß nur sechs Fuß im Quadrat; Boden und Wände waren mit einem durchscheinenden Schleim bedeckt, der im Licht der Fackeln blaßgelb schimmerte.

Callin legte eine Hand auf Sharinas Schulter. »Ich fürchte, diese dritte Zelle hier ist für Euch, meine Liebe …«, sagte er. »Es sei denn …«

Er lächelte, wie ein Wiesel eine Henne anlächelt, die im Hühnerstall in der Falle sitzt. »Wißt Ihr«, fuhr er fort, »ich bin sicher, es gibt für ein hübsches Mädchen wie Euch eine bessere Möglichkeit. Warum kommt Ihr nicht wieder mit mir nach oben, und wir können beim Essen über diese Angelegenheit reden?«

Er ging mit raschen Schritten den Flur entlang zurück, ohne Sharina loszulassen. Die Soldaten, die offenbar schon gewußt hatten, was zu erwarten war, folgten ihm; der Fackelträger, der neben Callin hergegangen war, führte die Prozession nun an.

»Ich wünsche Euch eine gute Nacht, Asera«, rief Callin über die Schulter. »Vielleicht werde ich Euch morgen etwas zu essen schicken.«

Sharina hielt sich gerade und verzog keine Miene; sie ignorierte das unangenehme Gefühl der nassen Steine unter ihren nackten Füßen. Der Kerker roch nach Salz und Verwesung, wie die Leiche eines Seemanns.

Die Säulen, die die Decke des Kerkers stützten, schienen direkt aus dem Felsen geschnitten zu sein. Das flackernde Fackellicht bewirkte, daß es so aussah, als wänden sie sich voller Schmerzen.

Sie würde nicht weinen. Sie würde nicht betteln. Sie war sicher, daß Nonnus sie retten würde.

Sie stiegen drei Umdrehungen der Wendeltreppe zur Halle hinauf, die zu den Wohnräumen führte, die Callin sich im Erdgeschoß der Burg ausgesucht hatte. Auch hier waren die Wände aus dem allgegenwärtigen Basalt, aber mit Gobelins bedeckt, und am Boden waren frische Binsen aufgeschüttet.

Die Soldaten entzündeten Öllampen und warfen ihre Fackeln in die massive Feuerstelle, um damit das Holz anzuzünden, das schon bereitlag. Der Wind ächzte, aber durch die schmalen Fenster in einer der Mauern war der klare Himmel zu sehen; der Sturm war beinahe vorüber.

»Hier, meine Liebe.« Callin zog eine gepolsterte Bank dichter ans Feuer. »Die Männer werden uns etwas zu essen bringen. Ich fürchte, es gibt nur altes Fleisch, aber ich werde mich in der Zukunft um Besseres kümmern. Immerhin wußte ich nicht genau, wann Ihr eintreffen würdet.«

Zwei Soldaten kamen herein und brachten einen Tisch, der bereits mit Käse, Schinken und Brot gedeckt war. Ein dritter Mann hatte zwei Flaschen Wein in einer Hand und Gläser in der anderen. Es schien ihnen nichts auszumachen, Callin auf diese Weise zu bedienen, was Sharina nach ihrem Verhalten im Gasthaus seltsam vorkam.

Sharina ließ sich vorsichtig nieder, dem Feuer gegenüber. Die Bank war leicht schräg; sie war dazu gedacht, daß man halb liegend aß wie am königlichen Hof und in den Häusern jener Adligen, die den Hof nachäfften. Lora hatte dafür gesorgt, daß ihre Tochter etwas über die Moden bei Hofe erfuhr, aber Sharina hatte nicht vor, liegend zu essen, und sei es nur aus dem Grund, daß sie wußte, wie sehr Callin das gefallen würde.

Die Soldaten stellten den Tisch nahe dem Ende der Bank ab. Callin zog eine zweite Bank gegenüber, lehnte sich darauf zurück und stützte sich auf den linken Ellbogen. Er blickte mit seinem üblichen spöttischen Grinsen zu Sharina auf. Er steckte die Gabel in ein Stück Schinken und hielt es ihr hin. »Versucht ein wenig davon, meine Liebe«, sagte er. »Ich denke, Ihr werdet es mögen. Es ist ein Pfefferschinken von meinen eigenen Ländereien.«

»Danke«, sagte Sharina, aber sie griff mit den Fingern nach einem Stück Käse und knabberte daran. Sie war schrecklich hungrig; sie brauchte ihre gesamte Selbstbeherrschung, um sich nicht das ganze Stück auf einmal in den Mund zu stecken und gleich nach dem nächsten zu greifen. »Wie lange wartet Ihr hier schon, Meister?«

Callin kicherte und aß den Schinken selbst. »Wie diese Begegnung zustande kam, meine Liebe«, sagte er, »ist eine

Sache der Vergangenheit und daher nicht mehr wichtig. Ihr und ich, wir müssen über die Zukunft sprechen. Ihr seid eine sehr wertvolle Person – für andere. Es ist wichtig, daß Ihr diesen Wert selbst nicht aus den Augen verliert.«

»Ich bin nur eine Zofe«, sagte Sharina. Sie war mit dem Käse fertig und griff nach einem der großen runden Brotlaibe.

Callin streckte die Hand aus, um ihr zu helfen, dann hielt er inne, als er sah, wie das Mädchen mit kräftigen Händen die feste Kruste ohne Schwierigkeiten zerriß. Er zog eine Braue hoch und sagte: »Ich denke, das können wir vergessen, meine Liebe. Die Tatsache, daß ich hier auf Euch gewartet habe, sollte Euch eigentlich davon überzeugen, daß ich genau weiß, was los ist. Ich nehme an, sogar besser als Ihr selbst. Ihr stammt vom letzten König der Inseln ab und seid würdig, selbst Königin zu sein. Und den richtigen Mann zum König zu machen.«

Der Soldat mit dem Wein füllte beide Gläser und stellte sie auf den Tisch nahe den Essenden. »Ich hoffe, Ihr werdet den Wein nicht ebenfalls ablehnen«, meinte Callin spitz. »Es ist ein Jahrgang, den ich recht gerne mag, obwohl ich zugeben muß, daß er von der Seereise nicht besser wurde.«

»Ich danke Euch«, wiederholte Sharina; sie hob das Glas und trank. Der Wein war süß und sehr stark. Der Geschmack gefiel ihr nicht, aber das Brot war trocken und ihr Mund ebenfalls.

»Ihr seht«, meinte Callin, »wie die Dinge im Augenblick stehen, seid Ihr einfach eine Figur auf einem Spielbrett. Ich fürchte, das trifft sowohl zu, wenn Ihr Euch in den Händen meiner Herrin, der Königin, befindet, als auch, wenn Asera Euch zum König bringen würde, wie sie es vorhatte. Beide hätten keinerlei Skrupel, Euch zu benutzen oder Euch sogar aus der Welt zu schaffen, wenn es ihnen paßt.«

In Callins Stimme lag eine winzige Spur von Ärger. Sharina nahm eine Scheibe Schinken. Ihre Ruhe hatte die beabsichtigte Wirkung gehabt und den Höfling ein wenig aus dem Gleichgewicht gebracht, obwohl er Herr der Situation war.

»Also müßt Ihr selbst zu einer Spielerin werden«, sagte Callin, während Sharina kaute. »Da Ihr keine eigene Macht habt, müßt Ihr die Macht eines Adligen mit guten Verbindungen heiraten, dessen Familie beinahe so alt ist wie die Eure. Ich spreche selbstverständlich von mir.«

Er griff nach Sharinas Hand, als sie ein weiteres Stück Brot abriß. Sie drehte den Laib leicht, um ihn abzublocken.

Zorn verwandelte Callins glattes Gesicht in eine unangenehme Maske, die er aber rasch wieder zu kultivierter Neutralität glättete.

»Ihr braucht Euch keine Sorgen zu machen, daß dies Euer Privatleben beeinträchtigen könnte«, sagte er mit einer Stimme, in der die Schärfe direkt unter der Oberfläche lag. »Ihr könnt Euch so viele Liebhaber nehmen, wie Ihr wollt – ich versichere Euch, ich werde mir auch keinen Zwang antun.«

Sharina sah den Höfling zum ersten Mal, seit sie aus dem Kerker zurückgekehrt waren, direkt an. »Ich denke, es wäre bestenfalls unbequem, einen Spiegel zu lieben«, sagte sie, »aber ich kann mir auch nicht vorstellen, daß Ihr Euch für etwas anderes interessiert. Oder daß jemand Euch lieben könnte.«

Callins Blick wurde so kalt wie der eines Hais. Er packte ihre linke Hand; sein Handgelenk und seine Finger waren kräftig wie die eines Schwertkämpfers. Er zog sie auf sich zu. Sie schüttete ihm den Wein ins Gesicht und versuchte, ihm mit dem Glas die Augen auszustechen.

Der Soldat, der am nächsten stand, ließ die Flasche fallen und packte Sharina am Arm. Callin ließ los und sprang von der Bank auf, um sich das Gesicht mit dem Ärmel abzuwischen. Sharinas Bank fiel um, als ein zweiter Soldat ihren linken Arm ergriff.

Callin schlug ihr ins Gesicht. Ihr Kopf stieß gegen die Schulter des Mannes zu ihrer Rechten. Die Soldaten hatten ihre Kettenhemden ausgezogen, nachdem sie die Burg erreicht hatten, aber die Wucht ihres Aufpralls auf den Schulterknochen des Mannes bewirkte, daß sich vor ihren Augen alles drehte.

»Also gut, meine Dame«, rief Callin. »Ich wünsche Euch alle Bequemlichkeit, die Ihr in Eurem neuen Quartier finden könnt!«

Er riß eine Kerze aus dem Wandhalter und ging mit raschen Schritten auf die Wendeltreppe zu, die zu Ratten und Schleim und Dunkelheit führte. Die Soldaten zerrten Sharina hinter ihm her, und ihre Füße schleiften über die Binsen am Boden.

18

Der Mond war untergegangen, und es war immer noch eine Stunde bis zur Dämmerung. Morgennebel hing über Erdin. Der Gemüseverkäufer hatte seinen Karren vor dem Unterstand des Türhüters abgestellt.

»Reeva hat heute früh Kirschtörtchen gebacken«, sagte er. Er wickelte das Tuch von dem Gebäck, das die Köchin ihm gegeben hatte, als er das Gemüse für den Tag in der Küche im hinteren Teil des Hauses abgeliefert hatte.

»Ich würde auch hierbleiben, wenn es nur um ihrer Kochkunst willen wäre«, sagte der Türhüter, als die beiden Männer das Gebäck wie immer unter sich aufteilten. Der Gemüsehändler murmelte beim Kauen zustimmend vor sich hin.

Die Köchin und der Türhüter hatten ein Übereinkommen für die langen Wochen, in denen der Mann der Köchin sich auf See befand. Jetzt war der Seemann zu Hause, und der Türhüter mied diskret die Küche, ebenso wie die Köchin nie zur Vordertür kam. Aber es gelang ihr immer, etwas vom Tisch der Herrschaften zurückzuhalten und dem Gemüsehändler mitzugeben.

»Es ist alles ruhig, nehme ich an?« fragte der Gemüsehändler. Die Männer kannten sich seit zehn Jahren; die Familie bor-Mulliman hatte ihre Dienstboten und Lieferanten beibehalten, als sie vom Stadtrand in dieses Herrenhaus in einem vornehmen Viertel gezogen waren. Obwohl sie außer ihrem kleinen Schwatz am frühen Morgen keinen Kontakt hatten, waren die Männer vermutlich so etwas wie Freunde.

»Wie ein Grab«, erklärte der Türhüter von der anderen Seite des schmiedeeisernen Zauns. »Nicht, daß ich mich beschweren würde: Lieber ein bißchen zuviel Ruhe, als zusehen zu müssen, wie der Pöbel die Straße hinaufzieht und die Häuser der Reichen ausplündert und die Frauen vergewaltigt.«

Der Gemüsehändler lachte. »Ich nehme an, du würdest den Herrn und die Herrin mit deinem Leben verteidigen, wie, Esil?«

Der Türhüter schnaubte. »Sie zahlen mir nicht genug, um mich davon zu überzeugen, daß ich ebenfalls zu den Reichen gehöre, Toze«, meinte er. Er leckte sich den Rest der Obstfüllung von den Fingern. »Aber ich würde mich tatsächlich bemühen, Reeva herauszuholen. Sie kann *wirklich* kochen!«

»Der Hirte soll mich verdammen, wenn das nicht die Wahrheit ist!« stimmte der Gemüsehändler ihm kauend zu. Dann mahlten seine Kiefer langsamer, und er spähte die neblige Straße entlang. »Gerade hat sich so ein Bursche die Gasse entlanggeschlichen«, sagte er.

»Daran ist nichts Ungesetzliches«, meinte der Türhüter, aber er kniff die Augen zusammen. »Wahrscheinlich nur ein Betrunkener, der den Efeu bewässern will. Er wird gleich zurückkommen.«

»Der ist dann aber verdammt weit gekommen, nur um sich zu erleichtern«, murmelte der Gemüsehändler.

Er sah weiterhin zu der Stelle, wo die Gasse in den Boulevard einmündete. Solange der Türhüter nicht die Tore öffnete und herauskam, konnte er nur das Stück Straße direkt vor seinem Unterstand sehen.

»Er war nichts Besonderes«, sagte der Gemüsehändler und fuhr sich mit der Zunge über die Zähne. »Ein fetter Kerl in einem weißen Hemd. Aber er muß ein Licht dabeigehabt haben …«

Er wollte das blaue Schimmern beschreiben, das er gesehen hatte, aber er war nicht sicher, wie er das tun sollte.

Eisen klirrte weiter hinten auf dem Grundstück. »Die Schwester soll ihn holen!« murmelte der Türhüter. Er erhob sich von seinem Hocker und griff nach der Hellebarde, die am Torhaus lehnte. »Ich fürchte, ich muß jetzt etwas tun für mein Geld.«

Er sah den Gemüsehändler an. »Kommst du mit?«

Der Gemüsehändler zog eine Grimasse. »Ja, sicher«, sagte er. Er drehte sich um und holte seine drei Fuß lange Keule aus dem Karren, während sein Freund das Tor aufschloß.

Der Garten hinter dem efeuüberwucherten Zaun war sehr gepflegt. Büsche, die der vorige Besitzer jahrelang ignoriert hatte, waren wieder beschnitten oder ausgegraben worden, wenn sie zu sehr gewachsen waren, um noch ihren dekorativen Zweck erfüllen zu können.

Schweigend gingen die Männer in die Richtung, aus der das Geräusch gekommen war. Um das Grabmal hinten auf dem Gelände aus ihrem Blickfeld zu verbannen, hatten die bor-Mullimans einen großen Pflanzenkübel davorgestellt. Während die beiden Männer noch diesseits der Pflanzen waren, erhellte ein Blitz die Nacht. Nachdem er verglüht war, schien es dunkler zu sein als zuvor. Metall schepperte.

Der Türhüter fluchte leise und packte die Hellebarde fester. Er trat vor. Der Gemüsehändler packte ihn am Ärmel und hielt ihn fest.

Eine Tür ging auf und wurde dann wieder zugeworfen. Das blaue Licht, das durch die Blüten und Blätter schien, war so ungreifbar wie der Gestank nach verfaulendem Fleisch.

Die Männer warfen einander einen Blick zu. Der Gemüsehändler zog seinen Freund weg. Zusammen gingen sie langsam zum Haupttor zurück und sahen sich dabei immer wieder über die Schultern um.

»Das ist nicht deine Sache, oder?« sagte der Gemüsehändler. »Es gehört nicht zum Haus. Das hast du mir gesagt.«

»Ja«, murmelte der Türhüter. »Es ist nicht meine Sache.«

Er öffnete das Tor für den Gemüsehändler, dann strich er mit den Händen über die Gitterstäbe. Das kalte Eisen beruhigte ihn ein wenig.

»Du könntest es jemandem erzählen, wenn du am Morgen deinen Dienst beendest«, meinte der Gemüsehändler bedächtig. »Allerdings würden sie sich dann vielleicht fragen, wieso du nichts unternommen hast.«

»Genau«, erwiderte der Gemüsehändler, starrte ins Dunkel und wünschte sich, die Sonne würde ein wenig rascher aufgehen. »Weißt du, ich glaube, dort war überhaupt nichts. Ich bin mir nicht einmal sicher, ob ich das Licht gesehen habe.«

Und dann fügte er hinzu: »Weißt du was, Toze? Wenn der Pöbel jetzt die Straße entlanggestürmt käme, wäre ich froh über die Gesellschaft.«

19

Die Soldaten hielten Sharinas ausgestreckte Arme und drehten ihren Oberkörper zur Seite, damit sie sie die enge Wendeltreppe herunterzerren konnten. Ein dritter Soldat, der mit dem Schlüssel zu den Zellen, ging weiter vorn und hielt die Laterne.

Callin kam als letzter. Die Flamme der Kerze in seiner Hand flackerte und verging manchmal bis auf einen blauen Funken rund um den Docht, aber er schaffte es, sie vor dem Verlöschen zu bewahren.

Sharina konnte das rosige Glühen aus dem Korridor schon sehen, als sie noch auf der Treppe war. Sie sah sich hektisch um. Callin und seine Männer schienen nicht zu bemerken, was für sie so offensichtlich war. Das Licht bebte wie die See bei Gezeitenwechsel, wenn die Brandung weder zunimmt noch abfließt.

Sie erreichten das Ende der Treppe. Meder rezitierte laut vor sich hin, aber das Echo machte die Worte unverständlich. Der Soldat ganz vorn blieb stehen und hob die Laterne. Das Licht aus Meders Zelle war hell genug, um die Schatten der Gitterstäbe auf den Boden des Korridors zu werfen.

Endlich sah Callin das Glühen. »Ich habe ihm gesagt, was passieren wird«, sagte er erbost, als er sein Schwert zog. »Die Schwester soll mich holen, wenn ich ihn nicht gewarnt habe.«

In vollkommen anderem Ton fügte er hinzu: »Kommt mit.«

Er ging den Flur entlang und warf dabei die Kerze einfach auf den Boden, um die linke Hand frei zu haben. Die Flamme flackerte, brannte aber weiter. Die Männer, die Sharina hielten, trotteten hinter dem Höfling her; sie ging schneller, um nicht wieder geschleppt zu werden.

Asera stand vorn in ihrer Zelle, die Hände an den Gitterstangen. Ihre Miene war angespannt und unergründlich, aber Sharina nahm an, daß sie sich fürchtete.

Sharina fürchtete sich selbst.

Meder saß im Schneidersitz auf dem Boden und rezitierte: *»Sesengen io barphanices …«*

Sharina konnte frisches Blut riechen; eine tote Ratte lag hinten in der Zelle, ihre Kehle eine klaffende Wunde. Das Gesicht des Zauberers war blutverschmiert; er hatte dem Tier offenbar die Kehle durchgebissen.

»Mach die Tür auf!« rief Callin dem Mann mit dem Schlüssel zu. Der Soldat fingerte an den Schlüsseln herum, entweder aus Nervosität oder weil er seinen Vorgesetzten bewußt aufhalten wollte. »Mach *auf!*«

Der Zauberer hatte mit dem Rattenblut einen sechszackigen Stern auf den Zellenboden gemalt. Er hatte das Ende eines der Knochen abgebrochen, die in den Handschellen an der Wand hingen, und benutzte dies als Athame. Er zeigte damit auf die Zeichnung, während er weitersprach: *»Nebouthosaoualeth aktiophi ereschigal …«*

Der Soldat steckte den Schlüssel ins Schloß und drehte ihn herum. Einer der anderen ließ Sharina los und zog sein Schwert. Der andere packte sie unbewußt fester und bleckte die Zähne.

»Io berbita io thobagra baui!«

Steinbröckchen rieselten auf den Boden. Sharina und die drei Soldaten sahen sich um, aber Callin ignorierte das Geräusch und zerrte an der klemmenden Zellentür. Der Mann mit der Laterne schrie auf.

Die Säule, die ihnen am nächsten stand, begann zu zerbrechen. Aus ihrem Herzen löste sich die Gestalt eines Dämons, der so schwarz war wie der Stein selbst. Er hatte kurze Beine, aber die Arme waren so grotesk lang wie die Vorderglieder einer Seespinne. Das Geschöpf hatte kleine Hände mit vier dolchähnlichen Klauen, die wie Blütenblätter daraus hervorsprossen.

Callin fuhr herum und schlug mit der Gewandtheit einer Katze zu. Der geschmiedete Stahl seiner Klinge sprühte Funken, als er gegen den Dämonenkopf prallte, und surrte wie eine Trosse, die kurz vor dem Zerreißen steht. Callin schrie vor Zorn und Schmerz und griff mit der linken Hand ebenfalls nach dem Schwertgriff, um die Vibrationen aufzuhalten. Der Dämon packte sein Gesicht und riß es ab.

Steine brachen aus den Säulen weiter hinten im langen Korridor, sie klickten und tanzten wie der Beginn einer Lawine, als sie auf den Boden fielen. Der Mann mit der Laterne warf sie dem Dämon ins Gesicht und versuchte, an ihm vorbeizurennen. Der Dämon ergriff ihn mit beiden Armen und begann ihn zu zerreißen. Mörder und Opfer zeichneten sich im Licht der Kerze ab, die am anderen Ende des Korridors immer noch brannte.

Die verbliebenen Soldaten rannten an dem Ungeheuer vorbei, während dieses mit ihrem Kameraden beschäftigt war. Der Mann, der sein Schwert gezogen hatte, ließ es fallen. Der Dämon watschelte hinter ihnen her und warf dabei die Stücke des ersten Soldaten weg. Fünf weitere Dämonen befreiten sich aus ihren Steingefängnissen den Flur entlang und breiteten die Arme aus.

Meders Zelle stand offen. Sharina zog den Schlüssel aus dem Schloß und drehte sich um, um Asera zu befreien. Das Gesicht der Prokuratorin war so starr wie ein Totenschädel.

Sharina packte die ältere Frau am Handgelenk und rief: »Kommt mit!«

Der einzige Weg aus dem Kerker führte an den Dämonen vorbei. Sie mußten es versuchen. Risse liefen über die Decke des Korridors, nachdem sie nicht mehr von den Säulen gestützt wurde. Ein Stein von der Größe eines Menschenkopfs krachte neben Sharina auf den Boden.

Der letzte Soldat kreischte wie ein sterbendes Kaninchen, während vier Dämonen ihm Arme und Beine abrissen. »Meder!« sagte Sharina. »Könnt Ihr diese Wesen beherrschen?«

Meder kam aus der Zelle, mit einem Ausdruck übernatürlicher Ruhe auf dem Gesicht. »Ach, die werden von selbst wieder gehen«, sagte er. »Ich brauche sie nicht mehr.«

Beschützend legte er die Hand auf Sharinas Unterarm. Sie schüttelte ihn ab.

»Es gab so vieles, was ich nicht verstanden habe, bis ich hierherkam«, sagte Meder zufrieden. »Jetzt ist alles vollkommen klar.«

Die Decke brach ein, in Stücken von Kieselgröße bis hin zu Brocken, die das Kaminsims im Obergeschoß übertroffen hätten. Auch die Dämonen zerbröckelten. Von einem fiel der Arm ab, dann zerbrach ein Bein und schließlich der Rumpf wie ein Ei, das auf den Boden fällt. Sharina rannte auf die Treppe zu und zog Asera mit sich. Sie verließ sich darauf, daß der Zauberer seinen Weg schon finden würde.

Es war ihr auch gleich, ob er ihnen folgen würde. Ihre bloßen Füße glitten auf menschlichen Gedärmen aus, die lagen, wo die Dämonen sie hatten fallen lassen.

Meder soll gehen, wo er hingehört, in eine Hölle noch unterhalb dieser Hölle.

Eine Wand zwischen zwei Zellen stürzte ein und riß die

Decke mit sich. Das Dröhnen war lauter als die Angst in Sharinas Kopf. Die Kerze war verschwunden – ausgebrannt, begraben, erstickt in Staub, der so dick war, daß man kaum atmen konnte.

Stein wurde unter Sharinas Füßen zu Sand – das Bein eines Dämons, der sich auflöste wie die Burg, die er gestützt hatte. Blind und keuchend tastete sich das Mädchen weiter in die Richtung, wo sich nach ihrer Erinnerung die Treppe befinden mußte.

Licht schimmerte in einem Kreis aus Staub, der so dicht war, daß nur die Hand an der Fackel beleuchtet wurde.

Nonnus hielt die Fackel.

»Geht nach oben!« rief der Eremit. »Ich decke euch den Rücken!«

Er hatte das Pewlemesser in der rechten Hand. Der Speer wäre auf der engen Wendeltreppe nur hinderlich gewesen.

»Sie sind alle tot«, sagte Sharina. Ein weiterer riesiger Brocken fiel und pumpte die Luft voll mit Steinstaub. Sharina würgte. »Nur wir …«

Sie drängte sich an Nonnus vorbei, denn sie wußte, daß er nicht vor ihr fliehen würde. Sie hatten nicht die Zeit, sich zu streiten – vielleicht hatten sie überhaupt keine Zeit mehr. Sie hielt weiterhin Aseras Handgelenk gepackt, aber die Prokuratorin bewegte sich wieder normal. Die Luft wurde sauberer, als sie die Treppe hinaufkamen, obwohl jeder Einsturz im Kerker neuen Staub zu ihnen hinaufwirbelte.

Sharina hatte den oberen Korridor erreicht. Dort lag ein Soldat mit überraschtem Gesicht und einem Schnitt von einem Ohr zum anderen. Ein Riß lief unten an der Seitenmauer über den Boden, aber die Gewölbekeller oberhalb des Kerkers waren noch nicht eingestürzt.

Sharina bückte sich und riß den Dolch des Mannes aus

dem Gürtel, statt den Gürtel umständlich ab- und mitzunehmen; das Schwert wäre ohnehin zu schwer und zu groß, um für sie von Nutzen zu sein. Sie vermißte ihr vertrautes Beil, aber sie brauchte eine Waffe.

Asera kam die Treppe hinauf, gefolgt von Nonnus, der Meder am Halsausschnitt seines Hemds mitzerrte. Der Riß im Boden wurde breiter; die Mauer bebte merklich.

»Raus hier!« sagte der Eremit. »Im Stall ist eine Kutsche mit Pferden. Schnell, beeilt euch, hier stürzt alles ein!«

In dem Zimmer, wo Sharina gegessen hatte, lag ein weiterer Soldat am Boden. Das Feuer in der Feuerstelle brannte immer noch. Ruß puffte aus dem Kamin, wann immer die Burg erbebte, und bedeckte die Leiche mit einem grauen Schleier.

Sharina stützte sich gegen die Tür und hatte sie aufgeschoben, als die anderen zu ihr stießen. Sie hielt im Hof inne, der mit sechseckigen Basaltplatten gepflastert war, weil sie nicht wußte, wo die Ställe waren. Callin war vor der Tür vom Pferd gestiegen und hatte es seinen Untergebenen überlassen, sich um die Tiere zu kümmern.

»Hier entlang!« rief Nonnus und führte sie an der schwarzen Flanke der Burg vorbei. Er hatte wieder seinen Speer in der Hand.

Der Himmel war klar, die Sterne blitzten, aber der Mond war nicht zu sehen. Meder hatte den Knochenathame verloren. Der größte Teil seines Gesichts und der Kleidung war mit Steinstaub bedeckt, aber er lächelte immer noch.

Die Stallwände standen noch, aber im Lauf der Jahrhunderte war das Dach eingestürzt. In seinen besten Zeiten hätte er vierzig Pferde in Steinboxen beherbergen können. Am hinteren Ende war ein Teil des schrägen Dachs erhalten;

dort hatten Callins Männer weitere Ställe geräumt und mit Segeltuch überzogen.

Pferde wieherten, beunruhigt vom Beben des Bodens unter ihnen. Ein Sims brach von einer hohen Mauer und zerfiel in mehrere Teile, noch bevor es aufprallte.

»Ich habe Euch gerettet, Sharina«, sagte der Zauberer gespreizt. »Ihr seht, was ich alles für Euch tun kann. Bei mir wärt Ihr immer sicher!«

»Lügner!« schrie Sharina. »Nonnus hätte uns gerettet! Ihr habt überhaupt nichts getan! Nichts!«

Der Eremit berührte ihre Hand und drehte sie wieder zum Stall hin. »Du mußt die Pferde anschirren, Kind«, sagte er. »So etwas habe ich nie gelernt.«

Dann fügte er im Tonfall matter Verzweiflung hinzu: »Was geschehen ist, ist geschehen. Was er getan hat, und was ich getan habe. Es ist vorbei.«

Sharina zog Nonnus mit sich in den Stall, um nach dem Geschirr zu suchen. Sie wollte nicht, daß er jetzt allein blieb.

BUCH ZWEI

1

Von außen war das Gebäude ein Lagerhaus wie alle anderen, an deren Rückfront der Erd vorbeifloß. Ein Mauleselkarren mit Fässern voll Terpentin verließ es gerade durch das Doppeltor, als Garric mit Liane und Tenoctris eintraf. Die Ladung roch intensiv nach Fichten – eine willkommene Abwechslung zu dem stickigen, sumpfigen Geruch des Hafens.

Garric warf Liane einen Seitenblick zu und fragte sich, ob sie sich vielleicht in der Adresse geirrt hatte. Aber sie ging entschlossen weiter zum Tor für Fußgänger und betätigte den schmiedeeisernen Türklopfer dort – ein ungewöhnliches Stück in dieser Umgebung.

Eine kleine dreieckige Luke auf Augenhöhe öffnete sich. »Liane os-Benlo und Begleitung. Wir möchten mit Meister Polew sprechen«, sagte Liane. »Mein Vater ist indisponiert, und wir müssen dringend mit dem Bankier sprechen.«

»Einen Augenblick«, erwiderte eine Stimme. Die Luke wurde wieder zugeklappt.

Liane wandte sich den beiden anderen zu und sagte: »Polew ist Serianer. Sie legen keinen Wert darauf, der Welt ihren Reichtum zu demonstrieren.«

Die Tür ging auf. Der Türhüter war ein hochgewachsener, hagerer Mann, der eine Jacke und Hosen aus brauner Seide trug. »Ich werde Euer Schwert für Euch aufbewahren, mein Herr«, sagte er zu Garric. »Oder wenn Ihr das vorzieht, könnt Ihr draußen warten.«

Garric löste den Schwertgürtel und wickelte ihn um die Scheide, bevor er alles dem Türhüter übergab. Er mochte die Waffe nicht. Das Gewicht zerrte an ihm, und die Spitze stieß ihm beim Gehen immer wieder gegen die Unterschenkel. Schwerter waren hier in Erdin seltener als in Carcosa, aber nicht so selten, daß Garric damit aufgefallen wäre. Wenn er Liane unter den derzeitigen Umständen beschützen wollte, würde er wohl weiter bewaffnet bleiben müssen.

Außerdem konnte er mit einem raschen Griff an den Schwertgriff alle Probleme König Carus überlassen.

Carus lachte leise in Garrics Hinterkopf. Es gab Augenblicke, da mußte ein Mann handeln, ohne nachzudenken. Das Problem bestand darin, zu wissen, wann ein solcher Augenblick vorlag.

Der Türhüter stand in einer Nische neben der Treppe, die nach oben führte. Die Ziegelmauer, die die Treppe vom Rest des Gebäudes abtrennte, war so dick, daß Garric nichts mehr von den geschäftigen Geräuschen des Lagerhauses hören konnte.

Liane ging vor ihm die Treppe hinauf, das Kleid an beiden Seiten raffend, damit der Saum nicht über die Stufen schleifte. Ein verglastes Oberlicht erleuchtete die Treppe; so etwas hatte Garric noch nie zuvor gesehen. Für den Abend hing ein fünfarmiger Lampenhalter von einer Kette bereit.

Eine junge Frau mit dunkler Haut und schwarzem Haar schob am Kopf der Treppe den Türvorhang zur Seite und verbeugte sich vor Liane. Liane erwiderte die Verbeugung, dann ging sie ihren Begleitern voran in den Raum hinter der Tür.

Ein hochgewachsener Mann, sehr dünn und sehr alt, stand hinter einem Schreibtisch mit zierlichen Beinen. Garric nahm an, daß der Mann unter dem Kopfputz, der aus derselben weißen Seide gefertigt war wie sein Gewand, kahl war. Die Wände des Zimmers waren mit gebleichtem Eichenholz getäfelt, und jedes Paneel wies am Rand vergoldete Zierleisten auf, die Trauben und Passionsfrüchte zeigten.

»Meister Polew«, sagte Liane und verbeugte sich abermals.

»Meine Dame«, antwortete Polew und erwiderte die Verbeugung. »Ich bedauere zu hören, daß es Eurem Vater nicht gutgeht. Bitte setzt Euch.«

Hinter dem Schreibtisch stand ein Stuhl, davor drei. Sie bestanden aus Flechtwerk, das goldfarben und weiß angestrichen und so zart war, daß Garric es kaum wagte, ihnen sein Gewicht anzuvertrauen, aber dann drückte er insgeheim auf die Rückenlehne und stellte fest, daß sie sich nicht bog. Er setzte sich einen Augenblick nach den anderen.

Vor einer Seitenwand stand die Statue einer schlanken Gottheit, die von einem Paar Dämonen flankiert wurde, die jeweils in eigenen Nischen standen. Gegenüber war eine Truhe mit Eisenbändern am Boden und an der Wand befestigt. Ansonsten gab es keine Möbel.

Ein Serianer mittlerer Größe in einem dünnen Baumwollgewand stand hinter Polews Stuhl. Er hatte den Kopf leicht schief gelegt und ließ die Arme hängen. Er sah niemanden direkt an, aber Garric hatte den Eindruck, daß ihm nichts entging.

Garric hatte erwartet, daß ein Bankier über Leibwächter verfügte, die vor Waffen nur so strotzten. Dieser Mann war selbst eine Waffe.

»Meister Polew«, sagte Liane ohne weitere Vorreden, »mein Vater wurde getötet, als er einen Auftrag für einen Eurer Kunden ausführte. Es ist äußerst wichtig, daß ich mich sofort mit diesem Kunden in Verbindung setze.«

Der Bankier legte die Fingerspitzen aneinander. Er sah

Liane nachdenklich an. »Ich bedaure, was mit Eurem Vater geschehen ist«, sagte er. »Ich werde zu seinem Gedenken einen Baum pflanzen. Und es tut mir sehr leid, daß ich Euch nicht weiterhelfen kann.«

Liane beugte sich vor und wollte etwas sagen. Polew hob eine Hand, um sie aufzuhalten.

»Herrin«, sagte er, »meine Familie hat die Geschäfte der Euren für drei Generationen geführt. Leider wurde das Konto für den Auftrag, von dem Ihr sprecht, nicht von den bor-Benlimans eröffnet, sondern von einem anderen Kunden unserer Firma. Ihr versteht, daß ich als ehrenhafter Mann und umsichtiger Geschäftsmann die Angelegenheiten eines Kunden nicht mit Dritten besprechen kann.«

»Meister Benlo wurde von einem Dämon getötet«, sagte Garric. Er hörte, daß seine Stimme leicht zitterte. Er legte die Hände flach auf die Oberschenkel und starrte sie an. »Der Dämon hat ihm den Bauch aufgerissen und anschließend Benlos Tochter Liane in die Hölle entführt, in die *Hölle*, aus der nur eine große Zauberin sie retten konnte.«

Er hob den Kopf, um dem Blick des Bankiers zu begegnen. »Meister Polew, sie hat ein Recht darauf, zu erfahren, wer dafür verantwortlich ist.«

Polew senkte die Hände. Seine Miene war ausdruckslos. Er öffnete den Mund, um etwas zu sagen.

»Meister Polew«, warf Liane rasch ein, bevor der Bankier die Weigerung aussprechen und damit endgültig machen konnte, »ich respektiere, daß Ihr mir den Namen Eures Kunden nicht nennen wollt. Aber Ihr könnt mir vielleicht sagen, wer der Bankier war, von dem das Geld auf dem besagten Konto kam. Das würde Eure Ehre doch nicht verletzen.«

Wieder lächelte der Bankier. »Nein«, sagte er, »aber ich

fürchte, ich kann auch mit dieser Information nicht dienen. Das Konto wurde nicht mit überwiesenem Geld eröffnet, wißt Ihr. Der Kunde zahlte eine gewisse Menge Edelmetall hoher Qualität ein. Münzen des Alten Königreichs, um es genau zu sagen.«

Er schürzte die Lippen, dann fügte er hinzu: »Liane … wenn ich länger darüber nachdenke, komme ich zu dem Schluß, daß es nichts schaden kann, Euch zu sagen, daß auch ich diesen Kunden nicht kenne. Die Person, die das Konto eingerichtet hat, war vollständig verschleiert. Ich würde sie nicht erkennen, und ich nehme auch nicht an, daß sie der eigentliche Auftraggeber war. Weitere Anweisungen habe ich durch Botenjungen erhalten. Sie sagten, eine verschleierte Gestalt habe sie auf der Straße angehalten und erklärt, ich werde sie bezahlen, wenn sie mir das jeweilige Päckchen überbringen. Mehr weiß ich nicht.«

»Habt Ihr immer noch die Originalmünzen?« fragte Tenoctris.

Polew sah sie an und nahm zum ersten Mal diese Frau zur Kenntnis, die bisher vollkommen schweigsam gewesen war. »Ja«, sagte er. »Ich habe sie sogar alle behalten. Es waren die vollkommensten Beispiele ihrer Art, die ich je gesehen habe.«

Er ging zu der eisenbeschlagenen Truhe und kniete sich davor. Sein weites Gewand verbarg, was seine Hände taten; mit Sicherheit benutzte er keinen Schlüssel. Der Leibwächter trat zwischen Polew und die Besucher und lächelte sie kühl an. Solange man sich nicht auf die Augen des Mannes konzentrierte oder die flachen Muskelstränge direkt unter der Haut bemerkte, hätte man ihn für einen dummen Küchenhelfer halten können, der aus Versehen das falsche Zimmer betreten hatte.

Polew erhob sich und reichte Liane eine dünne Münze von der Größe von Garrics Daumennagel. König Carus sah draufgängerisch und majestätisch zugleich aus, seine Züge so scharf wie die Prägeform, mit der die Münze hergestellt worden war.

»Nein, Ihr braucht mich nicht zu bezahlen«, sagte der Bankier, als Liane nach ihrem Geldbeutel griff. »Das ist mein Grabopfer für Euren Vater. In früheren Zeiten …«

Polew sah sich mit einem dünnen Lächeln im Zimmer um. Die einzigen Fenster waren Oberlichter mit blasigem Glas, die alles, was draußen vorging, zu Farbflecken verzerrten.

»Ich verlasse meine Räume nur noch selten, wißt Ihr«, fuhr er fort. »Euer Vater hat mir Geschichten aus fernen Ländern gebracht, so wunderbare Geschichten, daß ich sogar daran dachte, selbst zu reisen. Aber die Geschichten wären nicht so wunderbar gewesen, wenn ich sie selbst erlebt hätte; und das wußte ich.«

»Bevor meine Mutter starb«, sagte Liane.

Polew nickte. »Vor dem tragischen Dahinscheiden von Herrin Mazzona, ja«, sagte er. »Nehmt die Münze, Liane, und nehmt auch die Erklärung meines Bedauerns entgegen, daß ich Euch nicht mehr helfen kann.«

Liane und der Bankier tauschten Verbeugungen aus. Sie drehte sich um, und die junge Frau zog wieder den Türvorhang für die drei Besucher zurück.

Sie sprachen kein Wort, ehe sie nicht die Straße erreicht und gehört hatten, wie der Türhüter hinter ihnen den Riegel wieder vorgelegt hatte. Liane reichte der Zauberin die Münze. »Was hast du vor, Tenoctris?« fragte sie.

»Morgen …«, sagte Tenoctris, »nicht heute, weil es schon zu kurz vor Sonnenuntergang ist, aber morgen bei Tageslicht werde ich zum Grabmal deiner Familie zurückkehren. Dann werde ich einen Quellenzauber durchführen, der uns wahrscheinlich sagen kann, woher das Gold gekommen ist. Im Gasthaus würde ich vermutlich nicht die nötige Ruhe haben.«

Liane schloß die Augen.

»Sie muß doch nicht mitkommen, oder?« sagte Garric.

»Ich werde mitkommen«, erklärte Liane. »Er ist mein Vater, Garric. Was immer es brauchen wird, um herauszufinden, wieso er auf diese Weise sterben mußte – ich habe keine Angst, es zu tun.«

»Ich *habe* Angst«, sagte Tenoctris mit einem Lächeln das die Bemerkung nur noch wahrer wirken ließ. »Aber das Ritual als solches sollte ungefährlich sein. Die Gefahr liegt in dem, was als nächstes kommt …«

2

Sharina führte das letzte der vier Kutschpferde vom Bach zurück, wo sie es getränkt hatte. Meder saß am Lagerfeuer und starrte in die Flammen, Asera baute sich mit einer Decke ein Lager unter der Kutsche. Entbehrungen hatten die Prokuratorin nicht verändert, aber sie beugte sich mit dem Wind, wenn es nicht anders ging.

»Wo ist Nonnus?« fragte Sharina. Sie waren etwa fünf Meilen südlich von Gonalia. Die Straße war nach den Maßstäben von Barcas Weiler durchaus gut – sie war fest, und die Rinnen waren nicht tiefer als die Achsen der Kutsche –, aber es gab keinen Grund, im Dunkeln zu fahren, sobald sie die unmittelbare Nähe der Burg verlassen hatten.

Meder drehte sich um und sah sie an. Das Feuer hinter ihm verbarg seine Züge; er sagte kein Wort.

»Er ist in den Wald gegangen«, sagte Asera. Sie zeigte die Richtung an; quer über die Straße. »Vor nicht allzu langer Zeit.«

Sharina fesselte dem Pferd die Vorderbeine. Das Tier schnaubte; die Pferde waren an Boxen in Kutschenstationen gewöhnt. Sie verbrachten den größten Teil ihres Lebens entweder im Geschirr oder im Stall, und sie waren nicht sicher, ob sie diese Veränderung mochten.

Der Regen hatte Frösche und Kröten nach draußen getrieben. Die Tiere waren nicht von der Art, wie Sharina sie von Haft kannte. Ihre Laute, vor allem die schrillen Töne einer Krötenart, zerrten an ihren Nerven. Sie nahm die Kutschpeitsche mit in den Wald und benutzte den langen Stiel als Fühler im Dunkeln.

Sharina hatte kein Recht, auf Meder und Asera wütend zu sein, weil sie waren, wie sie waren. Sie selbst war verängstigt und weit von ihrer gewohnten Umgebung entfernt, aber die beiden befanden sich ebensowenig in ihrem Element wie sie.

Sie fand ihren Weg entlang eines Dickichts aus Zedernschößlingen, die zu dicht standen, um sich hindurchzudrängen. Mitgefühl fiel einem nicht leicht, wenn man allein im Dunkeln war.

»Hier entlang, Kind«, sagte Nonnus ganz aus der Nähe. Er stand vor einem Koniferenstamm von mindestens zehn Fuß Durchmesser.

»Ich wollte nur sehen …«, sagte Sharina. »Ich wollte nur nachsehen, ob es dir gutgeht.«

Er lachte. »O ja«, sagte er. »Ich habe gebetet.«

Ein weiterer riesiger Baum mußte innerhalb des letzten Jahres umgestürzt sein und hatte eine Schneise von zweihundert Fuß durch den Wald gerissen. Die Sprößlinge, die die Lücke auffüllten, waren noch nicht hoch genug, um den Himmel zu verdecken. Sternenlicht beleuchtete das Gesicht des Eremiten und die Lichtung.

Nonnus hatte das Bild der Herrin in die Rinde des Nadelbaums geritzt. Er hatte nicht mehr als sechs rasche Striche gebraucht, aber selbst ein Fremder hätte die Gestalt sofort erkennen können. Er war ein Künstler mit dem Messer.

Sein Gürtel und das Pewlemesser hingen von einem Lärchenzweig zehn Fuß hinter der Stelle, an der er vor dem Bild gekniet hatte. Der Speer lehnte an demselben Baum, seine Spitze schimmerte im Sternenlicht.

»Ich mußte weg von ihnen«, gab Sharina mit leiser Stimme zu. »Ich wollte …«

Ihre Züge wurden härter, als sie sich zugestand zu zeigen, was sie wirklich empfand. »Nonnus«, sagte sie, »er sollte nicht am Leben sein. Seine Blutmagie macht mich krank. Ich würde lieber sterben, als davon berührt zu werden! Du hast nicht gesehen, was mit Callin und den Soldaten passiert ist.«

Der Eremit lächelte schwach. »Nein«, gab er zu. »Das habe ich nicht gesehen.«

Er schaute sie an. Er schien ruhig wie immer. Sharina hatte nur dann einen anderen Ausdruck in seinem Blick gesehen, wenn Nonnus das Messer hielt und Blut auf der Klinge war.

»Tot ist tot, Kind«, sagte er leise. »Wie ein Mensch einen anderen tötet, ist dem Toten gleichgültig, ebenso wie der Herrin. Ich habe nicht das Recht, dagegen Einspruch zu erheben, wie ein anderer seine Arbeit tut.«

»Nonnus, Meder ist kein Mensch mehr!« sagte sie. Am liebsten hätte sie geweint. »Und ich bin nicht sicher, ob er jemals einer war.«

»Sag so etwas nicht!« befahl ihr der Eremit. Sanfter fuhr er fort: »Kind, gestatte dir niemals zu denken, jemand sei kein Mensch, weil dir nicht gefällt, was er tut oder was er trägt oder zu wem er betet. Tu das nicht, denn dann wirst du bald Dinge tun, die du dir nie wirst verzeihen können. Oder vergessen.«

Sharina kniete nieder, weil ihr die Knie weich wurden. Sie schlug die Hände vors Gesicht und fing an zu weinen. Nonnus hockte sich neben sie und berührte ihre Schulter mit den Fingerspitzen.

»Wieso andere gestorben sind und du lebst, ist keine Frage für dich, Kind«, sagte er. »Das liegt in den Händen der Herrin. Wir müssen das glauben.«

»Ich hasse, was er getan hat«, sagte Sharina. Ihr Schluchzen verklang zu leisem Schlucken; sie hatte ihre Stimme wieder unter Kontrolle. »Nonnus, er sagt, er hat es für mich getan, und ich glaube ihm!«

»Ja, ich glaube ihm ebenfalls«, meinte der Eremit. Er legte ihr die Finger unters Kinn, mit sanftem Druck, so daß sie ihm ins Gesicht sehen mußte.

»Ich habe die Männer oben in der Burg getötet«, sagte er. »Ich wollte kein Risiko eingehen. Sie mußten sterben, damit ich dich befreien konnte, also habe ich sie getötet.«

Sharina sah den Eremiten an und fragte sich, was er sah, wenn er sie anschaute. »Wenn du sie für mich getötet hast«, sagte sie, »dann ist ihr Blut nicht an deinen Händen.«

Nonnus schwieg.

Sharina zog den Dolch aus der Schärpe und ging zu dem Stamm des umgestürzten Baums. Sie stach die Klinge tief genug in die dicke Rinde, daß sie steckenblieb; sie hatte keinen Gürtel, an dem sie die Waffe sicher hätte tragen können.

Sie drehte sich um, kniete vor dem Bild der Herrin nieder und begann, für die Seelen der Feinde zu beten, die gestorben waren, damit sie leben konnte. Nach einem Augenblick kniete sich Nonnus neben sie.

3

»Gott ist weise und verbirgt im Nebel der Nacht, was die Zukunft bringen mag‹«, las Liane aus einer der *Oden* Celondres.

Aus dem Grabmal hinter ihnen, wo Tenoctris allein arbeitete, erscholl ein metallisches Zischen. Das Geräusch war sehr leise. Liane hielt einen Augenblick inne, dann fuhr sie fort: »›Götter lachen über die Hoffnungen und Ängste der Sterblichen. Denke daran, stets mit ruhigem Geist anzunehmen, was kommt.‹«

Das Buch war der einzige unnötige Gegenstand, den Garric aus Barcas Weiler mitgenommen hatte. Er hatte den größten Teil seiner Vergangenheit zurücklassen müssen. Celondre war für ihn ein Anker, der ihn mit einfacheren Zeiten verband, als Garric or-Reise sich nur darum sorgen mußte, was die Schafe gerade taten und ob sein Vater ihn anschreien würde, weil er bei seiner Arbeit im Stall zu langsam war.

Celondres *Oden* waren tausend Jahre lang unverändert geblieben, und sie würden noch weitere tausend Jahre und länger dieselben sein – sie würden selbst Bronze überdauern, wie der Dichter selbst gesagt hatte. Dieser Ausblick rückte alle gegenwärtigen Probleme in eine andere Perspektive, selbst jene, die Leben und Tod betrafen.

Aber wenn Tenoctris recht hatte, würde die Gefahr, die den Kosmos bedrohte, diesmal sogar die *Oden* hinwegfegen. Garric glaubte der alten Frau, aber zumindest auf der Gefühlsebene schienen Celondres zivilisierte Wahrheiten ewig.

Im Grabmal erklang ein Glockenspiel: eine ganze Oktave in Halbtonschritten. Liane lauschte mit angespannter Miene. Sie und Garric hatten schon den ganzen Tag auf der Bank vor dem Gebäude gewartet. Der efeuüberwachsene Zaun bildete eine Art Laube, die unter anderen Umständen kein unangenehmer Aufenthaltsort gewesen wäre.

Der letzte Ton verklang. Liane legte das Buch nieder und lächelte Garric ein wenig zittrig an.

»Ich habe Angst«, sagte sie schlicht. »Ich will nicht, daß jemand wegen mir verletzt wird. Du und Tenoctris, ihr seid jetzt meine einzigen Freunde.«

Ihr Lächeln verschwand. »Und ich muß immer wieder daran denken, was mit meinem Vater passiert ist.«

»Tenoctris ist anders als dein Vater«, sagte Garric. »Sie geht immer sehr vorsichtig vor. Und sie sagte, es würde nicht gefährlich sein.«

Er konnte sich Liane nicht als jemanden vorstellen, der Angst hatte. Sie war immer auf alles, was verlangt wurde, direkt zugegangen: ruhig, schnell und entschlossen, selbst nachdem sie gesehen hatte, wie ein Dämon aus dem Nichts erschienen war und ihrem Vater die Eingeweide herausgerissen hatte.

»Ich habe immer hier gespielt, als ich noch ein kleines Mädchen war«, sagte sie lächelnd. »Das Grabmal war immer schon durch einen Zaun vom Rest des Grundstücks abgeteilt, obwohl damals das innere Tor nicht abgeschlossen war. Damals habe ich nicht darüber nachgedacht, daß es ein Grabmal war – ich wußte es, aber es spielte keine Rolle. Daran habe ich nicht gedacht, bis meine Mutter starb.«

Daß sie Angst hatte, veränderte sie nicht im geringsten. Wenn ein anderer Dämon jetzt anstelle von Tenoctris aus dem Gebäude gekommen wäre, hätte sich Liane sofort auf ihn gestürzt und versucht, ihm die Augen auszustechen, zur Not mit dem Griffel, wenn sie keine andere Waffe zur Hand hatte.

Er nickte. Vom nahe gelegenen Boulevard war stetiger Verkehrslärm zu hören, der allerdings nicht störte. Nur selten kam jemand die Gasse entlang: eine Gruppe von Dienerinnen aus einem anderen Herrenhaus, ein Kutscher, der sein leeres Gefährt zum Stall zurückbrachte, ein pfeifender Botenjunge, der seinen Stock am Zaun entlangzog. Der Junge hatte aufgeschrien, als Liane und Garric ihn durch den Efeu angesehen hatten.

»Ich hatte nicht angenommen, daß es so lange dauern würde«, meinte Garric. Sie hatten am Morgen in ihrem Gasthaus nahe dem Hafen gefrühstückt, aber er hatte den Appetit eines jungen Mannes, und das Mittagessen war für gewöhnlich die Hauptmahlzeit des Tages. Jetzt ging es auf den Abend zu, und Tenoctris war immer noch nicht wieder aus der Grabkammer herausgekommen.

Die Tür knarrte. Garric sprang auf. Seine Hand fuhr erst zum Türgriff, dann zum Schwert, aber er berührte beide nicht aus Angst, die falsche Entscheidung zu treffen.

Tenoctris trat ins Sonnenlicht, und sie sah erschöpfter aus, als Garric sie je gesehen hatte. Rauch quoll aus der Tür, und er hatte einen öligen Geruch an sich: Sie mußte einige von den Wachskerzen verbrannt haben, die sie mit in die Grabkammer genommen hatte.

Sie lächelte die beiden jungen Leute an. Weder Garric noch Liane konnten sich dazu durchringen, sie zu fragen, was geschehen war.

»Ich habe herausgefunden, woher das Gold kam«, sagte sie. Beide halfen ihr, als sie sich auf das Pflaster setzte –

erst kniete sie sich, dann kreuzte sie die Beine zum Schneidersitz. »Es war im Grunde nicht schwierig, aber es benötigte mehr Schritte, als ich erwartet hatte.«

Tenoctris hatte eine Efeuranke als Athame benutzt. Sie hatte sie immer noch in der Hand, obwohl die zusammengerollte Spitze in den Stunden nach dem Pflücken schlaff geworden war.

»Ich hätte es eigentlich wissen sollen«, meinte sie. Sie sah Liane und Garric an, die an ihrer Seite hockten. »Es dauerte so lange, weil es sich auf einer anderen Ebene befindet. Das hätte ich wissen müssen. Der Verhüllte hätte in unserer Zeit, *meiner* Zeit, nicht überleben können, wenn er dort geblieben wäre, als das Meer über uns hereinbrach.«

»Was tun wir als nächstes?« fragte Liane ruhig. Auf dem Boden der Grabkammer brannte immer noch eine Kerze und spendete ihr gelbliches Licht als Kontrast zur untergehenden Sonne.

»Ich denke«, meinte Tenoctris, »daß jemand auf diese Ebene gehen und sehen sollte, was dort ist. Ich wünschte, ich könnte selbst hingehen, aber ich werde hier das Tor offenhalten müssen.«

»Ich gehe«, sagte Liane.

»Nein!« rief Garric. Er stand auf, und er fühlte sich besser, als es ihm ergangen war, seit er sich mit Kapitän Aran und seiner Besatzung angelegt hatte. Endlich gab es etwas zu tun. »Ich werde es tun. Wird es dort so sein wie auf Strasedons Ebene?«

»Das weiß ich nicht«, sagte Tenoctris. »Du wirst mir den Ort beschreiben müssen. Dann kann ich den nächsten Schritt planen.«

Sie grinste schief. »Dazu wirst du zurückkehren müssen, Garric«, sagte sie. »Das ist das Allerwichtigste: Du mußt zurückkehren. Wenn es dort gefährlich wird, dreh dich um und fliehe. Das Tor wird offen sein.«

»Nein!« sagte Liane und erhob sich ebenfalls. »Es ist nicht recht, daß er geht! Benlo war *mein* Vater, also sollte ich auch das Risiko eingehen.«

»Wenn es nur um deinen Vater ginge, würde ich nichts von dem tun, was ich getan habe«, erklärte Tenoctris. »Es tut mir leid, Liane, aber das ist eine Angelegenheit, die den gesamten Kosmos betrifft. Garric ist die bessere Wahl. Ich werde deine Hilfe für die Antworten brauchen.«

Sie sah Garric voller Zuneigung an, und es lag noch mehr in ihrem Blick – etwas wie betrübter Respekt. »Garric ist vielleicht die beste Wahl von allen lebenden Menschen, und das erschüttert meinen Glauben an die zufällige Natur des Kosmos gewaltig. Es ist schrecklich, wenn einem der Glaube in so fortgeschrittenem Alter noch erschüttert wird.«

Garric lachte, gemeinsam mit dem Schatten von König Carus. Sie würden zusammensein, er und Carus, ganz gleich, wohin er ging.

Er beugte sich vor und half Tenoctris auf die Beine. »Jetzt?« fragte er. »Oder mußt du dich erst ausruhen?«

»Jetzt wäre der beste Zeitpunkt«, sagte sie. »Die Hälfte der Arbeit ist ohnehin schon getan.«

Sie legte die Hand auf Lianes Unterarm. Das Mädchen zitterte vor Zorn und Enttäuschung.

»Es gibt noch genug Gefahren, Liane«, sagte die Zauberin. »Für dich ebenso wie für die ganze Welt.«

4

Jular bor-Raydiman!« kündigte die Zofe an und verbeugte sich, als sie das offizielle Oberhaupt von Erdins Stadtpolizei ins Wohnzimmer einließ, wo Ilna auf einem Sofa vor dem Südfenster saß.

Jular verbeugte sich, als Ilna sich zur Begrüßung erhob. »Es ist mir eine Freude«, sagte er, »Euch endlich kennenzulernen.«

Der Adlige war nicht oft schon so früh auf den Beinen – um diese Zeit war er meist nicht einmal *wach*, es sei denn, er war *noch* wach. Aber eine Einladung der geheimnisvollen Ilna war nichts, was er leichtfertig abgelehnt hätte.

Die Fenster reichten bis zur Decke. Jular hatte Gobelins erwartet; immerhin war diese Frau angeblich Weberin. Aber es gab nichts dieser Art, nur ein Tuch aus Wolle in Grautönen über dem Sofa. Die Möbel beschränkten sich auf eine Truhe aus Wurzelholz, gute Handwerksarbeit, aber von schlichtem Entwurf, und das Sofa. Julars Blick wandte sich instinktiv dem Sofa zu.

»Nein«, sagte Ilna und ging auf die Truhe zu, »deshalb seid Ihr nicht hier, Meister Jular.«

Sie war ein attraktives kleines Ding. Ein bißchen widerspenstig, aber das gefiel ihm. Nur wenn sie schließlich brachen, blieb nicht mehr viel von ihnen übrig.

Ilna wandte sich ihm zu und lächelte. Jular haßte Spinnen, fürchtete sie mehr als den Tod selbst. Einen Augenblick lang –

Die Welt war wieder wie immer. Jular ließ die Hand sinken, die er instinktiv zum Herzen gehoben hatte.

»Ich sagte Euch doch«, erklärte die Frau, »deshalb seid Ihr nicht hier.« Sie öffnete die Truhe.

Jular hatte ein fleischiges Gesicht, aber er war immer noch jung genug, in schlechtem Licht recht gut auszusehen. Das Licht in diesem nach Osten gelegenen Wohnzimmer war sehr gut. Nach dem Schock, der *Illusion*, atmete er schwer, und hätte ein Stuhl zur Verfügung gestanden, dann hätte er sich ohne Einladung darauf fallen lassen.

Es gab nur das Sofa. Er wäre lieber gestorben, als sich dorthin zu setzen.

»Kommt her«, wies Ilna ihn an, als sie den Deckel der Truhe schloß und die drei Päckchen, die sie herausgeholt hatte, auf diesen Deckel legte.

Ein Teil von Julars Geist sagte ihm, er müsse verärgert sein, weil ihn eine Bürgerliche – und noch dazu eine Frau! – so herumkommandierte. Aber das war nicht der Grund seines Zögerns.

Ilna bedachte ihn mit einem Grinsen, das beinahe höhnisch war. »Kommt«, wiederholte sie. »Ich werde Euch nicht beißen; ich brauche Euch, oder zumindest Eure Stellung.«

Jular gehorchte, weil er fürchtete, was geschehen würde, wenn er es nicht tat. Seit seinen Begrüßungsworten hatte er nicht mehr gesprochen – und das schien ein ganzes Leben her zu sein.

»Ich möchte, daß zwei Personen verhaftet und zu mir gebracht werden«, sagte Ilna und entrollte eines der Stoffpäckchen. »Ich will nicht, daß ihnen etwas geschieht …«

Sie starrte Jular mit einem Zorn an, den er sich nicht erklären konnte. *Ich habe doch nichts getan!*

»Unter keinen Umständen darf ihnen etwas geschehen«, sagte sie. »Habt Ihr das verstanden? Antwortet.«

»Ich verstehe.« Jular schluckte. »Äh … Herrin? Ich glaube, Ihr habt das Ausmaß meiner Beteiligung an, äh, Pflichten wie dem Verhaften Gesuchter und solcher Dinge mißverstanden. Tatsächlich …«

»Ja, ich weiß«, unterbrach Ilna ihn. »Ihr seit ein fetter Dummkopf, der vermutlich nicht einmal weiß, wo sich das Stadtgefängnis befindet. Ihr habt Euer Amt nur, weil andere Adlige denken, daß einer ihrer eigenen *Art* zumindest auf dem Papier für diese wichtige Stellung verantwortlich sein sollte. Aber sie werden Befehle von Euch entgegennehmen, wenn Ihr sie ausgebt, oder?«

Man hatte Jular im Lauf seines Lebens oft beschimpft, aber die Betonung, mit der diese Frau das Wort *Art* ausgesprochen hatte, war bei weitem die schlimmste Beleidigung, die man ihm je zugefügt hatte.

Er räusperte sich. »Nun«, sagte er, »ich nehme an, dem ist so. Ich habe schon früher hin und wieder jemandem einen Gefallen getan, also …«

Anderen von meiner Art.

Ilna nickte, als sie die beiden Stoffrollen auf dem Truhendeckel ausbreitete: »Davon bin ich ausgegangen«, sagte sie. »Vorgestern ist im Hafen ein Schiff eingetroffen, das von einem gewissen Benlo bor-Benliman gemietet wurde. Diese beiden Personen waren vermutlich an Bord. Ich will, daß sie zu mir gebracht werden. Wenn sie Erdin verlassen haben, will ich wissen, wohin sie gegangen sind.«

Jular sah sich die beiden Porträts aus Stoff an; sie waren verblüffend realistisch. Das eine zeigte einen jungen Mann mit unmodisch gebräunter Haut, das andere eine hinreißend schöne schwarzhaarige junge Frau.

»Es mag sein, daß sie sich Garric or-Reise und Liane os-Benlo nennen«, sagte Ilna. »Ihr könnt diese Bilder abzeichnen lassen, damit jeder Polizist eine Kopie davon hat.«

»Ja …«, sagte Jular. Unter den gegenwärtigen Umständen hätte er auch zugestimmt, wenn sie behauptet hätte, er sei der Sohn eines Eseltreibers. »Ich nehme an, daß sie Leute haben, die so etwas tun können.«

Ilna rollte die Porträts wieder zusammen und hüllte jedes in ein Stück groben Stoffs ein. »Ihr fragt Euch vermutlich, was Euch das einbringen wird?« fragte sie dabei.

Jular dachte eigentlich nur daran, wie er wieder aus diesem Haus herauskommen konnte, weg von dieser *Frau.* Er wußte nicht, was passieren würde, wenn er einfach losrannte. Es waren einige Diener im Haus, aber nicht sie waren es, die er fürchtete.

Sie reichte ihm die Porträts und wog die dritte Stoffrolle in ihrer Hand. »Das hier ist für Euch, wenn Ihr Eure Aufgabe erledigt habt«, sagte sie. »Es ist genau das, was Ihr für Eure kleinen Freizeitbeschäftigungen braucht.«

Ihr kurzes Lächeln war beleidigend, aber Jular störte sich jetzt nicht mehr an so etwas. »Ihr habt zweifellos von meiner Arbeit gehört?« fügte sie hinzu.

»Ja«, sagte Jular trotz des Durcheinanders in seinem Kopf. »Ja, das habe ich. Dieser Stoff …«

Er machte eine Geste, wagte es aber nicht, die Stoffrolle zu berühren.

»… hat die Wirkung auf Frauen, die Eure anderen Stoffe auf Männer haben?«

»Nein«, sagte Ilna barsch. »Dafür bräuchte es einen anderen Weber, ich nehme an, einen Mann – wenn es so jemanden überhaupt gibt. Aber Ihr könnt dies ebenfalls benutzen.«

Sie rollte eine Länge des Stoffs auf und hielt ihn über ihren Unterarm, als wäre sie eine Tuchverkäuferin und Jular ein Kunde: Es war eine ausgesprochen feine schwarze

Spitze und für jemanden, der so etwas mochte, zweifellos wertvoll.

Und es erweckte in Jular ein Begehren, wie er es sich nie zuvor auch nur hatte vorstellen können. Er wollte diese Frau unbedingt haben, wollte sich ihr vollständig überlassen …

Und dennoch wußte er die ganze Zeit, daß ihre giftigen Reißzähne ihn aussaugen und ihn als leere Hülse in ihrem Netz zurücklassen würden. Aber das war gleich. Nichts mehr war wichtig außer der Tatsache, daß er sie unbedingt haben wollte.

Ilna bedeckte den Stoff wieder. Jular stützte sich mit beiden Händen auf der Truhe ab. Er schaute aus dem Fenster, bis er wieder zu Atem gekommen war.

»Das hier ist von viel besserer Qualität als die Bänder, die andere kaufen konnten«, sagte Ilna zu seinem abgewandten Kopf. In ihrer Stimme lag ein katzenhaftes Lächeln. »Als Bestechung werdet Ihr es äußerst zufriedenstellend finden. Tugendhafte Frauen, die niemals dazu gebracht werden konnten, Euer Bett zu teilen, werden jetzt alles dafür geben, für den Mann *ihrer* Wahl unwiderstehlich zu sein.«

Jular hatte sich wieder in der Gewalt. Er richtete sich auf.

»Vermutlich werden sie sich die Nasen zuhalten, wenn sie mit Euch zusammen sind«, fuhr Ilna fort, »aber das macht Euch wohl wenig aus, nicht wahr? Ihr seid nur daran interessiert, sie Eurer kleinen Liste hinzuzufügen.«

Jular starrte sie an. Er hatte keine Angst mehr, er hatte die Sicherheit vollkommener Kapitulation erreicht. Er würde alles tun für diese Frau, um wieder frei von ihr zu sein. Das wußte sie, und dennoch bot sie ihm eine Belohnung an, für die er die Hälfte seines beträchtlichen Vermögens gezahlt hätte.

Jular wog die beiden zusammengerollten Porträts in den

Händen und ahmte damit unbewußt Ilnas eigene Geste von einem Augenblick zuvor nach. »Ja, ich werde mich sofort um diese Angelegenheit kümmern«, sagte er. »Wieso seid Ihr so interessiert an …«

Er riß sich zusammen. »Nein, das geht mich selbstverständlich nichts an«, sagte er.

Wieder betrachtete er die Rollen und zuckte die Achseln. »Das Mädchen ist ein hübsches Ding«, meinte er. »Aber auch das ist nicht meine Angelegenheit. Diese Spitze wird mir für einige Zeit genügen, denke ich.«

»Wir haben einander also verstanden«, sagte Ilna. Sie läutete eine Glocke. »Guten Tag, Meister Jular.«

Jular sah sein Spiegelbild in einer Fensterscheibe: Sein Lächeln war so abscheulich wie der Gesichtsausdruck einer lange toten Leiche. Das war ihm gleich; er wußte, was er war, und es war ihm gleich.

»Guten Tag«, sagte er. Das Hausmädchen öffnete die Tür. Jular war sich nur am Rande bewußt, daß sie eine Frau war. Im Augenblick zählte nur, daß er gehen durfte.

Und wenn es ihm gelang, diese beiden unwichtigen Gestalten verhaften zu lassen, würde er Ilnas Lächeln nie wieder sehen müssen.

5

Das Portal war von einem wunderbaren Blau, der Farbe des östlichen Horizonts in Barcas Weiler an einem Frühlingsabend. Es hing vor Garric in der Luft, ein Gegenstand aus Licht, das aber den Boden oder die alten Särge ringsumher nicht beleuchtete.

Liane und Tenoctris saßen einander an dem Kreis, den Tenoctris in Wachs um Garric herum gezeichnet hatte, gegenüber. Die frische Efeuranke, die die Zauberin als Athame benutzte, zuckte bei den Worten, die die Frauen abwechselnd sprachen.

»... sterxerx!« rief Tenoctris und schloß damit den Zauberspruch ab. Das Schwert in der Hand, trat Garric durch das Licht und auf einen Waldpfad. Er schnappte überrascht und erleichtert nach Luft; er hatte damit gerechnet –

Er wußte nicht, womit er gerechnet hatte. Mit etwas Schrecklichem; einem Lich, der sich auf ihn stürzte, oder einer Lavagrube, die ihn verschlingen würde, wenn er sich auch nur rührte.

Es war nicht die Art Wald, die er gewohnt war; es gab keine Fichten, aber die Birken, Hickorys, Hartriegel und Eichen waren ihm alle vertraut. Selbst der dicke, haarige Giftsumach-Stamm, der sich an einem Eichenstamm zum Himmel emporrankte, war ein Freund, weil er aus Garrics Vergangenheit hätte stammen können.

Giftsumach lebte sein Leben und ließ einen in Ruhe, solange man die Pflanze in Ruhe ließ. Garric steckte sein Schwert ein und spürte, wie sich König Carus tiefer in seinen Geist zurückzog.

An diesem Ort war es Frühherbst. Die Bäume verloren ihre Blätter noch nicht, aber die Hartriegel- und Ahornbäume erglühten in Farben, die anzeigten, daß sie bald damit beginnen würden. Die Luft war von der angenehmen Kühle, die selbst an heißen Sommertagen in einem gut bewässerten Wald herrscht.

Garric kniete nieder, um sich den Boden näher anzusehen. Im Laub waren keine Spuren zu sehen, die darauf schließen ließen, wer oder was diesen Pfad ins Unterholz getreten hatte. Er war breit genug für einen Mann zu Fuß oder einen einzelnen Reiter, den es nicht störte, wenn Schößlinge ihm mit ihren Zweigspitzen über die Knie strichen.

Er sah sich um. Das Portal hing in der Luft; durch die schimmernde Oberfläche konnte Garric mehr Wald sehen, aber er wußte, wenn er jetzt in das blaue Licht trat, würde er sich in der Grabstätte der bor-Benlimans wiederfinden. Das hatte Tenoctris ihm gesagt, und er vertraute ihr.

Er hatte ihr sein Leben anvertraut.

Garric ging weiter und widerstand dem Bedürfnis zu pfeifen. Er hätte sich besser gefühlt, aber er wußte, daß er niemanden unnötig auf sich aufmerksam machen sollte. Vögel sangen, und in den oberen Zweigen riefen Baumfrösche.

»Hilfe!« erklang eine Frauenstimme. »Bitte, helft mir!«

Garric zog sein Schwert, immer noch *sein* Schwert in *seiner* Hand, obwohl die lachende Präsenz von König Carus ihm so nahe war wie Nebel einer Fensterscheibe. Erfahrung hatte Garric gelehrt, die Kontrolle zu behalten, selbst wenn der Wille des Monarchen aus der Vergangenheit ihn in Augenblicken der Gefahr zu überwältigen drohte.

Aber sie wußten beide, daß Garric kein Schwertkämpfer

war. Wenn es notwendig war, würde Carus reagieren wie kein anderer Mann.

Der Wald war relativ offen; die Farne und Setzlinge die unter den größeren Bäumen wuchsen, behinderten einen Mann, der es eilig hatte, nicht. Garric schob sie zur Seite wie einen Vorhang.

Die Stimme der Frau wurde zu einem Schrei. Garric ging davon aus, daß sie sich links von ihm befand, etwa zwanzig Schritte entfernt. Man konnte nicht sonderlich weit sehen. Junge Bäume trieben größere Blätter als ihre ausgewachsenen Verwandten, und sie bebten auf Augenhöhe wie Federn. Sie verbargen alles, was mehr als ein Dutzend Fuß entfernt war.

Garric blieb stehen und rührte sich nicht, wenn man von seinem Kopf und dem Blick absah. Es war kein Laut mehr zu hören, nicht einmal ein Baumfrosch.

Weit entfernt lachte eine Frau; sie lachte weiter, bis selbst dieses Geräusch verklang.

Garric drehte sich um und holte tief Luft. Er ging auf dem Weg zurück, den er gekommen war. Das hellgrüne Licht des Waldes war immer noch freundlich. Er spähte in alle Richtungen, blickte abrupt über die Schulter und suchte die Baumwipfel nach lauernden Gefahren ab.

Er konnte nichts Verdächtiges sehen, bis er die Stelle erreichte, wo der Pfad hätte sein sollen und sich dort eine gepflasterte Straße befand.

Vögel flatterten in den Zweigen; das blaue Aufblitzen war eine indigofarbene Ammer gewesen, die zwischen den Pflastersteinen gepickt hatte. Der Himmel war jetzt ein wenig dunkler, aber das war nur natürlich, da der Tag fortschritt.

Alles war ganz normal – nur daß die Straße nicht hätte

hier sein dürfen: Garrics Orientierungssinn war so sicher wie Sonnenauf- und -untergang; er hatte sich nicht geirrt, aber diese Fahrrinnen in den Steinen bedeuteten, daß die Straße schon seit Jahrhunderten hier gewesen sein mußte.

Garric steckte das Schwert wieder ein. Er überlegte, ob er zurückgehen sollte, um nachzusehen, ob das Portal immer noch auf ihn wartete, aber er hatte Angst vor dem, was er finden würde.

Wenn nicht zurück, dann vorwärts. Garric ging weiter und pfiff dabei eine Melodie vor sich hin, die er oft den Schafen auf der Flöte vorgespielt hatte. Nach ein paar Schritten auf den harten, abgeschliffenen Pflastersteinen ging er zur Seite und weiter in dem Graben links des Pflasters.

Die Straße wand sich, als er weiterging, genau wie der Pfad, dem er zuvor gefolgt war. Der Boden war in die eine oder andere Richtung abschüssig, oder vielleicht hatte man versucht, einer Gruppe von Felsen auszuweichen. Alles ganz harmlos, eine natürliche Landschaft, die nur geringfügig von Menschenwerk berührt war.

Als er etwa eine Viertelmeile zurückgelegt hatte, sah Garric die Steinmauer. Sie stammte aus der Zeit des Alten Königreichs oder war dessen Mauern doch zumindest vergleichbar: Schichten von großen, rechteckig beschlagenen Steinen, die ohne Mörtel zusammenhielten. Sie war gut zwanzig Fuß hoch, aber wenn es sein mußte, hätte Garric sie leicht erklettern können, selbst mit dem unbequemen Schwert an seiner Seite.

Aber er würde nicht klettern müssen, weil die Straße unter einem Spitzbogen in der Mauer hindurchführte. Es gab kein Tor. Garric nahm zunächst an, daß das Holz und die Metallbeschläge vielleicht verrottet waren, aber die

Seiten des Bogens wiesen keine Anzeichen auf, daß man hier jemals Scharniere oder etwas anderes befestigt hätte.

Die Straße sah auf der anderen Seite der Mauer ebenso aus wie der Teil, auf dem Garric jetzt stand. Der Wald dahinter war dem, den er gerade durchquert hatte, so ähnlich, daß man ihn für ein Spiegelbild hätte halten können – nur daß sich auf der anderen Seite kein junger Mann befand, der nicht wußte, was er tun sollte.

Garric lachte und ging weiter. Er spürte Kühle; glatte schwarze Steine waren über ihm und zu seinen Seiten. Er machte einen weiteren Schritt …

Und die Welt war ganz anders als das, was er durch den Bogen gesehen hatte.

Er stand in einem Wassergarten. Kleine Bäche gurgelten in moosbewachsenen Rinnen oder über Felsen, die sorgfältig auf »natürliche« Weise arrangiert waren. Das Geräusch des fließenden Wassers, das Summen der Bienen, die die Blüten umschwirrten, all das war entspannend und viel lauter, als es ihm erst vorgekommen war: Man hätte eine Stimme in normaler Lautstärke kaum auf Armeslänge hören können.

Statuen von Frauen mit freundlichen, lächelnden Gesichtern standen in Nischen in der Mauer. Überall gab es Blüten: Sie wuchsen aus stillen Teichen, in Beeten entlang den Kanälen, erkletterten in Rosa, Blau und Violett die Mauern. Garric kannte keine einzige dieser Pflanzen.

Von dieser Seite konnte er den Rand der Mauern nicht sehen. Er berührte den Stein. Er fühlte sich kühl an, war dunkel und verwittert und so fest wie der Berg, aus dem man ihn in einem vergangenen Zeitalter gemeißelt hatte.

Es gab keinen Bogen und keine andere Öffnung. Auf dieser Seite der Mauer hatte es so etwas nie gegeben.

»Oh, Garric, wir warten schon so lange auf dich!« – Mädchen, zwei oder vielleicht drei.

Garric fuhr herum. Niemand war zu sehen, aber die Ranken weißer Blüten, die sich über ein Spalier zogen, bewegten sich, als hätte sich gerade jemand dahinter geduckt. Garric trat zu dem Blütenvorhang und schob ihn sanft mit der linken Hand beiseite. Die Blütenblätter fühlten sich feucht an, wo sie seine nackte Haut berührten; Bienen summten aufgeregt, und in der Luft hing der Duft von Sommernächten.

Seine Hand verharrte über dem Griff des Schwertes, aber er berührte es nicht. Auf der anderen Seite des Spaliers war niemand.

»Wir sind hier, Garric!« rief ein Mädchen.

Wieder fuhr er herum, und da waren sie tatsächlich, umgaben ihn, als wären sie aus dem Nichts gekommen. Sechs nackte Mädchen mit pastellfarbenem Haar, die lachten und mit langen, schlanken Fingern an seinem Hemd zupften.

»Wir sind so froh, dich zu sehen, Garric!« sagte das Mädchen mit blauem Haar, das tanzte wie die Wellen eines Bergbachs. Sie nahm sein rechtes Handgelenk in beide Hände. Ihre Fingerspitzen waren zart und kühl.

Zwei andere Mädchen ergriffen seinen linken Arm; ihr rosafarbenes und grünes Haar berührte seine Haut wie Gischt. »Komm mit uns, Garric«, sagten sie. »Wir sind so froh, daß du endlich hier bist!«

»Bitte, ich …«, sagte Garric. Er hatte keine Berührung gespürt, aber das Gewicht hatte sich verändert. Sein Schwert war weg, die Gürtelschnalle gelöst von einem Mädchen mit der Haarfarbe gebleichten Strohs.

Garric drehte sich um und griff erfolglos zu. Das Mädchen sprang davon, kicherte und versteckte die Waffe hinter ihrem Rücken.

Garric schlang die Arme um sie und tastete nach dem Schwert. Das Mädchen küßte ihn und wand sich aus seinen Armen. Ihre Hände waren leer, und das Schwert war nicht in dem Beet üppiger rosaroter Blüten, in dem sie gestanden hatte.

Sämtliche Mädchen lachten vergnügt.

Aus dem Augenwinkel glaubte Garric, das Glitzern von Rückenflossen und Schuppen zu sehen. »Gebt mir mein Schwert zurück!« sagte er und kam sich sehr dumm vor. Was wollte er mit der Waffe anfangen, selbst wenn sie sie ihm zurückgaben?

Das Mädchen mit dem altrosafarbenen Haar berührte seine Hände. »Dann komm mit uns«, sagte sie. »Wir geben dir ein viel besseres Schwert als das da.«

»Komm mit uns, Garric!« riefen sie alle. Ihre Haare wirbelten wie Teiche gefärbten Öls, wenn sie sich bewegten.

Garric sah sich nach der rankenüberwachsenen Mauer um, in der der Bogen gewesen war, durch den er diesen Garten betreten hatte. Die Berührungen der Mädchen waren so leicht wie Sommerregen. Er hatte keine andere Wahl.

»Also gut«, sagte Garric. »Ich komme mit euch.«

6

Liane lehnte sich an die Wand und hustete, um den Hals freizubekommen. Sie war bereits heiser, und der erdrückende Kerzenrauch drehte ihr beinahe den Magen um. Gegenüber nahm Tenoctris die Litanei mit leiser Stimme wieder auf: *»Phanoibikux petriade kratarnade …«*

Das blaue Portal hing zwischen ihnen. Sie hatten den Spruch jetzt dreimal rezitiert, jede von ihnen einzeln, damit die andere die Möglichkeit hatte, ihre Stimme zurückzuerlangen und zu kauen, um den Speichelfluß wieder anzuregen. Tenoctris hatte mit dem vierten Durchgang begonnen, danach würde Liane wieder ansetzen.

»Arthu lalaiam semsiliam …«

Sie hätten etwas zu essen oder doch zumindest Getränke mitnehmen sollen, bevor sie das Portal öffneten, aber Tenoctris hatte gesagt, es sei wichtig, daß sie sich beeilten. Garric war bereit gewesen, und Liane hatte es am allereiligsten gehabt, weil sie es zu Ende bringen und Garric sicher zurückholen wollte.

Wenn Garric etwas geschehen sollte, würde das ihre Schuld sein, weil sie ihn so in Gefahr gebracht hatte.

»Bachuch bachaxichuch menebaichuch …«

Draußen war es dunkel geworden. Sie hatten die Tür des Grabmals angelehnt gelassen, aber es fiel kein Licht mehr herein, um das der Kerze, die neben dem Sarg von Lianes Mutter brannte, zu unterstützen. Das Portal bestand zwar aus Licht, strahlte aber keines ab.

Liane und Tenoctris würden hierbleiben und den Spruch wiederholen, bis Garric zurückkehrte oder sie schließlich ohnmächtig wurden. Wenn die Wortfolge länger aussetzte, würde sich das Portal schließen, und Garric wäre für immer auf dieser Ebene gefangen, auf die er sich wegen Liane und Lianes Vater begeben hatte …

»Raracharara anaxarnaxa achara …«

Die Tür der Grabkammer öffnete sich.

Liane blickte auf, weil sie annahm, es sei der Gärtner oder einer der neuen Besitzer des Hauses. Sie befand sich auf ihrem eigenen Besitz, und sie hatte Gold im Geldbeutel, um die Dinge zu vereinfachen, wenn jemand die Stadtpolizei rief. Der Zauber mußte unbedingt weiterrezitiert werden!

»Belias belioas …«

Der Mann, der in die Grabkammer trat, hatte hohle Augen. Liane schrie und griff nach dem Schreibgriffel, den sie zwischen den Angeln ihrer kleinen Schreibtafel aufbewahrte. Der Eindringling packte ihr Handgelenk.

Die Zeit blieb stehen. Es gab keine Zeitfolge mehr, nur noch eine Ebene, auf der alles gleichzeitig existierte.

Liane hing über der Schulter des Eindringlings. Er war ein dicker Mann, der ein Tuch um den Leib gewickelt hatte. Er schlug Tenoctris und schleuderte sie gegen die alten Särge. Der unterste, älteste, brach durch die Wucht zusammen.

Das Portal verblaßte. Der Eindringling ging um den blauen Schimmer herum, wobei er die Füße mit dem Gewicht und der Sorgsamkeit eines Zugpferds auf verestem Boden setzte. Tenoctris blieb reglos dort liegen, wohin sie gefallen war.

Mazzonas Bronzesarg wog mindestens fünfhundert Pfund, vielleicht auch tausend. Der Eindringling hob ihn mit einem Arm und drehte sich um. Die Ecken des Metallsargs zerdrückten die Holzsärge, als sie dagegenstießen.

Der Eindringling trat in die Nacht hinaus und nahm sowohl Liane als auch den Sarg ihrer Mutter mit. Ein blauer Schein umgab ihn, auch nachdem das Portal für immer verschwunden war.

7

Wer seid ihr?« fragte Garric die Mädchen, die ihn um einen Teich herumführten, der sich direkt an der Mauer entlang erstreckte. Der Rand des Teichs war aus weichem Vulkangestein gemauert, vom Alter geglättet und dunkel geworden. Lotusblüten bedeckten das stille Wasser.

»Wir sind deine Freunde, Garric!« sagte das Mädchen mit dem lila Haar.

»Wir wohnen hier!« rief ein anderes. Er war nicht sicher, welche von ihnen gesprochen hatte; vielleicht Rosahaar. Nur selten waren alle sechs Mädchen gleichzeitig in seinem Blickfeld, obwohl er niemals eine verschwinden oder wieder auftauchen sah.

An der Oberfläche des Teichs neben sich konnte er die Spiegelbilder bunter Fische sehen.

»Ihr seid Wassernymphen, nicht wahr?« fragte er.

Die Mädchen kicherten. »Komm, Garric, es ist nicht mehr weit!« sagte Grünhaar und schlenderte weiter.

Sie verließen den Wassergarten und betraten einen steinigen Olivenhain. Garric hätte nicht genau sagen können, wann oder wo sich die Landschaft verändert hatte. Die Bäume waren alt; ihre knorrigen Stämme waren so dick wie Garrics Oberkörper. Schwarze Früchte hingen an ihren Zweigen. Die Wurzeln mußten tief in diesen steinigen Boden gedrungen sein, um Wasser und Nahrung zu finden.

Garric war hungrig. Er dachte daran, sich ein paar reife Oliven von einem der überhängenden Zweige zu pflücken, aber nach einem Moment der Überlegung stellte er fest, daß sein Hunger doch nicht so groß war.

»Wo gehen wir hin?« fragte er. Er glaubte nicht, daß die Nymphen ihm Schaden zufügen wollten, aber er wußte, daß sie ihm auch nicht freundlich gesinnt waren. Ihnen war gleich, was er wollte.

»Wir sind schon da!« trillerte Blauhaar. Zwei Nymphen hielten ihn spielerisch an den Handgelenken, Blauhaar ging voran, und Garric ging mit ihnen durch eine von Säulen flankierte Tür. Die Säulen waren aus Stuck und oben seltsam breiter als am Sockel. Sie waren mit grellen Farben bemalt, hauptsächlich in Blau und Rot, aber die Wände waren weiß gestrichen.

»Wo sind wir hier?« fragte Garric. Er war im Augenblick eher verwirrt und gereizt als verängstigt, aber seine Furcht wuchs.

Die Nymphen zogen ihn einen Flur entlang. Auch hier gab es Säulen auf einer Seite, und auf der anderen ein Fresko. Die Bilder stellten junge Männer dar, die gegen Ungeheuer kämpften, deren Beine sich wie Schlangen wanden. Der Hintergrund zeigte eine dunkle Landschaft, die von Blitzen erhellt wurde, die von Wolke zu Wolke sprangen, und einen ausbrechenden Vulkan.

»Weißt du das denn nicht?« ragte Rosahaar. Garric war nicht sicher, ob sie mit ihm spielte oder ob sie tatsächlich erwartete, daß er seine Umgebung erkannte. »Das hier ist der Palast, du Dummer! Malkars Palast!«

Garric blieb wie angewurzelt stehen. Der Hof auf der anderen Seite der Säulen war zum Himmel hin offen, aber dieser Himmel war dunkel von der Nacht oder von Sturmwolken. Er hätte nicht sagen können, woher das weiche graue Licht im Korridor kam.

»Warum bringt ihr mich zu Malkar?« fragte er leise. Er wußte nun, wenn er sich umdrehte und den Weg zurückrannte, den er gekommen war, würde das eben *nicht* der Weg sein, den er gekommen war. Eine Flucht würde ihn nur seine Würde kosten. Es war ihm ohnehin nicht zuviel davon geblieben, nachdem er erlaubt hatte, daß sechs kichernde Mädchen ihn auf den Tod oder Schlimmeres zuführten.

»Oh, aber wir bringen dich nicht zu Malkar!« sagte Safranhaar entsetzt. Einen Augenblick lang waren all ihre Schwestern verschwunden, obwohl sie alle noch einen Wimpernschlag zuvor Garric verdutzt angestarrt hatten. »Das würden wir niemals tun!«

»Wir bringen dich zu dem Schwert«, sagte Grünhaar. »Du wolltest doch ein Schwert, Garric.«

»Wir haben nichts mit Malkar zu tun«, sagte Rosahaar. »Das wäre schrecklich!«

»Kommt, holen wir das Schwert«, meinte Blauhaar.

In vorwurfsvollem Tonfall fügte Lilahaar hinzu: »Du hast uns mit dieser dummen Bemerkung wirklich erschreckt, Garric.«

Garric lief mit den Nymphen den Flur entlang. Er war sicher, es würde ihnen leid tun, wenn ihm etwas zustieß, so wie es Kindern einen oder zwei Tage leid tat, wenn ihr Kätzchen gestorben war. Er fragte sich, ob es in diesem Palast, in den man ihn gelockt hatte, überhaupt so etwas wie Zeit gab.

Er hatte sich geirrt, was die Fresken anging: In Wahrheit zeigten sie Ungeheuer, die gegen Menschen kämpften, und nicht umgekehrt. Schlangenbeinige Geschöpfe feierten ihren Sieg in den Ruinen menschlicher Behausungen, schwenkten triumphierend ihre Fackeln und Waffen. Garric versuchte, nicht mehr hinzusehen.

Die Nymphen führten ihn in einen Raum mit einer hohen Decke und Bändern mit geometrischen Mustern an den

Wänden. Außerdem waren hier riesige Schilde von ungewöhnlicher Art aufgehängt: Sie waren wie Achten geformt und mit den Fellen scheckiger Ochsen bezogen. Ein langer Speer mit Bronzespitze hing neben jedem Schild.

»Das hier ist das Zimmer der Wachen«, sagte Rosahaar zu Garric, und sie sprach seiner Ansicht nach viel zu laut.

Blauhaar zeigte auf eine Kassettentür am anderen Ende des Zimmers. Dies war die erste Tür, die Garric hier gesehen hatte – ansonsten waren alle Türöffnungen offen gewesen. »Dort geht es zum Thronsaal«, sagte sie. »Aber dort gehen wir nicht hin.«

»O nein!« riefen mehrere von ihnen.

»Aber hier ist das Schwert, Garric«, sagte Grünhaar und zeigte auf die Waffe, die an einem Bolzen neben dem rechten Türpfosten hing. »Wie wir dir versprochen haben.«

»Erkennst du es nicht?« frage Rosahaar, griff mit beiden Händen nach hinten und zog die Finger durch ihre hinreißende Mähne. »Es ist König Carus' Schwert!«

Es war tatsächlich König Carus' Schwert!

»Nimm es schon, du Dummer!« sagte Safranhaar.

Garric trat vor und griff nach Schwert und Gürtel. Er packte den mit Leder umwickelten Griff und zog die Klinge ein paar Zoll weit heraus. Ein ganzes Leben von Bildern raste ihm durch den Kopf – Bilder aus König Carus' Leben, nicht aus seinem eigenen. Es war, als käme man aus einem abgedunkelten Zimmer in die Sonne hinaus: Alles, was Garric or-Reise getan hatte, war im Kontrast dazu farblos.

»Berühre das Metall, Garric«, sagte Lilahaar. »Du kannst nicht verzaubert werden, wenn du dieses Eisen berührst.«

Die gerade Klinge war länger als die des Schwertes, das Benlo ihm gegeben hatte, aber vollkommen im Gleichgewicht und nicht unbequem schwer. Der Griff, der Handschutz, alles war aus demselben Stahl geschmiedet; Garric sah sich den Griff näher an, um sicher zu sein, aber es gab tatsächlich keinen Spalt, der anzeigte, daß die Stücke einzeln geschmiedet und dann zusammengeschweißt worden waren.

Ein Ring für den Zeigefinger war so angebracht, daß der Benutzer immer mit dem Metall in Kontakt bleiben würde. Garric ließ den Finger hindurchgleiten. Der Griff paßte perfekt in seine Hand.

Fische mit pastellfarbenen Flossen trieben über ihm in der Luft. Er riß den Finger zurück.

»Jetzt laß uns wieder gehen, Garric«, sagte Grünhaar. »Wir sollten uns hier nicht zu lange aufhalten.«

Sie gingen durch das Tor hinaus, durch das sie hereingekommen waren; die Nymphen umgaben ihn wie Wellen ein Ruderblatt. Draußen befand sich ein gepflasterter Hof mit einem Springbrunnen in der Mitte. Ein bronzenes Mädchen hielt ein paar Gänse, aus deren offenen Schnäbeln Wasser ins Brunnenbecken lief.

Der sechseckige Hof hatte mindestens zwanzig säulengestützte Bogen auf jeder Seite. Die Architektur war nicht mit der des Gebäudes zu vergleichen, das Garric kurze Zeit zuvor betreten hatte.

Der Gürtel, den er um das Schwert und die Scheide gewickelt hatte, war aus schwerem Leder und breit genug, daß die Schnalle zwei Zungen hatte. Garric fragte sich, ob er ihn anlegen sollte.

»Ihr Nymphen?« sagte er und fühlte sich ungeschickt. »Ich danke euch für das Schwert, aber ich muß jetzt zurückkehren. Dort, wo ich herkomme, warten Leute auf mich. Könnt ihr mir den Weg nach draußen zeigen?«

Die Nymphen lachten vergnügt. Blauhaar legte ihre Hände auf die seinen, wie am Anfang, als sie zum ersten Mal aufgetaucht war.

»Ach, du Dummer!« sagte sie. »Wir haben dir gegeben, was du wolltest, Garric, also mußt du uns auch geben, was wir wollen.«

»Und wir wollen dich!« trillerten die anderen im Chor.

8

Cashel beugte sich über die Bugreling des *Goldenen Drachen* und spähte in den phosphoreszierenden Schaum, der vorbeitrieb. Ein Seemann nahe dem Mast spielte auf einer Laute, deren Hals im rechten Winkel abgeknickt war; mehrere seiner Genossen saßen zu seinen Füßen und schwankten im Takt der Musik.

»Ich liebe eure Sterne«, sagte Mellie, die auf der Reling lag und die Finger hinter dem Nacken verschränkt hatte. »Sie sind genau wie ihr Menschen – sie bewegen sich, und dann kommen sie zurück und sind genau wie vorher.«

Sie hob ihr rechtes Bein und streckte den Fuß gerade aus, als würde sie den abnehmenden Mond anvisieren. »Ihr macht immer dasselbe, weißt du«, sagte sie mit einem Grinsen zu Cashel. »Ihr baut Städte, und dann reißt ihr sie wieder ein und tötet alle darin. Glaubst du, daß es etwas damit zu tun hat, daß ihr Eisen benutzt?«

Cashel sah die Fee an und versuchte, nicht die Stirn zu runzeln. Er wußte nie genau, ob sie scherzte oder nicht. Er wußte nicht einmal, ob sie jemals auf die Art scherzte, wie Menschen es taten.

Die Brise war leicht und die Sicht gut, aber sie hatten nur einen Teil der Segel gesetzt, weil der Kapitän glaubte, daß Erdin direkt hinter dem Horizont lag. Navigation außer Sichtweite des Landes war eher eine Kunst als eine Wissenschaft. Ein Irrtum von hundert Meilen war durchaus möglich, besonders bei einer Überfahrt, die die Besatzung nie zuvor gemacht hatte. Schon ein geringerer Fehler hätte den *Goldenen Drachen* auf den Strand von Sandrakkan auflaufen lassen können, wenn der Kapitän im Dunkeln zu viele Segel setzen ließ.

»Eisen ist für eine Menge Dinge geeignet«, sagte Cashel und spähte wieder ins Wasser. »Mir ist auch das Gefühl von handgeglättetem Holz lieber, aber für einen Reifen an einem Wagenrad oder eine Pflugschar gibt es nichts Besseres als Eisen.«

Auf der Heckgalerie spielte ein Hochländer auf einer Bambusflöte, direkt unter dem an Ketten hängenden Rettungsboot. Er spielte nicht dasselbe Lied wie der Lautenspieler – soweit Cashel das beurteilen konnte, spielte er überhaupt kein Lied –, aber dennoch schufen beide Instrumente gemeinsam eine Melodie, die sehr gut zur See paßte.

Das Seufzen der Wellen am Rumpf ließ nach, als Cashel weiter ins Wasser starrte. Es war, als wäre das Wasser verschwunden und das Schiff triebe auf Luft. Ein Fisch, der sein eigenes rosafarbenes Licht auszusenden schien, schwamm unter ihnen. Er war dreißig Fuß lang und hatte eine einfache Schwanzflosse, nicht die gefächerte Flosse der Fische, die Cashel kannte.

»Was ist denn das?« sagte er überrascht.

»Hm?« sagte Mellie, rollte sich auf den Bauch und streckte den Kopf über die Reling, um nach unten zu schauen.

Der Fisch verschwand in der Unendlichkeit des verschwundenen Meers. An einem Hügel tanzten Menschen um einen Altar und führten dabei komplizierte Schritte aus. Die Gestalten waren winzig, aber Cashel konnte jede Einzelheit ihrer Züge und ihrer Kleidung erkennen. Sie sahen angespannt aus, als tanzten sie voller Angst und nicht mit Freude.

»Oh, sie sorgen sich um ihre Ernte«, sagte Mellie. Sie blickte zu Cashel auf, und zum ersten Mal sah er sie die

Stirn runzeln. Sie fügte hinzu: »Du solltest dich von ihnen fernhalten, Cashel. Sie sind niemandes Freunde, auch wenn sie so tun.«

Cashel starrte nach unten. Sah er den Meeresgrund? Der Ausguck auf dem Mast schien nicht zu bemerken, daß etwas mit dem Meer nicht stimmte.

»Wer sind diese Leute?« fragte Cashel. Der Hügel war unter dem Kiel verschwunden, und mit ihm die Tänzer. Er konnte nicht verstehen, was er sah.

»Schau nur!« rief Mellie. Aufgeregt begann sie, mit den Beinen zu zappeln. »Da ist dein Freund Garric, Cashel! Oh, die Nymphen haben ihn erwischt!«

Sie kicherte. »Das hätte er eigentlich besser wissen sollen«, sagte sie. »Er ist recht nett für einen Menschen, aber er ist nicht so stark wie du.«

»Garric?« fragte Cashel und reckte sich über die Reling. »Was tut er …«

Es war tatsächlich Garric, der ebenso aussah wie an dem Tag, als Cashel ihn in Carcosa verlassen hatte. Er stand in einem Innenhof, umgeben von vergnügten Mädchen. Unruhig wandte er den Kopf von einer Seite zur anderen.

»Was macht er da auf dem Meeresgrund?« vollendete Cashel schließlich seine Frage.

»Die Nymphen haben ihn gefangen«, erwiderte Mellie geduldig. »Was meinst du, was kann ihn nur auf den Gedanken gebracht haben, zu ihnen zu gehen? Sie werden ihn nie weder gehen lassen.«

Der rechteckige Teakholzbug des *Goldenen Drachen* glitt weiter. Cashel mußte sich noch weiter vorbeugen, um den Hof, in dem Garric stand, im Auge behalten zu können. »Können wir ihm nicht helfen?« fragte er verzweifelt.

»Selbstverständlich kannst du das«, sagte Mellie. Sie

sprang von der Reling und tanzte wie ein Äffchen Cashels muskulösen Arm hinauf. »Du mußt nur über die Reling springen.«

Wenn ein Seewolf aus dem Meer gekommen wäre und seine Herde angegriffen hätte, hätte Cashel auch nicht länger gezögert. Er hob den rechten Fuß auf die Reling und sprang vom Schiff. Er spürte kein Wasser, als der *Goldene Drache* über ihm im Himmel verschwand.

9

Oh!« sagte Blauhaar überrascht. Die Nymphen schauten etwas hinter Garric an. Er drehte sich um und sah Cashel, der aus einer der zahlreichen Türen auf den Hof kam. Er hatte ein winziges Mädchen auf der Schulter, das vollkommen normal und sehr hübsch aussah – aber sie war nur fingergroß und hatte seltsam rotes Haar.

»Cashel!« sagte er. »Was tust du hier? Und was ist das auf deiner Schulter?«

Die Nymphen drängten sich enger an Garric. Blauhaar stellte sich zwischen ihn und die Neuankömmlinge. Sie und ihre Schwestern schienen wachsam, aber entschlossen.

Cashel schaute auf seine Schulter. »Oh, das ist Mellie«, sagte er. »Ich dachte nicht, daß du sie sehen könntest. Ich nehme an, ich träume.«

»Du mußt ihn gehen lassen, Cyane«, sagte Mellie zu der blauhaarigen Nymphe.

»Garric gehört uns!« erklärte Blauhaar entschlossen. »Du hast deinen eigenen, Mellie! Was willst du hier?«

Cashel ignorierte den Streit der Frauen. »Mellie sagt, wir können dir helfen, hier wegzukommen«, sagte er zu Garric. »Obwohl, wenn das hier ein Traum ist, weiß ich das nicht genau. Geht es dir gut?«

»Gut genug«, meinte Garric. »Es ist nur alles ziemlich durcheinander.«

Er lachte und fügte hinzu: »Jedenfalls war ich bis jetzt durcheinander. Ich glaube, ich träume ebenfalls, aber es wird Zeit aufzuwachen.«

Es war gut, Cashel wiederzusehen. Er strahlte eine Solidität aus, der niemand an diesem Ort und vielleicht auch nichts in der wachen Welt gleichkommen konnte. Man konnte sich immer darauf verlassen, daß Cashel nie das Falsche tat, obwohl es noch weitere richtige Möglichkeiten geben mochte, die ihn nicht interessierten.

»Cashel will, daß ihr seinen Freund gehen laßt«, sagte das winzige Mädchen auf Cashels Schulter. »Er ist sogar noch stärker, als ihr glaubt. Ihr müßt tun, was er sagt, Cyane, oder …«

Sie bewegte ihre kleine Hand in einer Geste, die irgendwie ebenso bedrohlich war wie Sturmwolken, die sich dem Strand nähern.

»Ich habe geträumt, ich wäre über die Reling des Schiffs gesprungen«, sagte Cashel. Er runzelte die Stirn und versuchte, in seiner Erinnerung die Einzelheiten aufzuräumen. »Aber es gab kein Wasser, ich bin einfach durch die Tür gegangen.«

»Ich bin einem Pfad gefolgt, aber dann habe ich ihn verloren«, sagte Garric. »Ich habe das hier gefunden …«

Er sah das Schwert an und fragte sich wieder, ob er es nicht umbinden sollte.

»… aber das hatte ich gar nicht gesucht. Jedenfalls glaube ich das nicht.«

Er runzelte ebenfalls die Stirn.

»Das ist ungerecht!« riefen die Nymphen im Chor. Grünhaar sah aus, als wollte sie jeden Augenblick in Tränen ausbrechen, weil ihre Wünsche nicht in Erfüllung gingen.

»Zeigt Cashel und seinem Freund den Weg nach draußen«, sagte Mellie mit grausamer Lässigkeit, »oder Cashel wird sich den Weg selbst bahnen. Das wißt ihr.«

»Ich habe Mellie auf dem Weg nach Carcosa kennengelernt«, meinte Cashel. »Ich habe damals nichts gesagt, weil ich nicht dachte, daß du sie sehen konntest. Ich nehme an, du kannst sie nur in Träumen sehen.«

Garric zuckte die Achseln. Er band sich den Schwertgürtel um. Es gab fünfmal zwei Löcher; er mußte den Gürtel enger schnallen als der vorherige Besitzer.

»Ungerecht«, jammerte Grünhaar, griff nach Garrics Hand und zupfte sanft daran. Er zögerte und schaute erst die Nymphe, dann Cashel an.

»Geh mit Prasina«, sagte Mellie. Garric hörte ihre Stimme so klar, als hätte sie die Größe einer normalen Frau. »Und das nächste Mal solltest du vorsichtiger mit dem sein, auf was du dich einläßt. Mein Cashel ist das nächste Mal vielleicht nicht in der Nähe, um dir zu helfen.«

Sie stützte die Hände auf die Hüften, beugte sich vor und streckte Garric die Zunge heraus.

»Mellie!« mahnte Cashel verlegen. Das Mädchen brach in Gelächter aus und tätschelte sein Ohrläppchen mit einer Hand, während es Garric mit der anderen zuwinkte.

Prasina zog abermals an seiner Hand. Ihre Schwestern waren irgendwann verschwunden, als Garric nicht hingesehen hatte. Er folgte der grünhaarigen Nymphe auf einen der Torbogen zu.

»Leb wohl, Cashel!« rief er über die Schulter. »Es war schön, dich wiederzusehen, selbst auf diese Art.«

Welche Art das auch gewesen sein mochte …

Prasina blieb am Torbogen stehen. »Auf diesem Weg wirst du zurückkommen, Garric«, sagte sie. »Der Weg, auf dem du gekommen bist, ist blockiert, aber dieser ist ohnehin kürzer.«

Er lächelte die Nymphe verlegen an. Cashel und seine winzige Freundin waren nicht mehr im Hof, Garric fürchtete, irgend etwas zu sagen, weil das vielleicht bedeuten konnte, daß er doch nicht herauskommen würde, also trat er in den Flur hinter dem Torbogen.

»Lebe wohl, Garric«, rief die Stimme einer Nymphe hinter ihm her. »Und weiche nicht vom Weg ab!«

Der Flur war mit Fichtenholz mit vielen Astlöchern getäfelt. Er wurde mit jedem Schritt, den Garric zurücklegte, dunkler, aber Flecken von Pilzen an der Wand gaben ein schwaches Licht ab, an das sich seine Augen nach einer Weile gewöhnten. Bis dahin streifte er mit den Fingern der rechten Hand an der Wand entlang.

Er bewegte sich im Laufschritt und hielt das Schwert mit der linken Hand fest, damit es ihm nicht gegen die Beine schlug. Es kam ihm ganz natürlich vor, das zu tun, beinahe instinktiv, obwohl er eher annahm, daß es eine Gewohnheit war, die Carus vor tausend Jahren angenommen hatte.

Hundert Schritte vom Eingang entfernt kreuzte ein anderer Flur den, in dem Garric sich befand. In der Abzweigung nach rechts brannten Fackeln; Garric konnte fröhliche Musik aus dieser Richtung hören.

Diesmal würde Garric nicht von seinem Weg abweichen. Selbst wenn er in einem anderen Flur sähe, wie seine Schwester umgebracht wurde, würde er das als Illusion betrachten und weitergehen.

Weitergehen und zum Hirten beten, daß er sich nicht geirrt hatte.

Er kam an eine Stelle, wo ein Teil der Decke eingestürzt war; er kletterte über den Schutt. Ein Bronzehelm und der goldene Griff eines Schwerts lagen zwischen den Trümmern, aber die Klinge und die Knochen des Mannes, der das Schwert getragen hatte, waren schon vor Jahrhunderten zerfallen.

Jetzt waren die nackten Steinwände von schleimigem,

schimmerndem Pilz bedeckt. Garric mußte über einen Riß im Boden springen, der mehrere Fuß breit war; die Luft, die aus diesem Riß aufstieg, war warm und roch nach Schwefel. Der Flur war inzwischen ein Tunnel, der in Felsen geschlagen war. An einer Stelle führte ein Metallrohr von einer Seite zur anderen. Es war kalt und summte, als er es berührte.

Garric sah Licht vor sich. Er biß sich auf die Lippen und bewegte sich im selben Tempo weiter wie zuvor, statt loszurennen. Unter seinem schwieligen Fuß quietschte etwas und wurde zerdrückt; es fühlte sich wie nackte Knochen an, ohne eine Schicht Muskeln oder Fell.

Der Tunnel endete in einem runden Raum von hundert Fuß Durchmesser. Die Decke war ein grelles weißes Leuchten; Garric konnte nicht abschätzen, wie hoch sie war, aber das Licht selbst lag wie ein Gewicht auf seinen Schultern.

Er blieb stehen und ließ die Schwertscheide los. Seine Handfläche schmerzte; er hatte nicht bemerkt, wie fest er die Waffe umklammert hatte.

Maschinen, deren Zweck Garric nicht einmal erraten konnte, waren an den Fußboden geschraubt. Die meisten waren zu Rosthaufen eingestürzt, aus denen Röhren aus einer kristallinen Substanz hervorstachen, viele von ihnen zerbrochen.

Der Ausgang war einen Viertelkreis entfernt. Garric seufzte. Bis er die rechteckige Öffnung in der Mauer gesehen hatte, hatte er befürchtet, daß es doch keinen Ausweg aus diesem Alptraum gab. Er ging darauf zu, ließ das Schwert baumeln und fühlte sich beinahe übermütig.

Der Durchgang wurde hinter der Öffnung größer, aber er war beinahe von dem Skelett eines Riesen blockiert, der so weit gekrochen war, wie er konnte, und dann steckengeblieben war. Seine rechte Hand war ausgestreckt: Die Fingerknochen lagen im Tunnel direkt vor dem kreisrunden Raum.

Garric drückte sich an dem Schädel vorbei, der von Schläfe zu Schläfe vier Fuß maß. Es gab nur eine einzige Augenhöhle dort, wo bei einem Menschen die Nase ansetzen würde. Garric wußte nicht, ob das eine Mißbildung war oder ob alle von der Art dieses Geschöpfs so zur Welt kamen. Die Knochen des Riesen waren auch relativ gesehen schwerer als die eines Menschen.

Der Brustkorb war immer noch deutlich umrissen. Spinnen so groß wie Garrics Hand hingen in Netzen, die in einem Zickzackmuster gesponnen waren. Die Geschöpfe huschten davon und versteckten sich hinter der stacheligen Wirbelsäule.

Die haarigen Körper der Spinnen waren von einem schmutzigen Gelb gewesen; ihre acht Augen hatten in dem Licht geglitzert, das hinter Garric an dem Riesenschädel vorbeidrang. Garric schob sich durch die Netze und tat so, als wären sie dünner Stoff, als hätte er keine Angst, daß ihm eine der fetten Spinnen im Dunkeln ins Genick fiel.

Das war der Weg aus dem Alptraum. Er kehrte zu seinen Freunden zurück. Er war auf dem Weg nach Hause, und Angst würde ihn nicht aufhalten.

Der Durchgang bog sich. Es war vollkommen dunkel. Garric tastete sich über einen Hüftknochen, der dicker war als der eines Elefanten. Er tat einen Schritt weiter, die rechte Hand an einem großen Oberschenkelknochen, und hatte keinen Boden mehr unter den Füßen.

Er schrie auf. Er versuchte, sich an die Knochen zu klammern, aber seine Finger glitten ab. Er fiel durch die Dunkelheit und zog in einem Reflex die Beine an. Auf dem

Steinboden aufzuprallen, war ein ebenso großer Schock wie die Tatsache, daß dieser sich zehn Fuß weiter unten befand, als Garric ihn erwartet hatte, aber er landete auf den Füßen.

Er stand inmitten des Kreises, den Tenoctris auf den Boden der Grabkammer gezeichnet hatte. Die Kerze war umgestürzt, brannte aber noch in einer Pfütze aus Wachs. Die Tür stand offen, und draußen war es Nacht.

Tenoctris lag bewußtlos am Boden, und von Liane gab es keine Spur.

10

Cashel erwachte. Es war nach Sonnenaufgang, und die serianische Besatzung holte mit viel begeistertem Geschwätz die Segel ein. Cashel hob den Kopf und sah, daß der *Goldene Drache* sich mitten auf einem breiten Fluß befand; sie trieben in bräunlichem Wasser, und auf beiden Seiten des Flusses breitete sich bis zum Horizont Marschland aus.

Er sprang auf. »Mellie?« rief er, weil er plötzlich Angst hatte, daß die Fee auch nur ein Traum gewesen war.

Mellie schwang sich an einer Locke seines Haars herunter und huschte an seinem Auge vorbei, bevor sie losließ. Sie schlug in der Luft einen Salto, dann landete sie auf seiner Schulter und stellte sich auf die Hände.

»Hast du gut geschlafen, Cashel?« fragte sie ihn von unten nach oben.

Cashel seufzte erleichtert auf. Sein Hemd war trocken bis auf ein wenig Feuchtigkeit über den Schultern, die wohl von der Gischt kam. Er war nicht geschwommen, so viel war sicher.

»Ich weiß nicht, wie ich bei all diesem Durcheinander schlafen konnte«, sagte er und sah sich um. Überall an Deck waren Seeleute beschäftigt. Sie mußten beinahe über ihn gestolpert sein, um die Segel zu setzen, als die Sonne aufging, und sie jetzt wieder einzuholen, weil der Verkehr auf dem Fluß eine vorsichtigere Fortbewegung erforderte. Zwei grinsende Seeleute begannen, die horizontale Winde zu drehen, die sie nicht hatten bedienen können, weil Cashel daneben gelegen hatte.

»Sie hätten mich wecken sollen«, sagte er. Die Serianer waren entweder zu höflich, oder sie hatten zuviel Angst vor ihm, um ihn einfach in die Rippen zu treten, wie er es verdient hatte. Er schämte sich.

Jen und Frasa standen zusammen auf dem Achterdeck. Als sie sahen, daß Cashel zum Heck hinblickte, legten sie die Hände zusammen und verbeugten sich. Er errötete und nickte ihnen zu.

Bald würde es an der Zeit sein, die Ruder zu benutzen. Dann würde er sich wenigstens nützlich machen können.

»Ich war noch nie in Erdin«, sagte Mellie, »ich nehme allerdings an, es ist ein Stadt wie jede andere. Ich war seit tausend Jahren nicht mehr auf Sandrakkan. Es regnet viel, und es gibt dort gefleckte Katzen, die schneller sind als ein Fuchs.«

Sie kicherte und ließ sich in eine normale Sitzposition fallen. Sie blickte zu Cashel auf. »Es kann natürlich sein, daß ihr Menschen sie alle getötet habt, um Mäntel daraus zu machen. Immer tut ihr irgend etwas.«

»Ich hatte letzte Nacht einen Traum, Mellie«, sagte Cashel langsam.

»Nein, nein, Cashel«, sagte die Fee lachend. »Du hast nicht geträumt. Du warst viel zu beschäftigt damit, deinem Freund Garric zu helfen.«

11

Die Prokuratorin schwankte in der Sänfte, die sie gemietet hatte, als die vier Träger sich die Stangen auf die Schultern hoben und begannen, auf das Herrenhaus der bor-Dahlimans im Herzen von Erdin zuzutraben. Die Gesetze verboten während der Tagesstunden Wagen und Kutschen in der Stadt, und es waren immer noch drei Stunden bis Sonnenuntergang. Asera hatte nicht warten wollen, also hatte sie die Sänfte gemietet, die vor dem Gasthaus am nördlichen Rand der Stadt stand.

Sharina faltete die Hände und fragte sich, ob sie sich jetzt wohl erleichtert fühlen sollte, nachdem sie die Stadt erreicht hatten. Bor-Dahliman war ein sandrakkanischer Adliger, der auf der Seite des Königs stand – wahrscheinlicher war er ein Adliger, der gegen den Grafen von Sandrakkan war, und die Prokuratorin und er hatten nur miteinander gemein, daß der Graf ihr Feind war. Im Augenblick würde das jedoch genügen.

Asera wollte dafür sorgen, daß sie alle Essen, Kleidung und Unterkunft erhielten, bevor sie nach Valles weiterreisten. Die politische Rivalität zwischen Sandrakkan und Ornifal verhinderte nicht den Handelsverkehr zwischen Schiffen der beiden Inseln und Händlern von anderen Inseln, die zwischen den beiden Fracht hin- und hertransportierten.

Sharina erinnerte sich nicht, ob sie in ihrem vergangenen Leben, als sie noch ein Mädchen in Barcas Weiler gewesen war, überhaupt gewußt hatte, daß Sandrakkan von einem Grafen regiert wurde. Während des Alten Königreichs war

Sandrakkan ein barbarischer Ort gewesen, und die alten Dichter hatten es nur als eine felsige Küste beschrieben oder als das Zuhause von Wilden, gegen die ihre Helden kämpften.

Sie wandte sich Nonnus zu. »Ich habe an die alten Epen gedacht, Nonnus«, sagte sie. »Die felsige Küste haben wir bereits gesehen. Ich frage mich, wann wir den Wilden begegnen, von denen sie immer erzählt haben.«

Der Eremit lächelte, aber es war schwierig zu sagen, ob man seine Miene besser als »müde« oder »grimmig« bezeichnen sollte. »Das sieht einem zivilisierten Mann ähnlich, Sandrakkan für felsig und seine Bewohner für wild zu halten«, sagte er. »Deine Dichter hätten nach Pewle kommen müssen, dort hätten sie beides in der Wirklichkeit vorgefunden.«

Sie standen vor einer gräflichen Kutschstation, ähnlich jenen, in denen sie die vergangenen vier Nächte auf ihrer Reise nach Süden verbracht hatten. Sie hätten keine andere Wahl gehabt: Callins Kutsche trug das Wappen des Grafen von Sandrakkan, und woanders zu übernachten, hätte noch mehr Mißtrauen hervorgerufen, als es ihr abgerissener Anblick ohnehin schon tat.

Die Kutsche stand jetzt mit zwei anderen – eine davon das Privatgefährt eines reichen Landbesitzers – im Hof des Gasthauses. Der Postillion, ein junger Bursche, der in seinem rötlichen Hemd wie ein Rotkehlchen aussah, wusch das lackierte Fahrzeug gerade im Hof, während der Kutscher – ein erheblich höherstehender Dienstbote – in der Gaststube saß und trank.

Der Postillion saß hinten auf der Kutsche und bekam so das schlimmste Gerüttel und den meisten Staub ab. Er war einfach da, um die Großartigkeit seines Herrn zu betonen, ebenso wie die Schmuckfedern auf den Köpfen der Pferde. Davon einmal abgesehen, öffnete er den Passagieren die Tür und säuberte die Kutsche bei Aufenthalten.

Das waren eigentlich keine Tätigkeiten, die einem Mann ein Gefühl von Überlegenheit geben sollten, aber dennoch hielt der Postillion mehr von sich als Sharina. Tatsächlich schien er sogar mehr von sich zu halten als Sharina vom König in Valles. Sie hätte selbst ihre Kutsche geputzt, aber sie wußte, daß sie am Wassertrog unweigerlich diesem Postillion begegnen würde.

Nonnus meinte nur: »Warum gehst du nicht schon hinein, Kind? Ich werde der Herrin danken und komme dann nach.«

Sharina zögerte. Sie hätte dem Eremiten gern angeboten, ihn zu begleiten, aber sie wußte, daß er bei seinen Gebeten lieber allein war. Er hatte vorgeschlagen, sie sollte hineingehen, weil man sie dort nicht belästigen würde. Das Stallpersonal hingegen, zwei Stallknechte und ein Junge, waren aus demselben Holz geschnitzt wie der Postillion; es würde unweigerlich zu Problemen kommen, wenn eine einzelne junge Frau sich zu lange in ihrer Nähe aufhielt.

Aber Meder hatte das Gasthaus bereits gemeinsam mit der Prokuratorin betreten und war auch geblieben, als sie sich in der Sänfte hatte davontragen lassen. Außerdem blieb Sharina nach einem Tag in der Kutsche gern an der frischen Luft. Das Chassis des Gefährts hing an Lederriemen und war nicht direkt an den Achsen befestigt: Das verwandelte ruckartige Vorwärts- und Rückwärtsbewegungen in Schwanken, aber es half nichts gegen das Auf und Ab, wenn ein Rad auf einen größeren Stein traf oder in eine Rinne sackte.

»Ich werde in die Küche gehen«, sagte Sharina und wies

mit dem Blick zum hinteren Ende des Gebäudes. Während sie das noch sagte, kam ein Mädchen aus der Hintertür und drehte sich, ein Holztablett auf dem Kopf und eines in ihren Armen balancierend: Unter Musselintüchern, die die Fliegen fernhalten sollten, lagen rohe Brotlaibe; das Mädchen brachte sie zum Backen in den Außenofen.

Nonnus nickte. Es würde genug Betrieb von der Küche zum Ofen und zum Brunnen sein, daß dort keiner der Männer aus dem Stall versuchen würde, Sharina zu belästigen.

»Ich gehe nicht weit«, sagte der Eremit, »und ich werde nicht lange wegbleiben.«

Dennoch zögerte er. Sharina tätschelte seine Hand und machte sich rasch zur Küchentür auf, ehe er es sich noch einmal überlegen konnte.

Nonnus blieb einen weiteren Augenblick stehen, dann ging er zu einem Tor, das in eine Gasse führte. Der Stalljunge hatte es offengelassen, als er mit der Schubkarre zurückgekehrt war, mit der er Mist weggefahren hatte. Stallmist, der sich in einem solchen Betrieb ansammelte, war eine wertvolle Ware, die man den benachbarten Bauern anbieten konnte.

Meder kam gerade rechtzeitig aus der Seitentür des Gasthauses, um zu sehen, wie Sharina nach hinten ging. Er machte sich sofort daran, ihr zu folgen.

Der Zauberer hatte die Kutsche kundig von Gonalia hierher gelenkt; etwas, das keinem der anderen gelungen wäre: Selbstverständlich wußte ein Adliger, wie man vierspännig fuhr – eine ebenso komplizierte Angelegenheit, wie Brot zu backen oder einen Seehund zu häuten. Sharina konnte an den Fingern abzählen, wie oft sie in Barcas Weiler vier Pferde zur gleichen Zeit gesehen hatte, und sie konnte sich nicht vorstellen, daß überhaupt je ein Pferd auf Pewle gewesen war.

Ohne Meders Fertigkeiten hätten die Adligen die Pferde der Soldaten benutzen müssen, während Sharina und Nonnus zu Fuß hätten gehen müssen. Auf keinen Fall hätten sie die beiden Kavalleriepferde auf einer längeren Reise reiten können, ohne sich das Schlüsselbein zu brechen oder Schlimmeres.

Aber auch das hatte nicht dazu geführt, daß Sharina den Zauberer lieber mochte oder in seiner Nähe sein wollte. Er hatte sich im Kerker von Gonalia verändert, aber nicht auf eine Weise, die sie attraktiv fand. Sie bedachte ihn mit einem kalten Blick, dann wandte sie ihm entschlossen den Rücken zu.

Er näherte sich dennoch. »Sharina«, sagte er mit falscher Fröhlichkeit, »Ihr müßt froh sein, daß wir bald wieder in zivilisierter Umgebung sein werden. Die bor-Dahlimans sind eine sehr alte Familie. Ich bin sicher, daß ihr Stadthaus sehr bequem sein wird.«

Sharina drehte sich wieder zu ihm um. Meder hätte vermutlich keinen der Orte, die er seit seinem Abschied von Valles gesehen hatte, als »zivilisiert« beschrieben: Die Gasthäuser, in denen die vier südlich von Gonalia übernachtet hatten, hätte sie selbst als durchaus gut beschrieben, obwohl keines von ihnen so sauber war wie Reises Haus.

Es gab nur eines, was sie an den Gasthäusern hier auf Sandrakkan wirklich auszusetzen hatte: Sie waren nicht ihr Zuhause. Der Gedanke, daß sie ihr Heim nie wiedersehen würde, ließ Sharina wünschen, die See hätte sie verschlungen, als die Riesenschildkröte untertauchte.

Meder sah Sharina schweigend an. Seine Miene wirkte, als wäre sie aus einem Mosaik zusammengesetzt; die

Gefühle wechselten ruckartig, und kein Stück paßte so recht zu den anderen.

»Wir haben immer noch die Reise nach Valles vor uns«, sagte er. Er versuchte verzweifelt, sie dazu zu bringen, ihn als Menschen zu akzeptieren. »Aber ich bin sicher, daß ein gutes Handelsschiff erheblich komfortabler sein wird als die Kriegsschiffe, auf denen Asera bestand.«

Solange uns niemand angreift, dachte Sharina, obwohl die größte Bedrohung bisher nicht in physischen Feinden gelegen hatte. Sie war nicht böse auf Meder, nur angewidert, wenn sie daran dachte, wie er in einer Blutlache stand.

»Meister Meder …«, begann sie.

Sie hatte vorgehabt, ihm ganz unverhohlen zu sagen, daß sie seine Gesellschaft nicht wollte – jetzt nicht und niemals. Über Meders Schulter sah sie den Stalljungen auf sie zukommen, der sehr erfreut aussah. *Hat er Nonnus durch eine Ritze im Tor beobachtet?*

Hinter dem Jungen kamen die beiden Stallknechte; einer von ihnen hatte eine Mistgabel in der Hand. Sie gingen durch das Tor zur Gasse.

Sharina ging ebenfalls auf das Tor zu; sie schob Meder zur Seite, als wäre er ein Busch, der mitten im Hof stand. Sie wußte, selbst wenn sie rannte, würde sie die Gasse nicht vor den Männern erreichen können.

Der Speer des Eremiten war in der Kutsche; Erdin war eine Stadt, in der man nicht einfach mit einem Speer bewaffnet umherlief. Selbstverständlich hatte er sein Pewlemesser dabei.

Aber er wird es abgelegt haben, wenn er betet.

»Nonnus!« rief Sharina, noch zehn Fuß von dem Tor entfernt, das die Stallknechte jetzt aufrissen. Beide waren große, kräftige Männer. Einer hatte schwarzes Haar, einen

Bart und ein lahmes Bein, während der Mann mit der Mistgabel schlaksiger war; seine Gelenke schienen zu groß für die anderen Knochen.

Der Stalljunge wandte sich Sharina zu und wich dann mit einem erschrockenen Aufschrei zurück, als er den Dolch sah, den sie unter dem Umhang hervorzog. Die oberen Schneidezähne fehlten ihm, und Ausschlag bedeckte seine Kopfhaut unter dem schmutzigblonden Haar.

Der Postillion packte Sharina von hinten bei den Ellbogen. Sie trat nach ihm, aber sie konnte die Ferse nicht hoch genug heben, um mit bloßen Füßen genügend Schaden anzurichten. Der Postillion drückte sie vorwärts und stieß ihre rechte Hand gegen die Mauer, bis sie den Dolch fallen ließ.

Er trug sie in die Gasse; der Stalljunge kam hinter ihnen und schloß das Tor. Er hob den Dolch auf und warf Sharina einen höhnischen Blick zu.

Das Pewlemesser hing am Torpfosten. Nonnus stand vor dem Lattenzaun am anderen Ende der Gasse und lächelte vage, bis er Sharina im Griff des Postillions sah. In diesem Augenblick wurde sein Gesicht vollkommen ausdruckslos.

Sie verstand sofort, daß sie einen Fehler gemacht hatte. Die Gasse war nach beiden Richtungen offen, obwohl der hohe Misthaufen zur Rechten keine angenehme Fluchtroute dargestellt hätte. Auch der Zaun selbst war für einen Mann wie den Eremiten kein Hindernis. Wenn Sharina sich nicht eingemischt hätte, hätte der Eremit schlimmstenfalls sein Messer verloren.

Nonnus interessierte sich nicht für Eigentum, nicht einmal für ein Messer, das er vielleicht schon so lange besessen hatte, wie er ein Mann war. Ihn kümmerte nur die Herrin und dieses Mädchen, das gerade aus einem unangenehmen Vorfall eine Katastrophe gemacht hatte.

Nonnus hatte vor dem Bild der Herrin gekniet, das er auf den Zaun gekratzt hatte. Der größere der beiden Stallknechte stach mit der Mistgabel nach seinem Gesicht; Nonnus wich zurück, ohne eine Miene zu verziehen.

»Ihr seid wohl Feinde des Grafen, wenn ihr zur Herrin betet, wie?« sagte der Mann mit der Mistgabel. »Wir stehen hier treu zu unserem Herrn.«

»Glaubst du, wir haben nicht gehört, wie die Dame gesprochen hat?« sagte der andere Knecht. Er griff nach hinten und nahm das Pewlemesser; er zog es und warf Gürtel und Scheide auf den Misthaufen. »Sie kommt aus Ornifal. Reiche Leute können leicht sagen, das sei egal, aber ich habe meinen Vater am Steinernen Wall verloren!«

Der Stallbursche hob mit der freien Hand einen Klumpen Mist auf und rieb diesen über das einfache Bild der Herrin. Dabei pfiff er durch seine Zahnlücke vor sich hin.

»Ich bin kein Feind eures Grafen«, sagte Nonnus. »Ich wollte niemanden beleidigen. Ich bete gern zusammen mit euch zum Hirten, Freunde.«

Der Postillion lachte. »Einer von euch kann die Beine von diesem Weibsstück hier auseinanderhalten. Ihr könnt euch ja drum prügeln, wer als zweiter darf.«

Sharina trat ihm ans Knie. Der Postillion grunzte und fluchte. Die Knechte und der Junge warfen einen Blick in ihre Richtung.

Nonnus ergriff die Mistgabel direkt unterhalb der Zinken und rammte dem Mann, der sie hielt, das Ende des Griffs in den Bauch. Der Knecht fiel vornüber, unfähig zu schreien oder die Gabel festzuhalten.

Nonnus drehte das Werkzeug und stach mit der Gabel nach dem Gesicht des Stalljungen. Eine der hölzernen Zinken brach in einer Augenhöhle; der Junge fiel um, ohne einen Laut von sich zu geben.

Der zweite Knecht wich zurück und stieß gegen die Mauer um den Gasthaushof. Er hielt sich die Hände vors Gesicht und vergaß dabei offenbar, daß er noch das Pewlemesser hielt.

»Grüße deinen Vater von mir!« sagte Nonnus, als er den Knecht in die Kehle stach. Eine Zinke stieß links und rechts von ihm gegen die Mauer, die in der Mitte durchdrang die Luftröhre und wichtige Blutgefäße, denn der Mann gab nur noch ein Krächzen von sich und fiel auf die Knie. Nonnus riß die Mistgabel zurück. Blut spritzte über das Hemd des Opfers.

Nonnus schaute zu dem Postillion hinüber und lachte. Der Postillion schrie auf und hob Sharina wie einen Schild vor Gesicht und Oberkörper. Sharina trat ihn zwischen die Beine.

Der Postillion beugte sich mit einem entsetzten Keuchen vornüber. Sie riß sich los und landete ebenfalls auf dem Boden. Zum letztenmal hörte sie, wie die Mistgabel ihr Ziel fand.

Sharina kam auf die Knie hoch. Das Tor ging auf. Meder stand dahinter und starrte verblüfft auf die Szene, die sich ihm bot.

Nonnus zog den ersten Knecht am Haar hoch und schnitt ihm mit dem Pewlemesser die Kehle durch. Die Beine des Opfers zuckten wild.

Wie bei einem Huhn, nur mit mehr Blut.

Sharina bog die Mistgabel zur Seite, um sie aus dem Rücken des Postillions zu ziehen. »Verschwindet hier!« sagte sie zu Meder. Sie weinte. »Ihr werdet nur im Weg sein, wenn wir sie begraben!«

Sie begann Mist zu schaufeln. Der Misthaufen würde noch eine Woche nicht abgetragen werden, besonders nicht, wenn im Gasthaus alles durcheinandergeriet, nachdem die Knechte und der Stalljunge mit Aseras Schmuck verschwunden waren. Diese Geschichte würde standhalten, bis jemand die Leichen entdeckte.

Die Tür fiel hinter ihr zu. Sharina konnte durch ihre Tränen nicht viel erkennen, aber sie mußte auch nur in weichem Dung graben. Die beiden verbliebenen Zinken der Mistgabel und die Reste der beiden anderen genügten dafür.

»Auf Pewle tragen wir immer schwarze Wolle …«, sagte Nonnus zwischen keuchenden Atemzügen. »Weil man darauf das Blut nicht sieht. Es gibt immer Blut, wenn wir Tiere töten. Aber diesmal wirst du mir einen Eimer Wasser bringen müssen, bevor mich jemand sieht, Kind, weil meine Arme bis zu den Ellbogen rot sind. Wie in den alten Zeiten …«

Er lachte unter Schluchzen.

12

Gierig trank Tenoctris aus dem Krug, und der brackige Geschmack des Wassers von Erdin schien sie nicht zu stören. Sie hatte einen Bluterguß an der rechten Schläfe. Wenn es in sechs Stunden Tag wurde, würde das schlimm aussehen.

»Oh!« sagte sie, setzte den Krug ab und holte tief Luft. Garric hatte sie hinaus auf den Hof vor der Grabstätte gebracht, bevor er das Wasser geholt hatte.

Moskitos summten im Dunkeln; manchmal wischte sich Garric mit der Hand über seine nackten Arme oder die Stirn, aber meist ignorierte er die Stiche: Auf seiner Sorgenliste standen Insekten ziemlich unten.

Tenoctris sah ihn an. Sie lächelte – so matt wie das Mondlicht, das ihr aufs Gesicht fiel. »Benlo ist zurückgekommen und hat seine Tochter geholt«, sagte sie. »Er befand sich in einem anderen Körper, aber seine Aura ist unverwechselbar.«

Ihr Lächeln wurde ein wenig schief. »Ich habe auch dich für verloren gehalten, Garric.«

»Ich habe mich verirrt«, sagte er. »Es war nicht deine Schuld. Cashel hat mich zurückgeholt.«

Tenoctris nickte, als wäre an Garrics Worten nichts Überraschendes. »Cashel ist ein anständiger junger Mann«, sagte sie. »Seine Instinkte sind so gut, daß ein Mangel an …«

Sie verzog spöttisch die Lippen, um dem Wort, das sie benutzen würde, die Schärfe zu nehmen.

»… Bildung nicht eine solche Gefahr darstellt, wie es bei

jedem anderen Zauberer von seiner Kraft der Fall wäre. Er hat wirklich bemerkenswerte Instinkte.«

»Cashel ist ein Zauberer?« fragte Garric. »Ein *Zauberer?«*

»Ja«, sagte Tenoctris. Sie hob wieder den Krug an die Lippen und trank in kleinen Schlucken. Nachdem sie das Gefäß abgesetzt hatte, fuhr sie fort: »Er ist in der Tat ein Zauberer, aber ich nehme an, er wäre ebenso überrascht, das zu hören, wie du es jetzt bist.«

Sie schüttelte den Kopf. »Ich staune immer mehr über die Dinge, die die Leute nicht erkennen, als über das, was sie tatsächlich sehen. Woher hast du das Wasser?«

Garrics Gedanken waren immer noch mit der absurden Vorstellung beschäftigt, wie sein Freund in einer toten Sprache vor sich hin murmelte, während er über einem Muster mystischer Symbole seltsame Gesten vollzog. Es dauerte einen Augenblick, bevor er bemerkte, daß Tenoctris ihm eine Frage gestellt hatte, die sich auf eine Welt bezog, die er verstand.

»Oh!« sagte er. »Nun, ich bin zum Hintereingang des Hauses gegangen und habe versucht, in der Küche dort ein wenig Wasser zu kaufen. Sie haben mir den Krug hier und auch ein bißchen Brot gegeben, aber sie wollten mein Geld nicht. Wahrscheinlich habe ich ausgesehen …«

Er lachte, weil er daran dachte, wie seine Mutter reagieren würde, wenn plötzlich ein Mann mit einem langen Schwert, wildem Blick und Spinnweben im Haar vor ihrer Küchentür auftauchte.

»Nun, ich war ziemlich aufgeregt.«

Liane war weg, und mit ihr war auch ihre Schärpe voller Gold verschwunden. Garric hatte immer noch das Silber, das Benlo ihm ausgezahlt hatte – mehr Geld, als er jemals an einem Ort erblickt hatte, bis er Barcas Weiler verließ. Geld würde in der nahen Zukunft kein Problem sein.

»Wie bekommen wir Liane zurück?« fragte er.

Tenoctris nickte. »Zuerst müssen wir herausfinden, wo sie sich aufhält«, sagte sie. »Wir können nicht sicher sein, daß sie noch auf dieser Ebene ist, aber ich halte das für wahrscheinlich.«

Sie sah Garric an und fügte hinzu: »Benlo hat außer Liane auch noch die Mumie seiner Frau mitgenommen. Das ist … ein weiterer Grund, sich um Liane zu sorgen: Benlo hat nach seinem Tod aufgehört, ihr Vater zu sein. Die Seele, die verblieben ist, ist sehr mächtig, aber nicht mehr vollkommen menschlich.«

Garric stand auf und bewegte sich, um gegen die Steifheit und die Prellungen anzugehen, die er sich bei seiner Rückkehr von … wo auch immer zugezogen hatte. Er zog den Gürtel fester. Das Gewicht des Schwertes war leichter zu tragen, wenn der Gürtel fest saß.

»Sollen wir gleich damit anfangen?« meinte er. »Je länger wir warten …«

Er war nicht sicher, ob das stimmte. Er wußte nicht, was Tenoctris für Liane befürchtete, und er wollte es eigentlich auch gar nicht erfahren.

»Ja, wir sollten es jetzt tun«, sagte die alte Frau und erhob sich mit Garrics Hilfe und indem sie sich auf den Zaun stützte. »Der Schauplatz, die Grabstätte, ist schon bereit.«

Sie ging ins Dunkel hinein; die Kerze war längst abgebrannt. Alter Rauch und der Gestank nach verfaultem Fleisch hingen in der Luft – eine Mischung, die Garric fast den Magen umdrehte.

Tenoctris stellte fest, daß sich in ihrer Tasche noch ein paar Kerzen befanden. Garric holte seinen Feuerstein heraus. Das Holz eines der Särge war so zerfallen, daß es guten Zündstoff ergeben würde.

»Spar dir die Mühe«, murmelte Tenoctris. Sie flüsterte etwas. Ein blauer Funke glomm zwischen ihren Händen auf und entzündete die Kerze.

Tenoctris stellte die Kerze auf die Bahre, die Mazzonas Sarg getragen hatte, dann grinste sie. »In dieser Grabkammer könnte jeder ein Zauberer sein, Garric«, sagte sie. »Hier ist mehr Macht konzentriert, als es brauchte, um Yole im Meer versinken zu lassen. Zum Glück befindet sich alles im Gleichgewicht.«

Sie trat neben den alten Kreis und begann, ihre Symbole auf ein noch freies Stück des Bodens zu zeichnen. Es war nicht viel Platz. »Garric«, sagte sie, ohne aufzublicken, »bitte hol Benlos Leiche aus dem Krug und strecke sie auf dieser Bahre hier aus. Ich fürchte, das ist unumgänglich.«

»In Ordnung«, sagte Garric. Er zog sein Messer und begann, die gerade Klinge in die Masse zu senken, mit der die Bestatter in Carcosa den Krug versiegelt hatten. Er haßte schon den Gedanken an das, was er da tat, ebenso wie er es gehaßt hatte, durch den Gang mit den gelben Spinnen zurück in seine Welt zu kriechen, aber man hatte ihn nicht dazu erzogen, vor einer Arbeit zurückzuschrecken, nur weil sie ihm unangenehm war.

»Tenoctris?« sagte er, während er weiterbohrte. »Ist das, was wir jetzt tun werden, gefährlich? Ich sorge mich nicht um mich selbst …«

Tenoctris kicherte. Einen Augenblick lang arbeitete sie schweigend weiter und benutzte das klare Wachs einer Kerze als Stift, aber dann mußte sie so lachen, daß sie nicht weiterzeichnen konnte. Sie sah Garric an.

»Lieber Freund«, sagte sie. »Mein lieber junger Freund.

Bist du jemals einen Hügel hinabgerannt, der so steil war, daß du nicht mehr stehenbleiben konntest? Und du mußtest schneller und schneller rennen, damit du nicht hinfällst?«

Garric nickte.

»Genau das haben wir drei von Anfang an getan«, erklärte Tenoctris. »Aber nein, in unserem nächsten Experiment sehe ich keine sonderliche Gefahr.«

Auch Garric lachte. Es tat gut; er war zu lange angespannt gewesen, angespannt und verloren und allein.

»Das war wohl eine ziemlich alberne Frage«, gab er zu. Mit einer Freundin zusammenzusein war dasselbe, als wäre er zu Hause, und bald würde auch Liane wieder bei ihnen sein – oder sie würden bei dem Versuch, sie zurückzuholen, umkommen.

Er streckte die Leiche auf der steinernen Bank aus und versuchte, nicht an das klebrige Gefühl an seinen Handflächen zu denken. Auf einem Bauernhof fand man sich häufig bis über die Knie in allen möglichen unangenehmen Substanzen. Garric hatte es bisher noch nicht mit einer halb erhaltenen menschlichen Leiche zu tun gehabt, aber er hatte schon Schlimmeres erlebt.

Tenoctris war mit dem Zeichnen fertig und lehnte sich seufzend zurück. Die Wachsbuchstaben waren auf dem Boden kaum wahrnehmbar, nur eine dünne, schimmernde Schicht. Garric nahm an, daß die Worte niedergeschrieben wurden, aber nicht unbedingt für menschliche Augen sichtbar sein mußten.

»Normalerweise wäre jetzt eine sehr lange Rezitation notwendig«, sagte sie ebenso zu sich selbst wie zu dem jungen Mann. »Aber bei all den Kräften, die sich hier konzentrieren, glaube ich nicht, daß ich den Spruch mehr als einmal wiederholen muß; vielleicht nicht einmal das.«

Sie sah Garric an. »Es geht hier um Nekromantie«, sagte sie, als erwartete sie, daß er entsetzt sein würde. »Ich werde mit der Leiche sprechen, damit sie uns ein paar Fragen beantworten kann.«

Garric nickte, um zu zeigen, daß er nichts dagegen hatte. Die Ruhe eines Toten zu stören, war ein geringer Preis für das Leben eines Mädchens. Aber ...

»Wenn Benlo sich in einem anderen Körper befindet«, sagte er, »wie willst du ...« Er drehte fragend die Handflächen nach oben.

»Ich rufe den Geist des Toten an, dessen Körper Benlo bewohnt«, erwiderte Tenoctris. »Er wird immer noch in Verbindung mit seiner alten Hülle stehen, und ich hoffe, das wird uns helfen.«

Sie schüttelte staunend den Kopf. »Ich kann selbst kaum glauben, daß ich so etwas tue«, meinte sie. »Daß *ich* die Kontrolle über solche Macht habe.«

Sie lächelte. »Das Wichtige dabei ist selbstverständlich die Beherrschung, nicht die Macht selbst.«

Sie konzentrierte sich wieder auf Garric und die vor ihr liegende Aufgabe. »Ich werde mich an dich wenden, die Anrufung fortzusetzen, wenn es mehr Wiederholungen brauchen wird, als meine Kehle bewältigen kann«, sagte sie. »Aber es würde mich wirklich überraschen, wenn das der Fall wäre.«

Garric nickte. »Ich bin in der letzten Zeit ziemlich oft überrascht worden«, sagte er. »Wenn du mich brauchst, werde ich mein Bestes tun.«

Er konnte die Wachsworte nicht lesen. Aber das war unwesentlich, weil er sich die Silben merken konnte, wenn Tenoctris sie so oft wiederholte, daß sie eine Pause machen mußte.

Tenoctris ließ die Efeuranke in ihrer Hand wippen, als wollte sie sie lockern, dann sagte sie: *»Catama zauaththeie cerpho …«*

Garric legte einen Finger an den Schwertgriff und spürte, wie Carus in ihm aufstieg gleich einem Mann, der aus dem Schlaf erwacht. Das Schwert fühlte sich trotz seines Gewichts und der Länge an seiner Hüfte an, als ob es dahin gehörte.

»Ialada kale chesi …«

Die Haare auf Garrics Armen und in seinem Nacken sträubten sich, als stünde ein Blitzschlag bevor. Er wandte den Kopf, um zu der Leiche hinzusehen: Ein blauer Schein umgab sie und verhüllte leicht die Züge, die der Verwesungsprozeß bereits ein wenig aufgeweicht hatte.

»Iaththa maradtha achilothethee chooo!« schloß Tenoctris.

Langsam setzte sich die Leiche auf. Sie ließ die Arme weiterhin über der Brust verschränkt. Das weiße Tuch war fleckig von Flüssigkeiten, die aus der schrecklichen Bauchwunde geflossen waren.

»Bei der Macht von Phaboeai, sag mir deinen Namen!« befahl Tenoctris mit stählerner Stimme.

»Ich bin Arame bor-Rusaman«, sagte Benlos Leiche. Ihre Stimme hatte das Timbre von Holzblöcken, die man aneinanderreibt – ein trockenes Flüstern. »Ich bin tot.«

»Arame, bist du dir deines eigenen Körpers bewußt?« fragte Tenoctris. Garric hatte den Schwertgriff jetzt fest umklammert. Er zwang sich, die Waffe wieder loszulassen.

»Ja«, sagte die Leiche. Ihre Brust bewegte sich wie ein Blasebalg, füllte und leerte sich in langen Zügen, die nichts mit dem Rhythmus menschlichen Atems zu tun hatten. »Ich bin mir meines Körpers bewußt. Er bewegt sich nicht.«

»Arame«, sagte Tenoctris, »warum bewegt sich dein Körper nicht?«

»Mein Körper wartet auf den Vollmond«, sagte die Leiche. Ihre Lippen bewegten sich mit der langsamen Entschlossenheit einer Schlange, die ein Ei verschluckt. »Mein Körper wartet auf die nächste Nacht.«

Garric erwartete, daß Tenoctris fragte, was der Körper – Benlo – bei Vollmond tun wollte. Statt dessen sagte sie: »Arame, beschreibe, was dein Körper sieht.«

»Mein Körper sieht eine Tür«, antwortete die Leiche. Ein Stück Kopfhaut sackte von der linken Schädelseite und entblößte den Knochen darunter. Die Bewegung ließ die wiederbelebte Leiche schneller zerfallen, als es die Verwesung allein bewirkt hätte. »Die Tür ist aus Eisen. Die Tür ist aus kaltem Eisen.«

Die Brust der Leiche pumpte jetzt rascher, aber Luft pfiff aus der Wunde in der Brust, und die Stimme klang schwächer. Die Stiche, mit der die Balsamierer die Wunde vernäht hatten, lösten sich.

»Oberhalb der Tür befindet sich ein Wappen«, fuhr die Leiche fort und keuchte wie ein Läufer, der kurz vor dem Zusammenbruch steht. »Trauben über einem Totenschädel. Über einem Schädel. Über einem ...«

Das Flüstern wurde zu einem trockenen Knacken. Garric hätte es als Lachen bezeichnet, wenn es von einem Gesunden gekommen wäre; bei einem Kranken wäre es ein Todesröcheln gewesen. Der Unterkiefer der Leiche fiel aus dem Gelenk. Er wackelte einen Augenblick weiter, bis die Sehnen vollends nachgaben und er in den Schoß des Geschöpfs fiel.

Die Leiche sank um wie eine Sandfigur, die von einer Welle überspült wird. Die Fingerknochen wurden sichtbar, als sich die Haut um sie auflöste. Der Gestank war überwältigend.

»Benlo ist im Herrenhaus«, sagte Garric, der angestrengt versuchte, das Brot bei sich zu behalten, das er gegessen hatte, als Tenoctris noch bewußtlos gewesen war. »Er hat dort ein geheimes Zimmer, von dem die Besitzer nichts wissen.«

»Wir können gehen«, sagte Tenoctris. Sie kam mühsam auf die Beine. »Armer Arame, er kann uns nicht mehr sagen. Und ich glaube, ich kann aus diesem Hinweis auf den Rest schließen.«

Sie taumelten in die saubere Nachtluft hinaus.

»Stehenbleiben!« rief eine Stimme. Eine Laterne ließ ihre Schatten auf die Steinwand des Grabmals fallen.

13

Der *Goldene Drache* stieß sachte gegen die Stoßdämpfer aus alten Tauen, die zwischen dem Rumpf des Schiffes und dem steinernen Kai angebracht waren. Von Maultieren gezogene Wagen, die mit Kisten und Ballen und Fässern beladen waren, fuhren langsam die Straße hinunter, die sich an dem Flußhafen entlangzog. Erdin war ein wichtiger Hafen, und die Waren, die hier umgeschlagen wurden, waren auf unterschiedlichere Arten verpackt, als Cashel sich je hätte träumen lassen.

»Sie reden über dich«, sagte Mellie. Sie klammerte sich an Cashels Ohrläppchen, beugte sich vor und zeigte auf Frasa und den Serianer, der zum Dock gekommen war, um den *Goldenen Drachen* zu empfangen. »Sie werden wollen, daß du etwas für sie tust.«

Cashel stand am Ende einer Reihe serianischer Seeleute, die Jen bezahlte, als sie nacheinander vom Schiff auf den Kai sprangen. Die Hochländer drängten sich um einen Zollinspektor aus Erdin und waren offensichtlich fasziniert von dem Hemd des Beamten, das eine Bordüre aus goldener Spitze aufwies. Cashel war sicher, daß sie ihm nichts Böses wollten, aber der derart geschmückte Inspektor hielt sich, als stünde er in einer Grube voller Giftschlangen.

Wären die Hochländer ihm feindselig gesinnt gewesen, wären die Giftschlangen zweifellos vorzuziehen.

»Ich nehme an, das ist Meister Latias, der Händler«, meinte Cashel. Er trug ein Gewand in dunklem Blau, aber es hatte denselben seidigen Glanz wie die Kleidung von Jen und Frasa.

»Das stimmt«, sagte Mellie. »Was wirst du ihnen sagen?«

Cashel fragte sich, was Ilna jetzt wohl tat. All diese Seide würde ihr gefallen. Im Frachtraum waren ganze Ballen davon, wunderschönes Zeug, aber Cashel wußte, daß er den Stoff nicht so schätzen konnte wie seine Schwester.

Er schnupperte. »Hier könnte man keine Schafe weiden lassen«, sagte er und wich Mellies Frage bewußt aus. »Den armen Tieren würden ja die Füße verfaulen.«

Die Fee kicherte und umarmte seinen Hals.

Der Seemann, der vor Cashel gestanden hatte, nahm seine Heuer in Empfang und begab sich zu seinen Kumpanen, die sich lebhaft mit Meister Latias' Begleitern unterhielten. Die Dienstboten des Händlers waren keine Serianer, aber sie beherrschten die Sprache offenbar gut genug, um den Männern erzählen zu können, was ein Seemann mit Geld in der Tasche wissen will.

Frasa und Latias traten zu Jen und Cashel. »Ich hab's dir doch gesagt«, lachte Mellie in Cashels Ohr.

Die Brüder flüsterten einen Augenblick lang miteinander. Latias verbeugte sich höflich vor Cashel; Cashel reagierte mit einem verlegenen Lächeln und einem Nicken.

Latias war Ende Zwanzig, obwohl die ruhige Haltung, die allen Serianern gemein war, ihn auf den ersten Blick reifer hatte scheinen lassen. Er blieb mit gefalteten Händen stehen und wartete, bis die Brüder ihre Diskussion beendet hatten.

Frasa wandte sich wieder Cashel zu: »Erst einmal Eure Bezahlung, Meister Cashel.« Er zählte dem jungen Mann Silbermünzen in die Hand – haftische Anker, nicht die Bronze oder das Silber aus Erdin, in dem die serianischen Seeleute bezahlt worden waren. Ohne einen Zählstock wußte Cashel nach der zehnten Münze nicht mehr, wie er mitzählen sollte.

»Sie geben dir einen Bonus«, sagte Mellie. »Für Menschen sind Serianer recht nette Leute.«

Lachend fügte sie hinzu: »Aber sie werden etwas wirklich Schwieriges von dir verlangen.«

»Das ist zuviel«, sagte Cashel, als Frasa weitere Münzen hinzufügte.

Jen und Latias wechselten einen Blick. Wenn man bedachte, wie wenig Serianer ihre Gefühle zeigten, dann mußte der Händler jetzt gewaltig überrascht sein, und Jen zeigte den Ansatz eines selbstzufriedenen Lächelns.

»Latias hat uns eine Fracht für den Rückweg versprochen, zu sehr zufriedenstellenden Bedingungen«, sagte Jen. »Da Ihr es wart, der die ursprüngliche Transaktion mit ihm zustande brachte, fügen wir Eurer Bezahlung eine Prämie hinzu.«

»Cashel«, erklärte Jen, »ich habe Latias von den Fähigkeiten erzählt, die Ihr zu unserem Nutzen eingesetzt habt. Ich glaube, Ihr könnt ihm vielleicht bei einem Problem helfen, das bisher nicht zu lösen war.«

Der Händler verbeugte sich abermals vor Cashel. »Meister Cashel«, sagte er. »Wenn Ihr vielleicht mit auf mein Anwesen kommen und Euch meinen Vorschlag anhören würdet, dann würde ich die Summe, die man Euch gerade gezahlt hat, verdoppeln. Und wenn Ihr meinen Vorschlag akzeptiert, zahle ich noch viel mehr.«

»Selbstverständlich nur, wenn du überlebst«, stellte Mellie in jenem distanzierten Tonfall fest, den sie nur benutzte, wenn sie etwas ausnahmsweise ernst nahm. »Was immer man von dir verlangt, muß wirklich schwierig sein, Cashel. Siehst du es ihm nicht an?«

Cashel starrte das Geld in seiner Hand an. Er glaubte nicht, jemals so viele Münzen auf einem Haufen gesehen zu haben, schon gar nicht Silbermünzen.

»Nun, ich denke …« sagte Cashel, »es kann nicht weh tun, Euch anzuhören.«

Cashel begleitete die drei Serianer eine der Straßen entlang, die von der Straße am Fluß abzweigten. Ein Teil der Begleiter des Händlers gingen an Bord des *Goldenen Drachen,* um die Fracht zu bewachen, bis sie entladen werden konnte; damit befreiten sie auch den Zollbeamten von seinen begeisterten Zuschauern. Der Rest von Latias' Leuten ging den vieren voraus und machte ihnen den Weg frei.

Cashel fuhr mit der Hand langsam über seinen polierten Stab, und er versuchte, nicht daran zu denken, wie viele Menschen sich um ihn drängten. Wenn es nur Schafe gewesen wären, hätte er es einfacher ertragen können …

Sie kamen an einem zweistöckigen Gebäude vorbei, dessen Untergeschoß eine Säulenhalle zierte. »Die Gemeinschaftshalle«, sagte Latias, der Cashels interessierten Blick bemerkt hatte. »Viele Reeder und Kaufleute im Überseehandel haben hier ihre Kontore. Im Hof versammeln sich Seeleute, die neu anheuern wollen. Das Büro meiner Familie liegt neben unseren Wohnräumen, daher haben wir ein getrenntes Anwesen ganz hier in der Nähe.«

Er wies mit einer knappen Kopfbewegung auf die Ziegelwand gegenüber der nächsten Straße. Ein Torbogen bildete die nächstgelegene Ecke des Anwesens. Serianische Diener öffneten das Tor. Die Torflügel waren in einem Blau gestrichen, das dem von Latias' Gewand sehr ähnlich war, und die Hemden der Dienstboten wiesen einen Streifen desselben Blaus auf.

Cashel sah drei Gebäude auf dem Gelände und das Dach eines vierten, und es war durchaus möglich, daß sich dahinter noch weitere verbargen. Überdachte Gänge führten von einem Haus zum anderen, obwohl sie nicht so aussahen, als ob sie vor einem heftigen Regen viel Schutz gewähren konnten.

Neben den serianischen Türhütern standen zwei kräftige sandrakkanische Männer, die mit knorrigen Keulen bewaffnet waren. Sie beobachteten Cashel mit professioneller Zurückhaltung. Cashel nahm an, daß er es mit beiden aufnehmen könnte – und sie dachten vermutlich dasselbe. Offenbar fanden sich die Serianer in Erdin nicht derselben Feindseligkeit ausgesetzt wie in Carcosa.

Die Dienstboten führten sie zu einem mit Ziegeln gedeckten Gebäude, das Fenster aus buntem Glas hatte. Die einzelnen Scheiben waren kaum größer als die Steine eines Mosaiks, und die Bleistege dazwischen waren erheblich feiner als alles, was Cashel in dieser Art in Carcosa gesehen hatte.

Das Innere war ein einziger großer Raum. Wandschirme verbargen Türen in den Seitenwänden, Dienstboten kamen auf leisen Sohlen herbei und brachten Tabletts mit Säften in verschiedenen Farben und Obst, das in kleine Häppchen geschnitten war.

Mitten im Raum stand ein niedriger Tisch mit einem Sessel auf einer Seite und dreien auf der anderen. Eisenbeschlagene Truhen standen an den Wänden, einige von ihnen geschmückt mit komplizierter Schmiedearbeit

Latias bedeutete seinen Gästen, auf den drei Sesseln Platz zu nehmen, und setzte sich selbst in den gegenüberstehenden. Cashel lehnte seinen Stab vorsichtig gegen eine Wand und setzte sich auf den Sessel ganz rechts.

»Ooooh …«, sagte Mellie. Sie zeigte auf eine besonders bunt dekorierte Truhe an der Rückwand. Ein hundsgesichtiger Dämon aus rotem Email schimmerte von jeder der eisernen Seiten. »Schau dir die da an, Cashel. Sie werden wollen, daß du sie öffnest. Oooh, das wird wirklich schwer werden!«

Dienstboten, alles Frauen mit langgezogenen, ovalen Gesichtern, knieten nieder und boten ihnen Erfrischungen an. Cashel nahm ein Glas mit einem hellgrünen Saft, der säuerlich war und einen Geschmack hatte, den Cashel nicht beschreiben konnte.

Latias legte die Fingerspitzen gegeneinander. »Vielleicht wißt Ihr bereits, wofür ich Eure Hilfe benötige, Meister Cashel?«

Das war eine Prüfung, ein Spiel. Cashel spürte, wie Frasa auf dem Sessel neben ihm vor Mißbilligung erstarrte. Diese Prüfung stellte sowohl die Ehre der Brüder als auch die des jungen Mannes in Frage.

Cashel war vor allem über die Beleidigung von Jen und Frasa verärgert – sie hatten ihn gut behandelt und ihn über alle Maßen belohnt. Er stellte das Saftglas auf den Boden. Er erhob sich. »Wenn Ihr wollt, daß ich diese Kiste dort öffne«, knurrte er und nickte zu der emaillierten Truhe hin, »könntet Ihr Manns genug sein, es deutlich zu sagen. Ich glaube, ich gehe jetzt lieber.«

Latias schnappte nach Luft, als hätte man ihm einen Stich ins Herz versetzt. Er warf sich flach über den niedrigen Tisch und verschränkte die Hände im Nacken als Geste absoluter Ergebenheit.

Frasa und Jen erhoben sich ebenfalls. »Meister Cashel«, sagte Frasa, »die Jugend meines Landsmanns ist keine Entschuldigung für sein Verhalten, aber das Schicksal eines gesamten Klans hängt davon ab, daß er seine Aufgabe erfüllt.«

»Bitte«, fügte Jen hinzu, »nehmt meine und meines Bruders Entschuldigung für Latias' Unhöflichkeit entgegen, aber hört ihn an.«

Mellie lachte und klatschte in die Hände. »Der wird nicht noch einmal versuchen, mit meinem Cashel zu spielen!« krähte sie. »Oh! Das war genau das richtige!«

»Verehrter Herr«, sagte Latias und drückte die Hände auf den Tisch. »Ich biete Euch jede Genugtuung an, die Ihr wünscht. Ich habe so lange unter ehrlosem Volk gelebt, daß ich mich selbst entehrt habe!«

»Oh ...«, sagte Cashel und lief rot an. »Also gut, sagt mir einfach, was ich tun soll, ja? Ich weiß nicht, wieso ich mich so aufspielen mußte.«

Obwohl er es tatsächlich wußte. Leute in Barcas Weiler logen und prahlten ebenso wie anderswo, aber niemand zu Hause hätte je daran gedacht, an Cashels Worten zu zweifeln – oder an Ilnas, wenn sie wußten, was gut für sie war.

Er war hier nicht zu Hause. Er würde Barcas Weiler niemals wiedersehen. Er mußte sich daran gewöhnen, daß man ihn einen Lügner nannte, ebenso wie er sich daran gewöhnt hatte, daß er nicht der schnellste Denker war.

Latias stand auf, hielt den Blick aber weiterhin gesenkt. »Meister Cashel«, sagte er, »mein Vater war das Oberhaupt unserer Familie auf Seres. Wenn er reiste, wie vor kurzem, um das Anwesen hier in Sandrakkan zu besuchen, brachte er die Klanbilder mit, so daß er am Jahrestag unserer Ankunft den Göttern die notwendigen Opfer darbringen konnte. Dieser Tag ist morgen.«

Frasa und Jen sahen sehr ernst aus. Cashel nickte, weil

man von ihm eine Reaktion erwartete. Was er verspürte, war vor allem mildes Staunen, etwa so, wie wenn Garric ihm etwas aus einem Buch vorlas, das ihn ungemein begeisterte, und Cashel selbst nur Worte hörte.

»Ich habe noch nie einen Gott gesehen«, sagte Mellie und kämmte sich das Haar mit den Zähnen einer winzigen Klette, während sie im Schneidersitz auf seiner Schulter saß. Sie grinste. »Glaubst du, ihr Menschen könnt sie besser sehen, als ihr meine Leute sehen könnt, Cashel?«

»Mein Vater starb unerwartet auf See«, sagte Latias. »Er …«

»Oh!« Cashel wurde noch röter und erheblich verlegener, weil er so grob mit dem armen Kerl umgesprungen war. Er konnte sich nicht an den Tod seines eigenen Vaters erinnern, aber er hatte oft gesehen, wie schwer so etwas Söhne und Töchter im Dorf traf. »Es tut mir wirklich leid, wie ich mich benommen habe. Ich wußte nicht, was Ihr hinter Euch habt.«

Die drei Serianer sahen ihn verwundert an. Nach einem Augenblick fuhr Latias fort: »Alle Rituale sind angemessen durchgeführt worden, als das Schiff letzte Woche vor Anker ging. Damit gab es keine Schwierigkeiten.«

»Oh«, meinte Cashel. Wieder errötete er. Irgend etwas, das die anderen für offensichtlich hielten, entging ihm hier. Das war keine unbedingt neue Erfahrung, aber die Tatsache, daß sich Mellie auf seiner Schulter vor Lachen wälzte, machte es nicht einfacher.

»Mein älterer Bruder hat Vater von Seres hierherbegleitet«, fuhr der Händler fort, »und nach Vaters Tod war er das Klanoberhaupt, also hat er vor drei Tagen die Truhe geöffnet, um die Bilder für das morgige Opfer vorzubereiten. Der Dämon, den Vater als Wache für die Bilder eingesetzt hatte, zerriß meinen Bruder in Stücke und schloß die Truhe wieder.«

Mellie ließ sich mit der üblichen schwindelerregenden Geschwindigkeit an Cashels Seite herab und sprang über die Binsenmatten auf den Boden. Cashel hatte hier noch keine Katzen gesehen, ebensowenig wie im serianischen Lagerhaus in Carcosa, aber es beunruhigte ihn dennoch, die Fee so einfach davonrennen zu sehen.

»Ein *Dämon* hat Euren Bruder umgebracht?« sagte er und versuchte zu verstehen, was sein Gegenüber ihm sagte. Er wünschte, sie würden immer noch sitzen oder noch besser auf dem Boden hocken. Manchmal kam es ihm so vor, daß er besser denken konnte, wenn sein Kopf dichter am Boden war.

»Ja, aber wir haben auch ihn angemessen bestattet«, sagte Latias. »Es war ein wenig schwierig, die einzelnen Stücke für die Verbrennung zusammenzusuchen, aber zum Glück war es in einem geschlossenen Raum passiert. Und jetzt bin ich Klanoberhaupt, aber ich kann die Bilder nicht aus der Truhe holen.«

Er verzog die Mundwinkel zu einem dünnen Lächeln.

»Jedenfalls nicht, wenn ich in einer Verfassung bleiben will, um hinterher auch das Opfer angemessen ausrichten zu können.«

»Euer Vater und Euer Bruder sind tot, und alles, was Euch beschäftigt, ist ein … ein Opfer?« sagte Cashel staunend. Er fragte sich, ob Latias' Bruder wohl in diesem Raum hier zerrissen worden war. Das da oben an der Decke konnten frische Flecken sein; man hatte versucht, sie wegzuschrubben, war aber nicht ganz erfolgreich gewesen …

Mellie kehrte von ihrer Erforschung der Eisentruhe zurück. Sie machte einen Flickflack auf dem Tisch, aber sie war nicht ganz bei der Sache, was das Turnen anging. »Der Dämon heißt Derg«, sagte sie lässig. »Cashel, er ist ziemlich stark.«

»Mein Vater, mein Bruder und alle unsere Ahnen können ein friedliches Leben nach dem Tode genießen«, sagte Latias wie ein Mann, der eine Frage beantwortet, die er nicht so recht verstanden hatte, »solange die jährlichen Riten wie vorgesehen stattfinden. Es ist nicht mehr genug Zeit, neue Bilder herzustellen und zu weihen, versteht Ihr?«

»Wußte Euer Bruder denn nicht, daß ein Dämon die Bilder bewachte, Latias?« fragte Jen.

Der Händler schüttelte den Kopf. »Nein«, sagte er, »obwohl es nicht völlig überraschend kam. Mein Vater war ein sehr zurückhaltender Mensch, und ich muß leider sagen, auch ein sehr mißtrauischer. Er hat sein Leben lang mit ausländischen Kunden gearbeitet, bis er vor fünf Jahren Klanoberhaupt wurde.«

Latias trat neben den Tisch, so daß er in aller Form vor Cashel auf die Knie fallen konnte. Dann erhob er sich wieder und sagte: »Offenbar habe ich einige seiner Eigenschaften geerbt, Meister Cashel. Sonst hätte ich die Fähigkeiten nicht bezweifelt, über die Ihr laut der Aussage von Jen und Frasa zweifellos verfügt.«

»Hm«, sagte Cashel. Ohne nachzudenken, griff er wieder nach seinem Stab. »Ich weiß, daß es Euch verboten ist zu töten, aber könntet Ihr nicht jemanden einstellen, der, nun ja, wartet, wenn Ihr die Truhe öffnet?«

»Das habe ich versucht, ja«, sagte Latias. »Stahl, Stein und Bronze können die Haut des Dämons nicht durchdringen. Eine Holzkeule zerbrach, und das Geschöpf hat eine seidene Würgeschnur einfach zerrissen. Und es hat selbstverständlich alle Söldner getötet.«

»Es ist kein *es*«, meinte Mellie. Sie war wieder auf Cashels Schulter und schaute nachdenklich drein. »Derg ist männlich.«

»Habt Ihr sie angemessen bestattet?« wollte Cashel wissen und fragte sich immer noch, worauf der Serianer hinauswollte. Er hatte angenommen, Latias wollte, daß er seinen Stab als Waffe benutzte.

Die Serianer sahen einander an. Frasa sagte: »Nun, diese Männer hatten keine Verwandten …«

»Keine *serianischen* Verwandten«, warf sein Bruder ein.

»Keine serianischen Verwandten«, wiederholte Frasa nikkend. »Aber ich bin sicher, daß man ihren Familien eine gewisse Summe gezahlt hat.«

»Wie?« fragte der Händler. »O ja, ich, äh, habe die Familien der Opfer unterstützt. Aber der Dämon lauert immer noch in der Truhe.«

»Was soll ich Eurer Ansicht nach gegen Derg tun können?« fragte Cashel. »Ich verstehe nicht, was Ihr von mir erwartet.«

»Wir wissen nicht einmal, wie der Dämon heißt«, sagte Latias. »Ihr kennt seinen Namen?«

»Er heißt Derg«, sagte Cashel, von den bewundernden Blicken der Serianer in äußerste Verlegenheit versetzt. »Er ist männlich.« Er schluckte. »Das glaube ich jedenfalls.«

»Oh, das ist er, Cashel«, meinte die Fee kühl. »Ebenso wie du.«

»Unser Vater ist zu schnell gestorben, um meinem Bruder die Autorität über den Dämon zu übertragen«, sagte Latias. »Von mir gar nicht zu reden.«

Er holte tief Luft. Seine Miene zeigte mehr Emotionen,

als Cashel bisher bei einem Angehörigen der serianischen Oberschicht gesehen hatte – selbst als die Brüder in direkter Gefahr waren, vom Pöbel in Carcosa erschlagen zu werden, hatten sie nicht so aufgewühlt gewirkt.

»Herr«, sagte er. »Ein ausreichend mächtiger Zauberer kann den Dämon besiegen. Die einzige Alternative wäre, die Truhe von den Priestern exorzieren zu lassen, die meinem Vater diesen Schutz vermittelt haben. Aber wir haben nicht die Zeit, nach Seres zurückzukehren.«

Er kniete abermals nieder. »Herr«, fuhr er fort, »wenn Ihr diese Bilder von ihrem Wächter befreien könnt, werde ich Euch gern die Hälfte meines Vermögens überlassen. Es liegt in Eurer Hand, meinen Vorfahren ihr friedliches Leben nach dem Tode zu erhalten.«

Cashel schluckte. »Ich verstehe immer noch nicht, wie ich Euch helfen könnte«, sagte er. »Ich kenne eine Zauberin, aber das war zu Hause auf Haft. Und sie sagte auch, daß sie nicht sehr mächtig sei.«

»Du bist kein Zauberer von der Art, wie sie sie kennen«, warf Mellie ein. Sie hatte sich hingesetzt, die Knie an die Brust gezogen, und starrte gebannt die bunte Truhe an. »Und du bist auch nicht das, was du dir selbst unter einem Zauberer vorstellst, Cashel. Aber du könntest Derg besiegen, wenn du wolltest.«

Cashel drehte den Kopf, um die Fee direkt anzusehen. »Mellie?« sagte er, und es war ihm gleich, was die Serianer von ihm hielten, wenn er scheinbar ins Nichts sprach. »Sollte ich das tun? Kann ich das tun?«

Der Händler setzte dazu an, etwas zu sagen. Jen brachte ihn mit einer Handbewegung zum Schweigen. Die Brüder beobachteten Cashel angestrengt.

Mellie wandte sich Cashel zu. »Ich weiß nicht, was du tun solltest, Cashel«, sagte sie. »Ich denke, du bist sehr stark … stärker als Derg. Aber Derg ist ebenfalls sehr stark.«

Cashel verstand kein Wort mehr. Sie hätten ihm lieber eine Herde Schafe zum Hüten geben sollen – aber andererseits, wenn er das gewollt hätte, hätte er zu Hause bleiben können. Er hatte etwas anderes erleben wollen, und das bekam er nun.

Er grinste. Selbst wenn er nichts mehr begriff.

»Herr«, sagte Latias. Er hatte sich wieder erhoben, so daß Cashel die Verlegenheit erspart blieb, jemanden vor sich knien zu sehen, als wäre er eine Statue des Hirten. »Von den materiellen Belohnungen abgesehen, die ich Euch bieten kann, darf sich der Mann, der den Dämon besiegt, auch etwas von ihm wünschen.«

»Nein, nein, da irrt er sich«, sagte Mellie. »Was Derg dir geben kann …«

Sie hob ein Bein beinahe gerade in die Luft, während sie auf den Zehen des anderen balancierte. Cashel glaubte nicht, jemals ein gelenkigeres Wesen als die Fee gesehen zu haben.

Die Serianer starrten ihn an. Er ignorierte sie.

»… ist das, was du dir wünschen würdest, wenn du alles wüßtest, was Derg weiß«, beendete Mellie ihren Satz und bewegte die Beine wie eine Schere, so rasch, wie ein Kolibri die Flügel bewegt. Sie grinste ihn an. »Und Derg weiß erheblich mehr als du.«

»Alle wissen mehr als ich«, sagte Cashel. Auch er grinste. »Es sei denn, es geht um Schafe.«

»Selbstverständlich«, fügte die Fee hinzu, »wirst du Derg erst einmal besiegen müssen.«

»Meister Latias«, erklärte Cashel, »ich brauche Euer Geld

nicht. Ich habe jetzt schon mehr Geld, als ich mir jemals vorstellen konnte.«

Das war nur eine geringe Übertreibung. Die Münzen füllten den Beutel an seinem Hals wie eine Wurst die Pelle. Er würde sich entweder einen größeren Geldbeutel besorgen oder einiges von dem Silber in Gold eintauschen müssen. Cashel or-Kenset mit eigenem Gold!

»Ich nehme an, diese ganze Sache ist sehr wichtig für Euch, wegen Eurer Ahnen und so«, fuhr er fort. »Und ich nehme an, daß auch Jen und Frasa wollen, daß ich Euch helfe, und ...«

»Bitte, Cashel!« sagte Frasa. »Diese Entscheidung kann niemand außer Euch selbst treffen. Wenn Ihr lieber bei uns bleiben möchtet, werden mein Bruder und ich Euch gern weiter zum bisherigen Gehalt beschäftigen.«

»Sicher, das weiß ich«, sagte Cashel. »Aber Ihr hättet mich nicht hergebracht, wenn Ihr nicht wolltet, daß ich helfe. Ich verstehe das. Ihr seid gut zu mir gewesen, und ich habe nichts dagegen, Euch einen Gefallen zu tun.«

»Der Tod eines Klans durch Vernachlässigung der Riten ist eine schreckliche Sache, Cashel«, sagte Jen, der die Hände in die Ärmel gezogen hatte.

»Außerdem«, meinte Cashel, »seid Ihr immer aufrichtig mit mir gewesen, und Ihr sagt, Meister Latias hier sei aufrichtig mit Euch.«

Er warf dem Händler einen Blick zu und fragte sich währenddessen, was Mellie eigentlich dachte. Er verstand die Fee nicht besser, als er andere Menschen verstand – nicht besser, als er ein Mädchen wie Sharina verstanden hatte.

»Ich brauche Euer Geld nicht, Meister Latias«, wiederholte er. »Aber dort, wo ich herkomme, helfen die Leute einander.

Und ich werde jetzt versuchen, Euch zu helfen, da Ihr offensichtlich Hilfe braucht.«

»Das hatte ich angenommen«, sagte Mellie mit einem Unterton, den Cashel überhaupt nicht deuten konnte. »Immerhin hat jede Herde nur einen Widder …«

14

Ein Teil von Garrics Geist riet ihm, einfach zum Schwert zu greifen und sich seinen Weg durch die Männer zu bahnen, die ihm hinter der Laterne gegenüberstanden. Und dieses Gefühl kam nicht ausschließlich aus jenem Teil von ihm, wo König Carus in blutiger Majestät über die Schlachtfelder seiner Erinnerung streifte.

Aber die Männer waren ein Trupp von Stadtpolizisten, die verdächtige Geräusche und Lichter in einem Grabmal in einem vornehmen Wohnviertel Erdins untersuchten. Sie hatten alles Recht, hier zu sein, ebenso wie Garric und Tenoctris.

»Guten Abend, ihr Herren«, sagte Garric. »Wir sind Bedienstete der Dame Liane bos-Benliman. Sie hat uns hergeschickt, um ihre Familiengrabstätte für sie zu inspizieren.«

»Ich will, daß ihr sie verhaftet«, sagte ein dicklicher Mann hinter den Polizisten. »Sie wollten sicher in mein Haus einbrechen.«

Die Polizisten waren zu sechst. Sie trugen Messinghelme und Waffenröcke mit dem sandrakkanischen Pferdekopf und dem Wellenwappen von Erdin. Zwei von ihnen hatten Fangstöcke dabei, gegabelte Stäbe mit einer Schlinge, die aus sicherer Entfernung über den Kopf oder Arm eines Verdächtigen geworfen werden konnte. Die anderen waren mit Keulen bewaffnet, und alle trugen Kurzschwerter.

»Dieses Grabmal gehört den Benlimans«, sagte Tenoctris gebieterisch, wie eine Adlige zu Gemeinen spricht. Schließlich war sie ja auch von Adel, selbst wenn ihr Familiensitz vielleicht schon vor tausend Jahren versunken war. »Mein

Herr hat es behalten, als er den Rest seines Besitzes auf Sandrakkan verkaufte. Wer ist es, der diesen Anspruch anfechten will?«

Der Offizier der kleinen Truppe trug einen Helmbusch aus weißen Federn. Er schaute den dicklichen Mann an, der hinter ihm stand, und sagte: »Stimmt das, Herr?«

»Hier ist der Schlüssel zu dem umzäunten Bereich«, sagte Garric und griff in den Beutel an seinem Gürtel. Der Schlüssel hatte auf dem Boden der Grabkammer gelegen; Liane mußte ihn verloren haben, als der Leichnam sie weggetragen hatte.

»Nun, ich ...«, sagte der Mann. Er war offensichtlich der Besitzer von Haus und Grundstück. Er war reich genug, um Vagabunden verhaften zu lassen, selbst wenn sie sich nicht auf seinem Besitz befanden; aber zu verlangen, daß man die Diener eines anderen Adligen in Gewahrsam nahm, während sie den Angelegenheiten ihres Herrn nachgingen – *das* war eine andere Sache.

»Wenn Ihr in das Gebäude hineinschauen wollt, meine Herren«, sagte Tenoctris im Tonfall toleranter Überlegenheit, »dann könnt Ihr Euch selbst davon überzeugen, daß alles in Ordnung ist: Ihr werdet keine Einbruchswerkzeuge und keine Beute finden, das kann ich Euch versichern.«

»Wir wohnen im *Schaf und Widder* nahe dem Fluß«, sagte Garric. »Dort könnt Ihr uns jederzeit aufsuchen – obwohl es selbstverständlich sein kann, daß unsere Herrin uns mit weiteren Anweisungen auf ihren Besitz zurückschickt.«

»Nun ...«, sagte der Offizier.

»Korporal?« sagte einer der Polizisten, der einen Fangstock in der Hand hatte. »Ich glaube, er ist der Mann auf dem Bild.«

Der Offizier blätterte in seinen Unterlagen und holte eine

Tafel aus zwei dünnen Holzplatten heraus. »Ein Licht!« befahl er gereizt.

Zwei Polizisten hielten Laternen mit Glaslinsen, die verschlossen werden konnten, um das Licht zu verbergen. Sie richteten jetzt den Lichtstrahl auf die Tafel, um die dort aufgemalten Gesichter zu beleuchten.

Selbst aus Garrics Blickwinkel waren er und Liane auf diesen Zeichnungen deutlich zu erkennen.

»Beim Hirten!« sagte der Korporal. »Du hast recht, Challis, er ist es.«

»Laßt ihn nicht aus den Augen!« rief einer der Polizisten.

Garric hob die leeren Hände. Er hätte vielleicht davonlaufen können, aber Tenoctris wäre niemals auf diese Weise entkommen. Er hatte keine Angst zu kämpfen, aber diesmal hatte er es mit Menschen zu tun und nicht mit Leichen, die man ohne Bedauern töten konnte.

Es waren sechs Polizisten und der Hausbesitzer. Er würde sie alle töten müssen, und das wollte er nicht.

Ein Fangstock wurde nach Garric ausgestreckt, aber er schlug ihn weg. »Ich werde jetzt mein Schwert ablegen«, sagte er laut. »Behandelt es gut, oder es wird Euch schlecht ergehen!«

Er wußte nicht, ob er das selbst war, der da sprach, oder der König, der in dieser Krise durch Garrics Haut drang. Wieso suchte die Stadtpolizei nach ihm und Liane?

»Euer Name ist Garric?« fragte der Korporal.

»Ja«, sagte er. »Um was geht es hier überhaupt?«

»Nun, Garric«, meinte der Korporal, »man hat uns gesagt, wir sollten Euch freundlich behandeln, wenn wir Euch mitnehmen, und das werden wir tun. Aber wir werden Euch mitnehmen. Verstanden?«

Garric wickelte den Schwertgürtel um die Scheide und

reichte alles dem Korporal. Statt seiner nahm Challis, ein junger Mann mit klugen Augen, die Waffe entgegen.

»Verstanden«, erwiderte Garric.

»Was ist mit ihr, Korporal?« fragte ein anderer Polizist. »Sie ist nicht die Richtige – mindestens vierzig Jahre älter!«

»Richtig«, stellte der Korporal fest und steckte die Tafel wieder ein. »Aber wir nehmen sie ebenfalls mit. Es ist erheblich einfacher zu erklären, wieso man jemanden verhaftet hat, als sich dafür verantworten zu müssen, daß man es nicht tat.«

Er sah Garric noch einmal von oben bis unten an. »Ihr kommt mit in unsere Wachstube, und ich schicke einen Läufer zu den Leuten, die Euch sehen wollen. Dann liegt die Sache nicht mehr in meinen Händen.«

»Hat der Graf von Sandrakkan befohlen, Meister Garric zu verhaften?« wollte Tenoctris wissen.

Der Korporal zuckte die Achseln. »Ich weiß nicht, wer es befohlen hat«, sagte er. »Ich weiß nur, daß ich meine Arbeit machen muß. Aber der Läufer …«

Er sah Tenoctris an.

»Der Läufer bringt die Botschaft zu einem Privathaus am Palastplatz.«

15

Alle außer Cashel und Mellie hatten den Raum verlassen. Die Türen waren geschlossen, und draußen warteten Männer mit Waffen, von denen Latias sagte, sie seien gegen den Dämon nutzlos. Cashel lehnte bedauernd seinen Stab gegen die Wand. Er glaubte Mellie, die gesagt hatte, er müsse mit den bloßen Händen kämpfen, aber das glatte, vertraute Hickoryholz würde sich jetzt sehr gut anfühlen.

Die Fee saß auf einer Holztruhe nahe der aus emailliertem Eisen, in der die Bilder aufbewahrt wurden. Sie ließ die Beine über die Kante baumeln.

Die Eisentruhe war zwei Fuß lang und einen Fuß breit und tief. Cashel konnte sich nicht vorstellen, wie ein Dämon, der sich an einem so kleinen Ort versteckte, gefährlich sein konnte. War Derg giftig wie gewisse Schlangen?

»Was mache ich jetzt?« fragte er.

»Du hebst einfach den Deckel«, sagte Mellie. »Und danach – nun ja, das kommt darauf an, nicht wahr?«

Sie drückte den Oberkörper mit den Armen hoch und drehte ihn zu einem absolut erstaunlichen Handstand auf der Truhenkante. »Oder wir könnten statt dessen rausgehen und uns den Rest der Stadt ansehen«, fügte sie aus dieser verdrehten Position hinzu. »Obwohl dies offenbar genau das ist, was ich angenommen hatte: noch eine weitere Stadt.«

Die Truhe war nicht verriegelt. Cashel klappte den Verschluß auf.

Es war sinnlos zu warten; wie Mellie schon gesagt hatte, war es schließlich seine eigene Entscheidung. Er klappte den schweren Deckel zurück und richtete sich auf, weil er erwartete, daß ein Dämon aus der Truhe hervorquoll wie Rauch aus einem Kamin.

Auf den Bildern lag eine Decke aus grünem Seidenbrokat, der mit goldenen, scharlachroten und blauen Fäden durchzogen war. Ein hellroter hundsköpfiger Dämon, nicht größer als Mellie, stand mitten auf dem Tuch und blickte zu Cashel auf.

Mellie bog sich anmutig und sprang dann direkt von der eisernen Kante der Truhe mitten auf den Brokat. »Hier oder dort, Derg?« fragte sie.

Der Dämon riß das Maul auf. Das Brüllen kam jedoch nicht aus seiner Kehle, es schien den gesamten Kosmos zu durchhallen. Alles im Raum war plötzlich verschwommen, weiß, dann grau und schließlich leuchtend rot.

Cashel stürzte. Alles, was er noch deutlich erkennen konnte, war, daß Dergs Dämonengesicht vor dem feuerroten Hintergrund immer größer wurde.

Cashels Füße trafen auf den Boden. Über festem Lehm lag eine dünne Schicht Erde. Farne und die Blätter heller Schößlinge schmückten die Wurzeln riesiger Bäume. Die Luft war heiß und still.

Mellie hatte die Größe einer erwachsenen Frau. Sie hatte die Hände auf die Hüften gestützt und das Becken leicht vorgeschoben. Derg, so groß wie Cashel und so leuchtend, daß er in dieser grün-braun-schwarzen Umgebung zu vibrieren schien, sprang Cashel an die Kehle.

Cashel war groß, aber nicht langsam. Er packte Derg an einem Unterarm und schleuderte den Dämon dann zu Boden wie einen riesigen Dreschflegel.

Derg prallte fest auf, und Wasser sprühte von der feuchten Erde auf. Cashel trat zurück. Er hatte erwartet, daß Derg mit ihm ringen würde. Abhängig davon, wie stark der

Dämon wirklich war, würde der Kampf einige Zeit dauern, aber Cashel hatte eigentlich nie ernsthaft in Erwägung gezogen, daß er verlieren könnte. Er wußte, daß Garric klüger war als die meisten Leute, und er wußte, daß Cashel or-Kenset stärker war als alle, denen er je begegnet war.

Derg rollte ab und kam wieder auf die Beine. Diese Beine waren kürzer als die eines Menschen, dafür waren Torso und Arme des Dämons länger. Die Stelle, wo er auf dem Boden aufgeprallt war, füllte sich mit Wasser.

Derg lachte. Mit tiefer, kratziger Stimme sagte er: »Das war gut, Mensch. Soll ich dich jetzt niederwerfen?«

»Du kannst es ja versuchen«, meinte Cashel. Er und der Dämon traten aufeinander zu, die Arme ausgestreckt. Sie standen jetzt Brust an Brust, und ihre Hände schlossen sich umeinander. Es war, als wäre er gegen einen Eichenstamm gerannt, aber Cashel gab nicht nach.

Derg gab ein knurrendes Lachen von sich und drehte sich ein wenig, um Cashel die Zähne in die Kehle zu schlagen. Cashel rammte seine Stirn gegen die Hundeschnauze. Reißzähne stießen gegen seine Stirn, aber der Dämon winselte und riß den Kopf weg. Cashel drehte sich, benutzte den Körper als Drehpunkt und hebelte Derg über seinen Rücken.

Der Dämon prallte ebenso fest am Boden auf wie zuvor und mußte Cashels Hände loslassen. Cashel richtete sich auf und holte tief Luft.

Diesmal war er nicht überrascht, als Derg sich umdrehte und wieder aufstand. Einem Menschen hätte dieser Wurf alle Knochen gebrochen.

»Du bist stark, Mensch«, sagte Derg mit offensichtlicher Hochachtung. »Es wird mir leid tun, dir den Kopf abreißen und deine Eingeweide verschlingen zu müssen.«

Cashel war zu sehr mit Luftholen beschäftigt, um sprechen zu können, und es gab auch nicht viel zu sagen. Er hatte nicht viel übrig für Leute, die davon redeten, was sie tun würden, statt einfach zur Tat zu schreiten.

Ein Schwarm grüngelber Papageien in der Größe von Rotkehlchen flog auf die Lichtung; sie bemerkten Cashel und den Dämon und wirbelten kreischend wieder davon. Cashel bewegte sich wieder auf seinen Kontrahenten zu.

»Cashel«, sagte Mellie vom Rand der Lichtung aus. »Er bezieht seine Kraft aus dem Boden. Laß ihn nicht wieder die Erde berühren.«

Derg fauchte und griff zu. Sie krachten aufeinander. Als wäre man gegen einen Eichenstamm gerannt, gegen einen Felsbrocken von der Größe eines Ochsen …

Cashel hätte ebensogut gegen eine der Marmorstatuen ringen können, die den Eingang zu Latias' Anwesen bewachten: Die Muskeln des Dämons gaben nicht nach. Aber Cashel hatte schon öfter Steine gehoben, und einmal hatte er einen Hickory-Schößling aus dem Boden gerissen. Kein anderer Mann in der Gegend hätte das geschafft, aber Cashel konnte es, und er würde auch mit diesem Dämon zurechtkommen.

Er lehnte sich zurück, drehte sich in der Taille und riß Derg mit sich, trotz der Versuche des Dämons, ihn in die Gegenrichtung zu ziehen. Dergs Beine waren kürzer als Cashels. Wenn sich beide Kämpfer um die Achse des Hüftgelenks des jungen Mannes bogen, hoben sich die Füße des Dämons vom Boden.

Mellie lachte und schlug einen Salto. Derg fletschte die Zähne, um Haaresbreite von Cashels Kehle entfernt, aber er konnte seine Kiefer nicht näher an seinen Gegner bringen.

Cashel begann zu lachen, ein abgehacktes, keuchendes Triumphgeräusch. Derg in der Luft zu halten, war das

Schwerste, was er jemals getan hatte, aber er konnte spüren, wie der Dämon in seinem Griff schwächer wurde.

Cashel bog den linken Arm des Dämons zurück. Er hatte nicht die Möglichkeit, sich auch nur im geringsten zu entspannen, aber er wußte nun, daß er erheblich stärker war als Derg.

Als der Winkel richtig war, packte er den Dämon am rechten Fußgelenk. Er drehte Derg und brachte ihn über sein linkes Knie herunter, wobei er nicht darauf achtete, wie der Dämon ihn mit dem freien rechten Arm kratzte. Die Klauen waren kurz wie die eines Hundes, nicht die reißenden Krallen einer Katze, aber selbst das hätte Derg jetzt nicht mehr retten können.

Mellie kam näher gehüpft und starrte dem Dämon in das umgedrehte Gesicht. »Er wird dich umbringen, Derg«, sagte sie. »Cashel ist keiner von uns. Wenn ihm etwas in die Quere kommt, tötet er es.«

Der Dämon sabberte in wortloser Verzweiflung. Er versuchte, sich zur Seite zu wenden, aber Cashel hielt ihn davon ab.

Schweiß ließ Cashels Haar an der Kopfhaut kleben und lief ihm über die Brust. Der obere Teil seines Hemds hing in Fetzen, zerrissen von Dergs Krallen und von den Bewegungen seines eigenen Oberkörpers – es war ihm gleich. Er drückte weiterhin die Schulter und Beine des Dämons zu beiden Seiten seines Oberschenkels nieder.

»Es wird nicht mehr lange dauern, Derg«, sagte Mellie vergnügt. Sie stupste spielerisch die Nase des Dämons an. »Wenn Cashel erst einmal angefangen hat, hört er nicht wieder auf, weißt du. Ich frage mich, wie laut es knacken wird, wenn deine Wirbelsäule …«

»Ich gebe auf!« krächzte der Dämon.

Cashel konnte ihn über dem Dröhnen des Bluts in seinen Ohren kaum hören. Er warf Derg zur Seite und begann, sich wieder aufzurichten.

In einem weißen Rauschen floß sämtliche Farbe aus dem Kosmos. Die Lichtung verschwand. Cashel spürte, wie der Boden ihn aufnahm, dann spürte er überhaupt nichts mehr.

16

Challis hatte die Botschaft überbracht. Jetzt saß er mit dem Fahrer auf dem Bock der Kutsche, die sich dem Wachhaus näherte. Hinter ihm saßen zwei Postillione mit dunklen Gesichtern und Augen, die im Licht der Lampen vor dem Bock beinahe gelb wirkten. Die Räder ratterten, obwohl das Fahrzeug langsam zum Stehen kam.

Challis sprang ab und sagte: »Garric geht mit diesen Burschen hier, und die alte Frau könnt ihr freilassen. Sie gehört nicht mit dazu.«

Vor dem Wachhaus befand sich eine Art Käfig. Der Korporal war so freundlich gewesen, das halbe Dutzend Betrunkener hinauszuwerfen, die ansonsten die Nacht in diesem Käfig verbracht hätten, statt Garric und Tenoctris zu ihnen zu stecken. Der Gestank und die Pfütze von Erbrochenem waren geblieben, aber es hatte ja nicht sehr lange gedauert.

Und außerdem waren die Bedingungen im Käfig nicht das größte Problem.

Der Korporal öffnete die Tür. Tenoctris lächelte Garric ermutigend zu, als er unter den wachsamen Blicken der Polizisten den Käfig verließ, aber auch sie wußte nicht, was das alles sollte.

Die Kutsche wurde geöffnet. Zwei weitere dunkle, schlanke Männer von demselben Volk wie die Postillione stiegen aus und stellten sich neben der Tür auf, während ein bleicher Mann ihnen folgte. Er sah Garric an und nickte. »Ja, das ist er. Steigt ein, Herr.«

»Das hat er dabeigehabt«, sagte der Korporal. Der bleiche

Mann nahm Garrics Schwert und seinen Geldbeutel entgegen und reichte sie demjenigen der Postillione, der ihm am nächsten saß.

Garric hatte erwartet, daß sich die Polizisten von seinem Silber bedienen würden, aber das war nicht geschehen. Etwas an der Situation hatte sie genügend beunruhigt, daß sie in ihrem Umgang mit den Gefangenen ausnahmsweise ehrlich geblieben waren.

»Steigt ein, habe ich gesagt«, wiederholte der bleiche Mann. Seine Stimme war wie das Knistern eines Funkens – scharf, aber leblos.

Tenoctris war im Schatten verschwunden, bevor die Polizisten oder dieser Mann es sich noch einmal anders überlegen konnten. Sie hatte etwas von einem Plan gemurmelt, aber da die Polizisten die ganze Zeit in der Nähe geblieben waren, hatten sie das nicht ausführlicher besprechen können.

»Schon gut«, sagte Garric und stieg in die Kutsche. Zwei weitere Wachen befanden sich noch drinnen. Garric setzte sich ihnen gegenüber. Die beiden anderen stiegen ebenfalls ein und setzten sich links und rechts von ihm – vermutlich, um zu vermeiden, daß er während der Fahrt aus der Tür sprang.

Sobald sich der bleiche Mann gegenüber von Garric niedergelassen hatte, fuhr die Kutsche los. Das einzige Licht im Innenraum war ein Schimmer der Außenlampen, der durch dünne Horntafeln hereinfiel. Das Gesicht des bleichen Mannes und die gelben Augen der Wachen neben ihm sahen aus, als hingen sie in der Luft.

»Wo ist Liane bos-Benliman?« fragte der bleiche Mann über das Rattern der Räder hinweg. »Ihr habt den Polizisten gesagt, daß Ihr in ihrem Dienst steht.«

»Sicher, ich stehe in ihrem Dienst«, sagte Garric. »Sie war im *Schaf und Widder,* als ich sie zum letztenmal gesehen habe. Ich nehme an, dort ist sie immer noch.«

Das war eine Lüge, aber der andere würde es glauben müssen. Die Wahrheit – »Lianes toter Vater hat sie davongetragen« – hätte niemand akzeptiert, und das hätte die Situation vermutlich noch schlimmer gemacht.

Was auch immer die Situation sein mochte.

»Warum habt Ihr mich verhaften lassen?« wollte er wissen. Der Schatten von König Carus ging in seinem Hinterkopf ungeduldig auf und ab wie eine eingesperrte Katze; angespannt, aber nicht nervös wartete er nur auf den Augenblick, in dem Garric ihn freilassen würde. »Für wen arbeitet Ihr?«

Der bleiche Mann lächelte. »Euch wird nichts geschehen«, sagte er. »Ihr werdet zweifellos bald eine Antwort auf all Eure Fragen erhalten.«

Mit Zaumzeugklirren und einem Knirschen der Lederfedern blieb die Kutsche stehen. Sie waren nicht lange unterwegs gewesen, aber das laute Geräusch der Räder auf den gepflasterten Straßen hatte den Eindruck vermittelt, daß sie schneller fuhren, als dies tatsächlich der Fall war.

Ein Postillion öffnete die Tür. Sie standen vor einem großen Herrenhaus; hinter den Fenstervorhängen brannten Lichter. Zwei der Wachen stiegen aus und warteten.

»Geht hinein«, sagte der bleiche Mann. »Man hat mir gesagt, man wird Euch gut behandeln.«

Er verzog das Gesicht zu etwas, das entweder ein Lächeln oder ein nervöses Zucken war. »Sie lügt nicht. Das ist vielleicht das Erschreckendste an ihr. Sie tut genau das, was sie vorher angekündigt hat.«

»Von wem sprecht Ihr?« fragte Garric, als er aus dem Fahrzeug stieg. »Für wen arbeitet Ihr?«

»Geht hinein, Meister Garric«, sagte der Mann. »Es hilft nichts, sich ihr zu widersetzen. Es ist nämlich unmöglich.«

Garric drehte sich um und ging die drei Stufen zur Tür hinauf. Zwei Wachen gingen ihm voran, die beiden anderen und die Postillione befanden sich direkt hinter ihm. Einer von ihnen trug Garrics Schwert und seine anderen Sachen.

Die Kassettentür ging auf, ehe Garric sie erreicht hatte. Er blickte über die Schulter, als er hörte, wie die Kutsche wieder wegfuhr. Vier Männer starrten ihn aus gelben Augen an; der bleiche Mann war verschwunden.

Der Türhüter gehörte auch diesem gelbäugigen Volk an und war so hochgewachsen und schweigsam wie die anderen. Garric fragte sich, ob sie seine Sprache sprachen – und ob sie überhaupt sprechen konnten.

In der Eingangshalle wartete eine Frau. »Dort ist eine Waschschüssel und ein frisches Hemd für Euch, Meister Garric«, sagte sie. Wie die Stimme des bleichen Mannes war auch die ihre so seelenlos wie eine Glasscheibe.

An den Wänden leuchteten Kerzen vor Spiegeln; mehr Kerzen, als Garric jemals zuvor an einem Ort gesehen hatte. Die Wandtäfelung bestand aus Lindenholz mit vergoldeten Kanten.

Garric blinzelte. *Hell wie der Tag,* dachte er, aber er wußte, daß dem nicht so war. Trotz all der Helligkeit und dem vielen Weiß war dieses Gebäude so eindeutig ein Grabmal wie jenes, in dem Lianes Vorfahren ruhten.

Ein Zimmer neben der Eingangshalle war mit Marmor getäfelt. Darin befanden sich ein Waschtisch aus Alabaster und eine Schüssel, und in einer Ecke stand eine große kupferne Badewanne. Das Zimmer war größer als die Hälfte der Hütten in Barcas Weiler, obwohl es im Vergleich mit dem Herrenhaus, zu dem es gehörte, klein war.

Die Frau hatte sich zurückgezogen; ein Diener wartete nun an der offenen Tür. Die Dienstboten waren zwar diskret, aber sie würden zweifellos versuchen zu verhindern, daß Garric floh.

Die Badewanne war halb mit dampfendem Wasser gefüllt. Garric ignorierte sie und füllte statt dessen Wasser aus einem bereitstehenden kupfernen Krug in das Becken. Er schrubbte sich Gesicht und Arme mit einem Schwamm.

Über dem Waschtisch hing ein Spiegel aus versilberter Bronze. Garric zupfte sich die Spinnweben aus dem Haar und benutzte den Kamm, der ebenfalls bereitlag. Er mußte an die Spinnen in dem Tunnel denken, durch den er schließlich seinem Traum entkommen war.

Träume hinterlassen keine Spinnweben, wenn man erwacht. Und keine Schwerter.

Er hatte nicht vor davonzulaufen. Die Besitzerin dieses Hauses war offenbar jemand, der versuchte, Garrics Leben zu beherrschen. Er wollte erfahren, was los war.

An Haken an der Wand hingen ein frisches Hemd und ein Paar Sandalen. Garrics Hemd war am Morgen dieses Tages sauber gewesen, aber das war lange her. Dennoch zog er sich nicht um; dieses Hemd war sein eigenes und alles, was ihm außer seiner Seele geblieben war.

»Du kannst mich jetzt zu deiner Herrin bringen«, sagte er zu dem Diener.

Der gelbäugige Mann trat beiseite. Die dünne Frau wartete vor der Eingangshalle. Sie sagte: »Folgt mir, bitte«, und führte Garric einen Flur entlang in den Westflügel des Gebäudes. Der Flur war ebenfalls hell erleuchtet, aber alle polierten Holztüren, an denen sie vorbeikamen, waren geschlossen.

Die Frau klopfte an die Tür am Ende. Drinnen erklang eine Stimme: »Ja.« Die Frau öffnete die Tür und schloß sie hinter Garric leise wieder.

Der Raum war dunkler als der Rest des Herrenhauses, obwohl das Paar dreiteiliger Kerzenhalter nach den Maßstäben von Barcas Weiler eine Menge Licht spendete. Gegenüber der Tür stand ein Sofa, und zwischen den hohen, mit Vorhängen versehenen Fenstern an der Wand rechts befand sich eine große Truhe.

Die Frau in diesem Zimmer hatte Garric den Rücken zugewandt und sah sich das Schwert an, das mit dem Rest von Garrics Sachen oben auf der Truhe lag. Die Kerzen an der Wand über ihr hüllten sie in Schatten.

»Das Interessante an diesem Schwert ist nicht seine Schärfe oder seine Stärke«, sagte sie mit lässiger, vertrauter Stimme. »Obwohl es zweifellos auch über diese Eigenschaften verfügt. Der wahre Wert liegt darin, daß man bei der Berührung des Metalls von allem Zauber frei wird. Der Schmied, der es hergestellt hat, muß ein so guter Handwerker sein wie ich.«

Das hatten auch die Nymphen gesagt, als sie ihm das Schwert gegeben hatten. »Wer seid Ihr?« fragte er.

Die Frau drehte sich um und lächelte. »Hast du mich vergessen, Garric?« fragte sie. »Ich habe dich nicht vergessen.«

Es war Ilna.

»Ilna!« rief er. Er ging auf sie zu, um sie zu umarmen, dann hielt er inne. »Bist du auch verhaftet worden? Wir wußten nicht einmal, daß du auf Sandrakkan warst.«

Sie lächelte weiter. Es war dieser Ausdruck, der ihn

bewogen hatte stehenzubleiben. »Nein, Garric. Das Haus gehört mir. Die Reichen auf Sandrakkan zahlen hohe Preise für Liebe.«

Sie lachte. »Oder doch jedenfalls für Lust. Ich glaube, da gibt es keinen großen Unterschied.«

Ilnas Stimme bewirkte, daß Garric Angst um sie bekam: Er hatte das Gefühl, mit anzusehen, wie sie auf eine hohe Klippe hinaufkletterte. Er erinnerte sich an seinen Traum von einem spitzen Felsen tausend Fuß über einem schäumenden Mahlstrom …

»Ilna?« sagte er. »Was ist denn mit dir? Kann ich dir irgendwie helfen?«

Sie griff nach einem Stück Stoff, das oben auf der Truhe lag. Es schien nicht größer als ein Taschentuch zu sein, aber Ilna schüttelte es aus zu einem Umhang, der feiner als ein Spinnennetz war. Garric konnte das Kerzenlicht ungetrübt durch den Stoff sehen, aber es verzerrte feste Gegenstände auf eine Art, die er nicht beschreiben konnte.

Ilna schwang sich den Umhang über die Schultern und schloß ihn am Hals mit einem Band. Garric spürte, wie sich ihm die Brust zusammenzog.

Ilna streckte die Arme nach ihm aus. »Es ist alles in Ordnung, Garric«, sagte sie. »Jetzt ignorierst du mich nicht mehr, wie? Komm.«

Ein Feuer, das heißer war als in der Esse eines Schmieds, brannte sich in Garrics Seele und sengte alle Spuren von Persönlichkeit und freiem Willen weg. Er konnte nicht sprechen. Er trat einen Schritt vor und war sich seiner selbst nur noch auf eine Weise bewußt, wie er eine Statue in einem weit entfernten Zimmer wahrgenommen hätte.

Ilna lachte wie Eis, das mitten im Winter knistert. Sie hob die Kapuze des Umhangs; der Stoff fiel über ihren Kopf wie ein durchsichtiger Schleier. »Komm«, wiederholte der Kosmos mit einer Stimme so kalt wie Mondlicht.

Garric kam in ihre Arme. Er hätte sich nicht weigern können – ebensowenig, wie Wasser verhindern kann, daß es abwärts läuft.

Aus dem Flur waren Schreie und Waffengeklirr zu hören. In Garrics Ohren dröhnte das Rauschen seines Blutes. Er berührte durch den Stoff hindurch Ilnas Wange.

Die Fenster zerbrachen klirrend. Vorhänge flatterten, und Gestalten kletterten herein. Die Tür wurde aufgerissen.

»Garric!« rief Ilna. Sie wich zurück. Garric folgte ihr – er war sich seiner Umgebung bewußt, aber all das hatte nichts zu bedeuten.

Zwei Liche standen in der Tür. Einer hielt einen Speer, der andere ein Entermesser, das rot war von Blut und Rost. Weitere Liche drangen durch die Fenster ein. Es stank nach brackigem Wasser.

Die Liche kamen mit erhobenen Waffen näher. Sie waren bereits tot. Ilnas Magie hatte keinen Einfluß auf sie.

17

»Garric!« rief Ilna, und sie hatte Angst um ihn, wie sie sie niemals um ihrer selbst willen gehabt hätte. Die Liche näherten sich weiter, ihre Skelette schimmerten durch ihr durchsichtiges Fleisch.

In ihrer Panik dachte Ilna nicht an das Messer, das sie aus Barcas Weiler mitgebracht hatte, ein Messer scharf wie ein Sonnenstrahl, das sie in ihrem Gürtel trug. Die Schlinge war ihre Waffe, und damit würde sie sterben.

Sie riß sich den Umhang ab und drehte den dünnen Stoff zu einem Seil. Dieses Seil war leicht wie ein Spinnennetz, aber es war auch stark.

Garric, bereits aus dem Bann befreit, bewegte sich schneller, als Ilna jemals gesehen hatte.

Er zog das Schwert, hielt den Griff in der einen und die einfache, stabile Scheide in der anderen Hand. Noch mit derselben Bewegung schnitt er durch den Schädel eines Lich, der durch das Fenster zur Rechten hereingekommen war.

Er wirbelte herum, blockte eine Axt mit der Scheide ab und köpfte mit dem Schwert einen Lich, der mit einem Entermesser bewaffnet war. Die Schneidebewegung wurde so schnell zum Zustechen, daß die Klinge bereits die Augenhöhle des Lich mit der Axt durchdrungen hatte, als die Funken vom Aufprall der Axt auf der Scheide noch in der Luft hingen.

Ilna kreuzte die Arme und riß sie dann wieder zur Seite – das Schwert eines Lich hing in der kurzfristig entstandenen Schlinge. Die Schneide war zu verrostet, um die Seide zertrennen zu können. Das Ungeheuer versuchte kurz, Ilna die Waffe wieder zu entreißen, aber dann durchschnitt Garric den Schädel des Lich wie ein weiches Ei.

Er trat Brust an Brust mit dem nächsten, so daß der Lich zu nahe war, um ihn mit dem Speer treffen zu können. Er schlug mit dem Schwertknauf zu, wirbelte herum und durchschnitt mit einer einzigen, weit ausholenden Bewegung zwei weiteren Lichen den Brustkorb.

Geleeartiges Fleisch klatschte an Wände und Decke. Die Knochen von einigen dieser Ungeheuer zerfielen wie verfaultes Holz, wenn man sie traf; andere ließen sich sauber zerschneiden, und es waren noch Spuren von Mark zu erkennen.

Es waren mindestens ein Dutzend Liche gewesen und jetzt lagen sie alle bis auf zwei am Boden. Diese beiden griffen an, wie Holzscheite vom Stapel rollen. Garric stach tief zu, unterhalb des rhombenförmigen Schilds, den der eine trug, und spaltete den anderen mit einem Streich bis zur Brust.

Ilna hob die Axt auf. Sie schlug dem Lich, dessen Beine in Kniehöhe abgeschnitten waren, den Kopf ein und tat dann dasselbe mit dem, dessen Schwert noch wild zuckte, obwohl seine Hüfte halb vom Oberkörper getrennt war.

Garric drehte sich um. Er konnte vor Erschöpfung kaum mehr stehen; sein Gesicht hatte eine gräuliche Färbung angenommen. Brocken stinkenden Gelees wurden dunkler und verflüssigten sich, troffen von Gliedmaßen und Rümpfen.

»Garric!« sagte Ilna, die selbst plötzlich vollkommen erschöpft war. Ihr Umhang war immer noch um die Klinge eines Lichschwerts gewickelt, zerrissen und getränkt vom verfaulenden Fleisch des Ungeheuers.

Garric sah sie an, als er ihre vertraute Stimme hörte. Das Lächeln, das seine Lippen umspielte, erstarrte in Schrecken und Ekel. Plötzlich sah Ilna sich mit Garrics Augen.

Faulende Flüssigkeit hatte Flecken auf ihrem Hemd hinterlassen. In Taillenhöhe war der Stoff von einer Waffe aufgerissen worden, ohne daß die Klinge ihre Haut geritzt hätte – Ilna hatte die Gefahr nicht einmal bemerkt.

Hinter ihr stand ein Baum mit lepröser weißer Rinde und schlang seine Äste um sie, bohrte Zweige in Ohren und Augen. Das leblose Holz streichelte sie wie Maden, die über Fleisch kriechen. Stamm und Äste schwankten und woben ein Muster, das noch ekelhafter war als die Flüssigkeit, die von den zerfallenden Knochen der Liche tropfte.

Ilna schrie auf. Sie griff nach den Zweigen, die ihr in die Augen drangen, aber sie hätte ebensogut versuchen können, die Türpfosten zu zerbrechen.

Garric trat vor und schwang sein Schwert herum, beide Hände am Griff. Seine Miene war kalt, seine Kraft und Anmut die eines jungen Mannes, der schon viele Bäume gefällt hat, ohne ein einziges Mal danebenzuschlagen. Die schwere Klinge des Schwertes drang direkt unter dem Ansatz der sich windenden Äste durch den Stamm.

Der Kosmos zerfiel mit einem Schrei ersterbender Wut: Leere breitete sich zwischen Ilna und Garric aus, zwischen ihr und allem, was anders war als eine aschgraue Schlucht. Sie glitt in den Abgrund.

Aber sie war frei. Ilna os-Kenset war zum ersten Mal, seit sie in der Grabkammer in Carcosa durch das Portal geschritten war, frei, und ihre Seele lächelte.

18

Das Bett war aus gesponnenem Glas, weich und federnd, auf eine Art, wie es Federn unter Cashels Gewicht niemals hätten sein können. Einen Augenblick lang genoß er das, obwohl er wußte, daß er aufstehen mußte.

Schließlich öffnete er die Augen. Die Sonne war eine riesige Rubinkuppel am westlichen Horizont. Die Wolken, die sich in Abständen am Sommerhimmel türmten, waren violett, rotbraun und – nur an den höchsten Stellen – golden gestreift. Wo die Kristalltürme der Stadt sich über den Wald erhoben, reflektierten sie das Licht in allen Regenbogenfarben.

Cashel setzte sich und reckte sich. Es tat ihm überall weh: ein gutes Gefühl, die Auszeichnung nach ehrlicher Arbeit. Mellie kam auf den breiten, überdachten Balkon, auf dem das Bett stand, und trug einen Kelch, der so klar war, daß es aussah, als schäume die grüne Flüssigkeit mitten in der Luft.

»Wie lange habe ich geschlafen?« fragte Cashel. Er stand auf, vorsichtig, aber nicht unsicher. Seine Muskeln waren nicht beschädigt, aber man würde ihnen in den nächsten Tagen bei jeder Bewegung gut zureden müssen.

»Lange«, sagte die Fee vergnügt. Es überraschte Cashel nicht, daß sie die Größe einer erwachsenen Frau hatte – nicht so groß wie Sharina, aber üppiger, als Sharina je sein würde. »Hier, trink das, und dann geht es dir besser.«

»Es geht mir gut«, brummte Cashel, obwohl er sich dessen nicht ganz sicher war. Es ging ihm nicht unbe-

dingt schlecht, aber er war nicht bereit, irgend etwas zu tun, was mehr Kraft kostete, als einmal durchs Zimmer zu gehen.

Er trank die Flüssigkeit in kleinen Schlucken und hielt das Glas die ganze Zeit an den Lippen. Er stürzte den Trunk nicht hinunter, er beeilte sich nicht. Die aus dem Getränk aufsteigenden Blasen kribbelten ihn an der Nase. Die Flüssigkeit selbst war in seinem Mund kühl, verbreitete in seinem Körper aber eine angenehme Wärme.

Cashel blickte hinab zu seiner Brust. Die Kratzer, die Derg in seine Haut gerissen hatte, waren schon halb geheilt. Es war nur noch ein wenig Schorf übrig.

»Wie lange?« wiederholte er erstaunt. »Mellie, du hättest mich wecken sollen!«

Vögel flatterten in einem komplizierten Tanz durch die Luft. Die Sonne war jetzt beinahe vollständig hinter dem Horizont verschwunden, aber hin und wieder blitzte ein Flügel auf, wenn er in einen Lichtstrahl geriet.

Mellie kicherte und legte den Arm um Cashels Taille. Ihre Muskeln waren so fest und flach wie seine eigenen.

»Du hast den Schlaf gebraucht, Cashel«, sagte sie. »Ich wußte, daß Derg sehr stark ist.«

Er erinnerte sich an den Kampf, wie man sich immer an einen Kampf erinnert: Einzelheiten, eine Sammlung wirrer Augenblicke, nicht ein nahtloses Ganzes. Zähne, die eine Haaresbreite von seiner Kehle entfernt zuschnappten, der untersetzte rote Dämon, wie er vom Grundwasser triefte, als er sich nach einem Wurf wieder erholte, der eigentlich tödlich hätte sein müssen …

»Das ist er«, sagte Cashel. »Ich hoffe, niemals einem zu begegnen, der stärker ist.«

Er berührte seine Stirn. Die Stellen, wo er mit Dergs

Zähnen zusammengestoßen war, waren immer noch empfindlich, aber auch das würde heilen.

»Laß uns zusehen, wie die Monde aufsteigen«, sagte Mellie. Sie nahm Cashel das leere Glas aus der Hand und stellte es auf einem Tisch mit Beinen ab, die wie saphirblaue Drähte aussahen. Gemeinsam gingen sie, sein Arm über ihrem, zu der Brücke, die sich von ihrem Balkon spannte.

Die Luft war frisch und lebendig, obwohl der einzige wahrnehmbare Duft von dem Wald unter ihnen kam: hier von einer Blume, dort von einer reifenden Frucht, und insgesamt von der grünen Lebenskraft. Rasche Bewegungen zuckten durch die grünen Wipfel. Einige mußten von Vögeln kommen, aber andere stammten vermutlich von den ersten Nachttieren, die mit den Schatten herauskamen und jetzt über Straßen liefen, die sich Hunderte von Fuß in der Luft befanden.

Die Brücke war sechs Fuß breit und hatte so zarte Geländer, daß sie nur sichtbar waren, weil sich das Licht in ihnen brach. Der Bogen der Brücke war kaum zu spüren, aber an ihrem höchsten Punkt verbarg sie den Turm, der eine Viertelmeile entfernt an ihrem Ende lag, beinahe vollständig. Die Oberfläche war von einer angenehmen, federnden Festigkeit, wie eine üppige, taugetränkte Wiese.

Cashel hatte seine Muskeln wieder in der Gewalt, wenn er auch noch nicht über seine volle Kraft verfügte. Er hob die Arme über den Kopf und dehnte sie, froh, am Leben zu sein.

Mellie umarmte ihn. »Ja«, sagte sie und reagierte abermals auf Worte, die er nicht ausgesprochen hatte. »Jetzt bist du nur so stark wie zwei normale Menschen, Cashel.«

Sie kicherte. Cashel legte seinen rechten Arm unter ihre Oberschenkel und hob sie vom Boden, so daß sie gegen seine

Schulter gelehnt saß. Er ging weiter und trug die Fee dabei wie einen Bausch Disteldaunen. In den Bäumen unter ihnen zwitscherten und flöteten die Vögel harmonisch.

Sie erreichten die Mitte der Brücke. Feenlicht glitzerte in Türmen überall hinter dem dunklen Wald.

Die Monde gingen auf, der kleinere zuerst, und nach nur einem Augenblick auch der andere. Sie waren voll und vergossen silbriges Licht durch einen pastellenen Nebel von Gold.

Cashel nahm Mellie in beide Arme, und dann wachte er auf.

»Oh!« rief Cashel. Er lag auf der Waldlichtung, wo er gegen Derg gekämpft hatte. Unter seinem Kopf lag ein Kissen von dicht belaubten Zweigen. Mellie hockte neben ihm und sah ihn besorgt an; der Dämon hockte auf der anderen Seite. Beide waren menschengroß. Cashel richtete sich auf, und er wußte, daß er Derg jetzt hoffnungslos unterlegen war.

Statt anzugreifen, kniete sich der Dämon hin und berührte mit der Stirn den Boden. »Meister«, knurrte er.

»Hier, Cashel«, sagte Mellie. Sie warf Derg eine Nuß von der Größe einer Faust zu. »Trink das hier, und dann wird es dir bessergehen.«

Der Dämon nahm den Stiel der Nuß zwischen seine langgezogenen Kiefer und knackte sie säuberlich. Er spuckte das Ende aus und reichte Cashel die offene Nuß.

»Es geht mir gut«, murmelte Cashel. Er wußte nicht, wann er je an so vielen Stellen gleichzeitig Schmerzen gehabt hatte. Er trank von der Nuß, erwartete Kokosmilch und fand statt dessen eine schäumende grüne Flüssigkeit. Das Getränk wärmte ihn und lockerte seine Muskeln wie ein Dampfbad, als es sich in seinem Körper ausbreitete.

Cashel sah den hundegesichtigen Dämon an. »Zwischen uns ist also alles in Ordnung?« fragte er. Wo er herkam, war ein Kampf meist vorüber, wenn einer der Kämpfer aufgegeben hatte, aber es kam auch vor, daß der Verlierer es nicht dabei belassen wollte.

Derg verbeugte sich ein zweites Mal. »Du bist mein Herr, bis ich dir einen Wunsch gewährt habe, Mensch«, sagte er. Er grinste, was bei seinen Hundegesicht bedrohlich aussah. »Danach werde ich mich nach einem Feind umsehen, der nicht so stark ist.«

Cashel lachte und drückte dem Dämon die Hand. »Das sollte ich lieber auch tun.«

Er stand auf und prüfte vorsichtig seine Muskeln. Er blickte zu seiner Brust. Mellie – Mellie oder Derg – hatte braune Flüssigkeit mit einem scharfen Geruch über die Kratzer geschmiert. Cashel runzelte die Stirn und spürte, daß auch dort die Haut mit der Flüssigkeit betupft worden war.

»Ich hatte einen seltsamen Traum, Mellie«, sagte er. »Ich war eine ganz andere Person.«

Derg pflückte eine lila Blüte, die von einer Luftwurzelpflanze hoch am Baum hing. Wenn der Dämon stand, war er durch seinen langen Oberkörper etwa so groß wie Cashel.

»Der Duft dieser Blüte läßt einen träumen«, sagte er. Seine knurrende Stimme war, ebenso wie das Mienenspiel seines Hundegesichts, ein wenig gewöhnungsbedürftig.

Es kam Cashel nicht so vor, als hätte die Blüte einen feststellbaren Duft, aber er zögerte nicht, Derg zu glauben: Er konnte ein Schaf seiner Herde an seinem Blöken auch auf so weite Entfernung erkennen, daß niemand sonst im Dorf das Geräusch auch nur vom Wind unterscheiden konnte. Eine Nase, die so lang wie die des Dämons war, sollte imstande sein, Dinge zu riechen, die Cashel nicht auffielen.

»Was hältst du von dem Traum, Cashel?« fragte die Fee. Bei jeder anderen Person als Mellie hätte Cashel geglaubt, so etwas wie Anspannung in der Stimme zu hören.

Er zuckte die Achseln. »Es war nett«, sagte er. »Aber es war komisch – zu träumen, daß ich jemand war, der ich nicht bin.«

»Dieser Mann in dem Traum«, meinte Mellie, »das hättest du nicht sein können?«

»O nein«, erwiderte Cashel. Er lachte verlegen und wünschte sich, er hätte den Traum nicht erwähnt. »Nein, das war ein ganz anderer Mensch.«

Die Fee vollführte einen raschen Flickflack, dann stand sie wieder aufrecht. Das war die erste Bewegung dieser Art, die Cashel bei ihr gesehen hatte, seit sie sich hier im Dschungel befanden.

»Wir müssen ein Stück gehen, damit Derg dir deinen Wunsch erfüllen kann«, sagte sie. »Sollen wir jetzt anfangen?«

»Wie?« meinte Cashel. »Sicher, warum nicht. Ich muß es langsam angehen, bis meine Muskeln ein wenig lockerer sind, das ist alles.«

»Dann kommt hier entlang!« sagte Mellie und ging zwischen zwei mannshohen Farnsträuchern hindurch.

Cashel hatte einen Augenblick lang den Eindruck, daß auf Mellies Wange eine Träne glitzerte. Das mußte am Licht gelegen haben.

19

Nein«, sagte Nonnus zu dem Anführer der vier Reiter, die Asera als Eskorte der Kutsche mitgeschickt hatte, welche ihre Begleiter abholen sollte, »ich werde auf der Stufe sitzen, nicht drinnen.«

Der Mann runzelte unwillig die Stirn. Laternenlicht blitzte auf seinem Helm und dem Brustharnisch auf. Er trug ein langes, gebogenes Schwert, das an seiner linken Hüfte hing und klirrte, wenn er sich bewegte.

»Dann solltest du lieber nicht abrutschen«, meinte er. »Wenn du fällst, dann hoffst du lieber, daß es dein Kopf und nicht dein Bauch ist, der unter dem Rad landet – mehr kann ich dazu nicht sagen.«

Die Kutsche wendete im Hof des Gasthauses. Die Kabine bestand aus einem Holzrahmen, der mit wasserdichtem Stoff überzogen war, und wurde von zwei Pferden gezogen. Dienstboten aus dem Gasthaus warteten darauf, den geringen Besitz der Reisenden aus der Überlandkutsche auf dieses leichtere Stadtfahrzeug zu verladen.

»Ja«, sagte der Eremit, »ich werde daran denken.«

»Sarko!« rief der Wirt, weil er wollte, daß einer der Stallknechte ihm half. Er selbst trug die Decke, die Sharina als Schlafsack benutzt hatte. »Brann! Wo steckt ihr?«

Die Kutsche kam vor ihnen zum Stehen. Der Wirt und zwei Mädchen reichten das Gepäck dem Kutscher, der alles hinter das niedrige Geländer auf dem Dach des Vehikels legte.

»Sarko!« rief der Wirt noch einmal. Sharina versuchte, sich an die Gesichter der toten Männer zu erinnern, aber es war alles verschwommen. Selbst solche Menschen verdienten mehr, als im Grau unterzugehen.

»Dann steigt ein!« sagte der Reiter. Er wandte sein Pferd in einem knappen Kreis und galoppierte aus dem Hof, wobei er seinen Männern Befehle zurief.

Nonnus sah Sharina an, lächelte müde und half ihr in die Kutsche. Meder folgte und setzte sich auf die Bank gegenüber. Die Kutsche setzte sich sofort in Bewegung.

Der Eremit griff mit dem linken Arm durchs Fenster, um sich am Rahmen festzuhalten. Sharina konnte sein Gesicht nur im Profil sehen. Die Stufe war schmal und nur für die Zehen eines Passagiers gedacht, der hinein- oder herausstieg, aber Sharina machte sich keine Sorgen, daß Nonnus fallen könnte.

Ihre Angst war formloser: Vielleicht nahm sie die Geister der toten Stallknechte mit.

Die Sitze in der Kutsche hatten einen dunklen Samtbezug. Sharina nahm an, das Gefährt gehöre den bor-Dahlimans, aber es gab kein Wappen oder ein anderes Zeichen, das darauf hinwies. Die Wachen waren ebenfalls nicht livriert.

Meder starrte sie an, aber nur hin und wieder fiel genug Licht herein, um vom Gesicht des Zauberers mehr als einen vagen Umriß zu sehen.

»Ihr ahnt nicht, wie sehr Ihr mich braucht, Sharina«, sagte er. Das Rattern der Räder ließ seine Stimme zu einem heiseren Flüstern werden. »Aber Ihr werdet es noch herausfinden. Eines Tages werde ich Euch retten, wenn kein anderer es tun kann, und dann werdet Ihr mir dankbar sein.«

Sharina wandte den Kopf ab. Sie berührte mit den Fingerspitzen Nonnus' Unterarm. Er lächelte, aber er schaute nicht in die Kutsche. Seine Muskeln waren so fest wie Knochenschnitzerei.

Sharina wußte nicht, wie weit sie fuhren. Die Kutsche wurde nie langsamer, aber manchmal hörte sie, wie die Reiter Leuten zuschrien, sie sollten aus dem Weg gehen. Einmal hörte man Eisen klirren.

Das Geräusch und die Vibration der Räder machten sie schläfrig, aber jedesmal, wenn ihr die Augen zufielen, mußte sie an die Szene in der Gasse hinter dem Gasthaus denken. Nicht an die Gesichter der Opfer, aber an das Entsetzen in ihrem Blick, als sie starben. Wieder setzte sie sich ruckartig auf, und in ihrem Kopf schwirrte es. *Selbst solche Männer …*

Die Kutsche blieb so abrupt stehen, daß Sharina vorwärts gerissen wurde; der Kutscher mußte die Bremse angezogen haben, während er auf die Pferde einschrie. Nonnus sprang von der Stufe und öffnete die Tür mit seiner freien, der linken Hand. In der rechten hielt er den Speer.

Sharina stieg aus. Sie befanden sich an einem Kutschentor, unter einem Dach, das auf einer Seite von freistehenden Säulen gestützt wurde, um Gäste zu schützen, die bei Regen eintrafen. Die Luft war salzig und feucht; sie mußten nahe dem Hafen sein, oder eher nahe einem Kanal, der dorthin führte, denn alle Häuser an diesem Platz waren eher Paläste als Lagerhäuser oder Gasthäuser, in denen Seeleute unterkommen konnten.

Es gab keine Laternen, aber der aufgehende Mond war voll. Eine hochgewachsene Frau in Grau stand in der Tür; Kerzenlicht aus dem Raum hinter ihr ließ ihr lange Schatten auf die Wange fallen. »Kommt schnell herein«, sagte sie, »bevor Euch jemand sieht.«

Sharina folgte Meder nach drinnen; Nonnus bildete

schweigend die Nachhut. Der Boden war mit Marmor gefliest, in einem geometrischen Muster; die Decke war eine Kassettendecke mit mythologischen Motiven: Das Licht der einzelnen Kerze genügte nicht, daß Sharina die Einzelheiten sehen konnte, aber in einer Szene ritten Menschen auf Drachen.

Die Frau schloß die Tür und führte sie in die Haupthalle. Hohe Fenster ließen Keile kalten, hellen Mondlichts einfallen. Hier wartete Asera mit einem Diener, der der Frau von der Tür sehr ähnlich war.

Beide hatten blasse Gesichter. Ihr Haar hatte weder Volumen noch Glanz; es lag ihnen am Kopf an wie gekämmter Flachs.

Sharina hörte, wie Kutsche und Eskorte davonratterten – die Straße entlang, nicht zu Ställen hinter dem Haus. Sie sah sich um. Die Halle war mit buntem Marmor getäfelt; in Nischen an den Wänden standen Statuen, und die Stützen des Geländers der Galerie waren ebenfalls Miniaturstatuen. Die meisten Flure oder Räume, die von dieser Halle abgingen, waren mit hohen Türen aus schwarzem Holz verschlossen, das üppig mit Schnitzereien verziert war und in Angeln aus vergoldeter Bronze hing. Der eigentlichen Vordertür – nicht der Seitentür, durch die die drei hereingekommen waren – lag eine Doppeltreppe gegenüber. Zwischen den beiden Treppen führte ein Flur direkt zu einem Bronzegitter, das an das Fallgitter einer Burg erinnerte. Sharina sah dahinter einen marmornen Kai im Mondlicht schimmern. Das Haus hatte direkten Zugang zu einem der Kanäle der Stadt.

Das Stadthaus der bor-Dahlimans war ein Palast von großem Luxus. In ganz Carcosa gab es vermutlich kein vergleichbares Gebäude. Es war leer, oder doch beinahe.

Selbst im Mondlicht konnte Sharina die dünne Schicht erkennen, die sich unvermeidlich über einen unbenutzten Raum legt: Die klebrige salzige Luft hier zog Staub an, und es gab keine Armee von Dienstboten, um dagegen anzukämpfen. Sharina fragte sich, ob das bleiche Paar die einzigen Menschen waren, die hier lebten.

»Wo ist der Besitzer?« fragte sie scharf. »Mit wem treffen wir uns hier?«

Asera zog verärgert die Nase kraus, als sie ihr Urteilsvermögen so in Frage gestellt sah. »Regin bor-Dahliman ist nicht hier. Seine Dienstboten werden sich um unsere Bedürfnisse kümmern, bis wir morgen früh weiterreisen.«

Sharina konnte von oben leise Geräusche hören. Nonnus hatte sie ebenfalls vernommen. Die Veränderung in seiner Haltung war nicht sonderlich offensichtlich – er war schon seit ihrem Eintreffen in diesem Haus so angespannt gewesen wie ein Mungo in einer Schlangengrube –, aber sie konnte sehen, wie er die Umgebung abschätzend betrachtete.

Die Haupttür war verschlossen und mit einem dicken Querbalken verriegelt. Sie hätte einem Mob mit einer Ramme widerstanden, und es würde sogar von innen einige Zeit dauern, sie zu öffnen. Die Fenster hier unten waren vergittert, und alle Fenster hinter den schwarzen Türen würden das wohl ebenfalls sein. Das Fallgitter zum Kanal hätte man hochziehen müssen, was selbst dann, wenn man die zugehörige Winde fand, noch längere Zeit in Anspruch nehmen würde.

Die einzige Möglichkeit, das Haus schnell wieder zu verlassen, war die Tür, durch die sie hereingekommen waren. Wenn dies die Falle war, nach der es aussah, dann würden die Verantwortlichen das ebenfalls wissen.

Die Dienerin verbeugte sich vor Sharina. »Bitte kommt mit mir zum Westflügel«, sagte sie. »Dort ist ein Zimmer für Euch vorbereitet.«

»Westflügel?« warf Asera erstaunt ein. »Du sagtest, unsere Quartiere seien im …«

»Gehen wir«, sagte Nonnus leise. Er hatte das Pewlemesser in der linken Hand.

Er und Sharina stürzten auf den Vorraum mit der Seitentür zu. Sie zog ihren Dolch und griff mit der freien Hand nach dem Türknauf. Das Fallgitter zum Kanal begann sich quietschend zu heben.

»Wo wollt ihr hin?« fragte die Prokuratorin. »Habt ihr den Verstand verloren?«

»Herrin«, sagte einer der Dienstboten. Die Stimmen waren nicht zu unterscheiden, sie waren so farblos und leer wie ihre grauen Augen. Sharina riß die Tür auf.

Die Tür nach draußen stand bereits offen. Liche, die Tang hinter sich herzogen, drängten in den Vorraum. Sie stolperten vorwärts, die triefenden Waffen erhoben.

Nonnus trat die Tür zu, ehe Sharina sich rühren konnte. »Hier entlang«, sagte er und schob sie auf die geschlossene Tür direkt auf der anderen Seite der Haupthalle zu.

Asera schrie vor Angst und Zorn laut auf. Liche erschienen auf der Galerie und kamen die Treppe herunter; noch mehr betraten das Haus vom Kanal her.

Die Dienerin schlang ihre Arme um Sharina. Sie hatte die Kraft eines Oktopus. Sharina stach nach oben, eine ungeschickte Bewegung, da sie die Liche als ihre einzigen Feinde betrachtet hatte.

Der Dolch hatte eine nadelfeine Spitze und eine gute Schneide. Er drang durch die Rippen der Frau – falls es überhaupt eine Frau war. Sie ließ Sharina nicht los. Sharina drehte verzweifelt die breite Klinge. Sie fielen zusammen um, und Sharinas Kopf krachte auf den Marmorboden.

Die Frau wurde plötzlich schlaff. Ihr Kopf rollte zur Seite, und eine dickliche, bräunliche Flüssigkeit – kein Blut – drang aus ihrem durchschnittenen Hals.

Nonnus zog Sharina am Hemd wieder auf die Beine. Sie sah alles doppelt und noch dazu verschwommen. Der Diener lag auf der Seite, und der Speer des Eremiten steckte ihm so tief in der Brust, daß die Hälfte der Spitze am Rücken wieder herauskam.

Meder hatte die Tür bereits geöffnet. Mondlicht fiel durch die vielen Fenster des Raums dahinter und beleuchtete einen schwarzen Thron. Meder rannte mit einem Aufschrei darauf zu und strich über die geschnitzten Armlehnen. Nonnus trug Sharina hinein und schob die Prokuratorin vor sich her.

Sharina strengte sich an, wieder richtig zu sich zu kommen. Auf der Klinge ihres Dolches trocknete bräunliche Flüssigkeit.

In diesem Raum befand sich außer dem kunstvoll verzierten Thron nur noch ein Ebenholztisch, auf dem zwei silberne Kerzenleuchter standen, die schwarz angelaufen waren. Die Fenster waren zu schmal, als daß ein Mensch hätte nach draußen fliehen können, und außerdem vergittert.

Die einzige Tür war die zur Haupthalle, in der es vor Lichen wimmelte.

Nonnus warf einen Blick auf die Riegel, ein kompliziertes Ding, das zwei bronzene Zungen in Schlitze am Türrahmen schob. Riegel und Tür waren stabil, aber Unmengen Untoter würden sie in kurzer Zeit durchgehackt haben.

»Verschließt die Tür«, sagte Nonnus und ging zurück in die Halle, wobei er die Tür hinter sich schloß.

»Nonnus!« rief Sharina und kam taumelnd auf die Beine. Asera schob den Doppelriegel vor. »Nonnus, nein!«

Stahl klirrte. Etwas traf von der anderen Seite gegen die Tür und prallte ab.

»Bete für jene, die ich heute töte, Kind!« rief Nonnus von draußen.

Denn er würde nicht mehr am Leben sein, um selbst für sie zu beten.

»Nein!« wiederholte Sharina, als sie das Schließrad packte, um die Tür wieder zu öffnen. Die Prokuratorin schlug sie von hinten mit einem der Kerzenleuchter.

Sharina konnte sich nicht mehr aufrecht halten. Sie sackte zu Boden, konnte aber immer noch sehen und hören. Der Dolch fiel ihr aus der Hand und auf den Boden.

Meder kniete vor dem großen schwarzen Thron. Er begann einen Zauber, während draußen der Kampf weiterging. Metall klirrte laut, aber keiner der Kombattanten gab einen Laut von sich.

Nonnus konnte dem Mädchen, das zu beschützen er geschworen hatte, nur Zeit erkaufen, keine Sicherheit, und er würde für diese Zeit mit seinem Leben zahlen.

20

Ein richtig großer Stein erleichtert das Schärfen«, sagte König Carus, als er den kleinen Wetzstein nahe der Schwertspitze über die Schneide zog. Er bearbeitete die Rückseite der Klinge, die Schneide gegenüber dem Fingerring am Griff: sein Geist in Garrics Körper hatte mit der Rückhand das Schwert durch einen Eisenhelm gezogen. Das Metall hatte sich geteilt wie Weizen vor der Sense, doch in der Klinge war eine Kerbe zurückgeblieben. »Aber der hier tut's auch.«

Er grinste Garric an. »Schneide dir bloß nicht den Finger damit ab – und das ist kein Witz, Junge, das habe ich alles schon gesehen.«

Der Traumgarric nickte. »Wenn man müde ist, macht man Fehler. Ich jedenfalls.«

»So geht es uns allen«, meinte Carus und drehte die Klinge, um sie von der anderen Seite zu bearbeiten. Bei einem größeren Wetzstein hätte man die Klinge über den Stein ziehen können, um sie zu schärfen, aber dieser hier, der in einem kleinen Beutel neben der Scheide gehangen hatte, war zu klein, als daß so etwas möglich gewesen wäre. »Und du wirst niemals so müde sein wie nach einem Kampf, aber du *mußt* dein Schwert in Ordnung halten.«

Er lachte mit der Freude eines Mannes, der den meisten Dingen im Leben etwas Erfreuliches abgewinnen kann. »Es gibt nichts Schlimmeres, als aufzuwachen und festzustellen, daß der Feind in der Nacht einen Gegenangriff führt *und* dein Schwert stumpf ist, weil du vor dem Einschlafen die Kerben nicht abgeschliffen hast.«

Carus hielt das Schwert ins Licht und spähte an der Schneide entlang. »Nur die Kerben, versteht sich. Und nur so scharf wie nötig, Junge. Man nimmt kein Schwert mit in die Schlacht, das so scharf ist, daß es sich biegt oder bricht, wenn es auf etwas Festes stößt – was mit Sicherheit passieren wird.«

»Ich habe Messer geschliffen«, sagte Garric. »Und auch Äxte. Knochen mögen härter sein als die Wurzel eines alten Hickorybaums, aber nicht viel härter.«

Wieder lachte Carus. »Und hat dein Baum eine Rüstung getragen?« fragte er. »Ich verstehe aber, was du meinst.«

Er seufzte. »Es gibt so vieles, was ein König wissen muß. Einiges davon habe ich niemals gelernt, ich konnte es vielleicht auch nicht. Du wirst es besser schaffen.«

Sie saßen auf den gegenüberliegenden Enden einer halbkreisförmigen Marmorbank in einem Garten. Rosen kletterten an einem langen Spalier auf der anderen Seite eines runden, gepflasterten Platzes hinauf. Der Himmel über ihnen war neutral, unwesentliche Wolken vor einem hellblauen Hintergrund.

Carus wischte mit einem Lappen über die Klinge, lächelte und steckte die Waffe wieder ein. »Ein gutes Schwert«, sagte er. »Es hat mich nie im Stich gelassen.«

»Hat es ein Zauberer für Euch gemacht?« fragte Garric. Er wußte, wenn er jetzt aufstehen und durch die Rosenhecke spähen würde, wäre da nichts zu sehen – vielleicht graue Wirbel, das Rohmaterial, aus dem er seine Träume spann. Das mußte er sich nicht erst beweisen.

Der König lachte. »Zumindest habe ich es von einem bekommen«, sagte er. »Ich glaube allerdings nicht, daß er es selbst geschmiedet hat. Zauberer wissen einiges, aber das macht sie nicht zu guten Handwerkern. Der Schmied, der dieses Schwert geschaffen hat …«

Er steckte den Wetzstein wieder in den Beutel.

»… muß ein Mensch wie deine Freundin Ilna gewesen sein. Ich hatte nie viel für Zauberer übrig, aber ich achte Menschen, die Dinge herstellen.«

Carus gab Garric das Schwert zurück, und der junge Mann stand auf und schnallte sich den Gürtel um. Der König blieb sitzen und schaute nachdenklich ins Leere.

»Ich habe Zauberer gehaßt«, sagte Carus. »Wahrscheinlich, weil ich nicht verstanden habe, was sie machten. Und das war ein Fehler.«

Er blickte auf, und seine Züge waren so scharf wie ein Prägestock. »Mach nicht denselben Fehler, Junge – nicht, was Zauberer und nicht, was alles andere angeht.«

Carus verzog das Gesicht zu seinem vertrauten breiten Grinsen. »Aber mach auch nicht den Fehler des Herzogs von Yole und traue jemandem einfach deshalb, weil er Dinge weiß, mit denen du dich nicht auskennst.«

König Carus stand auf, und seine Augen waren genau auf derselben Höhe wie die des träumenden Garric. Im Hintergrund war ein Geräusch zu hören, eine Stimme, die rezitierte. Die Farben der Traumwelt wurden heller und verblichen dann wieder, immer im Rhythmus der Silben.

»Du mußt jetzt gehen«, sagte Carus. Er tätschelte den Schwertgriff. »Paß gut auf die Klinge auf, Junge. Ich werde sie bald wieder brauchen.«

Der Garten löste sich in Licht auf. Garric streckte die Arme aus, weil er glaubte zu fallen, aber er lag bereits auf kühlen Alabasterplatten in einem vom Mondlicht durchfluteten Zimmer. Tenoctris lächelte, als sie sah, wie Garric die

Augen öffnete, aber sie rezitierte weiter, bis es ihm gelang, sich aufzusetzen.

Sie befanden sich in Ilnas Wohnzimmer. Die Liche lagen immer noch dort, wo Garric sie niedergemäht hatte; einige der Knochen waren bereits nackt, weil sich das Fleisch zu Pfützen am Boden aufgelöst hatte.

Die Holztruhe war von einem Hieb getroffen worden. Die Zerstörung dieses Stücks guter Handwerksarbeit verstörte Garric mehr als die Leiche eines Mannes auf der Schwelle – eines von Ilnas gelbäugigen Dienern. Er runzelte unwillig die Stirn, weil er sich über seine eigenen Gedanken ärgerte.

Ilna war verschwunden.

»Ilna war hier«, sagte Garric. »Hast du sie gesehen?«

Er erinnerte sich an das Ding, das das Mädchen umklammert hatte; der Schwertstreich, der den Baumstamm durchtrennt hatte, war von Garric gekommen, nicht von König Carus in Garrics Körper. Aber auch das konnte ein Traum gewesen sein, ein Alptraum wie so vieles andere.

Tenoctris schüttelte den Kopf. »Du warst der einzige lebende Mensch, den ich hier im Haus antraf, Garric«, sagte sie. »Kannst du aufstehen?«

Sie streckte die Hand aus. Garric stützte die Hände auf den Boden und versuchte dabei, den sich ausbreitenden Pfützen auszuweichen. Vorsichtig erhob er sich. Er lächelte über den Gedanken, daß er die Hilfe der alten Frau brauchte – zum Aufstehen. Er bezweifelte nicht, daß er die Tatsache, daß er überhaupt aufstehen konnte, ebenso den Kräften verdankte, die sie zur Hilfe gerufen hatte, wie seiner eigenen kräftigen Konstitution.

»Nach dem zu schließen, was Ilna zurückgelassen hat«, sagte Tenoctris in Antwort auf die Frage, der sie einen Augenblick zuvor noch ausgewichen war, »fürchte ich, daß sie an einem Ort ist, an dem sie sich lieber nicht aufhalten sollte. An einem sehr schlimmen Ort. Aber dasselbe trifft auch auf Liane zu, und wenn wir Liane nicht vor Mitternacht retten …«

Sie schaute zum Mond, der bereits hoch am Himmel stand.

»… könnte es zu spät sein.«

Garric sah sich instinktiv im Zimmer um und fragte sich, was Tenoctris mit »dem, was Ilna zurückgelassen hat« meinte. Er sah nichts – zumindest konnte er nichts erkennen –, aber das war gleich. *Immer eins nach dem anderen.*

»Dann gehen wir Liane suchen«, sagte er. »Sie ist in dem alten Haus ihrer Familie?«

»Sie ist in der Gärtnerhütte an der Rückseite des Grabmals«, sagte Tenoctris. »Aber ich konnte dort nicht allein hingehen. Ich käme nicht gegen Benlo an.«

»Jetzt bist du nicht mehr allein«, sagte Garric. Als er hinausging, mußte er über den toten Diener steigen.

Dann fiel ihm etwas ein. Er hielt inne und zog das Schwert, dann spähte er im Licht der Kerzen, die immer noch in der Halle brannten, an der Schneide entlang.

Tenoctris mochte ihm vielleicht den Gürtel umgeschnallt haben, als er noch bewußtlos war, aber sie hatte ganz bestimmt die Kerbe nicht so fachmännisch aus der Schneide gewetzt.

21

Obwohl ihr Körper auf den Boden des Thronsaals sank, beobachtete Sharinas Geist von irgendwo im Nichts aus, wie sich die Eingangshalle mit Lichen füllte. Nonnus wich gegen die Tür zurück, scheinbar überwältigt, dann warf er sich auf die grauen Gestalten, bevor sie noch auf die Veränderung reagieren konnten.

Das Pewlemesser blitzte im Mondlicht:

Ein Lich fiel, die Wirbelsäule auf Bauchhöhe durchtrennt.

Ein Lich fiel, der Schädel vom Messergriff zertrümmert.

Ein Lich fiel, das Genick gebrochen, nachdem der Eremit ihm die Finger in die Augenhöhle gestoßen und den Arm zurückgerissen hatte, als wollte er ein Kaninchen töten, das sich in seiner Schlinge gefangen hatte.

Nonnus wich zurück. Die verbliebenen Liche kannten keine Angst, kein Zögern. Die in der Mitte traten vorsichtig über die am Boden; diejenigen, die an der Seite standen, konnten sich ungehindert vorwärtsbewegen, die Waffen erhoben, die kalten grauen Gesichter ungerührt.

Nonnus atmete keuchend. Außer dem Pewlemesser hatte er jetzt auch noch das Ende eines Enterhakens in der Hand, dessen Schaft dreißig Zoll hinter der Spitze abgebrochen war. Er grinste nach rechts und sprang nach links, in die graue Masse.

Stahl traf funkensprühend auf Stahl. Ein Schädel flog quer durch die Halle, tot schon seit Jahrhunderten und nun für immer, und verlor schon in der Luft sein geleeartiges Fleisch.

Nonnus trat zurück, aber da war nur die Tür und kein

Raum mehr für irgendwelche Manöver: Die Liche kamen von zwei Seiten und nun auch noch von der dritten. Die Masse ungerührter Gesichter und zuschlagender, zustechender rostiger Waffen bedrängte ihn nun schon länger, als jeder Mensch es hätte überleben können …

Aber als die Bewegungen aufhörten, kehrte Sharinas Geist auf einer Woge schwarzer Leere zurück in ihren Körper auf dem Boden des Thronsaals.

»Phasousouel eistochama nouchael!« rief Meder. Er und die Prokuratorin standen in dem Kreis, den er mit Sharinas Dolch in den Boden gekratzt hatte. Die Marmorbruchstücke in den Steinplatten dampften und kochten bei der Berührung der braunen Flüssigkeit, die noch an der Klinge hing.

Asera starrte mit eisiger Miene zur Tür; sie hatte keinen Anteil an dem Ritual. Sie hatte vermutlich Angst, aber sie war zu sehr Aristokratin, um das zu zeigen.

»Apraphes! Einath! Adones!«

Die Tür bebte unter einer weiteren Reihe von Schlägen. Die Spitze eines rostigen Enterhakens drang durch ein Paneel nahe dem oberen Rand und wurde wieder zurückgezogen. Ein Hellebardenkopf durchstach das Holz weiter unten; die Liche benutzten den langen Schaft der Waffe als Hebel, um die Tür zu zerstören.

Sharina war sicher, daß sie sich jetzt wieder bewegen konnte, aber sie wußte nicht, ob sie es überhaupt noch wollte. Wenn die Untoten in der Halle sie töteten, wäre das das Ende ihrer Verantwortung – und ihrer Schuld.

»Dechochtha iathennaouian zaarabem!« rief Meder. Er sang es geradezu, und auf seinen Zügen stand wilde Freude.

Sharina wußte nicht, was der Zauberer vorhatte. Wenn sie von ihren kürzlichen Erfahrungen ausging, war es etwas, mit dem kein Mensch etwas zu tun haben sollte.

Jetzt zersplitterte eine Axt das Paneel oben in der Mitte, Hände aus durchscheinendem Geleefleisch griffen nach innen, um die Holzsplitter wegzureißen. Sie blieben im Fleisch stecken.

Nonnus hätte nicht gewollt, daß sie Meder für unmenschlich hielt. Nonnus hätte nicht gewollt, daß das Mädchen, für das er gestorben war, auf dem Boden liegenblieb, während das Böse triumphierte.

Der Kerzenständer, mit dem Asera sie niedergeschlagen hatte, lag neben ihr. Sharina griff danach, stand auf und wich ein paar Schritte von der Tür und den grauen Ungeheuern zurück, die das Holz weiter aufrissen.

»Namadon! Zamadon! Thestis!«

Die Tür brach von oben nach unten auf. Der Riegel brach ab und fiel in den Thronsaal. Zwei Liche drückten den Rest der Tür aus den Angeln. Direkt vor der Tür lagen mehrere vor ihnen zerstückelt am Boden, genau, wie Sharina es sich vorgestellt hatte.

Sie hob den schweren Kerzenständer. Die Liche waren bereits tot, aber vielleicht würde ihr eigenes Blut Meder die Macht geben, die er für seine Beschwörung brauchte.

»Sharina!« rief der Zauberer. In einem Reflex sah sie sich um, als sie ihren Namen hörte.

Meder packte Asera mit der linken Hand beim Haar. Er schnitt ihr mit dem Dolch die Kehle durch.

Die Prokuratorin hatte den Mund weit aufgerissen, aber sie war zu erschrocken, um auch nur zu schreien. Blut spritzte über ihr Gewand, dann verschwand es in dem Strahl roten Feuers, das den Kreis erfüllte und sich oberhalb des schwarzen Throns bis zur Decke erhob.

Selbst die Liche hielten inne. Der Zauberer und sein Opfer waren beide in den brüllenden Flammen verschwunden. Der

Dolch fiel auf den Boden, verbogen und glühend. Sharina spürte keine Hitze von den Flammen, obwohl sie nur eine Armeslänge von dem Kreis entfernt war.

Die Flammen verschwanden, gingen schlagartig aus, als wäre ein Deckel gefallen. Ein Geschöpf mit roter Haut und schuppenbedeckten Augen stand inmitten des Kreises. Es war sieben Fuß groß, stand leicht vornübergeneigt, so daß seine langen, klauenbewehrten Arme beinahe den Boden berührten.

»Ich werde Euch retten, Sharina«, sagte der Dämon in einer krächzenden Parodie auf Meders Stimme. Er stapfte vorwärts und zog die Klauen dabei über den Steinboden.

Sharina trat beiseite, immer noch den Kerzenleuchter in der Hand. Sie war zu verblüfft, um Angst zu haben.

Die Hälfte der Stuckdecke stürzte mit einem Krachen ein und bedeckte den Thron und den verbrannten Steinboden. Eine Wolke weißen Staubs breitete sich aus. Feuer leckte an den nackten Deckenbalken.

Was immer die Liche wieder zum Leben erweckte, es ließ keinen Platz für Angst. Die beiden in der Tür stürzten sich auf das größere Ungeheuer, die Waffen erhoben. Ein Streitkolben prallte von dem roten Schädel ab. Der Schwertstreich des anderen Lich verfehlte sein Ziel, weil der Dämon die Klinge mit einer Hand abfing und den Stahl zerknüllte wie ein Kind, das mit einem Löwenzahnstiel spielt.

»Ich werde Euch retten, Sharina«, wiederholte das Ungeheuer, das einmal Meder gewesen war. Er drückte die Liche gegeneinander. Als er sie wieder losließ, waren die Knochen ihrer Schultern und ihres Brustkastens zu Pulver zermahlen.

Auf seinen kurzen Beinen watschelte der Dämon in die Haupthalle. Dort waren noch Unmengen Liche. Sie griffen mit der zielstrebigen Wut eines Bienenschwarms an, der sich auf einen Bären stürzt, der ihr Nest ausplündern will – und hatten ungefähr genausowenig Erfolg. Der Dämon zerriß seine Gegner oder zerquetschte sie. Weder die Rüstungen, die einige der Liche trugen, noch die Schläge, die sie mit einer Unzahl Waffen auf Meder niederprasseln ließen, hatten die geringste Auswirkung.

Sharina sank zwischen den Lichen vor der Tür zum Thronsaal auf die Knie. Sie zerrte stinkendes Geleefleisch und Knochen zur Seite, die zum Teil so alt waren, daß sie zerfielen, wenn sie daran riß.

Nonnus lag ganz unten, das Pewlemesser in der rechten Hand. Er sah ruhig aus, aber das hatte er ja immer.

»Möge die Herrin dich mit ihrem Mantel schützen, mein Freund. Möge der Hirte dich leiten.«

Sharina umklammerte die Hände des toten Mannes. Sie begann zu weinen.

Der Dämon warf die Einzelteile des letzten Lich beiseite. Mit einem Lächeln auf dem flachen, lippenlosen Gesicht drehte er sich um.

»Ich habe Euch gerettet, Sharina«, sagte Meder. »Jetzt gehört Ihr mir.«

Er kam auf sie zu.

22

Derg zeigte mit einem langen blauen Arm auf die Burgruine. »Dort«, sagte er. »Wir haben den Ort erreicht, an dem ich dir deinen Wunsch erfüllen werde.«

Cashel rieb sich über die heilenden Kratzer an der Brust. Zuerst hatte er gedacht, sie näherten sich einem natürlichen Hügel. Jetzt konnte er behauene Steine unter dem Bewuchs erkennen, aber selbst aus Teilen der Mauern, die noch nicht von Wurzeln zu Trümmern zerteilt worden waren, wuchsen Bäume.

»Also gut«, sagte er. »Was soll ich tun?«

Cashel konnte an dieser Ruine nicht viel erkennen, was es wert gewesen wäre, sich damit abzugeben, aber er vertraute Derg. Und Mellie würde ihn selbstverständlich warnen, wenn etwas nicht in Ordnung war …

Er lächelte die Fee an. Es war ein wenig verstörend daß Mellie jetzt normal groß war. Sie erwiderte das Lächeln, aber in ihrer Miene lag nichts von der üblichen Freude; sie nahm seine Hand und drückte sie tröstend.

»Es ist drinnen«, sagte der Dämon und führte sie rund um die Mauern. »Einer der Türme hat immer noch ein Dach, und das, was du willst, ist da drin.«

Von einer halb eingestürzten Mauer aus starrte ein geflecktes, rehähnliches Tier auf die drei hinab. Baumwurzeln verliefen über die Steine wie Wasser, das über einen Felsblock fließt. Einen Augenblick lang hörte das Tier auf zu kauen und schob sich den Rest eines großen Blattes mit dem rötlichen Hauch frischer Vegetation ins Maul; dann schnaubte es, warf den Kopf mit den winzigen spitzen Hörnern zurück und huschte tiefer in den Wald hinein.

Cashel fragte sich, was es denn nun war, das er wollte. Ganz bestimmt kein Geld. Sein Geldbeutel war schon so schwer, daß der Lederriemen ihn in den Hals geschnitten hatte. Er hatte ihn sich statt dessen um die Taille gebunden, über den Lendenschurz, den er aus dem Rest seines Hemds hergestellt hatte. Niemand würde in diesem Dschungel hier sein Silber stehlen, und selbst wenn, würde es Cashel nicht viel ausmachen.

Wenn Derg ihn zu einer Truhe mit Gold und Juwelen führte … er würde sie wahrscheinlich nehmen, aber eher aus Höflichkeit. Es wäre unhöflich, ein Geschenk abzuweisen, selbst eines, das er nicht brauchte.

Das Tor war eingestürzt, obwohl die Pfosten und der Türsturz zu den größten bearbeiteten Steinen gehörte, die Cashel je gesehen hatte. Man hatte Sandstein benutzt, mit einer leicht bläulichen Färbung, einen sehr festen Stein, der trotz der ungezählten Zeitalter, die er hier schon der Natur ausgesetzt war, nur wenig verwittert war. Diese Burg war stabil gebaut. Es war die Zeit, die sie schließlich besiegt hatte, wie die Zeit alles besiegte.

Sie stiegen über die Ruine des Tors. Mellie sprang leichtfüßig von einem Brocken nackten Steins zum anderen. Manchmal benutzte sie dabei umgekippte Ecken als Tritt, und die Kanten der Steine waren trotz ihres Alters immer noch scharf. Es war, als sähe man einem Vogel zu, der auf der Spitze des Blitzableiters der Mühle hockte.

Was will ich eigentlich? Derg wußte das besser als Cashel selbst, hatte Mellie gesagt. Das wäre nicht schwer. Cashel konnte sich nichts vorstellen, was er sich mehr als alles andere wünschte; zumindest keinen Gegenstand. Leute sprachen oft von Glück, aber er wußte nicht, was das sein könnte. Und nach allem, was er gesehen hatte, wußten die meisten anderen das auch nicht.

Mellie bewegte sich mit ihrer üblichen Anmut, aber sie war nicht herumgesprungen und hatte nicht mit ihrer Umgebung gespielt seit, nun, seit sie an diesen Ort gekommen waren. Es war, als wäre sie mit dem Anwachsen zur normalen Größe – oder war Cashel geschrumpft, er war nicht ganz sicher – so ernsthaft geworden wie gewöhnliche Menschen.

Wenn ihn jemand gefragt hätte, bevor sie an diesen Ort gekommen waren, so hätte er gesagt, die Fee sei glücklich. Jetzt war er nicht mehr so sicher.

Der Hof der Burg war mit demselben harten Stein gepflastert, aus dem man auch die Mauern gebaut hatte, aber das Pflaster lag aufgebrochen unter den Bäumen. Wurzeln hatten sich durch die Fugen geschoben und sich dann ausgedehnt und die Pflastersteine hochgestemmt.

Menschen glaubten, daß Felsen ewig seien. Dabei war es das Leben selbst, mit seinen wechselnden Zyklen, das ewig währte. Steine waren schön und gut, aber Cashel bevorzugte doch seinen Hickorystab …

Er dachte an das Schwert, das Garric getragen hatte, als sie einander im Traum begegneten. Es hatte ausgesehen, als gehörte es ihm.

»Derg?« sagte Cashel. »Bringst du mich zu einem Schwert? Weil ich eigentlich wirklich nicht …«

Derg und sogar Mellie brachen in Gelächter aus – zum ersten Mal seit langer Zeit hörte Cashel wieder Freude in der Stimme der Fee. »Ach, du Dummer!« sagte sie. »Was solltest denn ausgerechnet du mit einem Schwert anfangen?«

»Es ist gleich hier drüben«, sagte Derg. »Drinnen.«

Die Stallungen im Hof waren eingestürzt und beim Einbruch der Außenmauer begraben worden. Das Gebäude gegenüber dem Tor stand noch, oder zumindest seine Wände. Den leeren Fenstern nach zu schließen, hatte es einmal drei Stockwerke gehabt. Die Dachziegel lagen als rötliche Bruchstücke auf dem Boden, und auch die Zwischendecken hatten das Dach nicht lange überlebt.

Am linken Ende des Hauses – des Palasts? – stand ein Turm, der noch zwei Stockwerke höher war als der Rest des Gebäudes. Das spitze Dach war erhalten geblieben, obwohl viele Ziegel ebenfalls heruntergefallen waren. Vögel – aber nicht die Schwalben, die Cashel zu Hause in einer solchen Ruine erwartet hätte – flogen unter lautem Gezwitscher durch die Fenster ein und aus.

Derg ging voran, und das ebenso häufig auf allen vieren wie auf den Hinterbeinen. Wenn der Dämon seine Hände zum Laufen benutzte, ging er auf den Fingerknöcheln und hatte die Klauen eingezogen. Mellie hüpfte wie ein Vogel über die Trümmer, und Cashel bewegte sich, wie er es immer auf unsicherem Untergrund tat, und achtete sorgfältig darauf, wo er hintrat, weil es gut möglich war, daß ein Stein, der fest zu sein schien, unter seinem Gewicht wegbrach. Es wäre besser gewesen, wenn er seinen Stab gehabt hätte, aber er war nicht zu stolz, sich hin und wieder mit einer Hand am Boden abzustützen.

Er nahm nicht an, daß er für irgend etwas zu stolz sein würde, wenn es nur nützlich war.

Derg führte sie über einen Trümmerhaufen zu der Tür, die ursprünglich vom ersten Stock des Hauptgebäudes zum Turm geführt haben mußte; der gesamte Sockel des Turms war eine Art Fundament.

Cashel lachte. Derg und Mellie sahen ihn an. »Ich dachte gerade, wie gut es doch ist, daß dieser Trümmerhaufen hier liegt, auf dem wir bis zur Tür gelangen können«, erklärte er. »Aber dann dachte ich, wenn das Dach nicht eingestürzt wäre, hätten wir wohl auch auf normale Weise reinkommen können. Irgendwie findet sich immer ein Weg, nicht wahr?«

Derg starrte ihn verwirrt an. Die Fee lächelte. »Ja, so ist es, Cashel«, meinte sie. »Zumindest für einige.«

Die Treppe, die zur Turmspitze führte, bestand aus Steinen, die aus der Innenseite der Mauer ragten. Die Ranken einer Passionsblume zogen sich dort entlang und schickten purpurne Blüten durch jeden Fensterschlitz und das Loch im Dach.

An der gebogenen inneren Wand, geschützt von der Treppe wie auch von den Resten des Dachs, hing ein Gobelin. Er wirkte hier so fehl am Platze, wie er es an der Wand der Mühle gewesen wäre, in der Cashel und seine Schwester aufgewachsen waren.

»Oh …«, sagte er und berührte vorsichtig die Kante des Stoffs mit der Fingerspitze. »Das würde Ilna gefallen «

Das Licht war nicht sonderlich gut, aber die gewebte Szene war dennoch zu erkennen. Eine Stadt aus Feentürmen erhob sich in mittlerer Entfernung aus einem Wald. Brücken von kristalliner Zartheit spannten sich von einem Turm zum anderen, und manchmal wanden sie sich spiralförmig zu den Bäumen nieder. Der Himmel war eine Kuppel von pastellfarbener Schönheit, in der das Gefieder von bunten Vögeln aufblitzte.

»Davon habe ich geträumt!« sagte Cashel. »Ich habe diesen Wandteppich gesehen, nur, daß ich in dem Traum darin lebte.«

Derg zog fragend eine Braue hoch, aber er sah Mellie an. Die Fee umarmte Cashel und sagte. »Ja, das hast du. Aber vergiß nicht, daß es nur ein Traum war.«

Der Vordergrund der Szene wurde von einer Wiese eingenommen, die durch einen breiten Fluß vom Wald getrennt war: Eine Brücke spannte sich über das wirbelnde Wasser. Am nahe gelegenen Ende waren die Pfeiler aus Stein mit Holzbalken, wie Cashel sie auf dem Weg nach Carcosa gesehen hatte, aber in der Mitte wurde der Brückenbogen zu schimmerndem Glas und zog sich ohne weitere Stützen bis in die Stadt.

Er hätte nicht sagen können, aus welchem Material der Wandteppich bestand. Es war keine Seide, und selbst die Fäden, die silbern und golden schimmerten, waren von einer Durchsichtigkeit, die kein Metall aufwies.

»Werde ich das zu meiner Schwester bringen?« fragte Cashel. Ein Geschenk für Ilna, ja, das hätte er wirklich gern gehabt.

»Nein«, sagte Derg. »Geh durch die Tür dahinter. Sie wird dich an den Ort bringen, wo du sein möchtest.«

Cashel schob den Wandteppich ein Stück aus dem Weg und fand dahinter mehr glatte, leicht gehobene Sandsteinblöcke wie überall hier im Turm.

Er sah seine Begleiter an.

Der Dämon lächelte sein Hundegrinsen. »Die Tür ist da«, sagte er. »Wenn du hinter den Teppich trittst, wirst du sie finden.«

»Er hat recht, Cashel«, sagte Mellie. Ihr Lächeln hatte nichts von der Fröhlichkeit, an die er sich so gewöhnt hatte. »Das wird dich an den Ort bringen, wo du am liebsten sein möchtest.«

Cashel zuckte die Achseln und schüttelte dem Dämon

die Hand. »Ich nehme nicht an, daß du mit uns kommen wirst«, sagte er. »Ich freue mich, dich kennengelernt zu haben, Derg. Du bist mir als Freund lieber denn als Feind.«

Der Griff des Dämons war fest, seine Muskeln bewegten sich wie schwere Seile.

»Freund?« sagte Derg. »Nun, du bist ein Mensch, du verstehst diese Dinge besser als ich. Ich wünsche dir Erfolg bei all deinen anderen Kämpfen, Cashel.«

Er trat zurück.

»Ich komme auch nicht mit, Cashel«, sagte Mellie.

Cashel runzelte die Stirn. Er verstand das nicht. Das passierte ihm oft – man sagte ihm Dinge, die er nicht verstand, obwohl alle annahmen, das wäre anders …

»Du hast mich an einen Ort gebracht, von dem aus ich sicher nach Hause gelangen kann«, sagte Mellie. »Ich hätte niemals allein herkommen können.«

Er wußte nicht, wie er es ausdrücken sollte. Er hatte sich nicht *an sie gewöhnt,* das klang, als wäre sie wie der Schmerz in seinem linken Knie, wenn sich das Wetter änderte, eine Erinnerung an einen Sturz von einem Baum, als er zwölf gewesen war.

»Du wirst mir fehlen«, sagte er.

Mellie kam zu ihm und küßte ihn. Sie fühlte sich an wie ein Kaninchen, gleichzeitig weich und fest. »Mögest du bei anderen so erfolgreich sein wie bei mir«, sagte sie.

»Mellie«, sagte Cashel, als sie zurücktrat.

»Geh!« sagte die Fee. »Geh jetzt! Das ist es, was du wirklich willst!«

Cashel wandte sich rasch ab, weil ihre Tränen ihn verlegen machten. Er zog den Gobelin zur Seite und ging weiter, als wäre dort keine Steinmauer.

Es gab auch keine Steinmauer dahinter, sondern Dunkelheit. Cashel machte einen weiteren Schritt. Er hatte sich auf den Weg gemacht, also gab es nichts anderes, als weiterzugehen.

BUCH DREI

1

Das Tor zur Grabstätte der bor-Benlimans war mit einer Kette und einem Riegel gesichert: Die neuen Besitzer wollten dafür sorgen, daß niemand hier eindrang, obwohl dieser Teil des Grundstücks ihnen nicht einmal gehörte.

Garric ärgerte sich heftig darüber. »Dazu hatten sie kein Recht«, flüsterte er und legte die Hand an den Schwertgriff. Mit diesem Schwert an seiner Hüfte war sein Zorn nicht länger etwas, das sich nach innen wandte. Wenn jemand ihm unrecht tat, würden sie lernen …

Tenoctris berührte seine Schwerthand.

Garric sah die alte Frau verlegen an. Er ließ das Schwert wieder in die Scheide sinken. »Ich wollte die Kette einfach durchschneiden«, murmelte er. »Sie ist aus weichem Eisen. Mit diesem Schwert könnte ich …«

»Ich glaube, wir können es auch mit weniger Krach erledigen«, sagte Tenoctris. Mehr erwähnte sie nicht, aber in ihrem Blick standen Fragen. Sie nahm das Schloß in die Hände.

Garric wurde rot und fragte sich, wieviel von diesem Ausbruch von ihm und wieviel vom König gekommen war, der in seinem Kopf lachte. Er hatte sich nie für jemanden gehalten, der zur Heftigkeit neigte – aber er hatte auch nie Gelegenheit dazu gehabt. Er war nicht sicher, was sich verändert hatte, aber das Schwert, das er jetzt trug, war nicht der einzige Faktor.

Tenoctris murmelte vor sich hin. Kaltes blaues Licht schimmerte im Inneren des Schlosses. Ein harmonisches, metallisches Klingen ertönte; das Schloß war offen.

»Ich sagte, ich sei keine sehr mächtige Zauberin«, meinte Tenoctris, als sie die Kette löste. »Ich habe nie gesagt, daß ich überhaupt nicht zaubern kann.«

Garric half ihr mit der Kette – sie bemühten sich beide, so lautlos wie möglich zu arbeiten. Jetzt, wo er seine Sinne nutzte und nicht mehr auf die Provokationen eines fetten Hausbesitzers reagierte, der nicht glaubte, daß das Gesetz die Vorrechte Reicher einschränkte, konnte er eine eintönige Stimme hören. Es klang wie das Rauschen einer weit entfernten Brandung.

Garric glaubte, aus dem Augenwinkel blaues Flackern zu erkennen. Er warf Tenoctris einen Blick zu. Sie nickte grimmig und betrat vor ihm den umzäunten Bereich.

Garric dachte daran, das Schwert zu ziehen, aber er tat es nicht. Im Augenblick würde er es nur als Krücke für seinen Geist benötigen. Wenn er nur dann ein Mann sein konnte, wenn er diese Waffe in der Hand hielt, dann war er nicht die Art Mann, die er zu sein wünschte.

Das Fenster an der Seite des Gärtnerhauses war rund und hatte einen Durchmesser von acht Zoll. Gitter unterteilten die unverglaste Öffnung in vier Teile, und Efeu wuchs darüber hinweg.

Garric schob die Blätter beiseite, so daß er und Tenoctris hineinspähen konnten. Aus einem ähnlichen Fenster auf der anderen Seite fiel ein wenig Mondlicht herein, aber vor allem war die Szene drinnen von dem blauen Feuer beleuchtet, das einen dicklichen Mann umgab, der mit Benlos Stimme rezitierte.

Der Bronzesarg lag leer vor der Wand, die das Gärtnerhaus von der Grabkammer auf der anderen Seite des Gebäudes trennte. Der Deckel war offen, und man konnte die weißen Seidenpolster sehen.

Der rezitierende Zauberer trug ein Totenhemd. Neben ihm auf dem Boden lag die Mumie einer Frau, die Wangen eingesunken, die Sehnen der gefalteten Hände vorstehend wie Seile. Es gab kein Anzeichen übermäßigen Verfalls.

Die anderen Leichen in der Grabkammer waren nicht besser erhalten gewesen als Benlos eigene; Garric hatte genügend Zeit zwischen den verfaulenden Särgen verbracht, um das zu wissen. Benlo mußte irgendwo auf einer seiner Reisen eine Balsamierungstechnik gelernt haben, die er dann bei seiner verstorbenen Frau anwandte – vielleicht auf den Inseln, vielleicht auf einer der anderen Ebenen, auf die seine Zauberei ihn geführt hatte.

Liane lag auf der anderen Seite des Zauberers. Sie war so reglos wie ihre tote Mutter.

Benlo hob die feisten Arme des Körpers, den er bewohnte. Er sagte etwas, aber Garric hörte die Worte der Anrufung nicht mehr. Der Kosmos pulsierte und wurde mit den Bewegungen von Benlos Lippen abwechselnd heller und dunkler.

Ein Faden blauen Lichts, so scharf wie eine Schwertspitze, verband Mazzonas Stirn mit der ihrer reglosen Tochter. Der Faden wurde dicker und heller, während der Zauberer weiter rezitierte.

»Kannst du ihn ablenken?« fragte Tenoctris flüsternd. »Sonst habe ich nicht genug Kraft, um …«

Garric nickte. Die Tür zum Gärtnerhaus war aus Holz, aber durch das Fenster konnte er sehen, daß ein Balken vorgelegt war, der so dick war wie sein Arm. Er würde diese Tür nicht eintreten können, und sie mit dem Schwert zu zerhacken, würde länger brauchen, als ihm lieb war. Außerdem befand sich noch ein weiteres verschlossenes Zauntor zwischen ihm und dem Eingang.

Er trat vom Fenster zurück. Dieses Problem gehörte zu einer Art, die Garric verstand. Zauberei und Ungeheuer hatten nicht zu seinem Leben gehört, bis er Tenoctris begegnet war, aber er hatte viel Erfahrung darin, Löcher in feste Gegenstände zu brechen.

Garric betrachtete abschätzend die Steinbank vor dem Grabmal. Er kniete nieder und benutzte die Kraft seiner Beine, um die Platte von den beiden Stützen zu heben. Er wußte nicht, wieviel diese Platte wog – genug, nahm er an; und wenn es für die Mauer mehr als einen Stoß brauchte, würde er schon finden, was er dazu benötigte.

Tenoctris ging aus dem Weg, als Garric mit seiner Ramme vorwärtsstapfte. Die alte Frau beobachtete ihn beeindruckt.

Garric machte einen letzten Schritt und versetzte der Platte mit einer leichten Schulterdrehung zusätzlichen Schwung. Die stumpfe Steinkante traf die Mauer direkt über dem Fenster. Rahmen und Wand lösten sich in eine Lawine von Ziegelbruchstücken und altem Mörtel auf.

Das Krachen des Aufpralls wurde von dem geräuschlosen Gewicht von Benlos Beschwörung gedämpft. Der Zauberer bewegte weiter die Lippen, als wäre nichts geschehen. Die Platte blieb in der einbrechenden Wand stecken. Garric drückte das Ende zur Seite und hebelte damit die Trümmer weg. Dann riß er die Platte heraus und kroch in den blau schimmernden Raum.

Das lautlose Donnern des Zauberers verstummte einen Augenblick, obwohl unsichtbare Kräfte weiter auf Garrics Schultern drückten. Er konnte sich nicht vorstellen, wie sie sich für Tenoctris anfühlen mochten, die sie so gut verstand wie Garric eine turmhohe Sturmwoge.

Benlo drehte den Kopf. Alle Kraft wich aus Garrics

Gliedern. Er lag flach auf dem Haufen von Steintrümmern, die Lungen voller Steinstaub, aber er war nicht einmal imstande, seinen Reflex zu kontrollieren und die Luft anzuhalten. Mit der ausgestreckten Hand berührte er Lianes Arm. Ihr Fleisch fühlte sich so fest an wie die Ziegel unter ihm.

Benlo wies mit der Hand auf Garrics Kopf. Er bewegte Daumen und Zeigefinger wie eine Krabbe ihre Zunge. Blaue Flammen knisterten zwischen den Fingerspitzen.

Hinter dem Zauberer richtete sich Mazzona auf. Ihre Brust hob und senkte sich, und sie schrie: »Hilfe! Hilfe!«

Benlo wandte sich ihr zu. »Mazzona!« sagte er.

Immer noch keuchend wich die Mumie ungelenk zur Rückwand zurück. Auf ihrem eingefallenen Gesicht lag ein Ausdruck des Entsetzens. »Hilfe!« schrie sie abermals. »Dieses Ungeheuer will meine Tochter töten! Helft uns!«

»Mazzona, meine Liebste«, sagte Benlo. Er streckte die Arme nach seiner Frau aus. Garric konnte sich immer noch nicht rühren, aber er spürte, wie der Druck langsam aus dem Grabmal wich.

»Ungeheuer!« schrie Mazzona. Sie versuchte aufzustehen, aber sie hatte nicht genug Kraft in ihren mumifizierten Armen, um sich an der Wand hochzuziehen. »Widerwärtiges Ungeheuer!«

»Meine Liebste …«, sagte Benlo mit belegter Stimme. Der blaue Schimmer verblaßte schnell, wie Wasser, das durch ein Loch im Eimer wegläuft.

Die mumifizierte Frau erstarrte, dann sackte sie zur Seite. Ihre rechte Hand brach ab, als sie auf dem Boden aufprallte.

Die Leiche, die Benlo bewohnte, blieb noch einen Augenblick länger stehen. Flecken von bläulichem Schimmel breiteten sich über seine Wangen aus wie Feuer in trokkenem Gras, und Verwesungsgestank erfüllte den engen Raum. Die seit Wochen verhinderte Auflösung fand jetzt innerhalb von Augenblicken statt.

Seine Augäpfel begannen zu triefen. Die Leiche fiel vornüber, leblos, nachdem Benlos Seele sie nicht mehr belebte. Es gab ein unangenehmes, feuchtes Geräusch, als sie auf dem Boden aufkam.

»Möge der Hirte ihn sicher leiten«, flüsterte Garric. Er wußte, er war jetzt körperlich imstande, wieder aufzustehen, aber geistig noch lange nicht.

Er hatte Benlo zu dessen Lebzeiten nicht sonderlich gemocht. Als tote Seele in der Leiche eines anderen war der Zauberer abschreckend gewesen. Garric hatte nur deshalb versucht, sich gegen ihn zu wenden, weil es sein mußte, weil er Liane und vielleicht auch Tenoctris retten mußte, trotz seiner Angst.

Aber kein Mensch hatte das Schicksal verdient, das Benlo über sich gebracht hatte.

Lianes Arm zitterte. Ihre Brust hob und senkte sich.

Sie lebte.

Garric kam mühsam auf die Beine. Seine Arme und Beine fühlten sich an, als wäre ihnen das Blut abgeschnitten gewesen und als kehrte es jetzt mit Nadelstichen zurück.

»Er wollte den Geist seiner Frau in Lianes Körper transferieren«, sagte Tenoctris leise. Sie stand immer noch draußen. »Deshalb brauchte er Liane. Die Verbindung zwischen Mutter und Tochter war notwendig, selbst für einen so mächtigen Zauberer wie Benlo. Selbst für den Teil von Benlo, der noch geblieben war.«

Liane murmelte etwas, als hätte sie einen schlechten Traum. Sie öffnete die Hände und schloß sie wieder.

Garric sah die alte Frau an. »Sag ihr das nicht«, erklärte er. Die Härte seiner Stimme überraschte ihn. »Das braucht sie nicht zu wissen.«

»Nein«, stimmte Tenoctris zu. »Das braucht sie nicht zu wissen.«

Garric nahm den Balken von der Tür und öffnete sie, dann hob er Liane vom Boden. Er mußte weg von hier, körperlich wie geistig, er mußte den Gestank dessen, was hier geschehen war, hinter sich lassen.

»Er hatte solche Macht«, sagte Tenoctris. »Ich konnte nur die Kräfte, die er erweckt hatte, wieder zurückleiten. Sie ein winziges bißchen umleiten. Es war, als stünde man in einem Mühlgerinne …«

Sie berührte das Schloß im Zauntor; es öffnete sich mit leisem Klirren. Die Tür der Gärtnerhütte öffnete sich auf das Hauptgrundstück, nicht auf den Teil, der zu dem Grabmal gehörte.

Garric trug Liane in die Gasse hinaus und ließ beide Tore hinter sich offen. Vom Herrenhaus her beobachtete sie ein Wächter, der eine Hellebarde quer über die Brust hielt. Tenoctris verbeugte sich vor dem Mann und folgte Garric nach draußen.

Liane regte sich. Die alte Frau legte dem Mädchen die Hand auf die Stirn. Garric hätte nicht sagen können, ob die Geste etwas mit Zauberei zu tun hatte oder einfach nur der Sorge entsprang.

Liane öffnete die Augen und sagte. »Garric? Bin ich noch am Leben?«

Garric stellte Liane hin, hielt sie aber weiter an den Schultern fest, bis er sicher sein konnte, daß ihre Beine sie tragen würden. »Ich glaube schon«, sagte er, »aber einige Zeit hätte ich nicht darauf gewettet.«

»Wer war der Mann, der uns angegriffen hat?« fragte Liane. Ihre Stimme klang, als käme sie von weit her: Entweder sie spürte immer noch die Auswirkungen ihrer Gefangenschaft, oder das distanzierte Verhalten war ein bewußter Versuch, nicht laut zu schreien.

Garric warf Tenoctris einen fragenden Blick zu. Die alte Frau starrte den Himmel südlich von ihnen an.

»Oh!« sagte sie verlegen. »Das Geschöpf, das dich angegriffen hat, Liane … das war eine Art Grabschänder, ein Wesen, das in Gräbern spukt. Jetzt ist es weg, für immer.«

Sie schüttelte sich, dann seufzte sie. »In der Nähe des Palasts geschieht etwas«, sagte sie. »Etwas sehr Ernstes.«

Sie lächelte Liane müde und voller Zuneigung zu. Garric wurde klar, daß seine Aktion mit der Steinbank nichts war im Vergleich mit dem, was diese alte, zerbrechliche Frau getan hatte, um einen viel mächtigeren Zauberer zu besiegen.

»Liane«, sagte Tenoctris, »das Geschöpf, das dich angegriffen hat, handelte aus eigenem Antrieb, zumindest zuletzt. Die Aktivitäten des Verhüllten und jene eines seiner Rivalen haben nichts damit zu tun, aber irgend etwas in diesem Zusammenhang ereignet sich gerade in der Nähe.«

Liane zwang sich zu einem Lächeln. »Dann sind das die Leute, die wir finden wollten«, sagte sie. Sie bemerkte Garrics Stirnrunzeln und fügte leicht verärgert hinzu: »Es geht mir gut! Dort werden wir erfahren, wer meinen Vater nach Haft geschickt hat und wer schuld an seinem Tod ist, oder?«

»Das könnte sein«, erwiderte Tenoctris. Sie legte den Arm um Liane und begann, auf jenen Knotenpunkt der Kräfte zuzugehen, dessen Reaktionen sie am Himmel gesehen hatte.

Garric ging an Lianes anderer Seite, froh, sein Schwert bei sich zu haben, aber vor allem glücklich, daß er nicht allein war.

2

Cashel schob den Gobelin aus dem Weg und betrat einen Thronsaal, in dem es nach Feuer und altem Tod stank. Sharina stand mit dem Rücken an der gegenüberliegenden Wand und hatte das schwere Messer des Eremiten in der Hand. Sie starrte einen langarmigen Dämon mit einem fleckigen roten Körper an.

Cashel trat vor, schlang den linken Arm um den Hals des Dämons und warf das Ungeheuer über das hochgezogene linke Knie zu Boden. Der Dämon prallte so fest auf, daß die Steinfliesen brachen.

Sharina trat vor und hob das große Messer. »Laß das, Mädchen«, sagte Cashel. »Mit diesem Messer wirst du nur dir oder mir weh tun!«

Seine Worte überraschten ihn, vielleicht noch mehr, als sie Sharina überraschten. Dennoch, wenn Cashel eine glatte Möglichkeit sah, eine Aufgabe zu beenden, hatte er sie immer ergriffen, und dann hatte er keine Zeit für Leute, die ihm nur im Weg standen. Er wußte nicht soviel über das Kämpfen mit Dämonen, wie er über Schafe wußte, aber er hatte so etwas schon einmal getan.

Wenn er irgendwelche Zweifel gehabt hätte, daß auf dieses Geschöpf dieselben Regeln zutrafen wie auf Derg, dann hätte der Anblick des Zimmers und der Halle davor ihn endgültig überzeugt: Unmengen von Lichen und ihre verschiedenen Waffen lagen verstreut und zerrissen auf dem polierten Boden. Die rötliche Haut des Dämons zeigte keine Kampfspuren.

Sharina wich neben dem Thron, der den Raum beherrschte, an die Wand zurück. Dieser Thron war ein häßliches Ding, das aussah, als wäre es aus sich windenden Schlangen zusammengesetzt und nicht aus einem Stein gemeißelt.

Aber das war Cashel im Augenblick gleich.

Der Dämon kam auf die Beine. Er war größer als Derg, aber nicht annähernd so schwer gebaut. Die ungewöhnliche Länge seiner Arme erinnerte Cashel an eine Krabbe oder an gewisse Spinnen.

»Ich werde dich jetzt töten, Bauer«, sagte das Geschöpf mit der Stimme von Meder, dem Zauberer der Prokuratorin.

Cashel warf den Kopf zurück wie ein Bulle, der seine Hörner nach dem Zustoßen zurückreißt. »Das haben schon bessere Männer versucht«, meinte er. »Und bessere Dämonen.«

Sie gingen aufeinander zu. Cashel packte Meders Unterarme, weil seine eigenen Arme nicht lang genug waren, den Dämon an den Handgelenken zu erwischen.

Im Thronsaal gab es kein Licht, und in der Halle davor brannten nur eine oder zwei Kerzen, aber durch Fenster direkt unter der gewölbten Decke fiel das Licht des Vollmonds ein. Wandbehänge, davon einer der Gobelin, hinter dem Cashel hervorgekommen war, flatterten durch die Heftigkeit des Zweikampfs. Jeder von ihnen zeigte eine andere Welt, die mit dem Realismus einer Totenmaske abgebildet war.

Cashel stieß Meder den Kopf in die Brust. Der Dämon war nicht schwerer als Cashel, oder jedenfalls nicht viel, aber er war unglaublich stark. Meders Zehen kratzten nach Halt und gruben Rinnen in den Steinboden.

Meder beugte die Arme und brachte seine Hände wie klauenbewehrte Zangen zu den Schläfen seines Gegners. Cashel hatte nicht die Kraft, ihn daran zu hindern. Einen

Augenblick, bevor seine Ellbogen einknickten und die Klauen in sein Hirn drangen, drehte Cashel den Oberkörper und warf den Dämon wieder über sein Knie, diesmal seitlich.

Meder rutschte auf dem glatten Boden weiter. Cashel beugte sich vor und stützte die Fingerspitzen auf den Boden, während er angestrengt Luft holte.

Das einzige, was ihn bisher gerettet hatte, war die Tatsache, daß Meder nicht wußte, wie er seine Vorteile nutzen sollte – er wußte nicht, wie man kämpft. Er war nicht erheblich stärker als Cashel, aber er ermüdete nicht, und es schadete ihm nicht, fest genug zu Boden geschleudert zu werden, daß die Steine brachen.

Der Dämon war gebaut wie eine Vogelscheuche, und seine Wirbelsäule war sehr biegsam. Cashel konnte Meder nicht weit genug über sein Knie beugen, um ihm das Genick zu brechen.

Der Dämon erhob sich. Er gab ein kreischendes, zorniges Lachen von sich und kam wieder auf Cashel zu.

Die einzige Möglichkeit, die Cashel sah, würde tödlich für ihn sein, weil der Dämon genug Zeit haben würde, ihn mit den Klauen zu zerreißen. Und Überleben – selbst Sharinas Überleben – war jetzt nicht das Wichtigste. Das Wichtigste war, den Kampf zu gewinnen.

Der Sieg war das einzige, was zählte.

Cashel stieß ein kehliges Knurren aus und warf sich auf Meder, was den Dämon überraschte. Cashel hatte den linken Unterarm unter Meders Kinn und seinen rechten Unterarm um den Rücken des Dämons geschlungen, um einen Drehpunkt zu haben, bevor sich die roten Klauen um seinen Rücken schlossen.

Cashel riß den linken Arm mit aller Kraft nach oben und ignorierte die Klauen, die ihm tiefe Wunden beibrachten.

Meder wehrte sich und versuchte, das Kinn wieder nach unten zu zwingen. Er drehte den Kopf im Versuch, dem Druck zu entgehen.

Blut lief Cashel über den Rücken. Er würde alles tun, was er konnte; er würde seinen Arm so lange er konnte in Meders Hals drücken. Und dann würde er sterben.

Hellrotes Licht flackerte auf, und eine nur wenige Zoll große Gestalt sprang aus einem der Wandteppiche. Sie rannte auf die Kämpfenden zu wie ein Wolf und schlug die Reißzähne direkt oberhalb von Meders Ferse ein, wo sich bei einem Menschen die Achillessehne befand.

Meder schrie so laut vor Schmerz, daß die Waffen, die auf dem Steinboden lagen, zu vibrieren begannen. Der Schrei endete in einem Knacken von der Lautstärke eines Blitzeinschlags, als Cashel dem Dämon das Genick brach.

Cashel warf die Leiche von sich, mit einem Schrei, der eher von Erleichterung als von Triumph kündete. Meders Körper lag halb auf, halb neben dem schwarzen Thron. Von seinen Klauen triefte Blut auf den Boden.

»Ich schulde dir nichts, Mensch!« rief Derg, der so winzig war wie in dem Augenblick, als Cashel ihn zum ersten Mal in der Truhe des Serianers gesehen hatte. »Das war nur ein Geschenk an einen Freund!«

Er sprang wieder auf, nein, *in* den Wandteppich, aus dem er gekommen war.

Sharina kniete sich neben Cashel. Sie begann, ihren Umhang mit dem Pewlemesser in Verbände zu zerschneiden. »In der Haupthalle ist ein Brunnen, Cashel«, sagte sie. »Kannst du dorthin gehen, oder soll ich einen Helm voll Wasser herbringen?«

Er hätte nie geglaubt, daß er Sharinas Stimme jemals wieder hören würde. Ihre Gesichtszüge waren fester als die des Mädchens, das er in Barcas Weiler gekannt hatte, und sie war noch schöner geworden.

»Ich kann laufen«, sagte er. Er holte noch einmal tief Luft und nahm seine ganze Kraft zusammen, um aufzustehen. Er hatte es gesagt, jetzt mußte er es nur noch tun.

Der Wandbehang, hinter dem er hervorgekommen war, war eine beinahe vollkommene Kopie des Gobelins in der Turmruine, in der er Derg und Mellie zurückgelassen hatte. Eine Brücke überspannte einen breiten Fluß in Richtung auf einen Wald und eine Stadt aus Feenglas zu.

Mitten auf der Brücke standen zwei kleine Gestalten. Sie winkten Cashel zu. Eine war ein hundegesichtiger Dämon, die andere eine Fee mit rotem Haar.

3

Das ist ja Cashel!« sagte Garric erstaunt. So unwahrscheinlich das schien, die Gestalt seines Freundes, die sich aus der Menge auf dem Palastplatz löste, war unverkennbar. Er trug nur einen Lendenschurz und mehrere Verbände um den Oberkörper.

Eines der Herrenhäuser stand in Flammen. Nicht Ilnas Haus – denn das hatte Garric zunächst voller Schrecken angenommen –, sondern ein Haus ein paar Grundstücke weiter, das ebenfalls auf den Hauptkanal hinausging.

Flammen leckten aus einem Ende des ersten Stockwerks. Mitglieder der Feuerwache arbeiteten daran, den Brand zu löschen, während Hunderte von Polizisten und Soldaten aus der Palastkaserne sich vergeblich anstrengten, die Ordnung aufrechtzuerhalten. Die Menge, die hier zusammengeströmt war, war noch nicht gefährlich, aber das Feuer war eine gute Ausrede, das Haus eines Reichen zu plündern – und genau das taten einige.

Garric konnte das verstehen, aber er war überrascht zu sehen, daß Cashel eine Tuchrolle unter dem Arm hatte. Cashel war der letzte, den Garric sich als Plünderer vorstellen konnte. Der letzte neben Ilna jedenfalls.

»Cashel!« rief er und schob sich vor Liane und Tenoctris. Hinter Cashel kam eine Frau, eine hochgewachsene …

»Sharina!« rief Cashel. »Der Hirte möge mich leiten! Tenoctris, das ist Sharina!«

Cashel grinste breit. Er kam auf sie zu, aber er begann nicht zu laufen, wie es Garric und Sharina taten, die in ihrer Eile andere hektisch aus dem Weg schoben.

Garric umarmte seine Schwester und wirbelte sie herum: Bis zu dem Tag, an dem sie Barcas Weiler verlassen hatte, hätte er nie geglaubt, daß Sharina ihm einmal fehlen könnte, und selbst die Leere, die er empfunden hatte, nachdem die Trireme in See gestochen war, hatte ihm kein Anzeichen darauf gegeben, wie schön es sein würde, sie wiederzusehen.

»Was machst du denn hier?« fragte er. Beide fingen an, beinahe hysterisch zu lachen, weil Sharina dasselbe gesagt hatte.

»Garric«, warf Tenoctris ein. »Ich glaube, Liane kennt deine Schwester noch nicht.«

Garric setzte Sharina ab. Cashel war inzwischen zu ihnen getreten. Garric packte seinen Freund am Arm – und diesmal war Cashel wirklich und keine Traumgestalt. Dann schaute er über die Schulter zu den beiden Frauen hin. Lianes Miene war so kalt und distanziert wie das Mondlicht, das sie beleuchtete.

»Ach ja«, sagte Garric. »Liane, das ist meine Schwester Sharina. Liane ist nach Barcas Weiler gekommen, nachdem du abgereist warst.«

Er überlegte, wie er Sharina erklären sollte, was alles nach dieser Abreise geschehen war. Die Kompliziertheit dieser ganzen Angelegenheit – Dinge, die er nicht verstand; Dinge, die noch nicht vorüber waren; Dinge, die vielleicht nie geschehen waren, wie jener Traum, in dem er das Schwert bekommen hatte – ließ ihn schweigen.

Sharina hatte ein schweres Messer in den Gürtel gesteckt. Garric blinzelte erstaunt. Noch weitere Aspekte an seiner Schwester wirkten anders, als er sie in Erinnerung hatte, aber dies war eine eindeutige, greifbare Veränderung.

Sharina folgte seinem Blick. Sie berührte den Griff des

Messers und sagte: »Nonnus ist tot, Garric. Er ist gestorben, weil … weil …«

»Oh«, sagte Garric. »Das tut mir leid. Ich habe ihn nie sehr gut gekannt.«

»Kommt mit«, sagte Cashel mit jenem Selbstvertrauen, das er immer an den Tag legte, wenn es darum ging, eine Herde zu treiben. »Wir können zu diesem, äh, diesem Mann gehen, für den ich gearbeitet habe, ein Serianer namens Latias. Sein Anwesen ist hier in der Nähe, und ich glaube, ich muß mich hinlegen.«

Die fünf waren eine seltsame Gruppe, und unter anderen Umständen hätte die Polizei sie zweifellos angehalten, um Fragen zu stellen. Garric wurde klar, daß sie vermutlich immer noch den Auftrag hatten, ihn und Liane festzunehmen, obwohl das Feuer und die wachsende Menschenmenge im Augenblick einen gewissen Schutz boten.

Cashel ging am Rand der Menge entlang und führte sie in die Richtung, in die er und Sharina unterwegs gewesen waren, als Garric sie erspäht hatte. Die Verbände auf Cashels Rücken waren blutdurchtränkt. Die Wunden mußten enorm schmerzhaft sein, aber von einer gewissen Steifheit der Bewegungen abgesehen, wirkte Cashel wie immer.

Und daß er sich steif bewegte, war auch nicht ungewöhnlich. Cashel gehörte zu den Leuten, die zielstrebig vorwärts stapften und nicht innehielten, bis sie dort angelangt waren, wohin sie wollten.

»Soll ich das nehmen?« bot Garric an und strich über die Stoffrolle unter dem Arm seines Freundes. Sie schien nicht schwer zu sein, aber jemand, der so schwer verletzt war wie Cashel, brauchte keine Sonderlasten.

Cashel blickte mit einem Lächeln auf den Stoff nieder, das Garric nicht zu deuten wußte. Der Stoff hatte im Licht des Feuers geglitzert. Nun, da sie den Platz verlassen hatten und eine der breiten Straßen entlanggingen, lag das weichere Licht des Mondes darauf wie ein schimmernder Fluß.

»Schon in Ordnung«, sagte er. »Das Haus, in dem wir waren, begann zu brennen – wahrscheinlich von den Kämpfen, die sich ereigneten, bevor ich hinkam. Ich dachte, ich nehme das hier mit, für den Fall …«

Cashel räusperte sich. Zum ersten Mal, seit Garric ihm wiederbegegnet war, schien er unsicher zu sein. »Für den Fall, daß es für ein paar Freunde von mir wichtig ist, daß es nicht verbrennt.«

»Meder hat das Feuer bewirkt«, sagte Sharina mit einem Zittern, das nicht auf Angst zurückzuführen war. »Mit seiner Zauberei. Seiner letzten Zauberei.«

»Wenn Meister Latias uns ein wenig Abgeschiedenheit verschaffen kann«, meinte Tenoctris, »dann wäre das sehr hilfreich. Ich fürchte, die Dinge, die wir als nächstes tun müssen, werden schwierig genug sein, auch ohne daß sich Fremde einmischen.«

Cashel warf der alten Frau über die Schulter einen Blick zu. »Ich denke, er wird uns alles geben, was wir wollen«, meinte er.

»Es gibt noch mehr, um das wir uns kümmern müssen?« fragte Garric. Er hatte keine Angst. Er versuchte nur, Informationen zu sammeln, damit er wußte, was zu tun war.

»Ja«, sagte Tenoctris. »Die dunkle Macht, die Ilna gefangenhält.«

4

Sharina beobachtete drei serianische Heiler – eine alte Frau, einen Mann in mittleren Jahren und ein zehnjähriges Mädchen –, die mit wortreicher Begeisterung damit beschäftigt waren, sich Cashels Rücken anzunehmen, während Cashel ruhig auf dem Boden hockte, umgeben von seinen Freunden. Der Serianer säuberte die Wunden und salbte sie, während das Mädchen sie unter der Anleitung der alten Frau vernähte. Wenn man der Aufmerksamkeit nach ging, die Cashel ihnen schenkte, hätten die Heiler ebensogut auf einer weit entfernten Insel Gräben ausheben können.

»Ich muß Ilna finden«, sagte Garric. Er zog die Gürtelschnalle nach rechts, so daß ihm sein langes Schwert über den Oberschenkeln lag und nicht im Weg war. »Was hier geschehen ist, ist meine Schuld.«

Latias hatte ihnen sein gesamtes Gebäude überlassen; die Decken hier waren hoch, und die durchbrochenen Wände sorgten für Frischluft, ohne daß jemand hätte hineinspähen können. Tabletts mit Fruchtsäften und Obst standen auf Beistelltischchen neben jedem Gast.

Cashel hatte Latias als seinen Arbeitgeber ausgegeben. Das Verhalten des Serianers gegenüber Cashel erinnerte Sharina mehr an die Ehrerbietung, die die Blutadler Asera entgegengebracht hatten.

»Sie ist meine Schwester«, sagte Cashel. »Und außerdem war ich schon …«

Er zog eine Grimasse, weil er entweder ein Wort suchte oder weil ihm das, was ihm eingefallen war, nicht gefiel.

»Außerdem habe ich inzwischen einige Erfahrungen gesammelt. Ich werde sie zurückbringen.«

Sharina hatte immer gewußt, daß Cashel stark war. Aber sie hatte es nicht zu schätzen gewußt, bis sie Barcas Weiler verlassen und genügend andere Männer gesehen hatte, um zu wissen, daß der Junge, mit dem sie aufgewachsen war, mehr war als nur der stärkste Mann im Dorf.

Sie hatte gesehen, wie er das Ding getötet hatte, in das Meder sich verwandelt hatte. Sie war mit einem Mann aufgewachsen, der Schafe hütete, und jetzt tötete er Dämonen mit den bloßen Händen.

»Das ist keine Frage der Verantwortung«, sagte Tenoctris und sah die beiden Männer nacheinander an. »Garric, du hast Ilna von einem schlimmen Herrn befreit. Aber das hat sie gegenüber einer anderen Macht verwundbar gemacht, die eine Dienerin brauchte. Du hast das nicht bewirkt.«

Die Serianer zirpten wie ein Vogelschwarm, während sie weiter Cashels Wunden schlossen. Sie schienen nur ihre eigene Sprache zu sprechen und sich nicht im geringsten für das zu interessieren, was die Gäste ihres Herrn da erzählten.

»Eine schlimmere Macht«, sagte Garric tonlos.

Tenoctris zuckte die Achseln. »Das glaube ich nicht«, meinte sie, »aber schlimm genug. Diesmal haben wir es mit einem Menschen zu tun oder zumindest mit jemandem, der einmal ein Mensch war: dem Verhüllten.«

Tenoctris hatte darauf bestanden, einen Heilzauber über Cashel zu sprechen, obwohl er eingewandt hatte, sie solle sich seinetwegen nicht anstrengen, er würde schon von allein wieder gesund werden. Sharina erinnerte sich daran, wie Garric im Gasthof ihres Vaters gelegen hatte und Tenoctris und Nonnus über Götter und Heilung sprachen.

Sie wünschte sich, sie hätte weinen können. Sie wußte nicht, wieso ihr das nicht möglich war. Sie hätte alles andere leichter verkraftet als den Tod von Nonnus – aber er war tot.

Garric legte die Hand an den Schwertgriff. »Wenn der Verhüllte sie hat, dann *muß* ich gehen.«

Er schien nicht mehr der Bruder zu sein, den sie gekannt hatte – und dennoch … Cashel war immer noch Cashel, nur mehr er selbst, als es Sharina zuvor klargewesen war. Vielleicht traf dasselbe ja auch auf Garric zu, vielleicht hatte das, was er erlebt hatte, Teile von ihm zum Vorschein gebracht, die niemand im Dorf je erkannt hätte.

Garric selbst eingeschlossen.

»Ich kann dich mit mir an den Ort nehmen, wo Ilna sich aufhält, Garric«, sagte Tenoctris, »aber sonst niemanden. Ich habe nicht die Macht, noch jemanden mitzunehmen.«

Sie sah Cashel an. »Garric hat eine Verbindung zu dem Ort, oder genauer gesagt zu der *Zeit,* wo der Verhüllte sich versteckt. Er kommt heraus, um seinen Angelegenheiten nachzugehen, aber er wird nur durch andere aktiv.«

»Durch Leute wie meinen Vater«, warf Liane ein. Sie war eine sehr schöne Frau und offensichtlich eine Dame von Welt, obwohl sie im Augenblick aussah, als hätte sie sich gerade aus einem Schiffswrack gerettet.

Vielleicht war das auch so. Sharina, Cashel und Garric hatten sich alle knapp und wirr erzählt, wie sie von Barcas Weiler hierhergekommen waren, aber Liane hatte während dieses Gesprächs geschwiegen.

»Ich glaube nicht«, sagte Tenoctris und schaute Liane an. »Ich glaube, dein Vater stand im Dienst einer anderen Macht, einer rivalisierenden Macht. Und am Ende hat er nur noch sich selbst gedient. Und Malkar, da alles Böse Malkar dient.«

Liane nickte. »Aha«, sagte sie. »Nun ja, ich wollte es ja wissen.«

»Ist dieses Schwert die Verbindung, von der du gesprochen hast?« fragte Cashel. Er hatte sich alles angehört und fragte nun nach den Dingen, die für ihn zählten. »Wenn es das ist, kann ich es ebenfalls benutzen.«

Tenoctris lächelte. »Nein, es ist nicht das Schwert, es ist seine Herkunft«, sagte sie. »Garric ist mit Blut und Seele an die Ebene gebunden, auf der der Verhüllte sich versteckt. Deshalb kann ich Garric dorthin bringen.«

Sie sah ihre Gefährten an und fuhr fort: »Ich nehme an, ihr wißt das alle, aber ich sage es trotzdem: Garric und ich können uns dem Verhüllten stellen, aber es ist sehr wahrscheinlich, daß er uns beide besiegen wird.«

Wieder umspielte ein Lächeln ihre Lippen. »Wenn wir Glück haben, wird er uns töten.«

Garric zuckte die Achseln. »Das soll er erst mal versuchen«, meinte er.

Mehr als der Bruder, mit dem Sharina aufgewachsen war, aber immer noch ihr Bruder.

»Garric«, sagte sie. Er schaute sie an, ein wenig überrascht, aber er lächelte. »Laß dich nicht für Ilna töten. Das würde sie nicht …«

Ihre Stimme brach. Dann fuhr sie fort: »Ilna würde nicht wollen, daß ein Freund stirbt, um sie zu retten. Sie würde lieber selbst sterben.«

Einen Augenblick lang schwiegen sie alle. Sharina wischte sich die Augen, dann wischte sie sie noch einmal.

»Es geht nicht darum, Ilna zu retten«, sagte Tenoctris und

sah dabei Garric an, obgleich sie zu den anderen sprach. »Obwohl wir das natürlich auch wollen.«

Sie hob ein Stück des Stoffs hoch, den Ilna gewebt und getragen hatte, als sie mit Garric gegen die Liche gekämpft hatte. »Ilnas Anwesenheit gestattet es mir, das Versteck des Verhüllten zu finden. Wenn wir nur zurückschlagen, wenn er aktiv wird, dann wird er sich immer wieder zurückziehen, wenn er selbst in Gefahr ist. Wir müssen zu ihm gehen, um ihn vollständig zu besiegen.«

»Dort, wo ich Sharina gefunden habe, war ein Thron«, sagte Cashel. Der Heiler wickelte frische Leinenverbände um seine Brust, während das Kind die Enden festhielt. »Schwarz. Und häßlich.«

Tenoctris nickte. »Das überrascht mich nicht«, sagte sie. »Ich glaube, das ist ein Sympathiezauber: Zauberer wie der Verhüllte glauben, wenn sie behaupten, auf dem Thron Malkars zu sitzen, wird das die Wirklichkeit näher bringen.«

Sie zuckte die Achseln. »Vielleicht hat er ja recht«, fügte sie hinzu. »Er ist mit Sicherheit ein größerer Zauberer als ich.«

»Wann gehen wir?« fragte Garric. Die betonte Lässigkeit der Frage zeigte nur, wie angespannt er war.

»Ich muß Vorbereitungen treffen«, erklärte Tenoctris. »Ich brauche verschiedene Pulver. Cashel, glaubst du, daß Meister Latias uns helfen wird?«

»Sicher. Er wird bestimmt finden, was du brauchst«, sagte Cashel. »Er ist ein ziemlich wichtiger Mann in Erdin.«

Cashel lächelte zufrieden. Die Serianer hatten ihre Arbeit beendet und standen jetzt in der Tür. Entsetzt begannen sie durcheinanderzureden, als ihr Patient die Finger verschränkte und sich reckte.

Die Verbände hielten. »Das Ritual ist gut abgelaufen, sagt

er«, fügte Cashel mit gewissem Stolz hinzu. »Das, bei dem ich ihm ein wenig geholfen habe.«

»Garric«, sagte Tenoctris. »Du mußt mich nicht begleiten, obwohl ich hoffe, daß du das tun wirst, denn ich bin nicht dumm genug zu glauben, daß ich gegen den Verhüllten bestehen könnte; aber ich glaube auch nicht, daß wir es gemeinsam schaffen können.«

Sie schüttelte den Kopf. »Sharina«, fuhr sie fort, »ich habe deinem Freund Nonnus einmal gesagt, daß Gut und Böse nur nach menschlichen Maßstäben eine Rolle spielen. Ich stelle fest, daß ich auch nur ein Mensch bin. Ich hoffe, Nonnus freut sich darüber.«

Sharina berührte die Hand der alten Frau.

Garric stand auf. »Ich muß mit dir gehen«, sagte er. Er legte die Hand an den Schwertgriff, grinste wie ein ganz anderer Mann und fügte hinzu: »Carus und ich müssen mit dir gehen.«

Sharina schaute ihren Bruder an und dachte an Nonnus. Jetzt konnte sie endlich weinen.

5

Ich wünschte, du hättest ein bißchen Schlaf bekommen«, sagte Cashel und reichte Garric die Hand. Sie hatten die Grasmatten aufgerollt, so daß Tenoctris einen zehn Fuß durchmessenden Kreis auf die Terrakottafliesen des Bodens zeichnen konnte. Der Kreis und die Worte in Alter Schrift, die ihn umgaben und die ebenfalls mit Pulvern gezeichnet waren, nahmen den größten Teil des Fußbodens ein.

»Das wünschte ich mir auch«, sagte Garric. »Nun ja, ich nehme an, die Tatsache, daß ich ziemlich müde dort ankommen werde, wird nicht unser größtes Problem sein.«

Er fragte sich, ob Cashel in den sechs Stunden, die Tenoctris für die Vorbereitungen gebraucht hatte, zum Schlafen gekommen war. Vielleicht schon. Garric kannte Cashel zu gut, um daran zu zweifeln, daß sein Freund auch über Phantasie verfügte, aber Cashel ließ sich von ihr nicht so sehr stören wie die meisten Menschen.

Cashel trat zurück. »Garric?« sagte er dann. »Verlaß dich nicht auf dieses Schwert. Verlaß dich auf dich selbst, ja?«

Garric nickte, obwohl er nicht sicher war, was sein Freund meinte. Er hatte einen Dämon mit bloßen Händen getötet, hatte Sharina erzählt; Cashel hatte nicht über sich selbst gesprochen. Aber Garric bezweifelte, daß er etwas so Einfaches gemeint hatte.

Tenoctris war inmitten des Kreises und überprüfte ein letztes Mal die Symbole, die sie gezeichnet hatte. Die Pulver unterschieden sich von einer Silbe zur anderen, und manchmal wurden auch mehrere für eine Silbe verwendet. Es waren Mineralien, Haar, Horn und Knochen diverser Tiere und Pflanzenprodukte wie Holz und trockenes Laub. Alle Silben waren mit derselben Sorgfalt geschrieben, wie die alte Frau sie auch anwandte, wenn sie mit einem Pinsel oder Griffel schrieb.

Sharina umarmte Garric. Er war überrascht, wie groß sie war, weil er lange Zeit mit Liane und Tenoctris verbracht hatte. Nicht, daß Liane klein war, so hatte er das nicht gemeint …

»Paß auf dich auf, Bruder«, sagte sie. »Nonnus sagte, er habe nicht soviel Mitgefühl, wie er haben sollte. Ich habe überhaupt keines. Wenn du denjenigen findest, der für Nonnus' Tod verantwortlich ist – dann bring ihn um, Garric. Zertritt ihn wie eine Küchenschabe in der Speisekammer.«

Garric war nicht überrascht über die Worte seiner Schwester. Er hatte nie daran gezweifelt, daß Sharina über dieselbe innere Härte verfügte wie ihre Mutter, obwohl sie nichts von Loras Bitterkeit hatte.

Tenoctris hatte den Kreis der Macht vollendet. Sie griff nach dem Einwickelpapier eines der Pulver und rollte es zu einem Fidibus.

Liane bot Garric ihre Hand, statt ihn in den Arm zu nehmen. Ihr Lächeln war künstlich, aber der gute Wille dahinter war echt.

»Äh«, sagte er. »Leb wohl, Liane. Ich meine …«

Liane küßte ihn fest auf den Mund. Das hatte er nicht erwartet. Selbstverständlich war es nur das letzte in einer langen Liste von Ereignissen, die er nicht erwartet hatte.

Sie trat zurück. Jetzt war ihr Lächeln echt. »Geh und tu, was du tun mußt, Garric«, sagte sie. »Das hast du immer getan, seit wir uns begegnet sind. Und komm zurück zu mir.«

Tenoctris räusperte sich. Garric nickte. Er war nicht

sicher, ob das eine Reaktion auf Liane oder auf Tenoctris war. Vielleicht auf beide. Er drehte sich um und trat über den Kreis aus schimmernden Pulvern, wobei er sorgfältig darauf achtete, nichts zu verwischen.

Ein blauer Funke blitzte auf und entzündete die Spitze des Fidibus, den die alte Frau in der Hand hielt. Garric hatte erwartet, daß Tenoctris jetzt mit einer Rezitation begann. Statt dessen berührte sie mit der Flamme eine Stelle im Kreis, an der sie einen Kegel von Pulvern aufgeschüttet hatte.

Die Pulver spuckten einen Augenblick: Die Flammen des Fidibus verglommen zu einem blauen Rand an der Kante des Papiers, hin und wieder unterbrochen von einem knackenden weißen Funken.

Das Pulver entzündete sich mit einem Fauchen und wirbelndem grauem Rauch.

Tenoctris richtete sich auf, sah noch einmal nach, ob alles seinen richtigen Lauf nahm, und warf den brennenden Fidibus auf den Fliesenboden, über den Rand des Kreises hinaus. Sie lächelte Garric an.

Flammen breiteten sich rasch in beide Richtungen um den Kreis aus; sie brannten mit einem weißen Glühen, das immer wieder die Rauchschleier durchdrang. Auch die Silben aus Alter Schrift brannten, von innen, wo sie den Kreis berührten, nach außen. Ihre Flammen waren niedriger, und es fehlte ihnen an der funkelnden Lebhaftigkeit des Schutzkreises. Vielfarbige Flammen flackerten wie Polarlichter, die weißen Wände des Zimmers spiegelten die Pastelltöne wider.

Garric sah, wie seine Freunde mit reglosen Gesichtern um den Kreis standen. Über das fortlaufende zornige Zischen des Feuers hörte er etwas, das wie entfernter Donner klang. Das Dröhnen löste sich auf zu Worten, die in einem Raum gewaltiger Größe gesprochen wurden. Die Luft vibrierte von der Kraft dieser Silben.

Tenoctris stand reglos da und lächelte stolz, ähnlich wie Cashel, als er sich auf das bezogen hatte, was er für Latias getan hatte: Das hier war nicht das Ende aller Aufgaben, aber eine, die gut ausgeführt worden war.

Garrics Freunde waren verschwunden, und nun wurden die Wände des Zimmers trüb. Garric konnte immer noch durch den grauen Rauchschleier sehen, aber die Umgebung hatte sich verändert.

Einen Augenblick lang war er in einem Wald. Die Bäume waren Koniferen; Schnee türmte sich an ihren Stämmen hoch und wirbelte um ihre rauhen Rinden.

Rauch und Schneewirbel vermischten sich miteinander. Als der Vorhang erneut dünner wurde, sah Garric Tiere, die auf einer Weide grasten. Rehe, dachte er, aber dann hob eines von ihnen den Kopf, und er erkannte, daß es nicht nur an der Stirn, sondern auch mitten an der langen Schnauze Hörner hatte.

Rauch von den spuckenden Feuern quoll über die Szene und zog sich wieder zurück. Ein heftiger Sturm fegte durch einen Bambushain, ohne die Feuer oder den Schutzkreis zu berühren. In der Nähe schlug ein Blitz ein: Garric erkannte ein Dutzend Geschöpfe mit Katzengesichtern und den Körpern von Zwergen, die um einen Pfahl tanzten, an den ein verängstigtes Mädchen gebunden war.

Einer der Zwerge machte eine Geste zu Garric hin. Dann verhüllte Rauch die Szene gnädig.

Das Feuer verzehrte sich selbst, kühlte ab zu einem Kreis grauer Asche mit Kratern dort, wo ein Bestandteil heftig explodiert war. Die Schrift brannte vollends nach außen und erlosch ebenfalls. Als die bunten Flammen ausgebrannt waren, verklang auch der Hall der uralten Worte, die Tenoctris geschrieben hatte.

Der Rauch löste sich auf und ließ einen bitteren Nachgeschmack zurück. Garric und Tenoctris standen auf einem sandigen Strand. Die Luft war warm, und eine leichte Brise bewegte die Palmwedel.

Es war Nacht. Der Mond war voll und mehr als zweimal so groß, wie er hätte sein sollen. Sein zorniges rötliches Licht fiel auf den Sand und die rauschende Brandung.

Neben Garric befand sich eine Mauer, in die eine Reliefszene eingemeißelt war. In Lebensgröße war hier eine Szene vom Sinken der Königlichen Flotte tausend Jahre vor Garrics Geburt dargestellt. In der Mitte des Reliefs hob König Carus die Faust zum Himmel, als das Deck seines Flaggschiffs im gemeißelten Meer versank.

Vor Garric und Tenoctris befand sich eine Gestalt, die auf einem schwarzen Thron am Rand des Strandes saß. Sie lachte, lauter als der Ozean, lauter als jedes lebende Wesen.

»Kommt näher, ihr Menschen«, sagte der Verhüllte. »Ich habe schon auf euch gewartet.«

6

Garric trat aus dem Kreis heraus. Die Asche der Silben fühlte sich unter seinen nackten Füßen weich und warm an. Er wußte, daß er sich sofort weiterbewegen mußte, bevor seine wachsende Angst ihn auf der Stelle erstarren ließ.

Die Asche konnte ihn nicht mehr schützen. Das wußte er, aber er wußte auch, wenn er sich von der Angst überwältigen ließe, würde er dennoch im Kreis Schutz suchen.

»Kommt«, wiederholte der Verhüllte. Er gestikulierte mit dem langen, dünnen Stock in seiner Hand; violettes Licht blitzte an der Spitze auf. »Kommt zu Malkar, ihr Menschen.«

Tenoctris lachte. »Ich habe auf Yole gesehen, wie dein falscher Thron zerbrochen ist, Zauberer«, sagte sie. »Und dasselbe wird auch mit diesem hier passieren.«

Sie trat ebenfalls aus dem Aschekreis. In ihren Händen hatte sie einen weiteren Fidibus aus Packpapier – einen Zauberstab. Die Einfachheit dieses Dings zeigte ihre Verachtung für den Magier, dem sie gegenüberstand.

Die Brandung brauste zornig. Dies hier war ein übler Ort, trotz all der ruhigen Schönheit der Landschaft.

»Ich bin überrascht, daß eine Feld-, Wald- und Wiesenzauberin wie du es überhaupt fertiggebracht hat, den Jungen herzubringen, alte Frau«, sagte der Verhüllte. Er schrie nicht, aber dennoch hallte seine Stimme von Meer und Himmel wider. »Aber ich danke dir für deine Arbeit. Vielleicht werde ich so freundlich sein, dich schnell zu töten.«

Garric trat vor und stellte sich damit zwischen Tenoctris

und die Gestalt auf dem Thron. Er zog König Carus' Schwert. Rötliches Mondlicht ergoß sich auf die Klinge wie ein Fluß aus Blut.

»Wir sind hier, um Ilna zu holen«, sagte Garric. Das Schwert fühlte sich in seiner Hand so natürlich an wie der Sand unter seinen Zehen, aber es war *er,* der hier sprach, der Junge, der in Barcas Weiler aufgewachsen war, nicht der König, der in seinem Geist mit einer Freude grinste, die Wölfe leicht wiedererkannt hätten.

Als Garrics Finger den Stahl berührten, verloren Thron und Gestalt an Festigkeit und wurden so durchsichtig wie das Mondlicht selbst. Dies war also eine Illusion; der Verhüllte befand sich nicht wirklich an diesem Ort.

Der Geist griff in seinen Ärmel und holte eine kleine Figur heraus, die er in der Handfläche hielt. »Hier ist eure Ilna«, sagte der Verhüllte. »Was willst du mir geben damit ich sie freilasse, Mensch? Gibst du mir den Thron von Malkar?«

Als sich Garric dieser Wahl gegenüberfand, war es seine eigene Wirklichkeit, die sich als entscheidend erwies. Keine großen Fragen von Gut und Böse, Reich und Chaos, sondern die Sicherheit der Freunde, deren Leben mit dem seinen verbunden waren.

»Ich werde dir dein Leben geben, Mensch«, erwiderte Garric. »Ich werde Ilna mit zurück in meine eigene Welt nehmen und dich nicht mehr belästigen, solange du uns in Ruhe läßt.«

Das war die Wahrheit – Garrics Wahrheit. Tenoctris wäre vielleicht nicht dieser Ansicht, und König Carus ebensowenig, aber es war Garric, der diese Antwort gegeben hatte.

Nicht, daß es etwas ausgemacht hätte. Der Verhüllte

würde niemals andere Bedingungen außer den eigenen annehmen. Garric versuchte nicht, einen Kampf zu provozieren, aber es würde trotzdem zum Kampf kommen, und Garric würde ihn nun nicht mehr scheuen – selbst wenn diese Möglichkeit bestanden hätte.

»Du erweist dich als genauso dumm, wie ich es von einem Bauern von Haft erwartet hatte«, meinte der Verhüllte. Keiner seiner Kontrahenten wand sich ängstlich zu seinen Füßen, und das ärgerte ihn. »Alte Frau, sag ihm, daß er mich hier nicht berühren kann.«

Garric hatte nun keine Angst mehr. Es hatte geholfen, so zu tun, als fürchtete er sich nicht, weil ein Abbild von Mut oft zur Wirklichkeit wird. Und was Tenoctris anging – ihr war die materielle Welt gleich, und es schien ihr nicht wichtig zu sein, ob sie nun ein Teil davon blieb oder nicht.

»Ich weiß, daß du an diesem Ort von niemandem verletzt werden kannst, nur von einer Person aus deiner eigenen Zeit, Zauberer«, sagte Tenoctris. »Wir haben dein wahres Selbst noch nicht gefunden.«

»Ich habe euch auch nicht erlaubt, eine Ebene zu erreichen, auf der ich im materiellen Sinn existiere!« donnerte der Verhüllte. Er erhob sich und stieß den Zauberstab auf den Sockel des Throns neben sich. »Ich bin dafür verantwortlich, daß ihr hier seid, nicht deine eigenen Anstrengungen. Hast du etwa vor, mich anzugreifen, alte Frau? Tatsächlich?«

»Ich habe nicht die körperliche Kraft, Zauberer«, sagte Tenoctris. Garric kam es so vor, als sei ihre Stimme ruhig; man konnte beinahe einen spielerischen Unterton heraushören. Sie wußte etwas, was er nicht wußte – und der Verhüllte ebensowenig.

Oder sie bluffte.

Der Verhüllte zeigte mit dem Stab aufs Meer. Wasser türmte sich auf, als stieße es am Rand der Brecher auf einen Felsen.

»Ich glaube, du bist schon einigen Lichen begegnet«, sagte der Verhüllte. »Geringere Zauberer schaffen sie aus den Seelen und Knochen ertrunkener Seeleute, aber ich habe etwas Besonderes für euch beide.«

Das Meer schäumte um einen Gegenstand, der sich hundert Fuß vom Strand aus dem Wasser erhob. Ein Wal …?

Die Gestalt richtete sich langsam auf; sie war dreißig Fuß hoch und hatte einen menschenähnlichen Körper. Die Beine des Ungeheuers waren wie Säulen, unmenschlich dick, um das enorme Gewicht des Oberkörpers tragen zu können. Das blutige Mondlicht glitzerte auf dem einzelnen Auge mitten auf der Stirn des Wesens.

Es begann, an den Strand zu waten. Brandung schäumte und spuckte, als wären die Beine steinerne Wellenbrecher.

Garric war auf seiner Flucht aus der Traumwelt durch den Brustkorb eines solchen Riesen geklettert. Nun stand er einem anderen gegenüber, der in geleeartiges graues Fleisch gehüllt war. Das Wesen trug eine Keule aus einem jungen Baum, in dem als Kopf ein Stück Jade von der Größe eines Pferdekopfs befestigt war.

»Eine vormenschliche Rasse«, erklärte der Verhüllte. Er lachte. »Aber ich habe die Seele eines großen Kriegers gewählt, um dieser Gestalt Leben zu geben. Erinnerst du dich an ihn, Dorfzauberin?«

Tenoctris hatte sich niedergekniet und rezitierte über den Symbolen, die sie in den Sand gezeichnet hatte. Garric wußte, daß die alte Frau nicht die Macht hatte, sich direkt gegen den Verhüllten zu stellen, aber er war froh, daß sie nicht aufgegeben hatte. Er packte sein Schwert und ging vorwärts.

»Seht den Herzog von Yole!« rief der Verhüllte triumphierend.

Ein Blitzschlag traf Garric. Farben und Geräusche wirbelten, aber er war sich nur der brüllenden Flammen bewußt, die ihn umgaben. Seine Haut kribbelte von einem Schock, als wäre er ins eiskalte winterliche Meer gesprungen.

Er lag auf dem Sand. König Carus, bärtig und mit dem schimmernden Diadem aus Garrics Träumen gekrönt, stieg aus dem Steinrelief. Er half Garric mit starken Händen auf die Beine. Carus löste den Schwertgürtel und schloß ihn um die eigene Taille, dann nahm er Garric das Schwert aus der Hand.

Der Verhüllte war wieder eine schwarze Gestalt auf dem Thron, obwohl Garric sich zu sehr bewußt war, eine Illusion vor sich zu haben, um sich noch erschrecken zu lassen.

Carus lächelte Garric zu und sagte: »Jetzt hast du mich dorthin gebracht, wo ich sein wollte, Junge. Lieber spät als nie; oder? Kümmere du dich um deine Angelegenheiten, und überlaß Herzog Tedry mir.«

Carus wirbelte das Schwert über seinem Kopf. »Haft und die Inseln!« rief er. Mit blutrünstigem Lachen griff er den Riesen an, der gerade aus der Brandung an Land stapfte.

Es hätte für einen Mann seiner Größe lächerlich sein müssen, ein solch riesiges Geschöpf anzugreifen, aber König Carus hatte nichts Lächerliches an sich. Mit der linken Hand hielt er die Scheide fest, damit sie ihm nicht gegen den Schenkel schlug, und hinter seinen Stiefeln spritzte der nasse Sand in die Höhe.

Carus hatte tausend Jahre lang auf diesen Augenblick

gewartet. Die Körpergröße seines Feindes würde nichts am Ergebnis des Kampfes ändern.

Garric warf den Kopf zurück und lachte. Es mochte sein, daß das Gute nicht triumphierte, aber zumindest ein Anhänger des Bösen würde sein verdientes Ende finden und sei es mit tausend Jahren Verspätung.

Die Gestalt auf dem schwarzen Thron stieß abermals den Stab auf den Sockel. Der Kosmos kippte auf mehr als drei Ebenen.

Alles war grau. Garric hörte Tenoctris weiterrezitieren. Seine Füße waren unten, aber die Richtung von *unten* änderte sich abermals und dann ein drittes Mal. Garric streckte die Arme aus, um im Gleichgewicht zu bleiben, und berührte dabei das Hemd der alten Frau, obwohl er sie in diesem schimmernden grauen Wirbel nicht sehen konnte.

Die Welt veränderte sich ein viertes Mal. Garric stand in einem Raum mit flackernden Fackeln und Steinwänden, an denen Kondenswasser herunterlief. Wasser sammelte sich am Boden, und es roch intensiv nach Meer.

Ilna lag neben dem schwarzen Thron, auf dem eine verhüllte Gestalt von nicht mehr als Menschengröße saß. Der Stab, den sie hielt, pulsierte von zornigem amethystfarbenem Licht.

»Er hatte die Wahl, deinem Vorfahren dort entgegenzutreten oder uns hier in sein Versteck mitzunehmen«, sagte Tenoctris an Garrics Schulter. »Das hier ist der Verhüllte. Das ist der wirkliche Mann.«

Garric trat vor.

Der Verhüllte stand auf und stieß den Stab abermals auf den Boden. Der Kosmos begann wieder zu wirbeln.

7

Garric stand auf einem Felszacken über dem Meer der gewaltigen Gestalt des Verhüllten gegenüber. Der Kopf des Zauberers streifte die blitzdurchzuckten Wolken, aber es war nicht ganz klar, wo er stand.

Garric sah über die Schulter. Tausend Fuß unter ihm schäumte der Mahlstrom seiner Alpträume bis fast zum Horizont. Unter dem Treibgut, das sich in seinen Windungen gefangen hatte, waren so große Geschöpfe, daß sie selbst von Garrics Position aus deutlich zu erkennen waren. Die Wasserspirale drehte sich so langsam und unausweichlich wie die Gezeiten selbst, und es gab kein Entkommen.

»Tenoctris?« rief Garric.

Niemand antwortete, nur der heulende Wind und das Brüllen des Wirbels unter ihm. Er und der Verhüllte waren allein. Obwohl Garric wußte, daß die gewaltige Größe seines Gegners eine Illusion war, reagierte er mit seinen Gefühlen in einer Weise darauf, die sein Intellekt nicht vollkommen unterdrücken konnte.

»Wärest du gern König der Inseln, Garric or-Reise?« fragte der Verhüllte. Seine Stimme war ein Dröhnen, Teil des Donners, aber lauter als dieser. »Hoch König Garric! Gefällt dir das? Ich werde dich zu einem größeren König machen, als es all deine Vorfahren waren, Junge. Größer als Carus, denn *ich* werde an deiner Seite stehen.«

Gepanzerte Soldaten marschierten durch das Zentrum einer Stadt, mit der verglichen das alte Carcosa winzig schien. Riesige Menschenmengen säumten Straßen mit gewaltigen Tempeln und Säulenhallen und riefen so laut sie konnten: »Garric, großer König der Inseln! Garric der Große!«

Alle Häuser waren aus schwarzem Stein, und der Himmel hatte die Farbe von Ruß.

Garric holte tief Luft und machte einen Schritt vorwärts. »Ich nehme jetzt meine Freunde dorthin mit zurück, wo wir hingehören«, sagte er. Eine Bö traf ihn und drohte ihn zurückzuschleudern, aber er ging weiter. »Und du wirst uns in Ruhe lassen. Mehr will ich nicht, und wenn es sein muß, werde ich dich dafür umbringen.«

»Willst du diese Ilna haben?« fragte der Verhüllte zornig. »Du kannst sie kriegen! Du kannst jede Frau haben, alle Frauen, Junge! Bring mich zum Thron von Malkar, und ich werde dir alles andere auf der Welt geben!«

Ilna stand vor ihm, in einen langen Schal gewickelt, der sie von den Schultern bis zu den Fußknöcheln einhüllte. Sie hielt ein Ende des halbdurchsichtigen Stoffs hoch und drehte sich, enthüllte sich Schicht um Schicht.

Hinter Ilna standen Unmengen anderer Frauen: Alle waren sie jung, alle schön; alle boten sich ihm in unterschiedlichen Formen der Koketterie dar. Auch Liane war unter ihnen.

Garric zog eine Grimasse und ging weiter. Die Luft leistete ihm Widerstand. Sie war von einer Dichte, als liefe er durch erkaltete Brühe. Er war dem Verhüllten jetzt näher gekommen, obwohl er wußte, daß Entfernungen an diesem Ort täuschen konnten.

»Ich bin deine Königin, du Narr!« sagte der Zauberer. »Verbeuge dich vor deiner Königin, Garric or-Reise!«

Garric hatte die Veränderung nicht bemerkt, aber jetzt stand eine Frau von kühler Schönheit, gekleidet in Spitze und in Bänder aus kostbaren Metallen, statt des verhüllten

Zauberers vor ihm. In ihrer rechten Hand hielt sie ein Zepter, das in einen glühenden purpurfarbenen Saphir auslief.

Garric hielt inne. Er hatte die Königin nie gesehen und auch keines ihrer Bilder, aber diese Frau sah aus, wie eine Königin aussehen sollte.

»Du bist ein treuer Untertan, Garric«, sagte die Frau. »Wegen deines Mutes und deiner Treue werde ich dich zu meinem Gemahl machen. Prinz Garric, du wirst König der Inseln sein – und du wirst mich bekommen!«

»Nein«, sagte Garric und machte einen weiteren Schritt. »Du bist nicht die Königin, und wenn, würde das auch nichts ändern.«

Sie verzog das Gesicht und ließ das Zepter sinken. Violettes Licht blitzte auf.

Weiches goldenes Licht umströmte Garric. Er stand auf einer Wiese mit knöchelhohem Gras, die dicht mit pastellfarbenen Blumen bewachsen war. Eine Kuppel warmer Luft bildete ein Gewölbe gegen den Himmel, obwohl Garric sehen konnte, daß weiter oben immer noch Blitze zuckten. Die Brise war sanft und roch nach Gewürzen.

Die Herrin stand vor Garric, in ihrem Gewand aus gebleichter Wolle. »Garric, mein Kind«, sagte sie mit einer Stimme, die sanfter war als die einer Mutter. »Ich habe dich geprüft, um zu sehen, ob du würdig bist. Verneige dich vor mir, Garric. Wenn du dich erhebst, werde ich dich zu meinem Hirten machen – einem Gott, der neben mir den Kosmos regiert. Verbeuge dich vor mir, Garric!«

Sie war schön und rein. Sie war alles Göttliche in einer einzigen Gestalt vereint.

Garric wußte nicht, was wahr war und was Illusion. Er und die meisten seiner Nachbarn im Dorf waren, was die Anbetung der Großen Götter anging, eher nachlässig gewesen. Sie zahlten unwillig ihren Zehnten, und wer es sich leisten konnte, opferte an seinem Geburtstag ein Lamm. Aber er konnte nicht bezweifeln, daß diese schimmernde Gestalt vor ihm Wirklichkeit war.

Er wußte es einfach nicht. Wenn er sich irrte, würde er die gerechte Strafe dafür willig entgegennehmen.

»Duzi, verzeih mir, wenn ich fehle«, flüsterte Garric. Er trat vor. Er würde seine Hände um den Hals der Herrin …

Ein dreifacher Blitz zuckte und erfüllte die Welt mit seiner blendenden blauweißen Helligkeit. Wieder waren nur der Felsen, der Sturm und das tobende Meer zu sehen.

Der Verhüllte stand vor Garric – in normaler Größe. Er warf seine Kapuze zurück. Das Gesicht darunter war hart, glatt und geschlechtslos. Seine kalten Augen hatten die Farbe des Juwels an seinem Zauberstab. Er war nur zehn Fuß von Garric entfernt.

»Halt!« befahl er und zeigte mit dem Zauberstab nach vorn. Die Felsen zwischen ihnen erglühten violett.

Funken sprühten auf Garrics Schienbeine und verbrannten ihm die Haut. Er blieb stehen.

»Ich habe dich am Leben gelassen«, sagte der Zauberer, »weil ich wollte, daß du den Thron von Malkar findest. Wenn du mich allerdings dazu zwingst, werde ich dich vernichten.«

Wenn Garric weiterging, würde der Verhüllte ihn in einem Bad violetten Feuers auflösen. Garric wußte, daß er den Zauberer nicht erreichen konnte, ehe dieser ihn mit dem Stab schlug.

Die Leute im Dorf sagten immer, Cashel sei denkfaul. Cashel war nicht so träge, wie die meisten seiner Nachbarn glaubten, und vielleicht war auch Garric nicht so klug, aber er hatte immer das Gefühl gehabt, daß er mindestens so schnell wie jeder andere eine Lösung für ein Problem finden konnte.

Diesmal gab es keine Lösung. Er konnte sich dem Bösen unterwerfen, oder er konnte sterben.

Garric lachte, denn er verstand jetzt, was Cashel gemeint hatte, als er sagte: »Verlaß dich nicht auf dieses Schwert. Verlaß dich auf dich selbst.« Es gab eigentlich gar keine Wahl.

»Ich werde dem Bösen nicht dienen«, sagte Garric und ging weiter.

»Dann stirb als Narr!« sagte der Zauberer und versuchte, den Zauberstab hochzureißen.

Ein Netz aus Feuer, so fein wie Spinnweben, band Hand und Arm des Zauberers. Rote Fäden kreuzten sich mit blauen, haarfein, aber unnachgiebig. Der Zauberstab des Verhüllten spuckte violette Kraft und durchlöcherte den Felsen, ohne aber gegen das Netz anzukommen.

»Ich bin Malkar!« schrie der Zauberer.

»Du bist eine Marionette!« erwiderte Garric. »Und ich kann deine Fäden sehen!«

Er sprang über den glühenden Felsen und packte den Zauberstab mit beiden Händen. Er war aus Metall und so kalt, daß er brannte. Garric riß ihn dem Zauberer aus der Hand und drehte ihn mit der Kraft der Jugend und der Verzweiflung.

Der Zauberstab zerbrach in sprühendes Pulver und regenbogenfarbenes Licht. Der Felsen löste sich auf wie ein Sandbild in der Flut. Garric hörte den Verhüllten abermals aufschreien.

Garric fiel nicht. Er stand – er stand immer noch – vor dem leeren Thron in dem Raum mit den Wänden, von denen Seewasser tropfte.

Der Thron wurde bebend zu Pulver, er zerrann wie ein Getreidehaufen. Ilna lag daneben und keuchte vor Anstrengung. Ein Netz von Fäden, die sie aus ihrem Schal gezogen hatte, band ihre Finger zusammen.

Tenoctris berührte teilnehmend Ilnas Schulter. »Sie hat solch außerordentliche Kraft«, murmelte Tenoctris Garric zu. »Selbst für eine Frau, deren Mutter eine Fee war. Aber nun, da wir Erfolg hatten, müssen wir sehr schnell hier wegkommen, bevor wir ertrinken.«

Garric trat zu Ilna und hob sie vom Boden auf. Grünes Wasser drang rasch durch die porösen Wände, und erste Risse zeigten sich in den Steinen. Ein einziger Flur führte aus der Kammer heraus, und zwar schräg nach oben.

Garric konnte normal sehen und hören, aber ein Teil seines Geists war an einem anderen Ort geblieben. Der Verhüllte fuchtelte mit Armen und Beinen, als er in den Mahlstrom stürzte.

Er hörte nicht auf zu schreien.

8

Ilna war vollständig bei Bewußtsein, aber sie brauchte ihre ganze Kraft, um auch nur lächeln zu können. Ihre Schwäche in dieser grauen Welt hatte anderen erlaubt, sie zu benutzen.

Aber sie war nicht so schwach gewesen, wie ihre Feinde dachten. Am Ende mußte der Verhüllte sich gewünscht haben, er hätte Ilna os-Kenset in Ruhe gelassen. Ilna hätte gelacht, wenn sie die Kraft gehabt hätte, aber immerhin konnte sie lächeln.

Garric hatte den linken Arm unter ihren Oberschenkeln und stützte mit der rechten ihren Oberkörper. Ihr Kopf lehnte an seiner Schulter. Er atmete schwer, aber das war von den Anstrengungen, die er zuvor erlebt hatte – nicht von ihrem Gewicht.

Wasser schoß vor ihnen den Flur entlang, leicht phosphoreszierend und die einzige Beleuchtung, seit sie die von Fackeln erhellte Kammer verlassen hatten. Blasen wirbelten auf der Wasseroberfläche, und mitunter schwamm ein Schatten vorbei.

Tenoctris führte sie an. Das Wasser ging ihr schon bis zur Mitte der dünnen Waden. Bald würde die alte Frau den Saum ihres Hemds hochziehen müssen.

»Noch ein wenig weiter«, sagte Tenoctris. »Obwohl danach …«

Ilna hörte ein dröhnendes Krachen hinter ihnen. Schockwellen tanzten über die Wasseroberfläche und bildeten Bogen von einer Flurwand zur anderen.

»Hier!« sagte Tenoctris und trat in eine Öffnung, die

einen Augenblick zuvor noch wie blanker Felsen ausgesehen hatte.

Immer schneller strömte das Wasser durch den Flur. Es stieg bis zu Garrics Taille und benetzte Ilnas Zehen. Garric ignorierte die Strömung und folgte der alten Frau drei Stufen hinauf: zwei davon waren in die Felsen geschnitten, wie der Flur, aus dem sie jetzt abbogen, die dritte bestand aus gelblichem Kalkstein.

»Tenoctris?« sagte Garric. »Sind der Verhüllte und die Königin tatsächlich dieselbe Person?«

Sie befanden sich in einem Keller mit hoher, gewölbter Decke. Luft und genügend Licht für Augen, die sich an den düsteren Flur gewöhnt hatten, kamen aus einem Treppenhaus auf der anderen Seite.

»Das glaube ich nicht, Garric«, sagte die alte Frau und ging auf die Treppe zu. Ein Beben erschütterte den Boden. »Ich denke, die Königin ist selbst eine Zauberin, eine Rivalin des Verhüllten, und er hat sich nur einen Augenblick ihres Bildes bedient. Sie suchen beide nach dem Thron von Malkar. Aber ich bin selbstverständlich nicht sicher.«

Hineingewehter Sand lag vor den Säulen und in einer dünnen Schicht beinahe überall am Boden. Die trockene Luft war rauh vom Staub, der bei einem zweiten Beben wild zu tanzen begann. Es gab kein Zeichen von dem Wasser, das den Flur drunten überflutet hatte – wenn denn »drunten« das richtige Wort war.

Tenoctris hatte die Treppe erreicht. Sie taumelte, als der Keller heftig zu beben begann. Die Säulen wackelten wie Bäume im Sturm, und Wolken feinen Sands erhoben sich vom Boden.

Aus einem der Gewölbe löste sich ein Steinblock. Er

krachte mit Getöse auf dem Boden auf, und das gesamte Gewölbe begann zu zerfallen.

Garric streckte die linke Hand aus, um Tenoctris zu stützen, während er mit dem Unterarm immer noch Ilnas Beine trug. Die alte Frau ging rasch die Treppe hinauf und stieß sich mit der Hand an der Wand ab, um schneller zu sein. Es gab ein viertes Beben, diesmal leichter, aber die Erwartung des nächsten hing schon in der Luft.

Ilna drehte den Fuß, um festzustellen, ob sie sich bewegen konnte. Sie bezweifelte, daß sie stehen könnte, und ganz bestimmt wäre sie ohne Hilfe nicht in der Lage, sich fortzubewegen.

Tenoctris verschwand durch eine Öffnung oben an der Treppe. Der Keller bebte so heftig, daß herunterfallende Steine taillenhoch abprallten.

Garric sprang vorwärts. Der Türsturz streifte seine Schulter, als er herunterfiel. Steinstaub umwirbelte sie, aber sie waren im Freien – am Sockel einer Klippe. Dicht hinter ihnen erhob sich die Eiswand eines Gletschers.

Tenoctris kletterte bereits den Pfad entlang, der sich an der Klippe hochzog. Das Eis ächzte. Es war Nacht, und nur Sterne beleuchteten die Landschaft. Ilna konnte keine bekannten Sternbilder entdecken.

»Sie wollten Sharina, weil sie die Tochter des Grafen und der Gräfin ist«, sagte Garric. »Aber was wollten sie von mir?«

»Sharina ist die Tochter von Graf Niard«, sagte Tenoctris, »aber ihre Mutter war die Zofe der Gräfin – Lora. Du bist der Sohn von Gräfin Tera, Garric, und durch sie ein Nachfahre von König Carus. Nur das kann deine Verbindung zu Carus erklären – und seine zu dir.«

Garric geriet vor lauter Überraschung ins Stolpern, als er der alten Frau weiter folgte. Ein Felsbrocken stürzte an ihnen vorbei und schlug auf dem Boden auf: Der Druck des Eises ließ die Klippe brechen.

»Setz mich ab«, sagte Ilna so laut sie konnte. »Geh weiter, ich komme nach.«

»Nein«, widersprach Garric. »Und wackel nicht, oder wir kommen beide um.«

Sie stiegen weiter nach oben. »Tenoctris?« sagte Garric. »Meine Mutter sagte, Sharina sei das Kind der Gräfin, und sie war ganz sicher!«

»Lora war betäubt von den Geburtsschmerzen«, sagte Tenoctris. »Ein Zustand, der mir zum Glück versagt geblieben ist. Sie hätte alles geglaubt, was dein Vater ihr gesagt hat.«

Nach einem Augenblick fügte sie hinzu: »Reise ist ein sehr intelligenter Mann, Garric. Und er ist so pflichtbewußt, wie er auch seinen Sohn erzogen hat.«

Der Pfad war zu schmal, als daß Garric Ilna weiter hätte quer tragen können. Er drehte sich mit dem Rücken zur Klippe und ging seitwärts weiter. Ilna hing über dem Abhang, über Grund, der sich immer weiter entfernte. Der Wind, der sich zwischen der Klippe und dem Gletscher fing, war kalt und biß mit Zähnen aus Eiskristallen.

»Oh!« rief Tenoctris. Steine brachen unter ihrer Ferse weg und fielen in die Schatten unter ihr, wobei sie Ilnas Beine nur knapp verfehlten.

Garrics linke Hand schoß hervor und stützte die alte Frau, als sie zu fallen begann; Ilnas ganzes Gewicht hing jetzt an seinem rechten Arm. Ilna schnaubte in einem halbbewußten Versuch, sich so klein wie möglich zu machen.

Tenoctris erwischte eine Wurzel, die über den Rand der Klippe hinabhing, und zog sich daran hoch. Ihre Füße verschwanden über der Kante. Garric erfaßte dieselbe Wurzel und schob Ilna vor sich nach oben. Statt auf festem Boden fand sie sich an eine Baumwurzel geklammert, die in warmem Salzwasser hing, das von einem Hurrikan aufgepeitscht wurde.

Tenoctris lag auf dem Baumstamm und klammerte sich wie ein Baumfrosch mit Zehen und Fingern an die Rinde, wenn eine Welle über sie hinwegging. Sobald sich das Wasser zurückzog, kletterte sie weiter zu den kahlen Zweigen beinahe zweihundert Fuß entfernt.

Sie schaute über die Schulter und rief Ilna etwas zu. Der Wind riß ihr die Worte vom Mund, aber Ilna zweifelte nicht, sie verstanden zu haben. Ilna war nicht sicher, ob sie schon wieder gehen konnte, aber sie konnte kriechen. Sie sah sich um, um sich zu überzeugen, daß Garric ihr folgte, und kroch los.

Der Himmel war eine einzige Wolkenmasse, die hin und wieder von rötlichen Blitzen beleuchtet wurde. Bei einem Blitz glaubte Ilna, ein riesiges Auge an der Seite einer Welle zu erkennen, die keine fünfzig Fuß entfernt war. *Nur Schaum, eine Augentäuschung und kein Ungeheuer, das in diesen Wellen jagt …*

Der Baumstamm hob sich in der Umklammerung der Welle. Ilna wurde kräftiger; sie hatte Tenoctris bereits eingeholt. Sie mußte aufpassen, mit den Händen nicht gegen die Füße der alten Frau zu stoßen. Sie hatten den halben Weg hinter sich.

Aus einer Ritze in der Rinde spähte eine sechs Zoll lange Eidechse heraus und züngelte nervös. Wie lange war es her, daß der Baum umgestürzt war und seine kleinen Bewohner in diese gnadenlose See geworfen hatte?

Wieder blitzte es. Diesmal sah Ilna nicht nur das Auge mit seiner geschlitzten Pupille, sondern auch die schimmernde Schale und ein Dutzend der wogenden Tentakel des Ammoniten. Das Raubtier war nur noch zwanzig Fuß vom Stamm entfernt.

Ilna erhob sich auf die Knie und lehnte sich gegen den Wind. Sie breitete die Arme nach beiden Seiten aus.

»Was machst du da?« Garric mußte schreien, damit sie ihn hören konnte.

Sie ignorierte ihn und wartete auf den nächsten Blitz. Als er kam, bewegte sie ihre Finger in einem Muster, das sie so sicher kannte, wie sie wußte, welche Kettfäden sie für welches Muster heben mußte.

Das Ungeheuer reckte in einer enttäuschten Geste den Tentakel und sank wieder ins Wasser. Seine Schale hatte mindestens dreißig Fuß Durchmesser, und der Schnabel zwischen den Tentakeln hätte einen großen Mann mittendurch beißen können.

Tenoctris hatte den untersten Ast erreicht. Ilna folgte, ein grimmiges Lächeln auf den Lippen. Wahrscheinlich würde sie jetzt auch mit Spinnen reden können. Nun, sie hatte schon immer ihre Handwerkskunst bewundert.

Der Ast hing über das aufgewühlte Meer hinaus, einen Fuß darüber oder zehn, je nachdem, wie hoch die Wellen gerade waren. Die alte Frau kroch dorthin, wo ein Zweig einer Gabel vor so langer Zeit abgebrochen war, daß der Stumpf mit Rindennarben bedeckt war. Sie ließ sich mit den Füßen zuerst ins Wasser hinab und verschwand, schon bevor sie die Wasseroberfläche berührte.

Ilna versicherte sich, daß Garric sah, was geschah, dann sprang sie hinter Tenoctris her. Mit knochenerschütternder Plötzlichkeit stießen ihre Füße auf eine rauhe Sandsteinplatte.

Sie befand sich auf einer von Dschungelpflanzen überzogenen Pyramide, die sich in hohen Stufen zu einem Altar hin erhoben. Tenoctris erkletterte bereits die nächste taillenhohe Stufe.

Bäume, deren Stämme zum Teil mehrere Fuß Durchmesser hatten, hatten ihre Wurzeln in Risse gesenkt und die Blöcke auseinandergehebelt. Ilna konnte Unmengen unterschiedlicher Pflanzen erkennen. Es gab riesige Bäume, Ranken, Moose, fedrige Farne und Luftwurzelpflanzen mit spitzen Blättern.

Garric ließ sich fallen, offenbar von einem Zweig, der über die Plattform reichte. Der Baum hatte Blüten wie eine Mimose.

»Hier entlang!« sagte er. Er warf sich Ilna wie einen Sack Mehl über die Schulter.

Ilna protestierte, aber das hatte nicht mehr Auswirkungen, als sie angenommen hätte. Ohne innezuhalten schnappte sich Garric Tenoctris mit der anderen Hand und warf sie über die linke Schulter. Er rannte über die Plattform zu den Stufen normaler Größe hin, die sich über die Mitte der Pyramidenseite zogen. Ilna hatte sie nicht bemerkt – vielleicht, weil sie zu erschöpft war.

Die Vegetation unten an der Pyramide wurde gelb, als breitete sich dort ein Fleck auf einem Tuch aus. Insekten kamen aus dem tieferen Wald gekrochen. Ilna nahm an, daß es sich um Ameisen handelte, aber jede von ihnen hatte die Größe ihres kleinen Fingers.

Es gab mehr von ihnen, als Ilna noch mit Zahlen hätte bezeichnen können. *Ähren auf einem Feld, Kiesel am Strand von Barcas Weiler …* Sie näherten sich mit der unvermeidlichen Sicherheit, mit der Wasser über einem Feuer zu kochen beginnt.

»Ich kann selbst laufen«, sagte Ilna, aber sie flüsterte nur.

Das Klicken der Mundwerkzeuge der Insekten raschelte lauter als der Wind in einem Espenhain. Sie machten ihr mehr angst, als sie je geglaubt hätte. *Winzige Scheren, die ihre Haut an tausend Stellen aufrissen, tausend mal tausend Male ...*

Garric kletterte auf Zehenspitzen die Stufen hinauf, er rannte, trotz des Gewichts, das er trug. Er keuchte nach Atem, aber er wurde nicht langsamer. Ilna war nicht sicher, ob er die Ameisen überhaupt bemerkt hatte oder ob er einfach wußte, daß etwas dasein würde, sie zu jagen.

»Tenoctris!« sagte Ilna. Beide Frauen prallten bei jedem Aufwärtsschritt Garrics heftig auf seinen Schultern auf. »Wie weit noch?«

Die alte Frau versuchte zu lächeln. Das Schütteln mußte für sie noch schlimmer sein, aber es gab keine andere Wahl. »Weiter«, keuchte sie.

Garric hatte die Spitze der Pyramide erreicht. Er zitterte vor Erschöpfung. Er blieb mit dem Fuß an einer armdicken Wurzel hängen, die mit haarigen Saugwurzeln bedeckt war, und wäre beinahe gestürzt.

»Drinnen«, sagte Tenoctris und versuchte, an Garrics Kopf vorbeizuspähen.

Die Ameisen waren eine gelblichbraune Masse, die sich nur noch eine Stufe unterhalb der Menschen befand. Sie bedeckten alle vier Seiten der Pyramide.

Garric warf sich selbst und seine Last unter die Steinkuppel, die den Altar überdachte. Der Altarblock hatte ein Blutbecken und Rinnen, in denen das Blut abfließen konnte. Die steinernen Seiten zeigten gemeißelte Szenen von den Riten, die hier praktiziert wurden. Die Steinmetzarbeit war nur grob ausgeführt, aber es genügte, um Ilna zu zeigen, daß die Opfer menschlich waren und die Priester nicht.

Die Ameisen hatten die erste Plattform erreicht. Tenoctris wand sich auf die Altarplatte und verschwand aus der Sicht. Hand in Hand folgten Garric und Ilna ihr. Sie rutschten in einen schüsselförmigen Krater, von dessen Boden spitze, glasige Dornen aufragten.

Ilna kam auf Händen und Knien auf. Alle keuchten nach Luft. Es war kalt, und ihr Atem umgab sie in Wolken. Die Sonne direkt über ihnen hatte einen grünlichen Schimmer.

»Hier entlang«, sagte Tenoctris. Sie zeigte auf einen Riß in der Seite der Schüssel, einen Pfad, der auf einer ansonsten zu glatten und steilen Oberfläche nach oben führte. »Garric, Ilna, könnt ihr …«

Ilna nickte. Sie wollte ihren Atem nicht aufs Sprechen verschwenden. Garric kam auf ein Knie, und zusammen standen sie auf.

Ein Ungeheuer kroch über den Rand des Beckens, etwa eine Viertelmeile entfernt. Es hatte viele Beine, wie ein Hundertfüßler, aber seine schimmernden Körpersegmente waren aus poliertem Stahl. Es begann, auf die Menschen zuzulaufen.

Der biegsame Körper des Geschöpfs war über hundert Fuß lang, und seine Freßwerkzeuge hatten die Länge und das Glitzern von Schwertklingen.

»Haltet das Tempo; werdet nicht hektisch«, sagte Garric und schob die Frauen vor sich auf den Riß zu. »Wir sind müde, und wenn wir es übertreiben, werden wir fallen. Wir kommen am besten in gemäßigtem Tempo weiter.«

Er hatte recht, was die Gefahr zu stürzen anging. Ilna war nicht sicher, daß irgendeine Geschwindigkeit, die sie auf diesem gezackten Pfad aufrechterhalten könnten, genügen würde, um dem Hundertfüßler zu entkommen.

Aber das war ihr gleich.

Tenoctris kletterte vor ihr her und hinterließ auf der glatten Oberfläche blutige Handabdrücke. Der Krater war nicht vulkanischen Ursprungs. Die Wände hatten ein Netz von Bruchlinien, von denen dieser Riß nur die größte war. Etwas hatte den Boden so fest getroffen, daß der Felsen gebrochen war und sich nach oben gedrückt hatte.

Der Hundertfüßler lief weiter, und seine Füße klickten wie Hagel auf dem Schieferdach der Mühle. Ilna sah sich nicht um. Was geschehen würde, würde geschehen. Sie erinnerte sich an jede Einzelheit ihres Aufenthalts in Erdin. Sie bedauerte nur, daß auch Garric sterben würde: Das war einzig und allein ihr Fehler, aber das Muster hatte nicht *sie* gewebt.

Die Fersen der alten Frau waren nicht mehr vor Ilnas Augen. Einen Augenblick später fiel Ilna nach vorn, weil der Untergrund, nach dem sie ihre Hand ausgestreckt hatte, nicht mehr da war. Sie lag auf einer Ebene, die so flach wie ein Mühlstein war und keine anderen Merkmale aufwies als den schwarzen Thron, der wie eine Insel in ruhiger See aufragte.

Neben ihr brach Garric zusammen. Sie waren dem Hundertfüßler entkommen. Kein Laut war zu hören, nur ihre Atemzüge und das Klopfen ihrer Herzen.

»Der Thron von Malkar«, flüsterte Garric.

»Ja«, sagte Tenoctris. Es gab keine anderen Leute in dieser Welt.

Ilna zog Ellbogen und Knie unter sich und legte ihre Stirn an den Boden. Die Oberfläche hatte keine Temperatur oder Struktur; ihre graue Färbung war vollkommen neutral, weder Farbe noch Abwesenheit von Farbe: Es war die greifbare Version der grauen Welt, in der sie ihre Seele verloren hatte.

Die drei befanden sich in einem großen Kreis aus Licht, dessen Quelle nicht festzustellen und dessen Mittelpunkt der schwarze Thron war. Die Dunkelheit schloß sich rasch um sie.

»Kommt«, sagte Garric. Er stand auf.

»Garric, nein«, keuchte Ilna. Sie weinte vor Zorn – und vor Angst, sie erkannte diese Angst. »Es wäre besser zu sterben. Garric, ich weiß, was hier lebt.«

Tenoctris erhob sich. »Kommt«, wiederholte Garric und berührte Ilnas Wange mit der Hand. Sie stand auf, tränenblind, aber sie wollte bei ihm bleiben.

Zusammen gingen sie auf den Thron zu. Garric war zwischen den beiden Frauen und hatte jeder von ihnen eine Hand auf die Schulter gelegt. Die Mauer aus Dunkelheit umschloß sie enger und enger, obwohl sie dem Thron nicht näher zu kommen schienen.

Ilna beugte sich vor, um die alte Frau anzusehen. »Tenoctris?« sagte sie.

»Das ist der einzige Weg«, erwiderte Tenoctris. »Aber ich weiß nicht, ob es ein Weg nach draußen ist.«

»Wir haben diese Sache angefangen«, erklärte Garric, »wir werden sie auch zu Ende bringen.«

Die Dunkelheit blieb ihnen dicht auf den Fersen, trieb sie, drohte sie zu verschlingen, wenn sie zögerten. Ilna spürte, wie die Verdammten in entsetzlicher, ewig währender Verzweiflung stöhnten. Das würde auch ihr Schicksal sein, wenn sie zuließen, daß das Dunkel sie verschlang – ihres, das von Garric und das der alten Frau.

Aber selbst das wäre vielleicht dem vorzuziehen, was dieser Thron bedeutete.

»Malkar ist keine Person«, sagte Tenoctris. Ihre Stimme war vernehmbar, aber seltsam tonlos: »Es gab hier keinen

Hall, nicht einmal vom Boden. »Malkar existiert einfach. Und dieser Thron ist nur ein Symbol.«

Tenoctris mochte zu einem von ihnen oder zu sich selbst gesprochen haben, um noch einmal ihre Gedanken zusammenzufassen. Tenoctris hatte dafür gelebt zu lernen, das wußte Ilna.

Wofür hatte Ilna os-Kenset gelebt? Nun, sie hatte geholfen, den Verhüllten zu besiegen. Das war immerhin ein Ergebnis ihres Lebens, wenn schon nicht dessen Zweck.

Sie kicherte. Garric drückte ihre Hand. Verstand er jetzt wenigstens? Nun, auch das war gleichgültig.

»Wer auf dem Thron von Malkar sitzt, konzentriert die Hälfte der Macht im Kosmos auf sich«, sagte Tenoctris. »Er *hat* die Hälfte der Macht im Kosmos. Ein Mensch mit dieser Macht könnte alles tun.«

»Aber es wäre kein Mensch mehr«, sagte Ilna.

»Nein«, erwiderte Tenoctris. »Es wäre kein Mensch mehr.«

Ilna konnte jetzt die Einzelheiten des Throns erkennen, aber wenn sie sich auf einen bestimmten Punkt konzentrierte, verschwamm der vor ihren Augen. Es war, als versuchte man Schlangen beim Liebesspiel im Dämmerlicht zuzusehen: Die Muster waren zu kompliziert, als daß selbst Ilna sie vollständig begreifen konnte, aber sie verstand genug.

Vor nicht allzu langer Zeit war sie noch ein Teil dieses Musters gewesen. Der Baum, dem sie sich irgendwo in der grauen Welt ergeben hatte, war ein winziger Teil des gewaltigen Stoffs, den der Thron wob.

»Wer auf dem Thron von Malkar sitzt«, sagte Ilna mit zerstreutem Lächeln, »wird zu allem Bösen.«

»Nach menschlichen Maßstäben«, sagte Tenoctris. »Ja, nach menschlichen Maßstäben.«

Sie waren jetzt sehr nah. Der Thron stand auf einem

dreistufigen Sockel. Er hatte breite Armlehnen und eine hohe Lehne, die aus demselben Material bestand. Er war für einen Menschen gebaut, einen hochgewachsenen Mann wie Garric, aber dennoch spürte Ilna, wie er sich über die gesamte Dunkelheit dieser Ebene und des restlichen Universums ausbreitete.

Garric packte die beiden Frauen unter die Arme, hob sie vom Boden und ging vorwärts.

Nein – aber Ilnas Mund sprach die Weigerung nicht aus, die sich in ihrem Geist formte: Wenn es dies war, was geschehen mußte …

Garric stieg die drei Stufen des Sockels hinauf, mit der Stetigkeit und Anmut, die er schon als Kind an den Tag gelegt hatte. Er kümmerte sich nicht um das Gewicht der beiden Frauen, die er trug. Er lächelte.

»Alle Macht …«, flüsterte Tenoctris.

So soll es sein!

Statt sich auf den Thron zu setzen, trat Garric auf den Sitz. Er riß sich und seine Last nach oben und stellte den linken Fuß auf eine geschnitzte Armlehne. Dann sprang er, als wäre er nicht im geringsten erschöpft, als würde er nicht zwei Frauen tragen, die ohne seine Kraft aus unterschiedlichen Gründen nicht bis hierher gekommen wären.

Garric setzte den rechten Fuß auf die Rücklehne des Throns. Noch einmal erhob er sich auf einem Bein, dann warf er sich und die Frauen ins Dunkel.

Arme fingen sie auf. Das Licht der Papierlaternen war blendend hell, und das Schimmern hinter den Fensterschirmen stammte von der mittäglichen Sonne.

Sie waren in einem Zimmer, das Ilna nicht erkannte, aber sie sah, daß die Möbel von serianischem Stil waren. Garric lag in den Armen von Cashel, dessen verdutzte Miene langsam einem Ausdruck der Sorge um seinen Freund wich. Sharina hielt Tenoctris; das Mädchen griff nach einem Glas Fruchtsaft, um es der alten Frau anzubieten.

»Ich lege dich jetzt hin«, sagte Liane. »Es ist alles in Ordnung, Ilna. Du bist jetzt in Sicherheit.«

9

Garric hatte die Augen geschlossen, lag einfach da und genoß die Tatsache, daß er im Augenblick keine Verantwortung hatte. Winzige Hände rieben seine Kratzer und Schnittwunden mit Salbe ein, und wie zuvor schwatzten die serianischen Heiler wie Vögel miteinander. Die einzige seiner Verletzungen, die ihm wirklich weh tat, war die Prellung über den Rippen, und er war nicht einmal sicher, wie er dazu gekommen war.

Aber er war müde. Schrecklich müde.

»Danke, daß du Ilna zurückgebracht hast«, sagte Cashel. »Ich wünschte, ich hätte dir helfen können, aber wahrscheinlich hast du mich nicht gebraucht.«

Garric versuchte zu lachen. Das hätte er nicht tun sollen; es fühlte sich an, als würde eine ganze Handvoll Messer in seinen unteren Brustkorb gestoßen. Als er endlich aufhören konnte zu keuchen, ächzte er: »Zum Teil war es auch so, daß Ilna uns zurückgebracht hat. Wir hätten es ohne sie nicht geschafft.«

»Er mußte mich die meiste Zeit tragen«, sagte Ilna irgendwo links von Garric mit dünner Stimme. Garric hätte sich nicht vorstellen können, daß irgendwer in der Lage war, Ilna zu brechen, aber sie mußte dicht daran gewesen sein, zu verschwinden wie ein Messer, das zu oft geschliffen wurde. »Aber der Verhüllte ist tot.«

Garric öffnete die Augen und setzte sich auf. Das serianische Kind tadelte ihn mit Worten, die er nicht verstand und die er ohnehin ignoriert hätte. »Das stimmt doch, oder, Tenoctris? Der Verhüllte ist doch tot?«

Ein Dutzend Laternen hingen an den Wänden des Zimmers, und das Licht einer jeden zeichnete den Schatten der Lampe auf den Wandschirmen nach. Über einem Kohlebecken erhitzte die alte serianische Frau Arzneien in kleinen Porzellanschälchen, während der männliche Heiler Tenoctris' zerkratzten Oberschenkel mit einem blutstillenden Mittel bestrich.

Liane massierte Ilna, deren Muskeln so schlaff und bleich wie warmes Wachs aussahen. *Abgenutzt wie ein Messer, das zu oft geschliffen wurde …*

Tenoctris setzte sich auf. Es gelang ihr zu lächeln, obwohl sie jedesmal die Augen ein wenig zusammenkniff, wenn der Heiler sie berührte.

»Dasselbe habe ich schon vor tausend Jahren gedacht, wie du vielleicht weißt«, sagte sie. »Vielleicht ist es diesmal wahr, aber ich fürchte, das ist ziemlich gleichgültig.«

»Nicht für mich«, sagte Sharina. Sie sprach leise, aber in ihrer Stimme lag nicht mehr Gnade als in der Klinge eine Axt. Sie saß neben Cashel und hatte die Hände über dem Pewlemesser verschränkt, das in ihrem Schoß lag.

»Ja«, sagte Tenoctris und nickte mit ihrer früheren ruhigen Autorität. »Es ist uns allen wichtig. Und auch für den Verhüllten, zumindest für die beträchtliche Zeit, die er gefallen ist. Aber er war nur ein Teil des Problems.«

Ilna blickte zu Garric auf. Sie lächelte – ein beunruhigend kaltes Lächeln.

»Der Baum war nicht der Thron von Malkar«, sagte sie – ein Hinweis, den unter den im Raum Versammelten vermutlich nur Tenoctris verstand. »Aber er war zuviel für mich. Ich war schwach.«

»Nein«, sagte Tenoctris. »Es war deine Kraft, nicht deine Schwäche, die dich verwundbar gemacht hat. Aber du hast auch recht: der Verhüllte hat nur stellvertretend für eine unpersönliche Kraft gehandelt. Diese Kraft wird durch andere weiterarbeiten, wie sie durch ihn gearbeitet hat und durch das, was du den Baum nennst. Malkar wächst und schwindet, und noch ist Malkar im Aufstieg begriffen, ebenso wie vor tausend Jahren. Wenn das so weitergeht, werden die Inseln wieder in die Barbarei zurückfallen.«

»Diesmal nicht«, sagte Garric. Er schlang die Arme um den Oberkörper und zitterte vor Gefühlen und Erinnerungen, die nur zum Teil seine eigenen waren. »Diesmal nicht!«

Garric glaubte, tief drinnen in seiner Seele den König lachen zu hören. »Diesmal nicht, Junge!« hörte er wie in einem Traum. »Diesmal nicht, König Garric!«

10

Sie starrte die Turmalinsplitter an, die in einer Weise über das Spielbrett verteilt waren, die sie nicht verstand.

Ihr verhüllter Gegner war tot, aber nicht sie hatte ihn besiegt, und sie wußte auch nicht, wer es gewesen war. Es gab andere Spieler, andere Zauberer, für die der Kosmos nur ein großes Spiel war und die gegen sie spielten. Dessen war sie sich so sicher wie vor ein paar Monaten, als sie diese Möglichkeit vollkommen geleugnet hatte.

Sie würde ihre neuen Kontrahenten finden und besiegen. Sie würde den Thron von Malkar besteigen und den Kosmos in ihrer Hand zerdrücken wie einen reifen Pfirsich, wenn ihr danach war. Sie allein!

Sie schritt zur Tür und öffnete sie. Der Diener verbeugte sich, gleichmütig wie immer.

»Ich darf auf keinen Fall gestört werden«, sagte sie.

»Ein Agent aus Erdin ist eingetroffen«, erklärte der Diener. »Er wartet in dem privaten Audienzzimmer.«

»Auf keinen Fall, habe ich gesagt!« Sie hob die Hand, als wollte sie einen Blitz schleudern.

»Ja, Eure Majestät«, erwiderte der Diener. Er verbeugte sich. Seine Miene war ausdruckslos, aber er hatte winzige Schweißtropfen auf der Stirn.

Die Tür war zu schwer, um sie zuzuwerfen. Sie schloß sie mit einem gemessenen Krachen, dann kehrte sie zum Spielbrett zurück.

Manchmal … manchmal, wenn sie sich aus einem alptraumgesättigten Schlaf erhob, konnte sie den Gedanken nicht loswerden, daß die Spielfiguren selbst entschieden, was geschah – und Schmach über den Zauberer, der versuchte, sich einzumischen.

Die Königin der Inseln runzelte mißmutig die Stirn und setzte sich wieder vor das Spielbrett. Diese Turmalinsplitter waren Bauern, nicht mehr. Etwas anderes zu denken war Wahnsinn.

Sie würde sie ihrem Willen unterwerfen.

Danksagungen

Sandra Miesel hat mir bei der Mikrostruktur sehr geholfen. Tom Doherty und Harriet McDougal haben ebenso wichtige Vorschläge bezüglich der Makrostruktur gemacht, sowohl zu Anfang als auch gegen Ende des Prozesses.

Auf ganz andere Weise habe ich die Tatsache, daß ich mitten im Roman nicht wieder dazu zurückkehren mußte, handschriftlich zu arbeiten, Mark Van Name und Allyn Vogel zu verdanken. Wer sich so gut mit Computern auskennt wie Mark und Allyn, muß meine Bedürfnisse seltsam finden, aber sie haben dennoch keine Anstrengung gescheut, um mir zu helfen.

Eine Anmerkung für den Leser

Ich habe alle Gedichte, die in diesem Roman zitiert werden, von griechischen und lateinischen Dichtern gestohlen. Celondre ist Horaz, dessen *Oden* ich in der Grundausbildung und in Vietnam mit dabeihatte. Rigal ist Homer, und die zitierte Stelle – für mich die bewegendste Passage der Literatur – stammt aus der *Ilias*. Etter ist Hildebert von Lavardin; in mittelalterlichem Latein wurden auch andere Dinge geschrieben als Kirchen- und Trinklieder, obwohl ich zugeben muß, daß Hildebert auch für mich eine angenehme Überraschung war.

Keine meiner Übersetzungen wird den Originalen gerecht. Das will ich auch erst gar nicht vorgeben.

Die Religion der Inseln stützt sich auf den sumerischen Glauben (und zu einem geringeren Grad auf die praktische Religionsausübung der Sumerer). Das Beisetzungsritual, das hier beschrieben wird, stellt eine Paraphrasierung von Versen an die Göttin Inanna dar.

Eines sollte ich wohl noch erwähnen. Die magischen Wendungen *(voces mysticae)* im Roman sind echt. Damit meine ich nicht, daß sie tatsächlich helfen können, magische Kräfte zu beschwören; ich persönlich glaube das jedenfalls nicht. Aber viele Männer und Frauen haben tatsächlich an die Kraft dieser Worte geglaubt und sie in vollem Ernst benutzt, um gute oder böse Werke zu tun.

Die Entscheidung darüber steht jedem einzelnen offen, aber ich habe bei der Arbeit an *Das Reich der Inseln* keine der *voces mysticae* ausgesprochen.

Dave Drake *Chatham County, NC*